# 서부 전선 이상 없다

# 서부 전선 이상 없다

Im Westen nichts Neues

에리히 마리아 레마르크 장편소설   홍성광 옮김

**IM WESTEN NICHTS NEUES**
**by ERICH MARIA REMARQUE (1929)**

이 책은 실로 꿰매어 제본하는 정통적인 사철 방식으로 만들어졌습니다.
사철 방식으로 제본된 책은 오랫동안 보관해도 손상되지 않습니다.

이 책은 고발도 고백도 아니다.
비록 포탄은 피했다 하더라도
전쟁으로 파멸한 세대에 대해 보고하는 것일 뿐이다.

# 서부 전선 이상 없다

**9**

# 1

우리는 지금 전방에서 9킬로미터 정도 떨어진 곳에 있다. 어제 전방에서 이곳으로 교대되어 온 것이다. 지금 우리는 흰 콩에다 쇠고기를 잔뜩 먹어 배가 부르다. 만족스럽다. 심지어 어제저녁에는 다들 반합에 음식을 가득 담아 먹었다. 게다가 소시지와 빵은 2인분씩 나오기까지 했다. 이런 일이 실로 얼마 만이던가. 얼굴이 토마토처럼 붉은 취사병이 직접 음식을 나누어 준다. 그는 옆을 지나가는 사람이 있으면 누구나 숟가락으로 오라고 불러서는 반합에 음식을 가득 채워 준다. 마치 그는 어떻게 하면 취사차의 음식을 다 비울 수 있을까 하고 전전긍긍하는 것 같다. 차덴과 뮐러는 어디선가 세숫대야를 몇 개 구해 와서는 여분의 음식을 넘칠 정도로 가득 담아 왔다. 차덴이 그런 일을 하는 것은 음식을 탐하기 때문이고, 뮐러가 그런 일을 하는 것은 만일을 위해서다. 차덴은 그렇게 꾸역꾸역 먹어 대는데도 그게 다 어디로 가는지 모두들 궁금해할 따름이다. 왜냐하면 그는 예나 지금이나 멸치같이 비쩍 마른 말라깽이이기 때문이다.

하지만 가장 중요한 일은 담배도 2인분씩 지급받았다는 사실이다. 각자 시가 열 개비, 담배 스무 개비, 씹는담배를 두 개비씩 지급받은 것은 콧노래가 절로 나올 만한 일이다. 내 씹는담배와 카친스키의 담배를 서로 맞바꾸어서 내 담배는 무려 마흔 개비가 되었다. 이것으로 하루는 족히 견딜 수 있다.

원래 이 모든 것은 우리에게 지급될 물품이 아니었다. 프로이센 사람들은 그다지 통이 크지 않다. 뭔가 일이 잘못되어 우리에게 이런 떡이 굴러 들어왔을 뿐이다.

2주일 전에 우리는 전선으로 배치되어 그곳 병력과 교대를 해야 했다. 우리가 들어간 참호 안은 사뭇 조용했다. 보급계 하사관은 우리가 무사히 돌아갈 날을 대비해 전체 중대원 수대로 맞춰 150인분의 식량을 준비해 두었다. 그런데 바로 마지막 날 영국의 포병대가 기습적으로 우리 진지를 향해 장거리포와 중포탄을 콩 볶듯이 쏟아부었다. 우리는 막대한 인명 손실을 입고 겨우 80명만 살아 돌아왔다.

우리는 한밤중에 부대에 돌아와서는 곧장 썩은 나무토막처럼 쓰러져 오랜만에 곤히 잠에 곯아떨어졌다. 그러고 보니 잠만 푹 잘 수 있으면 전쟁도 그리 나쁠 게 없다는 카친스키의 말도 가히 틀린 것은 아니다. 하지만 전방에서는 이런 일은 꿈도 꿀 수 없다. 그러니 매번 장장 2주일씩이나 기다려야 하는 것은 그야말로 고역이 아닐 수 없다.

우리들 중에서 가장 먼저 일어난 사람이 막사를 빠져나왔을 때는 벌써 한낮이었다. 이로부터 반 시간이 지나서야 다들 자신의 반합을 손에 집어 들었다. 그리고 우리는 야전 취사차 앞으로 모여들었다. 주위에서는 맛있고 기름진 음식 냄새가 코를 자극했다. 맨 앞에 서 있는 사람들은 배고픈 것을 못 참는 이들이다. 물론 키 작은 알베르트 크로프가 맨 앞에 선다. 그는 우리 가운데 머리가 가장 비상해서 제일 먼저 일등병이 되었다. 그리고 아직 학교 교과서를 끼고 다니며 특별 시험을 꿈꾸는 뮐러 5세가 그다음이다. 그는 포화가 쏟아지는 중에도 물리 명제를 파고든다. 그리고 얼굴이 온통 구레나룻으로 덮인 레어는 장교 위안소의 아가씨들에게 한참 열을 올리고 있다. 이 녀석이 입에 침을 튀기며 역설하기를, 그 아가씨들은 군대 명령으로 비단 내의를 입어야 하고 대위 이상의 손님을 받을 때는 미리 목욕재계를 해야 한다는 것이다. 그리고 네 번째가 나, 파울 보이머이다. 우리 넷은 모두 동갑으로 열아홉 살이며, 넷 모두 같은 학급에 다니다가 엉겁결에 군에 오게 되었다.

우리들 바로 뒤에 우리 전우들이 있다. 빼빼 마른 열쇠공인 차덴은 우리와 동갑으로 중대 최고의 대식가이다. 식탁에 앉을 때는 홀쭉한 몸인데, 식사를 끝내고 다시 일어설 때는 임신한 빈대의 몸이 된다. 역시 동갑인 하이에 베스트후스는 사회에서 토탄 채굴을 하던 친구이다. 그는 손이 어찌나 큰지 군용 빵을 손에 쥐고서는 자기 주먹 안에 무엇이 들어 있는지 맞혀 보라고 물어볼 수 있을 정도이다. 농사짓다가 군에 온 데터링은 자기 농장과 자기 마누라 생각만 하는 친구이다. 마지막으로 우리들 무리의 두목 격인 자가 슈타니슬라우스 카친스키이다. 나이가 마흔 살인 그는 몸이 무쇠처럼 강인하고 꾀가 많으며 노련한 자이다. 갈색 얼굴에 눈은 푸르고 두 어깨는 떡 벌어져 있다. 적의 맹포격을 낌새 챈다든가, 좋은 음식이며 위험하지 않은 부서를 맡는 데는 정말 귀신이다. 이런 친구들이 취사차 앞에 뱀처럼 구불구불 늘어선 채로 열의 선두를 이루었다. 우리는 애간장이 타들어 갔다. 왜냐하면 우리 사정을 모르는 취사병 녀석이 아직 우두커니 서서 마냥 기다리고 있었기 때문이다. 급기야 참다못한 카친스키가 그에게 버럭 소리를 질렀다. 「하인리히! 어이, 솥뚜껑 좀 열지 그래. 콩이 다 익었나 본데.」

그러자 취사병은 졸린 듯이 머리를 흔들며 말했다. 「사람들이 다 모여야지.」

차덴이 입을 비죽이며 말했다. 「다 모인 거야.」

그 취사 하사관은 아직 아무것도 눈치채지 못하고 있었다. 「너희들은 그랬으면 좋겠지! 대관절 딴 녀석들은 다 어디 갔어?」

「그들은 오늘 음식을 얻어먹지 않아! 야전 병원에 있거나 공동묘지에 들어갔거든.」

사정을 알고 난 취사병은 머리를 한 대 얻어맞은 듯이 보였다.

「그것도 모르고 난 150인분을 요리했는데.」

크로프가 그의 옆구리를 쿡쿡 찔러 댔다. 「그럼 우리 모처럼 포식하겠구나. 자, 시작해!」

이때 퍼뜩 차덴의 뇌리를 스치는 것이 있었다. 쥐 새끼처럼 생긴 그의 뾰족한 얼굴이 빛을 발하기 시작했다. 그는 뭘 생각하는지 눈을 가늘게 떴고, 두 뺨은 씰룩이기 시작했다. 그러고는 취사병 옆으로 바짝 다가갔다. 「이봐, 그럼 빵도

150인분을 타놓았단 말이지?」그 하사관은 어리둥절해서 멍한 표정으로 고개를 끄덕였다. 차덴이 그의 상의를 움켜잡고 이렇게 말했다. 「그럼 소시지도?」

그 토마토 머리는 다시 고개를 끄덕였다.

차덴의 턱이 떨리고 있었다. 「담배도?」

「그래, 뭐든지 다 그래.」

차덴은 환한 표정으로 주위를 둘러보았다. 「아니, 이게 웬 떡이니! 그럼 그게 다 우리들 차지잖아! 그럼 각자 받는 몫이…… 가만 있자…… 바로 2인분씩이라는 말이잖아!」

그때서야 토마토는 다시 정신을 차리고 이렇게 말했다. 「그건 안 돼.」

이번엔 우리도 흥분해서 앞으로 밀치고 나아갔다.

「왜 안 된다는 거야, 이 당근 대가리야?」카친스키가 물었다.

「150인분을 여든 명에게 줄 수는 없지.」

「너 따끔한 맛을 좀 봐야겠구나.」 뮐러가 을러댔다.

「어쨌든 음식은 80인분밖에 줄 수 없어.」 토마토가 고집을 굽히지 않았다.

화가 치밀어 오른 카친스키가 엄포를 놓았다. 「널 갈아 치워야겠어. 넌 80인분이 아니라 2중대 식량을 타 왔어. 그걸 우리한테 내놔! 우리가 2중대란 말이야.」

우리는 그 녀석에게 떼로 달려들었다. 그 취사병을 좋아하는 사람은 아무도 없었다. 그는 우리가 참호 안에 있을 때 음식을 너무 늦게 나오게 하거나 너무 차게 해서 가져온 전과가 벌써 몇 번이나 있었던 것이다. 포탄이 떨어졌을 때는 겁이 났는지 취사차를 우리 중대 가까이에 감히 대지도 못했다. 그 까닭에 우리의 식사 당번들은 다른 중대들의 식사 당번들보다 훨씬 더 멀리 가서 음식을 날라 와야 했다. 이 점에서는 1중대의 불케가 훨씬 나은 녀석이다. 이 녀석은 겨울 햄스터처럼 살이 통통하게 쪘지만 사정이 여의치 않으면 식기 통을 직접 최전선까지 끌고 오기까지 했다.

이러니 토마토에 대한 우리의 감정이 고울 리 없었다. 그때 마침 중대장이 나타나지 않았더라면 필시 한바탕 싸움판이 벌어졌을 것이다. 그는 다투는 이유를 물어보고 그냥 이렇게 말할 뿐이었다. 「그래, 우린 어제 막대한 손실을 입었지.」

그런 다음 그는 솥 안을 들여다보며 말했다. 「콩이 맛있어 보이는데.」

토마토는 고개를 끄덕였다. 「기름과 고기를 넣고 삶았는 걸요.」

중대장은 우리들의 얼굴을 쳐다보았다. 그는 우리가 무슨 생각을 하고 있는지 훤히 꿰뚫고 있었다. 이런 경우가 아니더라도 그는 이것저것 제법 아는 게 많았다. 왜냐하면 그는 우리들처럼 병사로 생활하다가 하사관이 된 후 중대장까지 올라갔기 때문이다. 그는 또 한 번 솥뚜껑을 열고는 냄새를 맡아 보았다. 그는 떠나면서 이렇게 말했다. 「나한테도 한 접시 가득 갖다 주게. 그리고 이건 모두에게 다 나눠 줘. 우리에게 다 필요하니 말이야.」

토마토는 멍한 표정을 지었다. 차덴은 그의 주위를 춤추면서 돌아다녔다.

「너한테 손해날 거 없잖아! 병참부가 마치 제 것인 것처럼 굴고 있군. 자, 이제 나눠 줘, 이 늙은 비계 사냥꾼아. 주는 양이 틀리면 알아서 해!」

「에이 빌어먹을!」 토마토가 씩씩거리며 말했다. 그가 볼 때 이런 일은 사리에 맞지 않았기 때문에 분노를 터뜨렸던 것이다. 이제 그는 더 이상 눈에 보이는 게 없었다. 그리고 이제 모든 일이 어떻게 돼도 상관없다는 듯이 그는 한 사람 앞에 반 파운드씩의 시럽까지 나눠 줘버렸다.

오늘은 정말 기분이 좋은 날이다. 더구나 우편물까지 와서 거의 모두가 두서너 통의 편지와 신문을 받는다. 이제 우리들은 막사 뒤편에 있는 풀밭으로 어슬렁거리며 걸어간다. 크로프는 마가린 통의 둥근 뚜껑을 팔에 끼고 있다.

풀밭 오른쪽 가장자리에는 대형 공동 화장실이 세워져 있다. 지붕이 갖추어진 듬직한 물건이다. 하지만 이것은 군대에서 요령을 익히지 못한 신병들을 위한 화장실이다. 우리에게는 이보다 좀 더 나은 화장실이 있었다. 사방에 조그만 1인용 화장실들이 흩어져 있는데 이것은 네모지고 깨끗하며 전체가 나무로 되어 있다. 주위가 막혀 있고, 속에는 흠잡을 데 없이 편안한 자리가 있다. 양옆에는 손잡이가 달려 있어 들고 다닐 수도 있다.

우리 셋은 원을 그리며 빙 둘러앉아 느긋하게 자리를 잡는다. 이곳에서 두 시간 정도는 자리에서 다시 일어나지 않을 것이다.

나는 지금도 기억이 생생하다. 처음 군에 들어와 막 병영 생활을 시작했을 때 대형 공중 화장실을 이용해야만 한다는 사실은 얼마나 낯 뜨거운 일이었던가. 그곳에는 문이라는 게 없다. 기차 칸에서처럼 스무 명이 나란히 앉아 엉덩이를 까고 있는 모습이 한눈에 펼쳐진다. 사실 군인이란 끊임없이 감시를 받아야 된다고 한다.

그러는 사이에 우리는 약간의 창피를 극복하는 것보다 더 많은 일을 배우게 되었다. 하루하루를 보내면서 다른 일까지 친숙해지게 되었다.

여기 바깥에 나오면 이런 일까지 일종의 쾌락으로 느껴진다. 전에는 왜 이런 일을 늘 소심하게 그냥 지나쳐 버리려고 했는지 이해가 되지 않는다. 대소변을 보는 일도 먹고 마시는 것처럼 아주 자연스러운 현상이 아니던가. 그리고 그러한 일이 우리에게 그리 특별한 일이 아니고 새로운 일도 아니라면 굳이 그런 이야기를 끄집어낼 필요도 없으리라. 다른 사람들에게는 벌써 진작부터 특별하지도, 새롭지도 않은 자명한 일이 되었을 테니까.

군인에게는 소화와 배설이 다른 어떤 사람보다도 더 친숙한 영역이다. 군인이 사용하는 말의 4분의 3은 이 영역에서 나온다. 아주 기쁠 때나 아주 화가 났을 때 쓰는 표현도 바로 여기에서 비롯된 문구가 대부분이다. 다른 방식으로는 그 상황에 딱 들어맞는 표현을 도저히 할 수가 없다. 우리가 집에 돌아간다면 우리 가족이나 우리 선생님은 적이 놀랄 것이다. 하지만 이곳에서는 그런 말이 누구나 쓰는 보편적 언어임은 부인할 수 없다.

우리에게는 이 모든 과정이 어쩔 수 없이 공개되어 있기 때문에 그것의 순수한 성격이 그대로 보존된다. 아니 그 이상으로 그것들은 자명한 것이 되어 대소변을 보는 일이, 질

염려가 전혀 없는 〈네 개의 잭 없는 그랑(카드놀이의 일종)〉
과 똑같은 평가를 받게 된다. 그러니까 군인이 지껄여 대는
은어로 온갖 종류의 〈화장실 관련 용어〉가 생겨난 것은 우
연이 아니다. 이 화장실은 군인들이 잡담을 하는 장소로 단
골 식탁 대용인 셈이다.

이제 이 화장실에서 우리는 흰 타일을 깔아 놓은 고급 화
장실에서보다 훨씬 더 편안한 기분을 느낀다. 고급 화장실
은 더 위생적일지는 몰라도 우리에게는 여기가 가장 멋진 곳
이다.

여기서는 정말이지 무념무상의 순간을 맛볼 수 있다. 우
리 머리 위엔 푸른 하늘이 펼쳐져 있다. 멀리 지평선에는 노
란 계류기구(繫留氣球)가 밝은 빛을 내며 떠 있고, 고사포 포
탄으로 생기는 흰 뭉게구름이 하늘 높이 걸려 있다. 때때로
그것이 비행기를 추격할 때는 볏단처럼 높이 날아오르기도
한다.

전방에서 나는 우르릉 쾅쾅 하는 둔중한 포성은 마치 아
득히 먼 곳에서는 들리는 천둥소리처럼 들려올 뿐이다. 그
소리도 주위를 붕붕거리며 날아다니는 벌들 소리에 그만 묻
혀 버리고 만다.

그리고 우리 주변은 꽃이 피어 있는 풀밭이다. 부드러운
꽃다발이 바람에 일렁이고, 흰 나비가 어지러이 날아다닌다.
그것들은 늦여름의 온화하고 따뜻한 바람 속에 떠다니고 있
다. 우리는 편지와 신문을 읽거나 담배를 피우기도 한다. 모
자를 벗어 옆에 내려놓으면 바람이 우리의 머리카락을 간질
이며 우리의 말이나 생각과 노닌다.

우리가 사용하는 세 개의 화장실은 햇볕에 빛나는 붉은 양귀비꽃들 한가운데 세워져 있다.

우리는 마가린 통의 뚜껑을 무릎에 내려놓는다. 그러면 카드놀이를 위한 훌륭한 깔개가 된다. 크로프가 지닌 카드로 〈눌우베르〉를 한 다음에는 늘 점수가 가장 많은 사람이 지는 게임을 한 판 한다. 이런 상태에서 우리는 한없이 앉아 있을 수 있다. 막사 쪽에서 아코디언 소리가 들려온다. 이따금씩 우리는 카드를 내려놓고 서로를 쳐다보기도 한다. 그러고는 누군가 〈어이, 어이……〉 또는 〈잘못될 수도 있었을 텐데〉라고 말한다. 그런 다음 우리는 한순간 말없이 생각에 잠긴다. 우리들 마음속에는 강하게 억눌린 감정이 도사리고 있다. 누구나 이를 느끼고 있다. 이에는 여러 말이 필요 없다. 하마터면 우리가 오늘 변기 위에 앉아 있을 수 없었을지도 모른다. 까딱 잘못했으면 우리는 저세상 사람이 되었을지도 모른다. 그 때문에 모든 게 새삼스럽고 강렬하게 다가온다. 이 붉은 양귀비꽃과 훌륭한 식사, 담배와 여름 바람, 이런 것들이 말이다.

크로프가 묻는다. 「너희들 중에 케머리히를 본 사람 있니?」

「성 요제프 병원에 누워 있어.」 내가 말한다.

뮐러의 말에 따르면 그는 넓적다리에 관통상을 입어 당당하게 귀환장을 얻었다는 것이다.

우리는 오후에 그를 문병 가기로 결정한다.

크로프는 편지 한 장을 꺼내 든다. 「너희들에게 칸토레크 선생님이 안부를 전해 왔어.」

우리는 웃는다. 뮐러는 피우던 담배꽁초를 내던지며 말한다.「그자가 여기에 와 있으면 좋을 텐데 말이야.」

칸토레크는 우리 담임 선생이었다. 회색 프록코트를 입고
다니는 엄하고 작은 키의 남자로 얼굴은 꼭 서생원처럼 생겼
다. 체격은 〈클로스터베르크의 공포〉라 불리는 히멜슈토스
하사와 거의 똑같았다. 세상의 불행이 종종 키 작은 사람들
에 의해 유발된다는 사실이 우스꽝스럽다. 이들은 키 큰 사
람들보다 훨씬 더 에너지가 왕성하고 융통성은 부족하다.
나는 늘 키 작은 중대장이 지휘하는 중대에 들어가는 것을
피해 왔다. 그런 자들은 대체로 사람을 죽도록 괴롭히는 자
들이다.

칸토레크는 체육 시간에 우리에게 장황한 연설을 늘어놓
더니 급기야는 우리 반 친구들을 모조리 이끌고 지역 사령
부에 가서 자원입대하게 만들었다. 나는 아직도 그 선생의
모습이 눈에 선하다. 그는 번득이는 안경알 너머로 우리를
쳐다보며 감동적인 목소리로 이렇게 물었다.「제군, 여러분
은 함께 갈 거지?」

이런 교육자들은 자신의 감정을 조끼 주머니 속에 준비해
두고 있다가 끄집어내기 일쑤이다. 심지어는 시도 때도 없이
꺼내 놓기도 한다. 하지만 당시만 해도 우리는 이런 사실에
대해 진지하게 생각하지 않았다.

물론 우리들 가운데 한 명은 망설이며 군 입대를 내켜 하
지 않았다. 그는 요제프 벰이라는 뚱뚱하고 느긋한 녀석이
었다. 하지만 그는 설득당하고 말았다. 그러지 않았더라면
그는 결코 군에 입대하지 않았을 것이다. 비단 벰뿐만 아니

라 다른 몇몇 녀석들도 어쩌면 그와 똑같은 생각을 했을지도 모른다. 하지만 혼자 열외가 되어서는 좋을 일이 없었다. 심지어 부모들도 이 무렵 걸핏하면 〈겁쟁이〉라는 단어를 쓰곤 했기 때문이다. 사실 모두들 나중에 무슨 일이 일어날지에 대해서는 아무것도 알지 못했다. 가장 합리적으로 생각한 사람들은 뭐니 뭐니 해도 가난하고 단순한 사람들이었다. 그들은 즉각 전쟁을 불행한 일이라고 생각했다. 형편이 좀 나은 사람들은 너무 기쁜 나머지 어찌할 바를 몰랐다. 그들이라면 전쟁의 결과에 대해 더 명확히 알 수 있었을 텐데도 말이다.

카친스키는 이것이 교육 때문이며, 교육이 사람을 맹하게 만든다고 주장한다. 카친스키는 말을 하기 전 곰곰이 생각하고서 말하는 사람이다.

얄궂게도 벰이 제일 먼저 전사한 동료들 중의 한 명이다. 그는 돌격하다가 눈에 총상을 입었다. 우리는 그가 죽었다고 생각하고 그냥 방치해 두었다. 우리는 허겁지겁 퇴각해야 했으므로 그를 데리고 올 수 없었다. 그런데 오후에 갑자기 그가 울부짖는 소리가 들려 바라보니 그가 바깥에서 이리저리 기어다니고 있었다. 그는 잠깐 의식을 잃었을 뿐이었다. 그는 앞이 보이지 않았고 너무 아파 제정신이 아니어서 자신의 몸을 숨길 형편이 못 되었다. 누가 데려오기도 전에 그는 건너편 적에게 사살당하고 말았다.

물론 벰이 죽은 것이 칸토레크 선생 탓이라고는 할 수 없다. 이런 것을 그의 탓으로 돌린다면 대체 세상에 죄를 뒤집어쓰지 않을 사람이 누가 있겠는가. 세상에는 칸토레크 같은 사람이 얼마든지 많이 있다. 이들은 모두 자신에게 편리한 방식으로 나름대로 최선을 다하고 있다고 확신하고 있다.

그런데 바로 그 점 때문에 우리가 사는 세상이 파멸을 맞게 된다.

이들은 열여덟 살의 우리들을 성인 세계와 중개해 주고 이끌어 주어야 했다. 노동과 의무, 문화와 진보의 세계, 즉 미래의 세계로 말이다. 때때로 우리는 이들을 조롱하기도 했고, 이들을 속여 먹기도 했다. 그러나 사실은 이들의 말을 믿고 있었다. 그들이 지니고 있는 권위라는 개념은 우리 마음속에서 더 깊은 통찰 및 인간적인 지식과 결부되어 있었다. 하지만 우리의 동료가 처음으로 죽는 것을 보자 우리의 확신은 산산조각이 나버렸다. 우리 또래가 어른들보다 더 정직하다는 사실을 우리는 인식하지 않을 수 없었다, 그들이 우리보다 나은 점은 상투어를 사용하고 일을 능숙하게 처리하는 능력뿐이다. 처음으로 쏟아지는 포탄을 뚫고 돌격하면서 우리는 우리의 생각이 틀렸다는 것을 알게 되었다. 그리고 포화를 맞으면서 그들에게서 배운 우리의 세계관이 무너지게 되었다.

그들이 아직도 글을 쓰고 떠벌리는 동안 우리는 야전 병원과 죽어 가는 동료들을 보았다. 이들이 국가에 대한 충성이 최고라고 지껄이는 동안 우리는 이미 죽음에 대한 공포가 훨씬 더 크다는 사실을 알게 되었다. 그렇다고 해서 우리가 반역자가 되거나, 탈영병이 되거나, 겁쟁이가 된 것도 아니었다. 어른들은 걸핏하면 이런 표현들을 쓰곤 했다. 우리들은 이들과 마찬가지로 우리의 고향을 사랑했다. 그리고 우리는 공격이 시작되면 용감하게 앞으로 나아갔다. 하지만 이제 우린 다른 사람이 되었고, 대번에 눈을 뜨게 되었다. 어른의 세계엔 아무것도 남아 있지 않다는 사실을 보게 된 것이다. 우린 어느새 끔찍할 정도로 고독해졌다. 그리고 우리는 스스로의 힘으로 고독과 싸워 나가야 했다.

우리는 케머리히한테 문병 가기 전에 그의 짐을 꾸린다. 그것은 그가 귀환하는 도중에 요긴하게 쓸 수 있을 것이다.

야전 병원은 환자들로 북새통을 이루고 있다. 으레 그렇듯이 석탄산 냄새, 고름 냄새, 땀 냄새가 코를 찌른다. 막사 생활은 어느 정도 익숙해졌지만 메스꺼운 이곳 냄새는 적응하기가 쉽지 않다. 우리는 케머리히가 있는 곳을 물어물어 찾아갔다. 그는 어느 커다란 병실에 누워 있다가 기쁨과 자못 흥분이 섞인 표정을 지으며 쇠약해진 모습으로 우리를 맞이한다. 그가 의식을 잃었을 때 누가 그의 시계를 훔쳐 가버렸다.

뮐러는 고개를 흔들며 말한다. 「내가 늘 이야기했잖아. 그렇게 고급 시계를 차고 다니면 안 된다고.」

뮐러는 다소 눈치가 없는 데다가 자기 말만 고집하는 녀석이다. 눈치가 있다면 그런 말은 하지 않을 것이다. 왜냐하면 누가 보더라도 케머리히는 이 병실에서 살아 나갈 수 없을 것 같았기 때문이다. 그가 자신의 시계를 되찾게 되든 말든 그에겐 전혀 상관없는 일이다. 기껏 해봤자 그의 시계를 집에 보낼 수 있을지도 모른다.

「몸은 좀 어때, 프란츠?」 크로프가 묻는다.

케머리히는 고개를 떨군다. 「그저 그래. 다만 발이 되게 아
플 뿐이야.」

우리는 그의 이불을 바라본다. 그의 다리는 어느 철사 바
구니 안에 들어 있고, 두꺼운 이불이 그 위에 둥글게 걸쳐져
있다. 나는 뮐러의 정강이를 걷어찬다. 케머리히에게는 이제
발이 없다고 위생병이 밖에서 이미 우리에게 들려준 이야기
를 행여 그가 케머리히에게 말해 버릴지도 모르기 때문이다.
그의 다리는 절단되었다.

케머리히는 안색이 누렇고 창백해서 처참하게 보인다. 얼
굴에는 이미 낯선 주름들이 보인다. 우리는 그를 하도 많이
봐왔기 때문에 주름을 잘 알고 있다. 사실 그것들은 주름이
라기보다는 오히려 불길한 징조라고 할 수 있다. 피부 밑에
서는 생명이 더 이상 맥박 치지 않고 있다. 생명이 이미 몸 가
장자리에까지 밀려 나와 있다. 몸속에서는 죽음이 활개치고
있고, 두 눈에는 이미 죽음의 그림자가 드리우고 있다. 거기
에 우리의 전우 케머리히가 누워 있다. 그는 얼마 전까지만
해도 우리와 함께 말고기를 구워 먹고, 포탄 구덩이 속에 함
께 쭈그리고 있지 않았던가. 그는 예전의 그이지만, 이제 더
는 예전의 그가 아니다. 마치 두 장을 겹쳐서 찍은 사진 원판
처럼 그의 얼굴은 빛이 바래지고 흐리멍덩해졌다. 그의 목소
리마저 생기를 잃어버렸다.

우리가 집을 떠나던 때의 정경이 생생하게 떠오른다. 마음
씨 좋게 생긴 뚱뚱한 그의 어머니는 아들을 역까지 바래다주
었다. 그녀는 하염없이 눈물을 흘렸고, 그녀의 얼굴은 그로
인해 퉁퉁 부어올랐다. 이 때문에 도리어 케머리히가 난처해

했다. 그의 어머니가 모두들 중에서 제일 안절부절못했기 때문이다. 그녀는 눈물과 콧물이 범벅이 된 채 하염없이 울었다. 그 와중에 그녀는 나를 알아보고 몇 번이나 나의 팔을 잡고 전장에서 프란츠를 잘 돌봐 주라고 신신당부를 했다. 물론 그는 얼굴도 어린아이 같았고, 뼈도 약했기 때문에 4주간 배낭을 메고 다닌 후에는 벌써 편평발이 되어 버렸다. 하지만 포탄이 빗발치는 전장에서 누가 누구를 돌봐 줄 수 있겠는가!

「넌 이제 집에 갈 수 있을 거야.」 크로프가 말한다. 「휴가를 얻으려면 적어도 아직 3~4주는 기다려야 하겠지.」

케머리히는 고개를 끄덕인다. 손이 밀랍 같아서 나는 그의 두 손을 제대로 볼 수 없다. 손톱 밑에는 참호에서 묻은 흙이 아직 끼어 있다. 손톱은 독처럼 검푸른색이다. 문득 케머리히가 진작 숨을 멈추고 난 후에도 그의 손톱이 계속 자랄 것 같다는 생각이 든다. 마치 유령 같은 땅속의 버섯처럼 길게 말이다. 나는 그 광경이 눈에 선하게 떠오른다. 손톱이 코르크 마개 뽑이처럼 구불구불 자꾸만 자꾸만 자라나는 모습이. 이와 더불어 뼈만 앙상해지는 두개골 위의 머리털도 비옥한 땅 위의 풀처럼, 바로 그 풀처럼 자라나는 모습이. 그런데 이게 어디 있을 법이라도 한 얘긴가?

뮐러는 케머리히 쪽으로 몸을 숙이고 말한다. 「프란츠, 우리가 네 짐을 가져왔어.」

케머리히는 손으로 가리킨다. 「침대 밑에 놔둬.」

뮐러는 시키는 대로 한다. 케머리히는 다시 잃어버린 시계 이야기를 꺼낸다. 그가 의심을 품지 않게 하면서 그의 마음을 진정시키려면 어떻게 해야 할까!

뮐러는 뮐러 나름대로 한 켤레의 조종사 장화 이야기를 끄집어낸다. 그것은 부드러운 노란 가죽으로 된 영국제 고급 신발이다. 그것은 무릎에까지 올라오고 아주 위쪽에서 끈을 매도록 되어 있는, 누구나 탐낼 만한 물건이다. 구두를 보고 탐이 난 뮐러는 그 구두창을 자신의 멋없는 구두에 대어 보고 이렇게 묻는다.「프란츠, 이 장화를 가지고 갈 거니?」

우리 셋은 모두 같은 생각을 하고 있다. 비록 그의 몸이 회복된다고 한들 한쪽 다리밖에 사용할 수 없을 것이다. 그러므로 그 장화는 그에게 무용지물이나 마찬가지이다. 하지만 지금처럼 그것이 계속 여기에 있다면 마음에 걸리는 일이 된다. 왜냐하면 케머리히가 죽고 나면 물론 위생병들이 그것을 즉각 낚아채 버릴 것이기 때문이다.

뮐러는 질문을 되풀이한다.「너 구두를 여기에 놓고 가지 않겠니?」

케머리히는 놓고 가지 않겠다고 한다. 왜냐하면 장화는 그가 제일 아끼는 물건이기 때문이다.

「그럼 다른 것과 바꾸는 게 어때?」뮐러는 다시 제안을 한다.「여기 전장에선 그런 게 필요해서 그래.」

하지만 케머리히는 마음을 바꾸지 않는다.

난 뮐러의 발을 살짝 밟는다. 그러니까 그는 멋진 장화를 아쉬운 표정으로 다시 침대 밑에 넣어 둔다.

우리는 대화를 더 나눈 다음 작별 인사를 한다.「프란츠, 몸조리 잘해라.」

나는 내일 다시 오겠다고 그에게 약속한다. 뮐러도 같이 오겠다고 약속한다. 그는 장화가 너무 마음에 드는지 아직 미련을 버리지 못하는 모양이다.

케머리히는 열 때문에 신음하고 있다. 우리는 바깥에 나와 위생병을 붙잡고 케머리히에게 주사를 한 대 놔달라고 사정을 한다.

위생병은 안 된다고 한다. 「우리가 환자마다 모르핀을 놔준다면 모르핀이 한 통 가득 있어도 모자랄 거야.」

「넌 장교에게만 서비스가 좋구나.」 크로프가 악의에 찬 말을 내뱉는다.

재빨리 나는 묘안을 짜내어 위생병에게 우선 담배 한 개비를 권한다. 그가 담배를 받자 나는 이렇게 묻는다.

「네가 주사를 놔도 되는 거냐?」

그는 감정이 상한다. 「믿지 못한다면 왜 부탁하는 거냐?」

나는 그의 손에 또 담배 몇 개비를 쥐여 준다. 「그러지 말고 좀 놔줘.」

「정 그렇다면 할 수 없지.」 그가 말한다. 크로프는 그를 따라 들어간다. 영 미덥지 못해서 지켜볼 요량인가 보다. 우리는 밖에서 기다리기로 한다.

밀러는 다시 장화 이야기를 늘어놓기 시작한다. 「그건 내 발에 꼭 맞을 거야. 이런 나막신을 신고 달리면 물집만 잡혀. 내일 일과 후까지 그가 버틸 거라고 생각하니? 그가 오늘 밤 죽는다면 우리가 본 장화를……」

알베르트가 돌아오면서 〈너희들 그렇게 생각하니?〉 하고 묻는다.

「다 끝났어.」 밀러가 딱 잘라 말한다.

우리는 막사로 돌아간다. 나는 내일 케머리히의 어머니에게 써야 할 편지에 대해 생각한다. 몸이 으슬으슬 떨려 브랜디라도 마시고 싶다. 뮐러는 풀을 뜯어 질겅질겅 씹는다. 갑자기 키 작은 크로프가 담배를 내던지고는 거칠게 짓밟아버린다. 그는 맥 풀리고 심란한 표정으로 주위를 둘러보며 이렇게 중얼거린다. 「이런 젠장, 이런 젠장.」

우리는 한동안 계속 발걸음을 옮긴다. 크로프는 마음이 좀 진정이 되었다. 그것은 우리가 잘 알고 있는 전선 조광증(躁狂症)이다. 누구나 한 번은 그 병에 걸리게 되어 있다. 뮐러가 크로프에게 묻는다. 「그 칸토레크 선생은 대체 뭐라고 썼냐?」

크로프가 웃으며 말했다. 「우린 강철 같은 청춘이래.」

우리 셋은 모두 화가 나 웃는다. 크로프는 욕을 퍼붓는다. 그는 말을 할 수 있을 정도로 기분이 좋다.

그래, 그들은 그렇게 생각한다, 그렇게 생각해, 수없이 많은 칸토레크 같은 사람들은!

강철 같은 청춘. 청춘이라! 우리는 모두 채 스무 살도 되지 않았다. 그러나 어리다고? 청춘이라고? 그건 다 오래전의 일이다. 우리는 어느새 노인이 되어 있는 것이다.

# 2

내가 쓰기 시작한 드라마 「사울왕」 대본과 한 묶음의 시
원고가 집의 책상 서랍에 들어 있다는 생각을 하니 참으로
이상야릇한 기분이 든다. 몇 날 밤을 이 원고를 쓰면서 보내
지 않았던가. 우리는 거의 누구나 다 이와 비슷한 경험을 했
으리라. 하지만 나는 지금 너무나 비현실적으로 변해 있어서
나에게 과연 그런 일이 있긴 했던가 하고 생각될 정도이다.

우리가 전쟁터에 온 이후로 일부러 그러려고 한 것은 아니
지만 우리는 이전 생활과 완전히 단절되어 버렸다. 이전 생
활을 개관해 보고 설명해 보려고 여러 번 시도해 보지만 뜻
대로 잘 되지 않는다. 칸토레크 선생이 강철 같은 청춘이라
부른 스무 살에 불과한 우리들, 크로크, 뮐러, 레어 그리고
나에게는 모든 일이 불투명하다. 그런데 나이 든 사람들은
모두 이전의 생활과 확고하게 연결되어 있다. 이들에게는 그
럴 만한 이유가 있는 것이다. 이들에게는 부인과 자식, 직업
과 여러 가지 이해관계가 있다. 이것들은 전쟁으로도 파괴될
수 없을 정도로 강하게 결속되어 있다. 하지만 스무 살인 우

리에게는 고작 부모밖에 없으며, 개중에는 여자 친구가 있는 사람도 있다. 이는 그리 대단하지 않다. 왜냐하면 우리 나이에는 부모의 힘이 가장 미약하기 때문이다. 그리고 아직은 여자 친구에게 온통 마음을 뺏길 정도도 아니다. 이것 말고는 우리에게 별로 대단하다 할 만한 게 없다. 그저 약간의 몽상, 약간의 취미 그리고 학교가 있을 뿐이다. 우리의 삶이 아직 앞으로 나아가지 못한 것이다. 그런데 그마저도 지금 남아 있는 것이라곤 하나도 없다.

칸토레크는 우리가 바야흐로 인생의 문턱에 서 있다고 말할지도 모른다. 사실 뭐 그렇기도 하다. 우리는 아직 생활 속에 제대로 뿌리를 내리지 못했다. 그런데 우리는 전쟁에 휩쓸려 가버린 것이다. 좀 더 나이가 든 사람들에게는 전쟁이 하나의 중단이다. 그들은 전쟁을 넘어서서 멀리까지 생각할 줄 안다. 하지만 우리는 전쟁에 사로잡혀 언제 풀려날지 알지 못하고 있다. 지금 이 순간 우리가 알고 있는 것은 우리가 이상야릇하고 우울한 방식으로 거칠게 변했다는 사실뿐이다. 그렇다고 해도 우리는 이제 자주 슬픔에 빠지지도 않는다.

뮐러가 케머리히의 장화를 몹시 탐내기는 하나 감히 동정하려는 마음조차 품지 않는 다른 사람보다 동정심이 적은 것은 아니다. 그는 이를 구별할 줄 알 따름이다. 만약 그 장화가 케머리히에게 어느 정도 유용하다면 뮐러는 장화를 손에 넣을 방안을 강구하기보다는 오히려 맨발로 철조망 위를 달릴지도 모른다. 하지만 현재 그 장화는 케머리히에게는 전혀 쓸모없는 물건이 되었고 뮐러에게는 대단히 유용한 물건이다. 누가 장화를 손에 넣든지 상관없이 케머리히는 죽을 것이다. 그렇다면 뮐러가 왜 뒷전에 물러나 있어야 한단 말인가! 그는 위생병보다 훨씬 더 우선권이 있는 셈이다. 케머리히가 일단 죽고 나면 한발 늦게 된다. 그 때문에 뮐러는 바로 지금 눈독을 들이고 있는 것이다.

다른 맥락은 다분히 억지로 꾸민 것에 불과하므로 우리는 이에 대한 생각을 접어 두기로 했다. 단지 사실만이 우리에게 옳고 중요하다. 그런데 좋은 장화는 흔하지 않다.

전에는 또한 사정이 이렇지 않았다. 지역 사령부에 갔을 때 우리는 스무 명의 젊은이로 이루어진 한 반 학생이었다. 우리는 병영에 들어가기 전에 신이 나서 면도를 했는데, 처음으로 면도를 하는 친구들도 몇몇 있었다. 우리에게는 미래에 대한 확고한 계획이 없었고, 입신출세나 직업에 대한 생각이 삶의 형식을 의미한다고 하기에는 아직 너무 비현실적이었다. 그 대신에 우리의 마음은 너무 막연한 생각으로 가득 차 있었다. 이러한 생각은 삶에 그리고 우리의 눈에 비친 전쟁에도 이상적이고 낭만적인 성격을 부여하게 되었다.

우리는 10주간의 군사 훈련을 받으면서 10년 동안의 학창 시절보다도 더 단호하게 변했다. 우리는 네 권으로 된 쇼펜하우어 전집보다 잘 닦은 단추 하나가 더 중요하다는 사실을 알게 되었다. 처음에는 놀라워하다가 그런 다음에는 분노한다. 그러다가 급기야는 아무래도 상관없다는 식이 된다. 결정적으로 중요한 것은 정신이 아니라 구둣솔이 아닌가 하고 우리는 생각하게 된 것이다. 생각이 아니라 조직이 중요하고, 자유가 아니라 군사 훈련이 중요하다는 것을 인식하게 되었다. 우리는 감격해서 호의를 품고 군인이 되었다. 하지만 사람들은 우리의 이런 생각을 떨쳐 버리기 위해 온갖 짓을 다 했다. 그리하여 입대한 후 3주가 지나자 제복에 은실이 달린 우편배달부의 힘이 예전의 우리 부모, 우리 교육자 그리고 플라톤에서 괴테에 이르는 모든 문화계 인사를 합친 것보다 더욱 막강하다는 사실을 우리는 인정하지 않을 수 없게 되었다. 우리의 젊고 깬 눈으로 우리는 우리 선생님이 말하는 고전적인 조국애 개념이 여기에서는 인격을 포기함으로써 잠정적으로 실현되는 것을 알았다. 하지만 보잘것없는 우체부에겐 이러한 것을 결코 부당하게 요구하지 않을 것이다. 경례, 부동자세, 분열 행진, 받들어총, 우향우, 좌향좌, 뒤꿈치를 맞붙이며 차렷하기, 욕지거리 및 온갖 부당한 횡포. 우리는 애당초 우리의 임무를 이와는 다른 것으로 생각했다. 그런데 우리가 서커스의 말처럼 용감무쌍하게 조련되었음을 알게 되었다. 우리는 이내 이런 것에 익숙해졌다. 우리는 심지어 이런 것들 중 어떤 것은 꼭 필요하고, 다른 어떤 것은 쓸데없다는 것까지 파악하게 되었다. 군인은 이런 것을 냄새 맡는 데 비상한 후각을 지닐 수밖에 없다.

　우리 반 친구들은 셋씩, 넷씩 서로 다른 분대로 흩어졌다. 우리는 프리슬란트섬의 어부며 농부, 노동자 및 직공 들과 같이 지냈지만 이들과 금방 친해졌다. 크로프, 뮐러, 케머리히와 나는 히멜슈토스 하사가 분대장으로 있는 제9분대에 배속되었다.

　그는 병영 내에서 최고 악질로 소문이 났다. 그는 이를 자랑으로 생각했다. 12년간 군에 복무한 이 땅딸막한 녀석은 사회에 있을 때 우편배달부였다. 붉은 기가 도는 그의 수염은 위로 말려 올라갔다. 크로프, 차덴, 베스트후스 그리고 내가 자기에게 은밀히 반항하는 것을 눈치채고 그는 우리들을 특히 점찍어 두었다.

나는 어느 날 아침에 열네 번이나 그의 모포를 갠 적이 있었다. 그는 그때마다 번번이 트집을 잡으면서 모포를 헐어 버리는 것이었다. 물론 그사이에 쉬는 시간이 있기는 했지만 하루 스물네 시간 꼬박 걸려 낡아 빠져 돌처럼 단단한 그의 군화를 버터처럼 부드럽게 만들어 준 적도 있었다. 히멜슈토스도 이에 대해 아무런 트집을 잡지 못했다. 하지만 나는 그의 명령으로 분대 내무반을 칫솔로 깨끗이 닦고 문질러야 했다. 또 한번은 크로프와 내가 솔과 빗자루로 영내의 눈을 깨끗이 쓸라는 분부를 받은 적도 있었다. 마침 어떤 장교가 나타나 우리를 돌려보내고 히멜슈토스를 호되게 야단쳤기에 망정이지 그러지 않았더라면 우리는 얼어 죽을 때까지 그러고 있었을지도 모른다. 유감스럽게도 이 일이 있고 난 뒤 히멜슈토스는 우리를 더욱 못살게 굴었다. 나는 4주간 연달아 일요일마다 보초 근무를 섰고, 그 후 또 4주간은 내무반 근무를 해야 했다. 완전 군장에다 총을 들고는 쟁기질이 끝나 푸석푸석하고 습기 찬 밭에서 〈뛰어, 앞으로, 앞으로〉와 〈엎드려〉를 연습했다. 그리하여 급기야는 온몸이 진흙투성이가 된 채 쓰러지고 말았다. 그리고 나서 네 시간 후에 나는 장비를 깨끗이 닦고 정비하여 히멜슈토스에게 보여 주었다. 물론 피부가 벗겨져 피투성이가 된 손과 함께 말이다.

한번은 이런 일도 있었다. 나는 크로프, 베스트후스 그리고 차덴과 함께 엄동설한에 장갑도 끼지 않고 15분 동안이나 〈부동자세〉를 연습한 적도 있었다. 맨손을 얼음장처럼 차가운 총대에 대고 말이다. 위반 사항을 적발하려고 히멜슈토스는 숨어 있다가 우리가 조금이라도 움직이는 건 아닌지 살금살금 다가와 보곤 했다. 그리고 한번은 새벽 2시에 여덟 번이나 내의 바람으로 막사의 맨 위층에서 연병장까지 뛰어 내려간 적도 있었다. 각자 자기 물품을 잘 개어 정돈해 두어야 하는 선반의 가장자리 밖으로 나의 팬티가 몇 센티미터 정도 삐져나왔다는 이유에서였다. 히멜슈토스 하사관은 옆에서 나와 같이 달리면서 나의 발가락을 밟아 버리기도 했다. 그리고 총검술을 연습할 때는 늘 히멜슈토스를 상대로 싸워야 했다. 나에게는 무거운 철제 모형 총을 들게 하고 자기는 가벼운 목총을 사용하여 겨뤘기 때문에 그가 내 팔에 푸르죽죽한 멍을 들게 하는 것은 식은 죽 먹기였다. 물론 그러다가 한번은 나도 너무 화가 치민 나머지 두 눈 딱 감고 돌진해서는 그의 복부에 일격을 가하여 그를 벌러덩 나둥그러지게 했다. 그가 이럴 수 있느냐며 화를 내려고 하자 중대장은 이 광경을 지켜보고 있다가 배를 움켜쥐고 웃음을 터뜨리며 〈자기도 주의를 기울여야지〉 하고 말했다. 중대장도 히멜슈토스의 성격을 잘 알고 있는지라 그가 당하는 꼴을 보고 내심 고소해하는 것 같았다. 이런 과정을 거치면서 나는 간이 옷장 오르기의 명수가 되었고, 어느덧 무릎 굽히기 운동도 나를 능가하는 사람이 없게 되었다. 우린 그의 목소리만 들어도 치를 떨었지만 거칠게 변한 이 배달부 녀석도 우리의 기를 완전히 꺾을 수는 없었다.

어느 일요일 크로프와 나는 변기통을 막대기에 끼워 막사에서 연병장으로 질질 끌고 나오다가 마침 번지르르하게 차려입고 나오는 히멜슈토스와 마주치게 되었다. 그는 우리 앞으로 다가오더니 지금 하는 일이 마음에 드는지 물어보았다. 우리가 들은 척도 않고 걸려 넘어지는 시늉을 하자 변기통이 뒤집어져 오물이 그의 다리에 쏟아졌다. 그는 화가 머리끝까지 나서 길길이 날뛰었다.

「영창감이야!」 그가 소리쳤다.

크로프도 더는 참지 못하고 맞받아쳤다. 「하지만 그 전에 조사가 있겠지요. 그럼 우린 모든 걸 불어 버릴 겁니다.」

「하사관한테 이 무슨 말버릇인가!」 히멜슈토스가 으르렁거렸다. 「자네들 미쳐 버린 건가? 조사받을 때까지 기다리게! 대체 자네들은 뭘 하자는 건가?」

「하사관님에 대해 모든 걸 털어놓을 겁니다!」 크로프는 이렇게 말하고 손가락을 바지의 재봉 선에 대고 부동자세를 취했다.

히멜슈토스는 이제야 사태의 심각성을 눈치채고 한 마디도 없이 그 자리를 떠났다. 그는 사라지기 전에 또 한 번 꽥꽥거렸다. 「너희들에게 복수하고 말 거야.」 하지만 그의 위력도 이제 사라져 버린 뒤였다.

그는 또 한 번 우리들에게 〈엎드려〉와 〈뛰어, 앞으로, 앞으로〉를 시켰다. 우리는 그의 모든 명령을 따랐다. 왜냐하면 명령은 명령이기 때문이다. 명령을 받으면 실행해야 한다. 하지만 그 명령을 아주 느릿느릿 실행했기 때문에 히멜슈토스는 아주 자포자기의 심정에 빠지게 되었다.

우리는 느긋하게 무릎을 꿇고, 그런 다음 팔을 땅에 대는 그런 식이었다. 그러는 사이에 그는 이미 화가 나 또 다른 명령을 내렸다. 우리가 땀이 나기 전에 그가 먼저 목이 쉬어 버렸다. 그러면 그는 우리를 쉬게 해주었다. 그는 여전히 우리를 개돼지라고 불렀지만 거기에는 조심하는 기색이 역력했다.

분대장이라 해서 다 이런 것은 아니고 더 분별력이 있고 행실이 좋은 사람들도 많이 있었다. 심지어 행실이 좋은 분대장이 압도적으로 많았다. 하지만 다들 여기 후방의 좋은 부서에 되도록 오래 있으려고 했다. 하사관이란 신병들에게 뺑뺑이를 잘 돌려야만 좋은 부서에 그대로 있을 수 있는 법이다.

우리는 신병이 받을 수 있는 훈련이란 빠짐없이 다 받았다. 그래서 때로는 너무 화가 난 나머지 울부짖기도 했다. 우리들 중의 일부는 그로 인해 병이 들기도 했다. 심지어 볼프라는 친구는 폐렴으로 사망하기도 했다. 하지만 그렇다고 우리가 약하게 나갔다면 우리 스스로가 가소롭다는 생각이 들었을지도 모른다. 우리는 강건하게 되고, 의심을 품게 되고, 동정심이 사라지게 되고, 복수심에 불타게 되고, 거칠어지게 되었다. 그리고 우린 그렇게 되어야만 했다. 우리가 이런 수련 기간을 거치지 않고 바로 참호 속으로 보내졌더라면 우리 대부분은 아마 미쳐 버렸을지도 모른다. 하지만 우리는 그런 교육을 통해 우리에게 닥칠 일을 대비했던 것이다.

우리는 좌절하지 않고 상황에 적응해 나갔다. 스물이라는 나이는 우리들 중 다른 여러 사람들을 힘들게 하기도 했지만 이와 동시에 도움을 주기도 했다. 하지만 가장 중요한 점은 우리 마음속에서 견고하고, 실제적인 연대감이 싹텄다는 사실이었다. 전쟁터에서 전쟁이 가져다준 가장 값진 것은 바로 전우애였다!

나는 케머리히의 침대맡에 앉아 있다. 그는 하루가 다르게 쇠약해지고 있다. 우리들 주위는 시끌벅적하다. 야전 열차가 도착해서 수송 가능한 부상자들을 물색하고 있다. 군의관은 케머리히의 침대 옆을 지나가면서 케머리히를 거들떠보지도 않는다.

「프란츠, 다음에 네 차례인 모양이다.」 내가 말한다.

그는 베개를 팔꿈치에 괴고 몸을 일으킨다. 「저들이 한쪽 다리를 잘랐어.」

그도 이젠 사정을 알고 있는 모양이다. 나는 고개를 끄덕이며 이렇게 대답한다. 「이렇게라도 살아났으니 다행이지 뭐.」

그는 아무 말도 하지 않는다.

나는 계속 말을 이어 간다. 「프란츠, 두 쪽 다리 다 잘랐을 수도 있었어. 베결러는 오른쪽 팔을 잃었어. 그게 훨씬 안 좋은 거지. 이제 너도 집에 돌아가게 되겠지.」

그는 나를 빤히 쳐다보며 묻는다. 「그렇게 생각하니?」

「물론이지.」

그는 다시 같은 말을 한다. 「정말 그렇게 생각해?」

「그렇다니까, 프란츠. 그러나 수술을 했으니 일단 몸이 회복되어야지.」

그는 가까이 다가오라고 손짓을 한다. 그의 쪽으로 몸을 굽히니 그가 나지막하게 속삭인다. 「난 그렇게 생각하지 않아.」

「프란츠, 쓸데없는 소리 하지 마. 며칠 있으면 직접 알게 될 거야. 한쪽 다리 자른 것은 별 대수로운 일이 아니야. 여기서는 더 심한 경우에도 반창고만 붙이면 그만이지.」

그는 한쪽 손을 높이 든다. 「이 손가락을 좀 봐.」

「그건 수술 때문이야. 잘 먹기만 하면 회복될 거야. 그런데 급식은 괜찮니?」

그는 아직 반쯤 남아 있는 접시를 가리킨다. 나는 흥분해서 말한다. 「프란츠, 음식을 잘 먹어야지. 식사가 제일 중요해. 여기 음식은 아주 좋은 편이야.」

그는 내 말을 수긍하지 않는다. 잠시 후에 그는 느릿느릿 말한다. 「난 산림 감독관이 되려고 했는데.」

「넌 아직 그 일을 할 수 있어.」 나는 위로의 말을 한다. 「요새는 의족이 좋은 게 나와서 다리 하나가 없다는 걸 전혀 느끼지 못한대. 그걸 몸의 근육에 연결하면 돼. 의수를 착용하면 손가락을 움직이고, 일하고, 심지어는 글도 쓸 수 있대. 그뿐만 아니라 시일이 흐르면 점점 더 좋은 것이 나올 거야.」

그는 한동안 아무 말이 없다가 이렇게 말한다. 「내 장화 말이야, 그걸 뮐러에게 갖다 줘도 좋아.」

나는 머리를 끄덕이고 무언가 그에게 힘을 내게 해줄 좋은 말이 없을까 곰곰이 생각해 본다. 그의 입술은 윤곽이 사라져 버렸고, 입은 더 커졌으며, 이빨은 마치 백묵으로 만들어진 듯 앞으로 튀어나와 있다. 살은 쪽 빠졌고, 이마는 더 훤히 벗겨졌으며, 광대뼈는 툭 튀어나와 있다. 조금씩 해골로 변하고 있는 것이다. 두 눈은 이미 쑥 들어가 버렸다. 한

두 시간이 지나면 그는 영영 눈을 감게 될지도 모른다.

내가 죽음의 징후를 본 사람이 케머리히가 처음은 아니다. 하지만 우리는 어릴 때부터 같이 자란 사이가 아닌가. 그에게는 늘 무언가 다른 점이 있었다. 나는 그가 작문한 것을 베낀 적이 있었다. 그는 등교할 때 대개 허리띠를 매고 갈색 양복을 입었다. 그 허리띠는 소매와 닿는 부분이 닳아 반짝반짝 윤이 났다. 우리들 중 철봉에서 대회전을 할 수 있는 친구도 그 아이 하나뿐이었다. 그가 대회전을 할 때는 머리칼이 얼굴에 비단처럼 흩날렸다. 칸토레크는 이런 그를 무척 자랑스러워했다. 하지만 그는, 담배는 좋아하지 않았다. 그의 피부는 백옥같이 희었고, 그에게는 소녀 같은 구석이 있었다.

나는 내 장화를 내려다본다. 크고 투박하며 바지가 장화 속으로 들어가 있다. 일어서면 통이 넓어져 뚱뚱하고 다부져 보인다. 하지만 목욕탕에 들어가서 옷을 벗으면 갑자기 다시 가느다란 다리와 좁은 어깨가 나타난다. 그럴 때면 군인이 아니라 흡사 소년의 모습에 가깝다. 우리가 배낭을 짊어지고 다닌다고 한다면 아무도 믿지 않을 것이다. 우리가 맨몸이 될 때는 실로 이상야릇한 순간이다. 그럴 때면 우리는 민간인이 되며 우리 자신도 거의 그런 느낌을 받는다.

목욕할 때 보니 프란츠 케머리히는 작고 야위어서 어린애처럼 보였다. 그런 그가 지금 누워 있다. 왜 누워 있어야 한다는 말인가? 온 세상 사람들을 이 침대 옆으로 데리고 와 이렇게 말한다면 어떨까. 「이 사람이 프란츠 케머리히입니다. 열아홉 살 하고 6개월 되었지요. 그는 죽고 싶지 않다고 합니다. 제발 그를 살려 주십시오.」

내 머릿속은 온갖 상념으로 뒤죽박죽이 된다. 석탄산과 화상으로 인한 상처의 고름 냄새가 폐에 카타르를 일으킨다. 이 공기는 사람을 질식시키는 끈적끈적한 죽과 같다.

날이 어두워지자 케머리히의 얼굴이 창백해진다. 베개에서 얼굴을 쳐들자 너무 핏기가 없어서 얼굴에서 빛이 어른거리는 것 같다. 그가 힘없이 입을 달싹거리자 나는 그에게 가까이 몸을 들이댄다. 그는 나지막한 소리로 속삭인다. 「너희들 내 시계 찾으면 집에 보내 줘.」

나는 그의 말에 이의를 제기하지 않는다. 그래 보았자 아무 소용 없는 일인 것이다. 이제 어떤 말로도 그를 설득할 수 없다. 어떻게 손을 쓸 수 없다는 생각에 기분이 비참해진다. 관자놀이가 움푹 들어간 이 이마, 그저 꾹 닫고만 있는 이 입, 이 뾰족한 코! 그리고 내가 편지를 써야만 하는 뚱뚱한 그의 어머니는 집에서 울고만 있을 텐데. 내가 그 편지를 이미 보내 버렸더라면 좋았을 텐데.

군병원 조수들이 병과 통을 들고 이리저리 돌아다닌다. 그중 한 사람이 다가와서는 뭔가 살피는 듯한 눈초리로 케머리히를 바라보다가 다시 가버린다. 그는 무언가를 기다리는 것처럼 보인다. 그에게는 케머리히의 침대가 필요한 것이 분명하다.

나는 케머리히에게 가까이 다가가 그를 도와줄 생각으로 이렇게 말한다. 「프란츠, 넌 아마 클로스터베르크의 별장들 사이에 있는 요양원으로 갈지도 몰라. 그러면 창밖으로 들녘 너머 지평선에 있는 나무 두 그루까지 볼 수 있을 거야.

곡식이 무르익는 지금이 제일 좋은 때야. 저녁이 되면 석양을 받아 들판이 마치 진주조개처럼 보이겠지. 포플러가 늘어서 있는 클로스터바흐에서 우린 가시고기를 잡았지! 넌 다시 어항에다 물고기를 키울 수도 있을 거야. 넌 바깥으로 돌아다닐 수 있고 아무에게도 물을 필요가 없겠지. 그리고 네가 원한다면 심지어 피아노도 칠 수 있을 거야.」

나는 그늘이 드리워져 있는 케머리히의 얼굴에 몸을 숙인다. 그는 아직 가느다랗게 숨을 쉬고 있다. 그의 얼굴은 울음으로 젖어 있다. 그렇다, 내가 쓸데없는 말로 실없는 짓을 한 셈이었다!

나는 그의 어깨를 감싸 안으며 나의 얼굴을 그의 얼굴에 갖다 댄다. 「그런데 프란츠, 이제 잠 좀 자겠니?」

그는 아무 대답도 하지 않는다. 눈물이 뺨 위로 흘러내린다. 그의 눈물을 닦아 주고 싶지만 내 손수건이 너무 지저분하다.

이러는 사이에 한 시간이 흘러간다. 나는 긴장한 채 앉아서 그가 혹시 또 무슨 말을 하고 싶어 하는지 그의 얼굴 표정을 유심히 살핀다. 그가 입을 열고 소리라도 치면 좋으련만! 하지만 그는 머리를 옆으로 돌리고 울기만 할 뿐이다. 그는 자기 어머니, 자기 형제들에 대해 말하지 않는다. 그는 아무 말도 하지 않는다. 어쩌면 이미 그럴 능력이 없을지도 모른다. 그는 지금 열아홉 살 된 자신의 조그만 생명과 홀로 대면하면서, 그 생명이 자신을 떠나려 하기 때문에 울고 있는 것이다.

이것이 내가 지금까지 겪었던 것 중에서 가장 당황스럽고 괴로운 이별이다. 차덴의 경우에도 사정은 좋지 않았지만 말이다. 힘이 좋은 그는 어머니를 불러 달라고 소리쳤다. 그는 불안한 표정으로 눈을 부릅뜨고는 군의관이 다가오지 못하도록 총검으로 위협하다가 마침내 푹 쓰러지고 말았다.

갑자기 케머리히는 신음하면서 가쁜 숨을 몰아쉬며 그르렁 소리를 내기 시작한다.

나는 급히 일어나 허겁지겁 바깥으로 뛰쳐나가서는 사람들에게 물어본다. 「군의관이 어디 있어요? 군의관이 어디 있냐고요!」

하얀 가운을 입은 사람이 눈에 띄자 나는 그의 소매를 꽉 붙잡고 말한다. 「빨리 갑시다, 안 그러면 케머리히가 죽는단 말이에요.」

군의관은 나의 손을 뿌리치고 옆에 서 있는 군병원 조수에게 묻는다. 「어찌 된 일이지?」

조수는 이렇게 말한다. 「26번 침대, 넓적다리 절단 환자입니다.」

군의관은 퉁명스럽게 말한다. 「내가 그런 일을 어떻게 알겠나. 오늘만 해도 다리를 다섯 개나 잘랐는데.」 그는 나를 밀치고 조수에게 말한다. 「가서 봐줘라.」 그러고는 수술실로 급히 가버린다.

나는 위생병과 같이 가면서 분노에 치를 떤다. 그 남자는 나를 보면서 이렇게 말한다. 「아침 5시부터 줄곧 수술이 있었어. 좋아, 자네에게 말해 주지. 오늘만 해도 열여섯 명이 죽었어. 자네 친구는 열일곱 번째지. 금방 스무 명까지 찰지도 몰라.」

나는 온몸에 맥이 풀린다. 갑자기 더는 이러쿵저러쿵 탓할 수 없게 된다. 나는 더는 욕하지 않을 거다. 그건 부질없는 짓이다. 나는 푹 쓰러져서 그만 다시는 일어서고 싶지 않다.

우리는 케머리히의 침대에 다가간다. 그는 벌써 숨이 멎어 있다. 얼굴은 눈물로 아직 젖어 있다. 반쯤 뜨고 있는 두 눈은 뿔 단추처럼 노란색을 띠고 있다.

위생병은 내 옆구리를 찌른다.

「짐은 네가 가지고 갈 건가?」

나는 고개를 끄덕인다.

그는 말을 계속한다. 「우린 시신을 즉각 치워야 해. 침대가 필요하거든. 바깥 복도엔 벌써 부상자들이 드러누워 있어.」

난 케머리히의 짐을 집어 들고 그의 인식표를 떼낸다. 위생병은 신분증이 어디 있는지 물었지만 그게 보이지 않는다. 나는 어쩌면 영내 사무실에 있을지도 모른다고 말하며 발걸음을 옮긴다. 내 뒤에서는 그들이 벌써 케머리히를 휴대용 들것 위로 실어 나르고 있다.

문밖에 나오니 어둠과 바람이 몰려왔고, 나는 이를 마치 구원이라도 받은 양 느낀다. 나는 될 수 있는 한 깊이 숨을 들이쉬고 내쉬면서, 마치 지금까지 느껴 보지 못한 것처럼 얼굴에 따뜻하고 부드러운 공기를 느낀다. 불현듯 소녀, 꽃 피어나는 초원, 흰 구름에 대한 생각이 내 뇌리를 스친다. 군화를 신은 두 다리가 앞으로 움직여 나아가면서 발걸음이 점점 더 빨라진다. 마침내는 뛰어간다. 군인들이 내 옆을 스쳐 지나간다. 그들이 무슨 말을 하는지 알아들을 순 없었지만 이들이 나누는 대화 소리는 나를 흥분시킨다. 지면에서 솟아오르는 힘이 발바닥을 통해 내 몸속으로 넘쳐흐른다. 밤은 전깃불처럼 타다닥 하는 소리를 내고, 전선에서는 북을 연주하는 것처럼 둔중한 소리가 울려온다. 나의 손과 발은 유연하게 움직이고, 관절이 튼튼하게 느껴진다. 나는 힘이 부쳐 숨을 헐떡거린다. 밤은 살아 있고 나도 살아 있다. 나는 허기를 느낀다. 단순히 위에서 느끼는 것 이상으로 대단한 시장기를 느낀다.

밀러는 막사 앞에 서서 나를 기다린다. 나는 그에게 장화를 건네준다. 내무반으로 들어가서 그가 장화를 신어 보니 발에 딱 들어맞는다.

그는 자신의 식품 저장고를 뒤져서는 나에게 맛있는 체르벨라트 소시지 한 조각을 건네준다. 거기에다 럼주를 곁들여 따끈한 차까지 제공한다.

# 3

우리 부대에 보충 병력이 도착한다. 그래서 부족한 병력이 채워지고, 막사의 짚으로 만든 요에도 곧 주인이 들어찬다. 이들 중 일부는 나이가 든 군인들이지만 스물다섯 명의 젊은 보충 병력도 야전 신병 예비대에서 우리 부대로 보내졌다. 이들은 우리보다 거의 한 살은 더 어리다. 크로프는 나를 쿡 찌르며 말한다. 「풋내기 애들은 봤니?」

나는 고개를 끄덕인다. 우리는 뻐기듯이 가슴을 내밀고 밖에서 면도를 하거나 두 손을 바지 주머니에 찔러 넣는다. 이처럼 신병을 바라보고 있노라니 우리 자신이 제법 고참 군인처럼 느껴진다.

카친스키가 우리들 사이에 끼어든다. 우리는 어슬렁어슬렁 마구간을 지나 보충되어 온 군인들한테로 간다. 그들은 막 방독면과 커피를 지급받는 중이다. 카친스키는 이들 중 가장 어려 보이는 녀석에게 말을 건다. 「보아하니 내내 괜찮은 게 얻어걸리지 못한 것 같군, 어때?」

그는 얼굴을 찡그린다. 「아침에는 순무 빵이었고, 점심에는 순무 채소였고, 저녁에는 순무 커틀릿에다 순무 샐러드였어.」

카친스키는 고참병처럼 휘파람을 불며 말한다. 「순무 빵이라고? 그렇다면 너희들은 운이 좋았군. 여기선 톱밥으로도 빵을 만든단 말이야. 그럼 흰 콩은 어떻게 생각하니, 배 터지게 먹고 싶지 않아?」

소년은 얼굴을 붉히며 말한다. 「놀리지 마.」

카친스키는 이렇게 말할 따름이다. 「반합을 갖고 따라와.」

우리도 호기심이 생겨 그를 따라간다. 그는 짚으로 된 요 옆의 어떤 통으로 우리를 데리고 간다. 거기에는 정말 콩과 소고기가 절반쯤 차 있다. 카친스키는 그 통 앞에 장군처럼 서서 말한다. 「눈을 뜨고, 손가락을 펴라. 프로이센 사람들은 이렇게 말하지.」

우리들은 어안이 벙벙해졌다. 그래서 나는 이렇게 묻는다. 「먹보 카친스키, 이걸 대체 어떻게 구했니?」

「그 토마토 말이야, 내가 이걸 얻으러 가니 좋아하는 눈치였어. 대신 녀석에게 낙하산용 비단을 석 장 주었지. 어쨌든 흰 콩은 식어도 맛이 기가 막히지.」

그는 생색내듯 소년 병사에게 1인분을 퍼주고 말한다. 「다음에 반합을 가지고 여기에 올 때는 왼손에 시가나 씹는담배를 가져오는 거야, 알았지?」

그러고 나서 그는 우리 쪽으로 몸을 돌리고 말한다. 「너희들에게도 물론 주겠어.」


카친스키에게는 육감이 있어서 우리에게 없어서는 안 될 친구이다. 어디에나 그런 사람들은 있지만 그에게 그런 능력이 있다는 것을 우리가 처음부터 알았던 것은 아니다. 중대마다 그런 사람이 한두 명은 있기 마련이다. 카친스키는 내가 아는 사람들 가운데 가장 약삭빠른 사람이다. 내가 알기로 그의 원래 직업은 구두 수선공이었다. 하지만 그는 그 일뿐 아니라 손으로 하는 작업에는 다 능숙했다. 그와 친해 두면 좋을 때가 많다. 크로프와 나는 그와 친한 편이고, 하이에 베스트후스도 그럭저럭 친한 편이다. 하긴 하이에는 일을 실행하는 행동 대장 역할을 한다고 할 수 있다. 왜냐하면 그는 주먹 쓸 일이 생기면 카친스키의 명령에 따라 행동하기 때문이다. 이처럼 그의 장점은 힘을 쓰는 일이다.

예를 들면 이렇다. 한밤중에 우리는 전혀 알지 못하는 곳으로 간다. 담벼락에까지 빈티가 줄줄 흐르는 것을 단박에 알 수 있는 빈궁한 마을이다. 우린 거기에 지어져 있는 작고 어두컴컴한 공장을 숙소로 삼기로 한다. 거기엔 침대도 있었다. 하지만 단지 침대 틀에 불과한 것으로 철망을 갖다 붙인 서너 개의 나무판자에 불과하다.

철망은 딱딱하고 밑에 깔 요가 없다. 그래서 우리가 가지고 온 담요를 깔 수밖에 없다. 휴대용 천막은 너무 얇기 때문이다.

상황을 지켜본 카친스키는 하이에 베스트후스에게 자기를 따라오라고 말한다. 그들은 전혀 낯선 마을로 들어가더니 30분 후에 짚을 양팔에 한 아름 안고 다시 돌아온다. 카친스키가 마구간을 발견해서 그곳에서 짚을 가지고 온 것이다. 끔찍하게 배가 고프지만 않다면 이제 따뜻하게 잘 수 있을 것 같다.

크로프는 오래전에 이 지방에 와 있던 어떤 포병에게 묻는다. 「여기 어디 술집은 없나?」

그는 웃으며 말한다. 「여기 뭐가 있겠나. 여기선 가져올 게 아무것도 없어. 빵 껍질 하나 없다니까.」

「대체 여기 주민은 없다는 말인가?」

그는 침을 탁 뱉으며 말한다. 「아니, 몇 명 있어. 하지만 그들은 솥단지 있는 곳을 찾아다니며 구걸하고 있지.」

사정이 무척 좋지 않다. 그래서 우리는 허기를 달래기 위해 허리띠를 더 조이고 내일 급식이 올 때까지 기다리는 수밖에 없다.

이때 카친스키가 모자를 눌러쓰는 것을 보고 나는 묻는다. 「카친스키, 어디 가려고 그래?」

「상황을 좀 살펴봐야겠어.」 이렇게 말하고 그는 밖으로 어슬렁어슬렁 걸어 나간다.

그러자 포병은 조롱하듯 입을 비죽이며 웃는다. 「살펴본다고! 그러다가 팔이나 삐지 말게.」

실망한 나머지 우린 드러누워 비상 휴대 식량이라도 축내야 할지 이리저리 생각해 본다. 하지만 그건 너무 위험한 일이라서 잠이나 한숨 자려고 한다.

크로프는 담배를 절반으로 자르더니 반 토막을 내게 준다. 차덴은 자신의 고향 요리라며 베이컨을 곁들인 커다란 콩 이야기를 한다. 그는 콩이 들어 있지 않은 음식은 질색을 한다. 하지만 무엇보다도 모든 것을 한데 넣고 요리해야지 감자, 콩 및 베이컨을 따로따로 삶으면 절대 안 된다는 것이다. 이런 말을 하자 누군가가 당장 입을 닥치지 않으면 차덴을 콩가루로 만들어 버리겠다고 투덜거린다. 그러자 커다란 공간에 침묵이 흐르게 된다. 초 몇 개만 병목 속에서 나풀거리고 있을 뿐이다. 그리고 이따금씩 포병이 침을 내뱉을 뿐이다.

한동안 멍하니 그러고 있는데 문이 열리더니 카친스키의 모습이 나타난다. 나는 이게 꿈이 아닌가 하고 생각한다. 옆구리에는 빵 두 개를 끼고 있고 손에는 모래주머니에 피가 줄줄 흐르는 말고기를 들고 있지 않은가.

그러자 포병 녀석은 입에서 파이프를 떼고 손으로 빵을 만져 본다.「정말 이거 진짜 빵이네. 아직 따끈따끈한데.」

카친스키는 정작 아무 말도 하지 않는다. 사실 빵이 있는 게 중요하지 다른 것은 아무래도 상관없는 일이다. 사막 한 가운데 갖다 놓아도 그는 한 시간 만에 대추야자 열매와 구운 고기, 와인으로 저녁상을 차릴 녀석이라고 나는 믿어 의심치 않는다.

카친스키는 하이에게 간단히 이렇게 말할 뿐이다.「장작 좀 패줘.」

그리고는 웃옷에서는 프라이팬을 꺼내 놓고, 주머니에서는 소금 한 줌과 심지어 지방 한 덩어리까지 내놓는 게 아닌가. 용의주도하게 모든 것을 다 준비한 것이다. 하이에는 땅바닥에 불을 피운다. 텅 빈 공장 안에서 불꽃이 활활 타오르기 시작한다. 그러자 우리들은 침대에서 기어 내려온다.

포병은 결심을 못 하고 망설이고 있다. 자기에게도 먹을 게 좀 떨어지도록 카친스키를 칭찬해 줘야 할지 머리를 굴리는 것 같다. 하지만 카친스키는 그를 거들떠보지도 않는다.

그는 포병에게는 전혀 아랑곳하지 않는다. 그러자 그는 욕지 거리를 하며 물러난다.

카친스키는 말고기를 부드럽게 굽는 법을 알고 있다. 딱 딱해지기 때문에 곧장 프라이팬에 넣어서는 안 된다. 그 전 에 물을 약간 넣고 살짝 데쳐야 한다. 우리는 나이프를 들고 둥글게 쪼그리고 앉아 배부르게 먹는다.

카친스키는 이런 사람이다. 만약 어느 때 어느 곳에서 한 시간 안에 먹을 것을 구해 오라는 명령이 내려진다면, 카친 스키는 정확히 한 시간 안에 마치 신의 계시라도 받은 듯 모 자를 눌러쓰고 바깥으로 나가서, 마치 나침반이 가리키듯 직행해서는 먹을 것을 구해 올 것이다.

카친스키는 원하는 것이면 무엇이든 찾아낸다. 날이 추울 때는 소형 난로나 나무, 건초와 짚, 탁자와 의자를 구해 온 다. 그러나 뭐니 뭐니 해도 먹을 것을 구해 온다. 이는 정말 불가사의한 일이다. 공중에서 마법을 써서 가져온다고 해도 믿지 않을 수 없다. 그중에서도 가장 훌륭한 업적은 바닷가 재 통조림을 네 통이나 구해 온 일이다. 물론 우리에게 더 절 실히 필요한 것은 돼지비계였지만 말이다.

우리는 막사의 양지바른 곳에서 햇볕을 쪼이고 있었다. 그 곳에서는 타르 냄새와 여름 냄새, 땀에 전 발 냄새가 난다.

카친스키는 이야기하는 것을 좋아하므로 내 옆에 앉아 있 다. 차덴이 어떤 소령에게 무성의하게 경례하는 바람에 우리 는 오늘 낮에 한 시간 동안이나 경례 연습을 했다. 카친스키 는 이 일을 머리에서 떨쳐 버리지 못하고 이렇게 말했다.「두고 봐, 우리가 경례를 너무 잘하기 때문에 전쟁에서 지고 말 테니.」

크로프는 바짓가랑이를 걷어 올리고 맨발로 황새걸음으로 다가온다. 그리고 빨래한 양말을 풀 위에 늘어놓는다. 카친스키는 하늘을 쳐다보면서 굉장히 큰 소리로 방귀를 뀌고는 생각에 잠겨 이렇게 말한다. 「콩만 먹으면 소리가 나온단 말이야.」

그러면 둘은 논쟁을 시작한다. 이와 동시에 둘은 우리들 위에서 벌어지는 공중전에 맥주 한 병을 내기로 건다.

카친스키는 자신의 견해를 굽히려 들지 않는다. 닳고 닳은 역전의 용사인 카친스키는 운을 맞춰 자신의 견해를 밝힌다. 「똑같은 급료에 똑같은 음식을 지급한다면 전쟁은 진즉에 사라졌을 거야.」

이와 반대로 크로프는 사색가이다. 그는 선전 포고를 할 때는 투우 경기를 볼 때처럼 입장권을 구해서 음악을 울리며 일종의 축제처럼 해야 한다고 제안한다. 그런 다음 원형 경기장에서 양국의 장관과 장군 들이 수영복 차림으로 손에 몽둥이를 들고 서로 달려들어 싸워야 한다는 것이다. 여기서 살아남는 자의 나라가 승리한다는 것이다. 이곳에서 아무런 상관이 없는 엉뚱한 사람들이 서로 싸우는 것보다 그게 더 간단하고 낫다는 것이다.

귀가 솔깃해지는 제안이다. 그런 다음 영내의 훈련으로 화제가 옮아간다.

이때 하나의 광경이 눈에 선하게 떠오른다. 태양이 작열하는 연병장이다. 연병장은 푹푹 찌는 듯한 열기가 대단하다.

그래서 병영은 쥐죽은 듯 조용하다. 모두 잠을 자고 있다. 군악대의 북 치는 소리만 들릴 뿐이다. 이들은 어디선가 정렬하여 서툴고, 단조롭고, 지루하게 연습하고 있다. 한낮의 더위, 병영 및 북 연습, 이건 무슨 3화음이란 말인가!

막사의 창문은 텅 비어 있고 어두컴컴하다. 창밖에는 삼베 바지를 말리기 위해 몇 개 걸어 놓았다. 누군가가 그리운 듯이 건너편을 바라본다. 영내는 서늘하다.

아, 저 어두컴컴하고 곰팡내 나는 내무반에는 네모진 철제 침대가 있고, 그 앞에는 간이 옷장과 걸상이 있지! 그러한 것들도 여러분이 소망하는 목표가 될 수 있다. 여기 전선에서는 그러한 것도 고향의 전설 같은 후광이 된다. 식어 버린 음식, 잠, 담배 연기와 군복 냄새로 가득 찬 그 내무반이 말이다!

카친스키는 이런 것을 손을 크게 움직이며 현란한 화술로 이야기한다. 이러한 것들이 있는 곳으로 되돌아갈 수 있다면 무엇을 내놓지 못하겠는가!

이른 아침의 학과 시간이다. 「1898년식 소총을 분해하면 무엇이 나오는가?」 오후의 체육 시간이다. 「피아노를 칠 줄 아는 자는 앞으로 나와 오른쪽으로 가라. 취사장에 가서 감자를 벗기러 왔다고 말해라.」

우리는 회상에 잠겨 있다. 크로프는 느닷없이 웃음을 터트리며 말한다. 「뢰네에서 갈아타라.」

이것은 우리 내무반에서 가장 즐겨 하는 놀이였다. 뢰네는 갈아타는 역이다. 우리의 휴가병이 그 역을 지나쳐 버리지 않도록 히멜슈토스는 내무반에서 갈아타는 연습을 했다. 우리는 뢰네에서 지하도를 지나 갈아탈 기차가 있는 곳까지 가는 법을 배워야 했다. 이때 침대를 지하도라 생각하고 모두 자기 침대의 왼쪽에 도열했다. 그런 다음 〈뢰네에서 갈아타기!〉 명령이 떨어졌다. 그러면 우리는 모두 번개처럼 이 침대 밑을 지나서 반대쪽으로 기어 나갔다. 우리는 이 연습을 몇 시간 동안이나 했던 것이다.

이러는 사이에 독일 비행기가 격추되어 떨어졌다. 비행기는 마치 혜성처럼 연기를 내뿜으며 추락한다. 이것으로 크로프는 맥주 한 병을 잃게 되어 언짢은 표정으로 돈을 센다.

「히멜슈토스도 우편배달 일을 할 때는 분명 착한 녀석이었을 거야.」 알베르토의 투덜거리는 소리가 잦아지자 내가 말했다. 「그런데 하사관이 되자 왜 그렇게 악질이 되었는지 모르겠단 말이야.」

이렇게 묻자 크로프는 금방 활기를 띤다. 「히멜슈토스만 그런 게 아니라 많은 사람들이 그래. 제복에 금실을 붙이거나 군도를 차기만 하면 마치 콘크리트를 먹기라도 한 듯 완전히 다른 인간이 되거든.」

「그건 제복 때문이야.」 내 추측도 그러했다.

「아마 그럴지도 모르지.」 카친스키는 이렇게 말하고 일장 연설이라도 할 듯이 자세를 고쳐 앉는다. 「하지만 이유는 다른 데 있어. 자 생각해 봐, 개에게 감자를 먹는 훈련을 시키다가 고기 한 점을 던져 줘봐. 그럼 그것을 덥석 물려고 달려들 거야. 그건 개의 본성 때문이지. 사람에게 조그만 군력을 줄 때도 그와 마찬가지 일이 생기지. 즉 고기를 문 개처럼 권력을 덥석 물고 늘어지는 거야. 그건 아주 자연스러운 현상이지. 인간이란 원래 속성이 짐승과 다름없기 때문이야. 거기에 어쩌면 버터기름을 바른 빵처럼 예의라는 게 발라져 있을 따름이야. 군대의 본질적 속성은 늘 누가 다른 사람에게 권력을 행사하는 데 있어. 그런데 고약한 일은 누구나 너무 지나치게 권력을 행사한다는 점이야. 하사관은 졸병을, 소위는 하사관을, 대위는 소위를 미칠 정도로 못살게 쪼아 대는 거야. 그리고 누구나 이러한 점을 잘 알고 있기 때문에 금방 자기도 그런 짓을 예사로 하게 되지. 자 그럼, 가장 간단한 사실을 예로 들어 보자. 우리가 녹초가 되어 훈련장에서 돌아오는데 군가를 부르라는 명령이 내려졌다고 생각해 봐. 자기 총을 메고 오는 것만 해도 감지덕지할 판이니 군가가 축 처지지 않을 수 없겠지. 그럼 〈중대 뒤로 돌아〉 하는 구령과 함께 한 시간 동안 얼차려 훈련을 받게 되는 거야. 다시 돌아오는 길에 〈군가 시작!〉이라는 구령이 내려지고 그럼 이번에는 그럴듯하게 부르겠지. 이런 게 다 무슨 소용이 있단 말이야? 중대장에겐 그럴 권력이 있기 때문에 자신의 뜻을 무리하게 관철시켰어. 이를 비난하는 사람은 아무도 없어. 오히려 반대로 그는 엄격하다는 칭찬을 받게 되지. 이런 일은 아주 사소한 예에 불과해. 사람을 들볶는 다른 방식들이 얼마든지 많이 있어. 그럼 너희들에게 질문을 하겠어. 그자가 민간인 신분이라고 생각해 봐. 어떤 직업인이 자기 하고 싶은 대로 그런 일을 할 수 있겠어? 그러다가 귀싸대기나 얻어맞기 딱 알맞겠지. 군대에서나 그럴 수 있는 거야! 자, 너희들 봐라. 그래서 누구나 다 거만하게 우쭐대는 거야! 민간인의 신분으로 내세울 게 없는 사람일수록 더욱 우쭐대며 뻐기게 되지.」

「그렇긴 하지만 규율이란 건 있어야지.」 크로프가 무성의하게 아무렇게나 말한다.

카친스키는 툴툴거리며 말한다. 「그들은 늘 이러쿵저러쿵 이유를 대지. 그래, 그게 규율일지도 몰라. 하지만 그게 횡포가 되어서는 안 돼. 철물공이나 농사꾼 또는 노동자에게 한 번 설명해 봐. 사병에게 한번 설명해 보란 말이야. 여기 있는 대부분은 그런 사람들이야. 그가 알고 있는 것은 혹사를 당하고 있으며, 전선에 왔다는 사실뿐이야. 그는 필요한 것과 불필요한 것을 정확히 알고 있어. 너희들에게 말하는데, 순박한 병사가 전선에 와서 이런 모진 괴로움을 버텨 내야 한다는 사실이 너무하다는 거야! 그건 너무해!」

누구나 이 점은 수긍한다. 참호 속에 들어가야만 훈련이 중단된다는 것을 누구나 잘 알고 있기 때문이다. 하지만 전방에서 벌써 몇 킬로미터만 벗어나도 다시 훈련이 시작된다. 그리고 가장 쓸데없는 짓은 경례와 분열 행진이다. 군인이란 하여튼 무슨 일이건 하고 있어야 한다는 것이 철칙이기 때문이다.

이때 얼굴이 빨갛게 상기된 채 차덴이 나타난다. 그는 너무 흥분한 나머지 말을 더듬고 있다. 그는 환한 얼굴로 떠듬떠듬 말한다. 「히멜슈토스가 이곳으로 오는 중이야. 전방으로 온단 말이야.」

차덴은 막사 생활을 할 때 히멜슈토스에게 고약한 훈련을 받았기 때문에 그에 대해 엄청난 분노를 품고 있다. 차덴에겐 야뇨증이 있다. 밤에 침대에 들면 이불을 적시는 것이다.

히멜슈토스는 그게 단지 게으름 탓이라고 강경하고 단호하게 주장한다. 그래서 그는 차덴의 이 병을 고치기 위해 나름대로 합당한 방안을 강구했는데 이웃 막사에서 킨터파터라고 불리는 또 다른 오줌싸개를 찾아 데리고 와 차덴과 같이 자게 했던 것이다. 막사에는 두 개의 침대를 서로 겹쳐 만든 특이한 침대 틀이 있었다. 침대 바닥은 철사로 되어 있었다. 이제 히멜슈토스는 한 사람은 위 침대에, 다른 사람은 아래 침대에 자게 했다. 그리하여 아래에서 자는 사람은 물론 끔찍하게 오줌 세례를 받게 되었다. 그리고 다음 날에는 위치를 바꾸어 보복을 할 수 있게, 아래에서 잔 사람이 위로 올라가고, 위에서 잔 사람은 아래로 내려갔다. 이것이 이른바 히멜슈토스가 말하는 독학(獨學)이었다.

이 방법은 비열했지만 착상은 좋았다. 하지만 이 방법은 전제 조건이 틀렸기 때문에 유감스럽게도 아무 소용이 없었다. 둘이 밤에 오줌을 싸는 것은 게으르기 때문이 아니었다. 이는 두 사람의 파리한 피부를 보면 누구나 알 수 있었다. 결국 두 사람 중 한 명이 늘 바닥에서 자는 것으로 이 사건은 끝이 났다. 그러다가 아마 금방 감기라도 들었을지도 모른다.

그러는 사이에 하이에도 우리 곁에서 생활하게 되었다. 그는 나에게 눈짓을 하며 열심히 못생긴 손을 비빈다. 우리는 군대 생활을 하면서 가장 멋진 날을 함께 체험했다. 우리가 전선으로 가기 전날 밤이었다. 우리는 번호가 긴 어느 연대에 배속되기로 정해졌는데, 그 전에 군복을 지급받기 위해 위수지로 수송되었다. 물론 신병 보충대로 가는 게 아니라 다른 병영으로 말이다. 다음 날 이른 아침에 우리는 떠날 예정이었다. 우리는 밤에 일어나 히멜슈토스에게 앙갚음하기로 했다. 몇 주 전부터 그러자고 약속했던 것이다. 심지어 크로프는 나중에 전쟁이 끝나면 우체국에 취직할 생각까지 품었다. 나중에 히멜슈토스가 다시 우체부가 되면 그의 상관이 되기 위해서였다. 크로프는 어떻게 하면 그를 혼내 줄까 하고 이리저리 머리를 굴렸다. 그 녀석이 우리의 기를 꺾을 수 없는 이유도 바로 그 때문이다. 우리는 늘 그를 한번 손봐야겠다고 생각했다. 늦어도 전쟁이 끝나기 전까지는 말이다.

우리는 일단 그를 흠씬 두들겨 패주기로 했다. 그는 우리가 누군지 알지 못하고, 설사 안다고 해도 우리가 내일 새벽에 떠나 버린다면 무슨 일이 생기겠는가.

우리는 그가 밤마다 들르는 술집을 알고 있었다. 그가 술집에서 병영으로 돌아오려면 어두컴컴하고 인적이 드문 길을 지나와야 했다. 우리들은 그곳의 돌 더미 뒤에 숨어서 기다렸다. 나는 침대 시트를 한 장 준비해 왔다. 그가 혼자 올 건지를 떨리는 심정으로 기다리고 있었다. 마침내 그의 발소리가 들렸다. 우리는 그 발소리의 주인이 누군지 정확히 알고 있었다. 아침마다 문을 홱 열어젖히고 〈기상!〉 하고 소리칠 때 신물 나게 들었던 바로 그 발소리였다.

「혼자지?」 크로프가 속삭이듯 말했다.

「혼자야!」 나는 차덴과 함께 돌 더미 주위를 살금살금 돌아 나갔다.

그때 그의 버클이 번쩍 빛났다. 노래까지 부르면서 오는 것을 보니 히멜슈토스는 제법 얼근하게 취한 것 같았다. 그는 아무것도 모르고 지나가고 있었다.

우리는 침대 시트를 들고 발소리를 죽이며 그의 뒤로 가서 머리 위에서 아래로 시트를 뒤집어씌웠다. 그러니 그는 흰 자루 속에 들어간 꼴이 되어 팔을 들어 올릴 수도 없게 되었다. 이제 그의 노랫소리도 사라졌다.

그다음 순간 하이에 베스트후스가 다가왔다. 그는 제일 먼저 히멜슈토스를 손보기 위해 두 팔을 벌리고 우리를 뒤로 물러나게 했다. 그는 한 방 먹이겠다는 듯 으스대는 자세를 취하며, 팔은 신호용 돛대처럼 들어 올리고 손은 석탄 푸는 삽처럼 들어 올렸다. 그러고는 흰 자루 위를 황소라도 죽였을 정도로 꽝 하고 힘껏 한 대 내리쳤다.

히멜슈토스는 홱 고꾸라지며 5미터 정도 데굴데굴 굴러가서는 고래고래 소리 지르기 시작했다. 우리는 이 경우도 염려해서 미리 베개를 하나 준비해 왔다. 하이에는 쪼그리고 앉아 베개를 무릎에 얹고, 히멜슈토스의 머리에 해당하는 곳에 그것을 대고는 내리눌렀다. 그러니 곧장 그의 고함 소리가 더 약해졌다. 이따금씩 하이에가 손을 떼서 숨을 쉬게 해 주니 그의 목구멍에서 괴상한 비명 소리가 나왔다. 그러나 그 소리도 이내 다시 조용해졌다.

이번에는 차덴이 히멜슈토스의 멜빵바지 단추를 풀고 바지를 밑으로 잡아당겼다. 그러면서 그는 이빨로 회초리를 꽉 물고 있었다. 그런 다음 일어나서 마구 두들겨 패기 시작했다.

또 볼만한 광경이 벌어졌다. 하이에가 히멜슈토스를 땅바닥에 눕히고 몸을 굽혀 그의 머리를 자기 무릎에 대는 것이었다. 그는 악마처럼 히죽거리며 좋아 죽겠다는 듯 입을 벌리고 있었다. 그런 다음 움칠움칠 움직이는, 줄무늬 진 팬티 속에 안짱다리를 집어넣고 한 대씩 걷어찰 때마다 그 다리는 끌어 내려진 바지 속에서 아주 기묘한 운동을 하는 것이었다. 그리고 차덴은 그 위에서 벌목꾼처럼 지칠 줄 모르고 패대고 있었다. 마침내 우리는 차덴을 떼어 놓고 우리도 돌아가면서 그 녀석을 마구 때렸다.

이윽고 하이에는 히멜슈토스를 다시 일으켜 세워 놓고 마지막으로 혼자서 주먹세례를 퍼부었다. 그는 마치 별이라도 따내려는 듯 뺨을 때리기 위해 오른손을 높이 쳐들었다. 히멜슈토스는 나둥그러졌다. 하이에는 다시 그를 일으켜 세우고 때리기 좋은 자세를 만들고는 이번에는 왼손으로 보기 좋게 정통을 한 방 먹였다. 그러자 히멜슈토스는 울부짖으며 네발로 엉금엉금 기어 도망쳤다. 줄무늬 팬티를 입은 그의 엉덩이가 달빛 속에 선명하게 드러났다.

우리는 그 자리에서 걸음아 날 살려라 하고 도망쳤다.

하이에는 또 한 번 주위를 돌아보며, 아직 분이 덜 풀렸는지 다 풀렸는지 다소 아리송하게 말했다. 「복수란 피를 넣은 순대야.」

어쨌든 히멜슈토스가 기뻐해야 할 일이었을지도 모른다. 늘 남을 교육시켜야 한다는 그의 지론이 그 자신에게서 결실을 맺었기 때문이다. 우리는 그의 교육 철학을 잘 실천한 학생이 된 셈이었다.

그는 이 일에 대해 누구에게 감사의 표현을 해야 할지 전혀 감을 잡지 못했다. 어쨌든 그는 덤으로 침대 시트까지 한 장 얻었다. 우리가 몇 시간 후에 또 한 번 둘러보았는데 그것은 어디에서도 보이지 않았다.

이날 밤에 이런 일이 있었기 때문에 우리는 다음 날 아침 어느 정도 마음을 가다듬고 출발했다. 그 때문에 어떤 털북숭이 사내가 털을 바람에 흩날리며 자못 감격한 표정으로 우리를 젊은 용사라고 불러 주었다.

# 4

우리는 전방의 참호 속으로 가야 한다. 땅거미가 질 때 트럭이 굴러온다. 우리는 트럭에 올라탄다. 따뜻한 밤으로 황혼은 마치 우리를 쾌적하고 안전하게 지켜 주는 커튼처럼 보인다. 황혼은 우리의 마음을 훈훈하게 해준다. 심지어 인색한 차덴도 선뜻 나에게 담배를 한 개비 주며 불까지 붙여 준다.

우리는 트럭에서 콩나물시루처럼 서로 빽빽하게 붙어 서 있다. 아무도 앉을 수 없다. 우리는 앉는 데 익숙하지도 않다. 뮐러는 새 장화를 신어 모처럼 기분이 좋아 보인다.

엔진은 부릉부릉하고, 트럭은 덜컹거리며 달린다. 길은 차가 하도 많이 다녀 구멍투성이이다. 불을 켜는 것은 금지되어 있다. 차가 하도 덜컹거려 우리는 하마터면 차에서 굴러 떨어질 뻔했다. 하지만 그런 것쯤은 이제 아무렇지도 않다. 자칫하다간 사고가 날 수도 있지만 팔이 부러지는 것이 복부에 총알을 맞는 것보단 낫다. 일부 군인은 바로 그런 절호의 기회를 잡아 고향에 돌아가게 되기를 바란다.

우리 옆에서는 탄약 보급 부대가 기다란 열을 이루며 달리고 있다. 그들은 급하기 때문에 끊임없이 우리를 추월하고 있다. 우리가 그들에게 농담을 걸자 그들도 대꾸한다.

어떤 담장이 시야에 들어온다. 길과 좀 떨어져 있는 어떤 집의 담장이다. 나는 갑자기 귀를 쫑긋 세운다. 내가 잘못 들은 건가? 이번에도 거위가 꽥꽥거리는 소리가 또렷이 들린다. 카친스키를 흘낏 쳐다보니 그도 나에게 눈길을 보낸다. 이심전심이다.

「카친스키, 저기서 자기를 먹어 달라는 지원자 소리가 들리는데?」

그는 고개를 끄덕인다. 「돌아갈 때 해치우지. 난 이곳 사정이라면 손금 보듯 훤해.」

물론 카친스키는 이곳 사정에 정통하다. 분명 그는 근방 20킬로미터 이내의 거위 다리까지 훤히 알고 있을 것이다.

이윽고 트럭은 포병 진지에 도착한다. 포좌(砲座)는 비행 정찰로 들키지 않게 잡목으로 위장해 놓았다. 그래서 마치 군에서 지내는 장막절(帳幕節) 같다. 만약 속에 들어 있는 게 대포가 아니라면 이 나뭇잎 그늘은 흥겹고 평화롭게 보일 텐데.

포연(砲煙)과 안개로 공기가 뿌옇다. 화약 연기로 혀 안쪽이 알알하다. 포탄에서 나는 폭음으로 우리가 탄 트럭이 흔들리고, 뒤쪽으로 커다란 반향이 일어나며 모든 게 흔들린다. 은연중에 우리의 얼굴색이 변한다. 우린 사실 무덤 속으로 들어가는 게 아니라 참호 속으로 들어갈 뿐이다. 하지만 모두의 얼굴에는 〈여기는 전선이다. 우리는 전선 지대에 와 있다〉고 쓰여 있다. 아직 두려운 것은 아니다. 왜냐하면 우리처럼 뻔질나게 전선을 들락거린 자는 피부가 두꺼워져 있기 때문이다. 어린 신병들만 자못 흥분되어 있다. 카친스키는 이들에게 한 수 가르쳐 준다. 「이번 것은 30.5 대포였다. 발포 소리로 알 수 있지. 곧 포탄 떨어지는 소리가 들릴 거다.」

하지만 포탄이 떨어지는 둔중한 소리는 이곳까지 들리지 않는다. 전선에서 계속 들려오는 소음으로 묻혀 버린 것이다. 카친스키는 가만히 귀를 기울이다 이렇게 말한다. 「오늘 밤 일제 포격이 있겠는걸.」

우리 모두 귀를 기울여 본다. 전선에 뭔가 불안한 조짐이 돈다. 크로프는 이렇게 말한다.

「영국 놈들이 벌써 쏘아 대는데.」

포탄 소리가 벌써 또렷이 들린다. 우리 참호의 오른쪽에 영국의 포열(砲列)이 있다. 그들은 한 시간이나 때 이르게 시작한다. 우리 쪽에서는 언제나 정각 10시가 되어서야 시작했다.

「저놈들은 대체 무슨 생각으로 저러지?」 뮐러가 소리친다. 「시계가 아마 빨리 가는 모양이지.」

「내 말은 일제 포격이 있다는 거야. 뼛속에서 느낌이 오거든.」 카친스키가 어깨를 으쓱하며 말한다.

우리 옆에서 포탄 세 발이 굉음을 내며 떨어진다. 불꽃을 안개 속으로 비스듬히 퍼뜨려 가면서. 대포가 쾅쾅 울리며 시끄러운 소리를 낸다. 우리들은 오들오들 떨고 있지만 내일 새벽이면 다시 막사에 갈 거라는 생각에 즐거운 마음이다.

우리의 얼굴은 여느 때보다 더 파리하지도, 더 붉지도 않다. 또한 더 긴장해 있거나 더 풀려 있지도 않지만 보통 때와 같지는 않다. 우리는 핏속에 전류가 흐르는 듯한 느낌을 받는다. 이는 그냥 하는 말이 아니라 사실이다. 전선이란 이처럼 전선을 의식하는 것이며, 이러한 의식이 전류를 발생시키는 것이다. 최초의 유탄(榴彈)이 지지직 하고 터지면서 지축을 뒤흔드는 순간, 불현듯 우리의 혈관, 손과 눈 속에서는 은밀한 기대감, 애타게 기다리는 마음, 더 강렬하게 깨어 있다는 의식, 왠지 이상야릇하게 오감이 나긋나긋해지는 느낌이 생긴다. 말하자면 온몸이 일시에 완전한 준비 태세를 갖추는 것이다.

때로는 지축을 뒤흔들며 진동하는 공기가 소리도 없이 날아올라 우리 몸을 와락 덮칠 것 같은 생각이 들기도 한다. 또는 전선 자체에서 전류가 방사되어 우리가 모르는 말단 신경을 조종하는 듯한 느낌이 들기도 한다.

매번 상황은 똑같다. 떠날 때 우리는 투덜거리기도 하고 기분 좋게 떠들기도 한다. 그러다가 첫 포병 진지에 오면 우리가 나누는 대화의 모든 단어는 돌연 다른 음색을 띠게 된다.

만일 카친스키가 막사 앞에 서서 〈일제 포격이 있겠는데〉하면 그건 그의 견해로 그만인 것이다. 하지만 그가 이곳에서 같은 말을 하면 달밤에 총검술 하는 것처럼 그 문장은 예리함을 띠게 된다. 그 문장이 머릿속을 딱 잘라 버리는 것이다. 그 말은 우리 곁에 다가와, 우리 내부에 생생하게 자리 잡고 있는 이러한 무의식에 어렴풋한 의미로 〈일제 사격이 있겠군〉하고 말을 거는 것이다. 어쩌면 그것은 전율하면서 자신을 방어하기 위해 일어서는, 우리의 깊은 내부의 가장 은밀한 생명일지도 모른다.

내게 전선이란 모골이 송연한 소용돌이이다. 잔잔한 물에 소용돌이가 일면 그 중심에서 멀리 떨어져 있어도 이미 자기 쪽으로 끌어당기는 흡인력이 느껴진다. 그리하여 이렇다 할 저항을 하지 못하고 서서히, 소용돌이에 빨려 들게 되는 것이다. 하지만 땅과 공중에서 방어 세력이 우리에게 몰려든다. 그중 땅에서 오는 게 가장 많다. 뭐니 뭐니 해도 군인에게 땅만큼 고마운 존재는 없다. 군인이 오랫동안 땅에 납작 엎드려 있을 때, 포화로 인한 죽음의 공포 속에서 얼굴과 수족을 땅에 깊이 파묻을 때 땅은 군인의 유일한 친구이자 형제이며 어머니가 된다. 군인은 묵묵 말없이 자신을 보호해주는 땅에 대고 자신의 두려움과 절규를 하소연한다. 그러면 땅은 그 소리를 들어 주면서 다시 새로 10초 동안 그에게 생명을 주어 전전하게 한다. 그러고는 다시 그를 붙잡는데, 때로는 영원히 그러고 붙잡고 있기도 한다.

땅, 땅, 땅!

땅에는 고랑이며 구멍이며 파인 곳이 있으므로 그곳에 뛰어들어 몸을 웅크릴 수 있다! 땅, 너는 공포의 경련 속에서, 초토화의 아수라장 속에서, 폭발로 인한 죽음의 비명 속에서 우리의 목숨을 되살리는 엄청난 일을 해주었다! 갈기갈기 찢기기 직전에 존재의 거센 폭풍이 갈팡질팡하다가 역류하여 땅에서 우리 손으로 흘렀다. 그래서 살아남은 우리들은 땅속으로 파고들어 가, 불안스러운 가운데 무사히 살아남은 순간을 말없이 축복하면서 우리의 입술로 너를 깨물고 싶어진다.

우리는 유탄이 터지는 소리를 들었을 때 우리 존재의 일부가 일순간 수천 년 전으로 되돌아간 느낌을 받게 된다. 이는 우리 내부에 깨어 있다가 우리를 인도해 주고 보호해 주는 동물적 본능이다. 그런 본능이 있는지 우리가 의식할 수는 없지만, 그것은 우리의 의식보다 훨씬 더 빠르고, 훨씬 더 확실하며, 훨씬 더 믿을 만하다. 이를 말로 뭐라고 설명할 수는 없다. 우린 아무 생각 없이 그냥 가다가 자기도 모르게 땅의 움푹 파인 곳에 납작 엎드린다. 그리고 우리 머리 위로 파편들이 우수수 떨어진다. 하지만 우리가 유탄이 터지는 소리를 들었는지, 또는 엎드릴 생각을 했는지는 도무지 기억나지 않는다. 만약 이성에 의지했더라면 진작 산산조각 난 살점 덩어리가 되었을 것이다. 아무 영문도 모르는 우리를 냅다 엎드리게 하여 우리를 구한 우리 내부의 예민한 직감은 다른 종류의 것이었다. 만약 그런 직감이 없다면 플랑드르에서 포게젠에 이르기까지 진작부터 한 사람도 살아 있지 않을지도 모른다.

우리는 투덜거리기도 하고 기분 좋게 떠들기도 하면서 출발한다. 그러다가 마침내 전선 지역에 이르러서는 인간 백정이 되어 버렸다.

우리는 나무가 보잘것없는 숲에 당도한다. 우리는 취사차 옆을 지나간다. 숲 뒤편에 이르자 우리는 트럭에서 내린다. 트럭은 돌아갔다가 내일 동이 트기 전에 우리를 다시 태우러 올 예정이다.

안개와 포탄 연기는 숲의 가슴 높이에 걸려 있고, 그 위에 달이 떠 있다. 도로에는 병력들이 이동하고 있다. 철모가 달빛에 반사되어 희미하게 빛나고 있다. 머리와 소총이 뿌연 안개 속에서 우뚝 솟아 있다. 졸며 이동하는지 머리는 끄덕끄덕 움직이고, 총신은 흔들리고 있다.

멀리 앞쪽에는 안개가 걷혀 있다. 머리만 보이던 사람들이 여기서는 전신이 다 보인다. 상의, 바지 및 군화가 우유 연못에서 나타나듯 안개 속에서 모습을 드러낸다. 행렬은 종대를 이루고 있다. 종대는 앞으로 똑바로 행진해 간다. 사람들의 모습은 한결같이 세모꼴을 하고 있어, 한 명 한 명의 얼굴은 더 이상 분간할 수 없다. 시커먼 세모만 줄곧 앞으로 나아갈 뿐이다. 안개의 연못에서 헤엄쳐 다가오는 머리와 소총으로 이상야릇한 광경이 연출된다. 이는 하나의 행렬에 불과할 뿐 사람의 모습은 아니다.

어떤 십자로에서 경포병과 탄약차가 다가온다. 달빛을 받아 말들의 등이 반짝거리고 있다. 말들의 움직임이 아름답고, 머리를 흔드는 말들의 눈이 반짝인다. 대포와 차량은 달빛이 비치는 은은한 배경을 뒤로하고 옆을 지나쳐 간다. 철모를 쓴 말 위의 기사들은 지나간 시대의 기사들처럼 보인다. 왠지 아름답고 감동적인 정경이다.

우리는 공병 병기창을 향해 나아가고 있다. 우리들 가운데 일부는 어깨에 구부러지고 뾰족한 쇠말뚝을 메고 있고, 다른 일부는 매끄러운 쇠말뚝을 철조망으로 둘둘 감은 채 들고 가고 있다. 이 짐은 나르기 불편하고 힘들다.

갈수록 도로 사정이 나빠진다. 앞에서 전달이 온다. 「조심, 왼쪽에 깊은 유탄 구덩이가 있다!」 「조심, 도랑이 있다!」

우리는 긴장해서 앞을 주시하고, 우리 발과 지팡이는 몸

의 하중을 지탱하기보다는 앞을 더듬는 데 촉각을 곤두세운
다. 그러다 갑자기 행렬이 이동을 멈춘다. 누군가 앞사람의
철조망 뭉치에 얼굴이 찔려 욕설을 퍼붓는다.

　도중에 포탄에 맞아 파괴된 차가 몇 대 보인다. 새로운 명
령이 떨어진다. 「담배와 파이프 불을 꺼라!」 어느덧 적군의
참호에 바짝 다가온 것이다.

　그러는 사이에 갑자기 사위가 깜깜해졌다. 우리가 어떤
작은 숲을 돌아가니 앞에 전선이 나타난다.

　뭔지 알 수 없는 불그스레한 밝은 빛이 지평선의 한쪽 끝
에서 다른 쪽 끝까지 뻗쳐 있다. 그 빛은 포병대의 포구에서
섬광이 번득일 때마다 끊임없이 일렁이고 있다. 은색과 붉은
색 둥근 조명탄이 그 위로 높이 솟구치고 있다. 그 공들은 터
지면서 흰색, 녹색, 붉은색 별이 되어 비처럼 쏟아진다. 프랑
스군이 신호탄을 쏘아 올리면 그것은 공중에서 비단 우산을
펼치고는 아주 느릿느릿 떠서 내려온다. 신호탄을 쏘면 모
든 것은 대낮처럼 밝아지고, 우리가 있는 곳까지 그 빛이 밀
려오기 때문에 우리의 그림자가 지면에 또렷이 비칠 정도이
다. 신호탄은 다 타서 없어질 때까지 몇 분 동안이나 하늘에
둥둥 떠 있다. 그러면 즉각 사방에서 새로운 신호탄을 쏘아
올린다. 그러는 사이에 다시 흰색, 녹색 및 붉은색 별이 떨어
진다.

　「이거 큰일 났는걸.」 카친스키가 말한다.

　포탄의 소리는 차츰 강해져서 하나의 둔중한 굉음이 되다
가 다시 여러 개의 소리로 갈라진다. 콩 볶는 듯한 기관총의
일제 사격이 시작된다. 우리 머리 위에는 쫓는 소리, 윙윙하

는 소리, 피융 하는 소리, 쉭쉭 하는 소리로 가득 찬다. 이는 더 작은 총성들이다. 하지만 그러는 사이에 커다란 석탄 통 같은 커다란 포탄들도 밤새 울리며 우리들 저 멀리 떨어진다. 이것들은 발정한 암사슴처럼 멀리서 울부짖는 목쉰 외침과 같다. 그리고 이것들은 보다 작은 탄환들이 윙윙하고 피융 하는 소리 위로 날아다니고 있다.

탐조등이 새까만 하늘을 샅샅이 수색하기 시작한다. 그것은 끄트머리로 갈수록 가늘어지는 커다란 자처럼 하늘 저 위를 미끄러져 간다. 어떤 것은 가만히 멈추어 서서 그냥 떨기만 한다. 어느새 두 번째 탐조등이 옆으로 오더니, 둘이 서로 스쳐 지나간다. 그리고 두 탐조등 사이에 검은 곤충 같아 보이는 전투기 한 대가 보이더니 도망치려고 한다. 전투기는 안정을 잃고 눈부셔하더니 비틀거린다.

우리는 일정한 간격으로 쇠말뚝을 땅에 박는다. 언제나 2인이 1조가 되어 작업하는데, 다른 한 사람은 철조망 뭉치를 푼다. 이것은 기다란 가시가 다닥다닥 붙어 있는 아주 성가신 철조망이다. 나는 감긴 것을 푸는 데 익숙하지 않아 손에 상처를 입는다.

몇 시간 후에 우리는 작업을 끝낸다. 하지만 트럭이 우리를 데리러 오려면 시간이 한참 남았다. 우리들 중 대부분은 드러누워 잠을 청한다. 나도 잠을 청하려고 했지만 날씨가 너무 춥다. 너무 추워 번번이 잠에서 깨는 걸로 보아 우리가 바다 가까이에 있음을 알게 된다.

한번은 잠이 깊게 든다. 그러다 갑자기 무언가에 놀라 벌떡 일어나 보니 내가 어디 있는지 알지 못하겠다. 별들이 보이고 신호탄이 보인다. 일순간 축제의 정원에서 잠든 것 같은 인상을 받는다. 아침인지 밤인지 모르겠다. 나는 황혼의 창백한 요람에 누워 부드러운 말들이, 부드럽고 아늑하게, 들려오기를 기다린다. 내가 울고 있는 걸까? 나는 두 눈을 비벼 본다. 정말 불가사의한 일이다. 내가 어린애가 되어 버린 걸까? 피부가 연하다. 단 1초 동안만 이런 생각이 지속된다. 마침 카친스키의 옆모습이 눈에 들어온다. 나이 든 군인인 그는 조용히 앉아 있다. 그는 파이프를 피우고 있다. 물론 뚜껑 달린 파이프이다. 그는 내가 깨어난 것을 보자 그냥 이렇게 말할 뿐이다. 「너 놀라서 일어난 모양이구나. 그건 포탄의 뇌관이었을 뿐이야. 피융 하며 저쪽 덤불 속으로 들어갔어.」

나는 자리에서 일어나 앉는다. 뭐라고 설명할 수 없는 이 상야릇한 외로움이 몰려온다. 그래도 카친스키가 옆에 있어 다행이다. 그는 생각에 잠겨 전방을 바라보며 말한다. 「그렇게 위험하지만 않다면 정말 멋진 불꽃인데.」

우리 뒤에서 포탄이 떨어진다. 신병 몇 명이 깜짝 놀라 벌떡 일어난다. 몇 분 후에 다시 이전보다도 더 가까운 곳에서 불꽃이 튄다. 카친스키는 파이프의 담뱃재를 털고 말한다. 「맹포격이 있겠는걸.」

벌써 포격이 시작된다. 우리는 될 수 있는 대로 신속히 기어서 도망친다. 벌써 다음 포탄이 우리 사이에 떨어진다. 몇몇 사람들은 비명을 지른다. 지평선에 녹색 신호탄이 솟아오른다. 흙먼지가 날아오르고, 부서진 조각이 윙윙거리며 날아간다. 포탄이 터지는 소리는 이미 멎었는데도 파편이 튀는 소리는 아직 들려온다.

우리 옆에는 공포에 질린 신병이 누워 있다. 머리카락이 엷은 황갈색인 신병이다. 그는 얼굴을 양손으로 감싸고 있었다. 그의 철모는 굴러떨어져 있다. 나는 그 철모를 주워서 그의 두개골에 씌워 주려고 한다. 그는 나를 쳐다보더니 철모를 밀쳐 내고는, 아이처럼 자신의 머리를 내 옆구리로, 내 가슴팍으로 마구 파고든다. 케머리히의 어깨 같은 가느다란 두 어깨가 파르르 떨고 있다.

나는 그가 하는 대로 가만 내버려 둔다. 하지만 적어도 철모는 어딘가에 소용이 되도록 그의 엉덩이에 얹어 준다. 이는 허튼수작을 하려는 의도가 아니라 깊이 생각해서 하는 일이다. 그곳이야말로 가장 중요한 부위이기 때문이다. 그 부위는 사실 살이 토실토실한 곳이긴 하지만 탄환을 맞으면 이루 말할 수 없이 고통스럽다. 그뿐만 아니라 몇 달 동안이나 야전 병원에서 배를 깔고 누워 지내야 하며, 나중에는 절뚝거리며 걷지 않으면 안 된다.

어디에선가 무섭게 포탄이 때려 대고 있었다. 포탄 소리에 섞여 비명 소리가 들려온다.

이윽고 사위가 쥐 죽은 듯 조용해진다. 포화가 우리 위를 휩쓸고 지나갔고, 이젠 마지막 예비대 참호 위에만 불을 뿜고 있다. 우리는 위험을 무릅쓰고 고개를 들어 살펴본다. 붉은 신호탄이 하늘에서 푸드덕 날아간다. 아마 공격이 시작될 모양이다.

아군 쪽은 아직 조용하다. 나는 일어나 신병의 어깨를 흔든다. 「이봐, 이제 끝났어! 또 한 번 무사히 치러 냈어.」

그는 당혹스러운 표정으로 주위를 둘러본다. 나는 그에게 이렇게 말을 건다. 「이제 곧 익숙해질 거야.」

그의 자신의 철모를 깔고 앉은 것을 알아채고 그것을 머리에 쓴다. 차츰 정신이 드는 모양이다. 그는 갑자기 얼굴이 홍당무가 되어 낭패한 표정을 짓는다. 조심스레 그는 손을 엉덩이 쪽으로 가져가더니 곤혹스러운 듯이 나를 바라본다. 나는 이내 눈치챈다. 이것을 신병의 포격 공포증이라 부른다. 하지만 내가 그 때문에 철모를 엉덩이 밑에 얹어 준 것은 아니다. 하지만 난 그를 위로하며 말한다. 「뭐, 부끄러워할 일은 아니야. 너와 전혀 다른 사람들도 첫 포격을 받을 때 바지를 흥건히 적셨지. 저기 덤불 뒤로 가서 팬티를 벗어 내던져 버리지 그래. 그럼 괜찮을 거야.」

그는 풀 죽은 모습으로 사라진다. 주위는 더 조용해지지만 비명 소리는 그치지 않는다. 「알베르트, 대체 무슨 일이야?」 내가 묻는다.

「건너편의 몇몇 중대가 된통 당했어.」

비명 소리는 아직 계속된다. 그것은 사람의 비명 소리라고 할 수 없다. 사람은 그렇게 무시무시한 비명을 지를 수 없을 것이다.

그러자 카친스키가 말한다. 「말들이 부상당해 지르는 소리야.」

난 아직 말들의 비명 소리를 들은 적이 없어서 이 말을 곧이곧대로 믿을 수 없다. 이는 세상의 참상이며, 고통에 괴로

위하는 피조물이다. 그 동물은 걷잡을 수 없는 지독한 아픔에 신음하며 고통스러워하고 있다. 우리의 표정이 창백해진다. 데터링이 일어나서 이렇게 내뱉는다. 「악질들, 악질들이야! 좀 쏘아 죽여 주지 않고 말이야!」

그는 농부라서 말을 잘 알고 있다. 그래서 그의 마음이 더욱 아픈 것이다. 그리고 마치 일부러 그러는 것처럼 포화 소리가 이제 거의 들리지 않는다. 그럴수록 말의 비명 소리는 더욱 또렷이 들려온다. 지금 이렇게 조용하고 은은한 풍경의 어디에서 그런 소리가 나는지 알 수 없다. 천지사방은 아무것도 보이지 않고 유령이 나올 듯이 무시무시하다. 비명 소리가 엄청나게 커진다. 그러자 데터링은 화가 나서 소리친다. 「쏘아 죽여, 좀 쏘아 죽이란 말이야. 도저히 듣고 있을 수 없잖아!」

「먼저 사람들을 구해 와야 하니까 그렇지.」 카친스키가 말한다.

우리는 일어나서 소리가 나는 장소를 찾아본다. 동물을 직접 보는 게 소리만 듣는 것보다 참기가 더 나을 것이다. 마이어는 유리잔을 지니고 있다. 어둠 속에서 들것을 든 한 무리의 위생병들이 보이고, 더 큰 시커먼 물체가 움직이는 것이 보인다. 상처를 입은 말들이다. 그러나 모든 말이 부상을 입은 것은 아니다. 어떤 말은 저 멀리 뛰어가다가 푹 고꾸라졌다가는 다시 일어나 달린다. 어떤 말은 배가 찢어져 창자가 길게 늘어져 너덜거린다. 그 말은 창자가 다리에 꼬여 넘어졌다가 다시 일어난다.

그러자 데터링은 총을 높이 쳐들고 말을 겨눈다. 카친스키는 그 총을 공중으로 탁 치며 말한다.「너 정신 나갔니?」

데터링은 몸을 떨면서 총을 땅에 내팽개친다.

우리는 자리에 앉아 귀들을 틀어막는다. 그래도 끔찍한 탄식과 신음, 비명 소리는 귓속을 뚫고 들어온다. 사방 어디에서나 귀에 들린다.

우리 모두는 대개 참는 데는 이골이 난 사람들이다. 그러나 여기서는 진땀이 줄줄 흐른다. 일어서서 비명 소리만 더 들리지 않는 곳이라면 당장 아무 데라도 도망치고 싶다. 그래도 이 경우는 사람들이 아니라 말들의 비명 소리에 불과하다.

어두운 무리가 다시 들것을 내려놓는다. 그러고 나서 몇 발의 총성이 울린다. 검은 물체는 움씰 몸을 버둥거리더니 푸드덕 쓰러진다. 이제 끝났는가 싶었는데 아직은 그렇지 못하다. 부상당한 말이 겁이 나서 도망 다니는 바람에 사람들이 그 말에 접근을 못 하고 있다. 말은 주둥이를 크게 벌리고 말할 수 없이 고통스러운 표정을 짓고 있다. 무리 속에서 한 사람이 나와 무릎을 꿇고 한 발을 쏘니 말이 고꾸라진다. 그는 또 한 발을 쏜다. 두 번째 총알에 맞은 말은 앞발을 쳐들고 마치 회전목마처럼 원을 돌기 시작한다. 주저앉은 채 앞발을 높이 쳐들고 원을 도는 것이다. 아마 등뼈가 박살 난 모양이다. 이 병사는 그쪽으로 달려가더니 쏘아 쓰러뜨려 버린다. 서서히 말은 맥도 못 추고 땅에 고꾸라진다.

이제 우리는 귀에서 손을 뗀다. 비명 소리는 들리지 않는다. 다만 길게 뻗은 채 누워 마지막 숨을 가쁘게 몰아쉬는 소리만 들릴 뿐이다. 그런 다음 다시 신호탄, 유탄의 음향 및 별들이 어우러져 기묘한 광경을 연출하고 있다.

데터링은 말이 쓰러진 곳에 가서 저주의 말을 퍼붓는다. 「말이 대체 무슨 죄가 있다고 말이야.」 조금 있다가 그는 또 한 번 말을 보러 간다. 그의 목소리는 흥분해 있고, 그가 이렇게 말할 때는 자못 엄숙하게 들린다. 「너희들에게 말하는데, 동물을 전쟁터에 끌고 오는 일이야말로 가장 비열한 짓이야.」

우리는 아까 트럭에서 내렸던 곳으로 돌아간다. 군용 트럭이 있는 곳에 도착할 시간이다. 하늘은 좀 더 밝아졌다. 새벽 3시다. 바람은 상쾌하고 서늘하다. 빛바랜 시간이라 우리의 얼굴은 모두 흙빛이다.

우리는 일렬종대로 참호며 포탄 구덩이를 지나 앞으로 더듬더듬 나아가다가 이윽고 안개 지대에 다다른다. 카친스키의 얼굴이 근심에 잠겨 있다. 그건 불길한 징조이다.

「카친스키, 무슨 일이니?」 크로프가 묻는다.

「지금쯤 집에 도착해 있어야 하는데.」 여기서 〈집에〉라는 말은 막사를 뜻하는 말이다.

「카친스키, 얼마 걸리지 않을 거야.」

그는 초조해한다.

「모르겠어, 난 모르겠어.」

우리는 참호를 지나 풀밭으로 나온다. 이윽고 작은 숲이 나타난다. 우린 이곳 지형은 손금을 보듯 훤하다. 이곳은 벌써 언덕과 검은 십자가로 보병의 공동묘지가 되어 있다.

바로 이 순간 우리 뒤에서 푸우 하는 소리가 점점 크게 들려오더니 우지끈 꽝 하면서 천둥치는 소리가 들린다. 우리들은 반사적으로 몸을 엎드린다. 우리 앞 백여 미터 되는 곳에서 불 구름이 솟아오른다.

다음 순간 두 번째 포격으로 숲의 일부가 서서히 봉우리 쪽으로 솟아오르고, 서너 그루의 나무가 날아올랐다가 산산조각이 나 떨어진다. 이미 유탄들은 물이 끓는 주전자의 주둥이처럼 잇달아 쉭쉭 소리를 내며 날아온다. 그야말로 맹포격이다.

「숨어라!」 누군가가 다급하게 소리친다. 「숨어라!」

풀밭은 평탄하고 숲은 너무 넓어 극히 위험하다. 이곳은 묘지와 언덕 말고는 아무 데도 숨을 곳이 없다. 우리들은 어둠 속에서 비트적거리며 젖 먹던 힘을 다해 달려가, 어떤 언덕 뒤에 다들 껌처럼 납작 달라붙는다.

잠시도 지체할 시간이 없다. 어둠은 미친 듯이 날뛰며 광분한다. 밤보다 더 어두운 칠흑 같은 암흑이 거인의 곱사등을 하고 우리를 쫓아오더니 우리 머리 위를 지나 내달린다. 폭발로 인한 불꽃이 묘지 위에 나풀거린다. 어디에도 도망갈 곳이 없다. 나는 유탄이 번쩍하고 터지는 순간 감히 눈을 들어 풀밭을 본다. 풀밭은 온통 파헤쳐진 바다이고, 포격으로 타오르는 불꽃은 분수처럼 뿜어져 나온다. 그 속을 뚫고 나간다는 것은 상상도 할 수 없는 일이다.

어느새 숲이 사라지고 없다. 숲은 박살 나고 갈기갈기 찢기고 산산조각 나버렸다. 우리는 여기 공동묘지에 이러고 그냥 있을 수밖에 없는 신세다.

우리 앞의 땅이 갈라지고, 흙비가 내린다. 나는 몸에 충격이 가해지는 걸 느낀다. 파편으로 소매가 찢어졌다. 주먹을 쥐어 보니 통증은 없다. 하지만 으레 부상 입고 나서 한참 뒤에야 아프기 때문에 마음이 놓이지 않는다. 그래서 팔을 쓱 문질러 본다. 좀 긁히기는 했지만 아무런 이상이 없다. 바로 그때 내 두개골에서 꽝 하는 소리가 나더니 의식이 점점 가물가물해진다. 이때 내 머리를 퍼뜩 스치는 생각이 있었다. 〈정신을 잃어선 안 돼!〉 나는 시커먼 죽 속에 빠져들다가 곧 다시 떠오른다. 포탄의 파편이 철모에 부딪쳤지만 그것을 뚫고 들어올 정도는 아니었다. 나는 눈에 묻은 흙먼지를 닦아 낸다. 내 앞에는 구멍이 하나 파여 있었는데 형태를 또렷이 분간할 수는 없다. 포탄이 같은 곳에 떨어지는 경우는 좀체 없으므로 난 그 속으로 들어가려고 한다. 나는 물고기처럼 몸을 지면에 납작 숙인 채 급히 앞으로 내닫는다. 그때 다시 슈우 하는 소리가 나자 급히 몸을 잔뜩 움츠리고는 숨을 곳을 찾는다. 왼쪽에 무언가 느껴져 그 옆에 몸을 바짝 들이대니 그게 무너져 내려 버린다. 나는 끙끙거리며 신음한다. 땅이 갈가리 무너져 내리며 귓속에서 굉장한 압력이 느껴진다. 나는 무너진 곳의 밑으로 기어 내려가 그것을 엄폐물로 사용한다. 그것은 나무와 헝겊으로 된 엄폐물이다. 마구 떨어져 내리는 파편을 막기에는 턱없이 부족한 보잘것없는 엄폐물인 셈이다.

이윽고 눈을 떠보니 내 손가락에는 어떤 사람의 소매와 팔이 달라붙어 있다. 부상자의 팔인가? 그에게 소리를 질러 보지만 아무런 대답이 없는 걸로 보아 죽은 모양이다. 계속 손을 뻗쳐 보니 나뭇조각이 만져진다. 그때서야 나는 우리가 묘지 위에 누워 있다는 사실을 새삼 깨닫는다.

하지만 포화는 그 어느 때보다도 더 맹렬하다. 나는 의식이 거의 마비된 채 관 속으로 더욱 깊이 들어갈 뿐이다. 관속에는 주검이 들어 있지만 어쩐지 관이 나를 지켜 줄 것만 같다.

내 앞에는 포탄 구덩이가 아가리를 딱 벌리고 있다. 나는 두 주먹으로 만져 볼 뿐만 아니라 두 눈으로 그것을 재어 본다. 단숨에 안으로 뛰어들어야 한다. 그때 나는 얼굴을 한 대 얻어맞는다. 어떤 손이 내 어깨에 달라붙어 있다. 시체가 다시 눈을 뜨기라도 했나? 그 손이 내 어깨를 흔들어 고개를 돌려 바라보니 희미한 빛 속에 카친스키의 얼굴이 보이는 게 아닌가. 그는 입을 크게 벌리고 뭐라고 악을 쓰지만 도무지 무슨 말인지 알아들을 수 없다. 그는 내 어깨를 흔들며 더 가까이 다가온다. 주위의 소음이 가라앉는 순간 그의 목소리가 내 귀에 도달한다. 「가스, 가아스, 독가스다! 다른 사람들에게 말해 줘!」

나는 가스 마스크 주머니를 열어젖힌다. 좀 떨어진 곳에도 누군가 누워 있다. 나는 그자에게 가스가 퍼지고 있다는 사실을 알려야겠다는 생각밖에 들지 않는다. 「가스! 독가스다!」

나는 이렇게 소리치고 그에게로 다가가서 가스주머니로 그를 후려친다. 그러나 그자는 전혀 알아차리지 못하는 것 같다. 나는 한 번 두 번 거듭 그를 후려치지만 그는 몸만 그저 움츠릴 뿐이다. 그자는 신병이다. 절망적인 심정으로 카친스키 쪽을 바라보니 그는 이미 마스크를 쓰고 있다. 나도 내 마스크를 꺼내서는 철모를 옆에다 내려놓고 얼굴에 마스크를 쓴다. 나는 그 신병 곁으로 바짝 다가간다. 바로 옆에 그의 마스크 주머니가 있어서 마스크를 집어서는 그의 얼굴에 씌워 준다. 그가 손을 내밀어 마스크를 붙잡는다. 나는 손을 놓고 후다닥 포탄 구덩이 속으로 뛰어든다.

독가스탄의 둔중한 폭발음은 폭탄이 폭발하는 소리와 함께 들려온다. 폭발음 사이로 종소리가 울려 퍼진다. 독가스를 알리는 징 소리와 금속성의 딸랑거리는 소리가 사방에서 들려온다. 가스, 가스, 독가스.

내 뒤에서 쿵 하는 소리가 한 번, 두 번 들린다. 나는 입김으로 뿌옇게 된 마스크의 유리로 된 눈 부분을 깨끗이 닦는다. 카친스키와 크로프, 그리고 또 한 사람이 있다. 우리 넷은 잔뜩 긴장한 채 숨어서 기다리며 되도록 숨을 약하게 쉰다.

마스크를 착용하고 몇 분간이 생과 사를 판가름한다. 가스가 새지는 않는가? 나는 야전 병원에서 본 처참한 모습들이 생각난다. 그건 독가스를 마신 병사가 며칠 동안이나 목이 졸리는 듯한 상태에서 다 타버린 폐를 조금씩 토해 내는 장면이었다.

나는 입을 탄약통에 대고 누르면서 조심스레 숨을 쉬어 본다. 이제 가스는 지면에 살며시 내려앉아서는 도처의 움푹한 곳으로 가라앉는다. 그것은 넓적하고 흐물흐물한 해파리처럼 우리의 구덩이에도 들어와 넘실거리며 내려앉는다. 나는 카친스키의 옆구리를 찌른다. 독가스가 모이기 쉬운 이곳에서 기어 나가 땅 위에 엎드려 있는 게 더 낫다고 생각해서이다. 하지만 두 번째 불 우박이 시작되어 그렇게 하지 못한다. 이젠 더 이상 포탄이 터지는 게 아니라 마치 땅 자체가 미쳐 날뛰는 것 같다.

꽝 하는 소리와 함께 뭔지 모를 검은 물체가 퓨우 하고 우리가 있는 쪽으로 날아와서는 바로 우리 옆에 떨어진다. 그것은 높이 내동댕이쳐졌다가 다시 떨어진 관이었다.

나는 카친스키가 움직이는 것을 보고 그쪽으로 기어간다. 그 관은 구덩이에 우리와 함께 있던 사나이가 내뻗고 있던 팔에 맞았다. 그 사나이는 다른 손으로 마스크를 벗으려고 한다. 바로 그 순간 크로프가 손을 뻗어 그 사나이의 손을 등 뒤로 비틀어 올린 채 꽉 쥐고 놓아주지 않는다.

카친스키와 나는 그쪽으로 다가가서 부상당한 팔을 도와준다. 관의 뚜껑은 헐거운 데다가 쪼개져 있어서 쉽게 뜯어낼 수 있다. 우리가 시체를 꺼내 밖으로 내던지니 그것이 아래쪽으로 맥없이 쓰러진다. 그런 다음 우리는 아랫부분을 헐겁게 하려고 시도한다.

다행히도 그 남자는 의식을 잃은 상태이다. 그리고 알베르트도 우리를 도와준다. 이제 더는 조심할 필요가 없게 되었으니 우리가 할 수 있는 데까지 일하기만 하면 된다. 마침내 밑에 삽을 끼워 넣자 관은 뿌지직하는 소리와 함께 갈라진다.

날이 좀 더 밝아졌다. 카친스키는 관 뚜껑 한 조각을 집어 들고 박살이 난 팔 아래 댄다. 그리고 우리는 우리가 갖고 있던 모든 붕대를 그의 팔에 감는다. 지금 이 순간에 할 수 있는 일을 다 한 셈이다.

가스 마스크를 쓴 내 머리가 쿵쿵 울리며 웅웅거린다. 거의 폭발할 지경이다. 폐는 녹초가 되어 있다. 왜냐하면 환기가 안 된 뜨끈뜨끈한 공기를 계속 마시고 있기 때문이다. 관자놀이의 정맥은 부풀어 오르고, 금방이라도 질식할 것 같다.

흐릿한 빛이 우리가 있는 쪽으로 비쳐 온다. 바람이 묘지 위를 휩쓸고 지나간다. 나는 구덩이의 가장자리로 몸을 내밀어 본다. 뿌연 어스름 속에 찢어진 다리 하나가 눈앞에 놓여 있다. 군화는 어디 하나 흠잡을 데 없이 무사하다. 일순간 모든 것이 아주 또렷하게 보인다. 하지만 지금 몇 미터 떨어진 곳에서 누가 일어서고 있다. 마스크의 안경을 닦아 보지만 너무 흥분한 탓인지 곧 다시 유리에 김이 서린다. 그 남자 쪽을 바라보니 그는 가스 마스크를 쓰지 않았다.

나는 몇 초 동안 더 기다려 본다. 그는 쓰러지지 않고 무언가를 찾는 듯이 주위를 살펴보다가 몇 발짝 움직인다. 바람에 가스가 날아갔기 때문에 공기는 안전하다. 그래서 나도 콜록콜록하면서 역시 마스크를 벗고는 푹 쓰러진다. 차가운 물처럼 공기가 내 몸속으로 흘러든다. 눈은 터질 듯이 아프고, 물결이 온몸에 넘쳐흘러 내 몸의 불을 꺼버린다.

드디어 포격이 멎었다. 나는 구덩이 쪽을 돌아보고 다른 사람들에게 손짓을 한다. 그들은 구덩이를 기어 올라와서는 마스크를 벗어 땅에 내려놓는다. 우리는 부상자를 안아 일으키고, 한 사람은 부목을 댄 팔을 들어 준다. 이렇게 우리는 비트적거리며 서둘러 그곳을 빠져나간다.

묘지는 이제 폐허가 되었다. 관과 시체가 온 사방에 널려 있다. 이들은 또 한 번 죽임을 당한 것이다. 하지만 갈기갈기 찢어진 모든 시체는 우리들을 한 명씩 구해 준 셈이었다.

울타리는 황폐화되었고, 저 건너 군용 경철도의 레일은 파괴되어 공중에 높이 솟아오른 채 잔뜩 휘어져 있다. 우리 앞에 누군가 누워 있어 우리는 걸음을 멈추는데, 크로프만이 부상자와 계속 걸어간다.

땅에 쓰러진 자는 신병이다. 그의 허리 부근에 피가 흥건하다. 그가 완전히 기진맥진해 있어서 나는 차와 럼주가 섞여 있는 물통을 손으로 집으려고 한다. 그러자 카친스키는 내 손을 지그시 누르며 허리를 굽혀 그에게 말한다. 「어이, 어디를 다쳤지?」

그는 눈만 껌벅거릴 뿐 녹초가 되어 대답할 기력조차 없어 보인다.

우리가 조심스레 그의 바지를 벗겨 내리자 그는 신음 소리만 낼 뿐이다. 「가만, 가만, 이제 더 좋아질 거야.」

만약 배에 총상을 입었다면 그는 아무것도 마셔서는 안된다. 그가 토하지 않은 것은 극히 다행스러운 일이다. 우리는 옷을 벗기고 허리 부분을 살펴본다. 뼈가 온통 부서지고 살이 완전히 뭉개져 버렸다. 관절에 정통으로 맞은 것이다. 이 소년은 이제 다시는 걷지 못할 것이다.

나는 손가락에 물을 묻혀 그의 관자놀이를 닦아 주고, 그에게 물을 한 모금 준다. 그러자 그는 두 눈을 움직인다. 이제 보니 그의 오른팔에도 피가 흐르고 있다.

카친스키는 두 개의 붕대를 되도록 넓게 펴서 상처를 감는다. 나는 상처 위를 헐겁게 감싸기 위해 헝겊을 찾아본다. 우리에게 더 이상 아무것도 없기 때문에 팬티 조각을 붕대 대용으로 쓰기 위해 부상 군인의 바지를 찢는다. 하지만 그는 팬티를 입고 있지 않았다. 얼굴을 자세히 들여다보니 아까 오줌을 쌌던 그 황갈색 머리카락이다.

그러는 사이에 카친스키가 죽은 사람의 호주머니에서 또 조그만 붕대를 끄집어내어 우리는 그것을 조심스레 상처에 감아 준다. 나는 시선을 돌리지 않고 우리를 바라보고 있는 그 소년 병사에게 이렇게 말한다. 「이제 우리 들것을 가지고 올게.」

그러자 그는 입을 열고 속삭이듯 말한다. 「여기에 있어 줘.」

「곧 다시 돌아올게. 너를 위해 들것을 가지러 가는 거야.」 카친스키가 대답한다.

그가 우리 말을 알아들었는지는 알 수 없다. 그는 우리 뒤에서 어린아이처럼 흐느끼며 말한다. 「가지 말라니까.」

카친스키는 주변을 둘러보며 목소리를 죽여 말한다. 「권총으로 조용히 보내 주는 게 어때?」

소년 병사는 수송 과정을 도저히 견뎌 내지 못할 것이다. 그리고 기껏해야 2~3일밖에 살지 못할 것이다. 하지만 지금까지 살면서 겪은 온갖 고통은 그가 죽을 때까지의 이 기간에 비하면 아무것도 아닐 것이다. 아직은 몸이 마비 상태라 그는 아무런 고통을 느끼지 못하고 있다. 한 시간만 있으면 그는 참을 수 없는 고통에 고래고래 단말마의 비명을 지를 것이다. 앞으로 비록 며칠간 살아 있다 하더라도 그는 미칠 것 같은 고통에 시달릴 것이다. 그리고 그가 그렇게 고통스럽게 하루 이틀 더 산다고 해서 누구에게 무슨 소용이 있을까.

나는 고개를 끄덕인다. 「그래, 카친스키, 권총을 꺼내 드는 게 좋겠어.」

「이리 줘.」그가 말하고 멈추어 선다. 그가 결심한 듯이 보인다. 주위를 둘러보니 우리만 있는 게 아니다. 우리 앞에 한 무리의 군인이 모여 있고, 구덩이와 무덤 속에서 머리들이 나오고 있다. 할 수 없이 우리는 들것을 가지러 간다.

카친스키는 고개를 절레절레 흔든다. 「저렇게 어린 녀석이……」그는 같은 말을 되풀이한다. 「저렇게 어리고 천진난만한 녀석이……」


아군이 입은 피해는 생각한 것보다 미미하다. 사망 다섯 명, 부상 여덟 명이다. 이건 잠시 동안의 기습 사격에 불과했다. 우리의 전사자 두 명은 어떤 파헤쳐진 무덤에 누워 있다. 그러니 그냥 흙을 덮기만 하면 된다.

우리는 돌아간다. 아무 말 없이 우리는 일렬종대로 터벅터벅 걸어간다. 부상자들은 의무대로 보내진다. 우중충한 아침이다. 위생병들은 번호와 종이쪽지를 들고 뛰어다니고, 부상자들은 흐느끼며 울고 있다. 비까지 추적추적 내리기 시작한다.

한 시간 후에 우리는 트럭이 있는 곳에 도착해서 차에 올라탄다. 이젠 아까보다 자리가 더 넉넉하다.

빗줄기가 더 세어진다. 우리는 휴대용 천막을 넓게 펴서 머리 위에 쓴다. 빗물이 천막을 세차게 두드리며 양 끝에서 마치 폭포수처럼 흘러내린다. 트럭은 많은 구덩이를 철벙거리며 달리고, 차에 탄 우리는 반쯤 졸면서 이리저리 흔들린다.

트럭의 앞자리에 있는 두 남자는 포크처럼 끝이 갈라진 막대를 들고 있다. 그들은 길 위에 비스듬히 걸려 있는 전깃줄에 신경 쓰고 있다. 줄이 너무 낮게 걸려 있어 자칫하면 우리의 머리를 채어 갈지도 모를 일이다. 그러면 두 남자는 끝이 갈라진 막대기로 줄을 붙잡아서 우리의 머리 위로 걷어 올린다. 그들이 외치는 소리가 들린다. 「조심, 전깃줄이다.」 그러면 반쯤 졸고 있던 우리는 무릎을 굽혔다가 다시 일어서는 것이다.

트럭의 흔들림이 단조롭고, 외치는 소리가 단조로우며, 비도 단조롭게 내린다. 비는 우리의 머리 위에도, 앞자리에 있는 전사자의 머리 위에도 흘러내린다. 자신의 허리 크기에 비해 너무나 커다란 상처를 입은 그 조그만 신병의 머리 위에도 흘러내린다. 비는 케머리히의 묘에도, 우리들의 가슴에도 흘러내린다.

어디선가 또 포탄이 떨어지는 소리가 들린다. 우리는 화들짝 놀라 두 눈을 크게 뜬다. 두 손은 트럭에서 길가의 참호로 뛰어내릴 준비를 한다.

그러나 더는 아무 일도 생기지 않는다. 이런 목소리만 단조롭게 들릴 뿐이다. 「조심, 전깃줄이다.」 그러면 우리는 무릎을 굽혔다가 다시 일어나서 또 비몽사몽의 상태에 빠져든다.

# 5

이가 수백 마리나 있다면 한 마리씩 죽이는 게 퍽이나 성가신 일일 것이다. 이 녀석은 좀 단단해서 손톱으로 꾹꾹 눌러 죽이려면 시간이 한없이 걸려 지겹기 짝이 없다. 그래서 차덴은 구두약 통 뚜껑을 철사로 묶어서 불타는 양초 심지 위에 올려놓았다. 이 작은 통에 이를 집어넣고, 탁 하고 튀는 소리가 나면 이것으로 이들은 죄다 끝장이 난다.

우리는 빙 둘러앉아 무릎에 내의를 펼쳐 놓고, 따뜻한 공기를 맡으며 상체를 벗은 채 이 잡기에 몰두한다. 하이에는 머리에 붉은 십자가가 있는 특별히 우아한 종류의 이를 갖고 있었다. 그는 그것을 투르우 야전 병원에서 계급이 소령인 군의관으로부터 직접 얻어 가지고 왔다고 주장한다. 그는 또한 양철 뚜껑에 기름을 조금씩 모아 군화를 닦는 데 쓰려고 한다면서, 자신의 이런 농담에 반 시간 동안이나 웃음을 그칠 줄 모른다.

하지만 그는 오늘 별로 성과가 좋지 않다. 왜냐하면 무언가 다른 일이 생겨 우리가 무척 바쁘기 때문이다.

소문이 사실로 확인되었던 것이다. 히멜슈토스가 바로 어제 이곳에 모습을 드러냈다. 우리는 귀에 익은 그의 목소리를 이미 들었다. 그는 막사에서 신병 몇 명에게 너무 심한 얼차려를 주었다고 한다. 주정부 수상의 아들이 그중에 끼어 있다는 사실을 모르고서 말이다. 그 일로 그의 모가지가 날아간 것이었다.

이곳에서 그는 궁금해할 것이다. 차덴은 몇 시간 전부터 그에게 어떻게 대답해야 할지 온갖 궁리를 짜내고 있다. 하이에는 생각에 잠겨 물갈퀴 같은 자신의 손을 바라보면서 나에게 한쪽 눈을 찡긋한다. 히멜슈토스를 두들겨 팰 때가 그의 인생의 정점이었다. 그는 아직도 가끔 그때 일을 꿈꾼다고 나에게 들려주었다.

크로프와 뮐러가 환담을 나누고 있다. 크로프는 혼자 반합 가득 완두콩을 노획해 왔다. 필경 공병의 취사장에서 훔쳐 왔으리라. 뮐러는 그것이 탐이 난 듯 곁눈으로 흘깃 쳐다보지만 욕심을 꾹 참고 이렇게 묻는다.

「알베르트, 지금 갑자기 평화가 찾아온다면 뭐 할 거니?」

「평화가 올 리 없지!」 알베르트가 퉁명스럽게 말한다.

「하긴 그렇지만, 만일 그렇다면 말이야.」 뮐러가 고집을 굽히지 않는다.

「그럼 넌 뭐 할 건데?」

「군에서 잘리겠지.」 크로프가 투덜거리며 말한다.

「그거야 당연하지. 그다음에 말이야.」

「실컷 마시고 취하겠지.」 알베르트가 말한다.

「그런 거 말고, 난 진지하게 말하는 거야.」

「나도 진담이야.」 알베르트가 말한다. 「달리 무슨 일을 하겠니.」

카친스키가 이 문제에 흥미를 보인다. 그는 크로프에게 완두콩을 좀 달라고 해서 받아 들고는 오랫동안 생각에 잠긴 다음 이렇게 말한다. 「물론 술을 실컷 마실 수도 있겠지만, 우선 가까운 역으로 가서는…… 어머니를 만나러 가는 거지. 야, 평화란 말이야, 알베르트.」

그는 기름종이로 된 지갑을 뒤적거리더니 사진을 한 장 꺼내서는 그것을 자랑스럽게 여러 사람들에게 보여 준다. 「내어머니야!」 그런 다음 그 사진을 낚아채서는 지갑에 집어넣고 욕설을 퍼붓는다. 「에이, 지긋지긋한 전쟁이야.」

「넌 그렇게 말할 수 있겠지.」 내가 거든다. 「아들과 아내가 있으니.」

「맞아.」 그는 고개를 끄덕인다. 「나는 처자식을 먹여 살려야 하거든.」

우리는 웃는다. 「그 점은 걱정하지 않아도 될 거야, 카친스키. 부족하면 벌어들이면 될 테니까.」

뮐러는 배가 고픈지 아직 만족한 모습을 보이지 않는다. 그는 두들겨 패는 꿈에 빠져 있는 하이에 베스트후스를 깜짝 놀라게 한다. 「하이에, 넌 지금 평화가 찾아온다면 뭐 할거니?」

「여기서 그런 이야기를 시작하면 그에게 엉덩이를 걷어차일지도 몰라.」 내가 말한다. 「대체 그게 말이 되니?」

「무슨 뚱딴지같은 소리야?」 뮐러는 간결하게 대답하고는 다시 하이에 베스트후스 쪽으로 고개를 돌린다. 갑자기 질문을 받은 하이에에게는 대답하기 너무 어려운 질문이다. 그는 주근깨투성이의 얼굴을 설레설레 흔들며 말한다. 「전쟁이 끝난다면 말이지?」

「맞아. 이제야 말귀를 알아듣는군.」

「그럼 다시 여자가 중요하겠지. 안 그래?」 하이에는 자기 입술을 빨면서 말한다.

「그도 그렇지.」

「그게 나한테는 중요한 문제야.」 하이에가 이렇게 말한다. 이제 그의 얼굴이 좀 풀린다. 「난 몸이 탱글탱글한 말괄량이를 낚아챌 거야. 탄탄하고 실한 여자를 말이야. 꼭 안아 줄 맛이 나는 여자 말이야. 그러고는 곧장 침대로 뛰어드는 거야! 너 한번 상상해 봐. 용수철 매트리스에 보들보들한 깃털 이불을 말이야. 일주일 동안 바지 같은 건 입지 않을 거야.」

모두들 아무 말도 하지 않는다. 그 광경이 너무 환상적이기 때문이다. 우리들 몸에 짜릿짜릿한 전율이 흐른다. 마침내 뮐러가 용기를 내어 묻는다. 「그다음에는?」

잠시 동안 침묵이 흐른다. 그런 다음 하이에가 다소 복잡하게 설명한다. 「내가 하사관이 되면 일단 프로이센에 그대로 남아 복무 연장을 하겠어.」

「하이에, 너 머리가 약간 이상한 게로구나.」 내가 말한다.

그는 느긋하게 반문한다. 「너 토탄을 캐어 본 적이 있니? 한번 해 봐.」

그러면서 그는 군화의 목 부분에서 숟가락을 꺼내서는 그걸 가지고 알베르트의 식기에 손을 뻗친다.

「샹파뉴에서 참호를 파는 것보다는 더 고되지 않겠지.」내가 대꾸했다.

하이에는 음식을 씹으며 히죽히죽 웃으며 말한다. 「하지만 더 오래 일해야 돼. 몰래 빠질 수도 없고.」

「이봐, 그래도 집에서 지내는 게 더 좋아, 하이에.」

「그거야 그렇기도 하지.」그는 이렇게 말하며 입을 벌리고 골똘히 생각에 잠긴다.

그의 표정에서 그의 생각을 읽을 수 있다. 그는 늪지대의 가난한 오두막 출신이다. 그는 새벽부터 밤늦게까지 뜨거운 황무지에서 고된 일을 해야 했다. 받는 돈도 변변치 못하고 더러운 하인 옷을 입고 말이다.

「군에 있어도 전쟁만 없으면 걱정할 게 없잖아.」하이에가 말한다. 「날마다 먹을 거 주겠다, 그 밖에 하는 일이란 떠들어 대는 것뿐이지. 자기 침대도 있고. 일주일마다 멋쟁이 신사처럼 깨끗한 세탁물이 나오지. 그리고 하사관 근무를 하면서 멋진 물품을 지급받잖아. 밤이 되면 자유의 몸이 되어 술집이나 드나들고.」

하이에는 자신의 이런 생각에 굉장히 의기양양하다. 그는 자신의 생각에 완전히 빠져 있다. 「그리고 12년 동안 근무하면 취직 자격증을 받게 되어 지방 경찰이 되지. 그럼 온종일 걸어다닐 수 있지.」

그는 지금 창창한 미래를 그리면서 땀을 흘리고 있다. 「그렇게 되면 어떤 대접을 받는지 생각해 봐. 여기서는 코냑 한 병을, 저기서는 반 리터의 코냑을 받지. 지방 경찰에게는 누구나 보증을 서려고 해.」

「하이에, 넌 결코 하사관이 되지 못해.」카친스키가 찬물을 끼얹는다. 하이에는 당황한 표정으로 그를 쳐다보고 그만 말문을 닫는다. 지금 머릿속에는 어쩌면 맑게 갠 가을 석양, 황야의 일요일, 마을의 종소리, 오후와 밤을 아가씨들과 보내는 일, 커다란 베이컨을 넣은 메밀 도넛, 술집에서 아무런 걱정 없이 떠들어 대는 시간들이 떠올랐으리라.

그렇게 여러 가지 공상을 하면 쉽사리 끝낼 수 없다. 그래서 그는 골이 나 이렇게 투덜거릴 뿐이다. 「너희들은 언제나 쓸데없는 것을 묻는단 말이야.」

그러고서 그는 내의를 머리부터 뒤집어쓰고 군복 상의의 단추를 채운다.

「차덴, 넌 뭐 할 거니?」크로프가 큰 소리로 묻는다.

차덴이 알고 있는 건 한 가지밖에 없다. 「히멜슈토스를 단단히 혼내 주는 거야.」

그는 히멜슈토스를 우리 안에 가두어 놓고 아침마다 그를 몽둥이로 패주고 싶어 한다. 그는 크로프를 부러워하며 말한다.

「내가 너라면 장교가 되겠어. 그럼 그의 엉덩이에 불이 나도록 혹독하게 훈련시킬 텐데.」

「그럼 데터링, 넌 뭐 할 거니?」뮐러가 계속 물어본다. 꼬치꼬치 캐묻는 걸 보니 그는 타고난 학교 선생 같다.

데터링은 말수가 적은 친구다. 하지만 이런 질문에는 대답을 한다. 그는 허공을 쳐다보면서 딱 한마디만 한다. 「난 수확 철에 딱 맞춰 돌아가고 싶어.」이 말을 하고 그는 일어서서 가버린다.

그에게는 걱정거리가 있다. 그의 아내는 혼자 힘으로 농장 일을 해야 한다. 게다가 전쟁 통에 두 마리의 말까지 징발당했다. 매일 그는 신문이 오기만 하면 자신의 고향 마을 올덴부르크에 비가 오지 않는지 살펴본다. 왜냐하면 비가 오면 건초가 젖어 버리기 때문이다.

바로 이때 히멜슈토스가 나타난다. 그는 우리가 모여 있는 곳으로 곧장 다가온다. 차덴의 얼굴이 붉으락푸르락해진다. 그는 풀밭에 길게 드러누워 너무 흥분한 나머지 두 눈을 감는다.

히멜슈토스는 어떻게 해야 좋을지 다소 망설이며, 발걸음을 좀 늦추며 우리를 향해 온다. 하지만 그는 여전히 절도 있는 걸음으로 우리에게 다가온다. 아무도 일어설 기미를 보이지 않는다. 크로프가 흥미를 가지고 그를 쳐다본다.

그는 우리 앞에 서서 기다린다. 아무도 말하려고 하지 않자 그는 진부한 상투어를 내뱉는다. 「이봐?」

몇 초가 흘러간다. 분명 히멜슈토스는 어떻게 행동해야 할지 모르는 것 같다. 그는 마음속으로는 우리에게 지금 구보 훈련을 시키고 싶을 게다. 그래도 전방이 후방의 병영과는 다르다는 사실은 이미 배운 모양이다. 그는 거듭 말을 걸려고 시도한다. 그리고 모든 사람을 향하지 않고 한 사람을 지목한다. 그러면 쉽게 대답을 얻을 것이라 희망한 모양이다. 크로프가 가장 가까이에 있어서 그에게 대답할 영광을 준다. 「이봐, 자네도 이곳에 있군?」

하지만 알베르트는 그의 맞상대가 아니다. 그는 짤막하게 대답한다. 「당신보단 내가 좀 더 오래 있은 것 같은데요.」

그러자 불그스름한 수염이 떨린다. 「너희들은 나를 모른 체하는 건가, 뭔가?」

그러자 차덴이 두 눈을 치켜뜨고 말한다. 「알고 있지요.」

히멜슈토스가 그에게 고개를 돌린다. 「오, 차덴 아닌가, 안 그래? 여기서 뭐 하고 있나?」

차덴은 머리를 든다.

「그럼 넌 네가 뭐 하는지 아니?」

히멜슈토스는 어이없어한다. 「대체 우리가 언제부터 말을 놓았지? 우리가 길가의 배수로에서 함께 뒹군 사이는 아니 잖아.」

그는 이런 상황에서 어떻게 해야 할지 전혀 알지 못한다. 이렇게 노골적으로 적의를 보일 줄 그는 예상하지 못했다. 하지만 그는 잠시 조심하는 태도를 보인다. 이럴 때 등 뒤에서 총알을 맞을지도 모른다는 터무니없는 이야기를 필경 누군가에게서 들은 모양이다.

차덴은 길가 배수구라는 이야기에 화가 났지만 재치 있는 농담으로 되받아친다.

「그래, 너 혼자 뒹굴었겠지.」

이제 히멜슈토스도 약이 오른다. 하지만 차덴은 틈을 주지 않고 선수를 친다. 차덴은 그의 쓸데없는 말을 미리 봉쇄해야 한다. 「내가 뭐 하는 사람인지 알고 싶다는 거지? 내가 뭐냐 하면 바로 멧돼지 사냥개야! 벌써 진작부터 말해 주려고 했지.」 그는 이렇게 멧돼지 사냥개라는 말을 내뱉고는 몇 달 만에 맛보는 만족감으로 돼지같이 번들거리는 눈을 희번덕거린다.

히멜슈토스도 이제 거칠 것이 없다. 「똥개 같은 녀석이 뭘 믿고 지껄이지? 더러운 토탄쟁이 주제에. 상관이 뭐라고 하면 일어나서 기립자세를 취해야지!」

차덴은 거만하게 손짓하며 말한다. 「편히 쉬어, 히멜슈토스, 헤쳐!」

히멜슈토스는 미쳐 날뛰는 훈련 교본이다. 그 황제 수염은 이보다 더 모욕당할 수 없으리라. 그는 으르렁거린다. 「차덴, 귀관에게 상관으로서 명령한다, 일어서라!」

「그 밖에 또 없어?」 차덴이 묻는다.

「나의 명령에 따를 건가, 말 건가?」

차덴은 태연하고도 단호하게, 작가가 누군지는 모르지만 고전 작가의 유명한 인용구로 대답한다. 그러면서 그는 자신의 엉덩이를 쳐든다.

히멜슈토스는 화가 머리끝까지 나서 말한다. 「자네는 군법 회의 회부야!」

이렇게 말하고 그는 사무실 방향으로 사라진다.

하이에와 차덴은 토탄 캐는 사람답게 큰 소리로 웃어 젖힌다. 하이에는 너무 웃어 아래턱이 빠지는 바람에 갑자기 딱 입을 벌린 채 어쩔 줄 모르고 그냥 서 있다. 알베르트가 그의 턱을 주먹으로 한 대 갈기고 나서야 그의 턱이 정상으로 돌아온다.

카친스키는 앞일을 염려하고 있다. 「그가 널 고발이라도 하게 되면 일이 고약해지는데.」

「그가 고발할 거 같니?」 차덴이 묻는다.

「틀림없이 할 거야.」 내가 대답한다.

「그러면 적어도 닷새간은 영창 신세야.」 카친스키가 설명한다.

그래도 차덴은 전혀 놀라지 않는다. 「닷새간 영창이면 닷새간 쉬는 거지.」

「감방으로 가면 어떡하지?」 매사에 철저한 밀러가 묻는다.

「그럼 그 긴 시간 동안 전투에 나가지 않아도 되지.」

차덴은 못 말리는 낙천가이다. 그에게는 도대체 근심 걱정이 없다. 그는 하이에, 레어와 함께 다른 곳으로 간다. 극도로 흥분한 모습을 다른 사람이 보지 못하도록 하기 위해서이다.


밀러는 아까 하던 질문을 아직 끝내지 않았다. 그는 다시 크로프에게 질문을 시작한다. 「알베르트, 네가 이제 정말 집에 가게 된다면 뭘 할 거니?」

크로프는 이제 배가 불렀기에 순순히 대답한다. 「그때가 되면 우리 학급에서 몇 명이나 살아남아 있을까?」

우리가 계산해 보니 스무 명 중에서 일곱 명이 죽고, 네 명이 부상당하고, 한 명이 정신 병원에 있다. 그러니 기껏해야 열두 명이 남은 셈이다.

「그중에 세 명은 장교가 되었지.」 밀러가 말했다. 「그들이 칸토레크의 잔소리로 그렇게 되었다고 생각하니?」

「우린 그렇게 생각하지 않아. 우리들도 더는 꾸지람을 듣지 않을 거야.」

「넌 『빌헬름 텔』에 나오는 삼단 논법을 어떻게 생각하니?」 크로프는 갑자기 그의 어조가 생각난 듯 큰 소리로 웃어 댄다.

「괴팅겐 시인 협회의 목적이 무엇이었니?」 뮐러도 갑자기 아주 심각하게 묻는다.

「용맹왕 카를의 자식은 몇 명이었지?」 나는 조용히 대꾸한다.

「보이머, 자넨 인생에서 무용지물이 될 거야.」 뮐러가 꽥꽥거린다.

「자마 전투는 언제 일어났지?」 크로프가 알고 싶어 한다.

「크로프, 자네에겐 도덕적 진실성이 부족해요. 앉아요, 마이너스 3점이에요.」 나는 제지하는 손짓을 하며 말한다.

「리쿠르고스는 국가의 가장 중요한 임무가 뭐라고 했지?」 뮐러는 작은 소리로 말하면서 코안경을 누르는 시늉을 한다.

「이를테면 우리 독일인은 하느님을 두려워합니다. 하느님 말고는 세상의 어느 누구도 두려워하지 않아요. 우리 독일인은……」 나는 생각의 단초를 제공한다.

「멜버른의 인구는 얼마지?」 뮐러는 경쾌한 어조로 말한다.

「그런 것도 모르면서 어떻게 인생을 살아 나가려고 하지?」 나는 화가 나 알베르트에게 묻는다.

「응집력이란 무슨 뜻이지?」 이젠 알베르트가 거들먹거리며 묻는다.

이런 부질없는 것들을 이제 우리는 거의 다 잊어버렸다. 그런 자잘한 것은 우리에게 아무런 도움이 되지도 않았다. 하지만 비바람이 몰아칠 때 담뱃불을 붙이는 방법이나 젖은 장작에다 불을 붙이는 방법을 학교에서 가르쳐 주는 사람은 아무도 없었다. 또는 총검은 복부에 찌르는 게 가장 좋다는 사실을 가르쳐 주는 사람도 아무도 없었다. 왜냐하면 갈빗대에 찌르면 총검이 걸려 빠지지 않기 때문이다.

밀러는 생각에 잠겨 말한다. 「그게 무슨 소용이 있겠어. 우린 다시 학교에 다녀야 할걸.」

나는 그런 가능성은 없다고 생각한다. 「어쩌면 우리는 특별 시험을 치를지도 모르지.」

「그러려면 미리 공부를 해야 하는데. 설사 시험에 합격한다 한들 그다음엔 뭘 한단 말이지? 대학생이 되어 봤자 더 나을 것도 없어. 돈이 없으면 들입다 공부라도 해야 하니.」

「그래도 그게 좀 더 낫겠지. 그런데도 거기서 주입식 교육을 받는다면 아무 소용 없을지도 모르지.」

크로프가 우리의 기분에 맞장구를 친다.

「우리가 이런 전쟁터에 있으면 학교 공부를 어떻게 진지하게 받아들일 수 있겠어.」

「그래도 직업은 있어야지.」 밀러는 마치 자신이 칸토레크라도 되는 양 이의를 제기한다.

알베르트는 칼로 손톱을 다듬고 있다. 우리는 그가 이렇게 맵시를 내는 일에 놀라워한다. 하지만 이는 그가 생각에 잠겼을 때 하는 행동이다. 그는 칼을 치우고 이렇게 설명한다. 「바로 그거야. 카친스키와 데터링, 하이에는 다시 옛날 직업을 가질 거야. 군에 오기 전에 이미 직업이 있었으니까 말이야. 히멜슈토스도 마찬가지지. 그런데 우린 직업이 없었어. 우리가 여기 전선을 벗어나면 어떻게 직업에 적응할 수 있을까?」 그는 전선을 손으로 가리키며 말한다.

「연금 생활자가 되어 숲속에서 혼자 살아가야 할지도 모르지.」 이렇게 말하고 나는 이런 과대망상을 한 자신이 곧장 부끄러워진다.

「우리가 고향에 돌아가면 어떻게 해야 한단 말이야?」 이렇게 말한 뮐러 자신도 당혹스러워한다.

크로프는 어깨를 으쓱한다. 「난 모르겠어. 그때가 되면 뭐 어떻게 되겠지.」

우리는 사실 모두 속수무책이다. 「우린 무엇을 할 수 있을까?」 내가 묻는다.

「난 아무것도 하고 싶은 마음이 없어.」 크로프가 피곤하다는 듯이 말한다. 「언젠가는 너도 죽게 되겠지. 그러면 다 부질없는 짓이야. 난 우리가 살아 돌아갈 수 있다고 생각하지 않아.」

「알베르트, 이런저런 것을 곰곰이 생각해 보면……」 잠시 후 나는 말하며 등을 대고 돌아눕는다. 「평화라는 말을 들으면, 그리고 정말 평화가 온다면, 난 무언가 상상할 수 없는 일을 하고 싶어져. 그런 생각이 머리에 떠올라. 여기서 온갖 역경을 이겨 낸 만큼 무언가 가치 있는 일을 말이야. 그런데 그게 무엇인지는 도무지 감이 잡히지 않아. 하지만 내가 하게 될 가능성이 있다고 보아 온 것, 즉 직업이니 학업이니 월급 같은 온갖 것을 생각하면…… 토할 것 같아. 그런 것은 늘 있어 왔기에 역겨워. 그러니까 난 아무것도 찾지 못하겠어, 아무것도, 알베르트.」

갑자기 나에게는 모든 것이 전망이 없고 절망적인 것으로 비쳐진다.

크로프 역시 이에 대해 골똘히 생각에 잠긴다. 어쨌든 이는 우리 모두에게 힘든 일이 될 것이다. 그 때문에 사실 고향에 돌아가면 모두 여러 가지 문제로 골머리를 앓게 되지 않을까? 2년 동안 한 일이라곤 총 쏘고 수류탄 던진 것밖에 없으니. 그렇다고 양말 벗듯이 이런 습관을 간단히 벗어던질 수도 없을 테니까.

우리 모두 비슷한 문제를 안고 있다는 점에서는 의견 일치를 본다. 여기 우리뿐만 아니라 어디 있든 유사한 상황에 있는 모든 사람들이 말이다. 어떤 사람에게는 더 심각하고 어떤 사람에게는 덜 심각할지 모르지만 이는 우리 세대의 공통된 운명이다.

알베르트는 자신의 의견을 분명하게 밝힌다. 「전쟁이 우리 모두의 희망을 앗아 가버렸어.」

사실 그의 말이 옳다. 우리는 이제 더는 청년이 아니다. 우리에겐 세상을 상대로 싸울 의지가 없어졌다. 우리는 도피자들이다. 우리 자신으로부터, 우리의 삶으로부터 도피하고 있다. 열여덟 살이 되었을 때 우리는 세상과 현존재를 사랑하기 시작했다. 그런데 그것에 대고 총을 쏘지 않을 수 없었다. 처음으로 터진 유탄은 바로 우리의 심장에 명중했다. 우리는 활동, 노력 및 진보라는 것으로부터 차단된 채로 살았다. 우리는 더 이상 그런 것의 실체를 믿지 않는다. 우리가 존재한다고 믿는 것은 오직 전쟁밖에 없는 것이다.

사무실 안이 분주해진다. 히멜슈토스가 경보를 걸어 고발한 것 같다. 열의 선두에는 뚱보 특무 상사가 바쁜 걸음으로 걸어오고 있다. 거의 모든 특무 상사들이 한결같이 뚱보란 사실이 우스꽝스럽다.

복수심에 불타는 히멜슈토스가 그 뒤를 따르고 있다. 그의 군화는 햇빛을 받아 반짝거리고 있다.

우리는 자리에서 일어선다. 상사는 거칠게 숨을 몰아쉬며 말한다.

「차덴은 어디 있나?」

물론 그가 어디 있는지 아무도 모른다. 히멜슈토스는 눈을 부릅뜨며 우리를 쏘아본다.

「너희들은 분명 알고 있어. 입을 닫고 있을 뿐이지. 어서 말을 해라.」

상사는 누군가를 찾는 듯이 주위를 둘러본다. 차덴은 어디에서도 보이지 않는다. 그래서 그는 다른 방법을 모색한다. 「10분 내로 차덴을 사무실로 출두시켜라.」 이 말을 하고 그가 돌아가자 히멜슈토스도 그 뒤를 따라간다.

「다음에 참호에 들어가면 히멜슈토스의 발에 철조망 뭉치를 떨어뜨리고 말 거야.」 크로프가 단호하게 말한다.

「우린 그를 더 심하게 골려 줄 거야.」 뮐러가 웃으며 말한다. 이제 우리의 공명심은 그 우체부의 코를 납작하게 해주는 일에 달려 있다.

나는 가사로 가서 차덴에게 달아나라고 일러 준다. 그러고서 우리는 장소를 바꾸어 다시 둘러앉아 카드놀이를 한다. 우리가 할 줄 아는 일이란 카드놀이와 욕하는 것, 전쟁하는 일밖에 없으니 말이다. 스무 살 청년의 일로 너무 많은 것은 아니지만, 스무 살 청년에겐 너무 과한 일일지도 모른다.

한 30분이 지난 후 히멜슈토스가 다시 우리 곁에 나타난다. 그러나 아무도 그를 거들떠보지도 않는다. 그는 차덴이 있는 곳을 묻는다. 우리는 모른다는 표시로 어깨를 으쓱한다.

「너희들이 좀 찾아봐야지.」 그는 고집을 굽히지 않는다.

「너희라니?」 크로프가 꼬투리를 잡는다.

「그래, 여기 너희들 말이야.」

「우리에게 말을 놓지 않기를 정중히 부탁드립니다.」 크로프는 마치 연대장처럼 말한다.

히멜슈토스는 어리둥절하여 반문한다. 「누가 대체 너희들에게 말을 놓고 있지?」

「당신 말입니다.」

「내가?」

「그렇습니다.」

그는 이리저리 머리를 굴리며, 불신의 눈초리로 크로프를 슬쩍 훔쳐본다. 크로프가 한 말의 뜻을 알 수 없기 때문이다. 어쨌든 그는 이 문제를 해결할 엄두가 나지 않아 우리한테 다가온다. 「너희들은 그놈을 보지 못했나?」

크로프가 풀밭에 드러누우며 말한다. 「당신은 여기 전방에 나와 본 적이 있습니까?」

「그건 자네가 알 바가 아니야.」 히멜슈토스가 잘라 말한다. 「내가 묻는 말에 대답만 하면 돼.」

「하겠습니다.」 크로프가 이렇게 대꾸하고 자리에서 일어서서 말한다. 「저쪽을 보십시오. 작은 뭉게구름이 떠 있는 곳을 말입니다. 그것은 고사포 연기입니다. 우리가 어제 있었던 곳이지요. 사망자가 다섯 명이고 부상자가 여덟 명입니다. 사실 뭐 그 정도야 어린애 장난에 불과하지요. 다음번에 당신이 함께 나가면 사병들은 죽기 전에 일단 당신 앞에 달려와 부동자세를 취하고 절도 있게 물을 겁니다. 〈대열을 이탈하게 해주십시오! 죽음으로 낙오하게 해주십시오! 우리는 이곳에서 당신 같은 사람을 애타게 기다렸습니다.〉」

그가 다시 자리에 앉자 히멜슈토스는 유성처럼 꼬리를 감추어 버린다.

「사흘간 영창감이야.」 카친스키가 점쟁이처럼 말한다.

「다음번엔 내가 한 방 먹이겠어.」 내가 알베르트에게 말한다.

하지만 이것으로 끝장이다. 대신 저녁 점호 때 심문이 벌어진다. 사무실에 우리의 베르팅크 소위가 앉아서 한 명씩 차례로 불러낸다.

나도 역시 증인으로 소위 앞에 불려 가야 한다. 그리고 차덴이 반기를 든 이유를 조목조목 설명한다. 잠자리를 적신 이야기가 그에게 깊은 인상을 준다. 히멜슈토스가 그 자리에 불려 오고, 나는 나의 진술을 되풀이한다.

「그 말이 맞는가?」 소위가 히멜슈토스에게 묻는다.

그가 이유를 대며 빠져나가려고 하다가 크로프도 똑같은 진술을 하자 어쩔 수 없이 사실을 인정하고 만다.

「그럼 왜 그때 진작 그 사실을 알리지 않았나?」 소위가 묻는다.

우리는 아무 말도 하지 않았다. 군대에서 그런 사소한 일을 일일이 보고해 보았자 아무 소용이 없다는 것을 소위 자신도 잘 알고 있을 것이다. 군대에 대체 불만 신고라는 게 있기라도 한가? 그도 아마 이 점을 잘 알고 있을 것이다. 그는 히멜슈토스에게 따끔하게 훈계하고, 전방은 후방의 병영과

다르다는 점을 또 한 번 역설한다. 그런 다음 차덴의 차례가 되고 그는 더 강도 높은 심문을 받는다. 그는 단단히 훈계를 듣고 사흘간의 경영창(輕營倉)에 처해진다. 소위는 크로프에게는 눈을 깜박이며 하루 동안 영창에 처하게 한다.

「달리 도리가 없어.」 그는 유감스럽다는 듯 크로프에게 말한다. 그는 사리 분별이 있는 장교이다.

경영창 생활은 편하다. 경영창은 전에 닭장으로 쓰이던 곳이다. 두 사람에게 면회가 허락되어 있다. 우리들은 면회를 가도 되도록 이미 양해가 되어 있다. 중영창은 지하실이었을 것이다. 전엔 나무에 우리를 묶어 두었는데 이젠 그런 게 금지되어 있다. 때때로 우리도 사람 취급을 받을 때가 있다.

차덴과 크로프가 철망 울타리에 갇힌 지 한 시간 후에 우리는 그들을 면회하러 떼로 몰려간다. 차덴은 쉿소리를 내며 우리를 반갑게 맞이한다. 그런 다음 우린 밤늦게까지 카드 놀이를 한다. 차덴이 물론 이긴다. 이 멍청한 녀석이.

떠나려고 할 때 카친스키가 나에게 질문을 던진다. 「거위 구이 맛 좀 보는 게 어때?」

「나쁘지 않지.」 나는 내 견해를 밝힌다.

우리는 탄약 보급 부대의 차에 기어오른다. 우리는 담배 두 개비를 주고 올라탄 것이다. 카친스키는 그 장소를 정확히 기억하고 있었다. 그 축사는 연대 본부에 딸린 건물이다. 나는 그곳에서 거위를 훔쳐 오기로 결심하고, 카친스키로부터 가르침을 받는다. 축사는 담벼락 뒤에 있는데, 하나의 나무 빗장으로 잠겨 있을 뿐이다.

카친스키가 내게 두 손을 내밀고, 나는 그의 손에 발을 딛고 담을 기어 올라간다. 그러는 동안 카친스키가 망을 본다.

눈이 어둠에 적응하도록 몇 분 동안 나는 그대로 서 있다. 좀 있으니 축사가 눈에 들어온다. 살금살금 축사 쪽으로 다가가서, 나무 빗장을 더듬더듬 찾아 빼내고는 문을 연다.

두 개의 하얀 반점 같은 것이 눈에 띈다. 바로 두 마리의 거위이다. 이거 쉽지 않은 일이다. 〈한쪽에 손을 대면 다른 쪽이 꽥꽥거릴 테지. 그러므로 두 마리를 동시에 잡아야 한다. 내가 재빠르면 성공할 텐데.〉

나는 단숨에 달려든다. 곧장 한 마리를 잡아채고, 그 직후 다른 한 마리를 붙잡는다. 나는 미친 사람처럼 거위 머리를 벽에 후려쳐 기절시키려고 한다. 하지만 내게는 그럴 만한 힘이 없다. 두 거위는 꽥꽥거리며 발과 날개로 발버둥을 친다. 나는 분기탱천하여 놈들과 일대 격전을 벌인다. 하지만 빌어먹을, 한 마리의 거위가 무슨 힘이 이리도 센지 모르겠다! 이들도 하도 세게 잡아끄는 바람에 나는 이리저리 비틀거린다. 어둠 속에서 이 두 녀석은 아주 사납게 군다. 양팔로 거위를 움켜잡았지만, 마치 두 손에 두서너 개의 계류기구라도 잡은 것처럼, 하늘로 붕 떠오를까 봐 가슴이 콩닥콩닥 뛴다.

그때 밖에서 무슨 소리가 들려온다. 웬 짐승 같은 게 숨을 헐떡이며 자명종 시계처럼 그르렁거리는 소리를 낸다. 내가 대비 태세를 갖추기도 전에 밖에서 나에게 와락 달려든다. 일격을 당한 나는 땅에 넘어진다. 그리고 무섭게 으르렁거리는 소리가 들린다. 한 마리의 개다.

내가 옆쪽을 바라보자 그놈은 내 목을 물려고 한다. 즉각 나는 몸을 땅에 가만히 붙이고, 무엇보다 턱을 옷깃 속으로 집어넣는다.

그것은 한 마리의 불도그이다. 그 상태에서 한참 있으니 그놈도 머리를 움츠리고 내 옆에 와 앉는다. 하지만 내가 조금이라도 움직이려고 하면 그놈은 즉시 으르렁댄다. 나는 이리저리 머리를 굴려 본다. 내가 할 수 있는 유일한 일은 소형 권총을 빼드는 일이다. 어쨌거나 사람들이 오기 전에 나는 이곳을 빠져나가야 한다. 나는 조금씩 손을 권총 있는 곳으로 가져간다.

일각이 여삼추라는 말이 정말 실감이 난다. 내가 조금이라도 움직일라치면 그놈은 사납게 으르렁댄다. 그러면 조용히 있다가 다시 시도하는 것이다. 겨우 권총을 손에 쥐자 손이 떨리기 시작한다. 나는 권총을 땅에 지그시 누르고 마음속으로 준비 태세를 취한다. 〈권총을 뽑아 들고, 개가 달려들기 전에 쏘고는 걸음아 나 살려라 도망친다.〉

천천히 숨을 쉬자 마음은 진정이 된다. 그러고 나서 숨을 멈추고 권총을 뽑아 들고는 방아쇠를 당긴다. 불도그는 깨갱 하며 재빨리 옆으로 뛴다. 나는 축사의 문이 있는 곳을 알아 놓고, 달아난 거위 중의 한 마리를 덮친다.

달리면서 그놈을 재빨리 낚아채서는 담 너머로 힘껏 내던지고, 나도 담을 기어오른다. 내가 미처 담을 넘지 못하는 사이에 불도그도 이미 다시 정신을 차리고 내 뒤로 달려든다. 나는 재빨리 담에서 뛰어내린다. 열 보 앞에 카친스키가 팔에 거위를 안고 서 있다. 그가 나를 보자마자 우리는 함께 도망친다.

마침내 우리는 한숨을 돌릴 수 있게 된다. 거위는 숨이 멎어 있다. 카친스키가 단숨에 해치운 것이다. 우리는 아무도 눈치채지 못하게끔 당장 구우려고 한다. 나는 막사에서 냄비와 장작을 가져온다. 그러고는 버려진 조그만 헛간으로 들어간다. 이 헛간은 우리가 이런 목적에 쓰려고 미리 점찍어 둔 곳이다. 단 한 개 있는 창에는 커튼을 쳐서 가린다. 마침 부뚜막 같은 게 갖추어져 있다. 벽돌 위에 철판이 깔려 있는 것이다. 우리는 불을 피운다.

카친스키는 거위의 털을 뽑고 그것을 조리한다. 뽑은 털은 옆에 잘 치워 둔다. 우리는 이 털로 작은 베개를 두 개 만들어 이런 문구를 쓸 작정이다. 〈포화 속에서 조용히 잠들라!〉

전방에서 나는 포격 소리는 우리가 숨어 있는 헛간에도 울려 온다. 우리의 얼굴엔 어른어른 불빛이 나풀거리고, 벽에는 그림자가 춤을 춘다. 이따금씩 둔중한 폭발음이 들리면 헛간이 흔들린다. 전투기가 폭탄을 떨어뜨린 것이다. 한번은 어디선가 비명 소리가 약하게 들리기도 한다. 어느 막사가 포탄에 맞은 모양이다.

비행기들이 윙윙거리며 날아간다. 기관총이 드르륵드르륵하는 소리가 점점 커진다. 하지만 우리가 있는 헛간에서는 남의 눈에 띌 만한 불빛 한 점 새어 나가지 않는다.

카친스키와 나는 이런 포화 속에 서로 마주 앉아 있다. 다 해진 군복을 입은 두 병사는 한밤중에 거위 한 마리를 구워 먹고 있다. 우리는, 말은 별로 많이 하지 않았지만 서로 자상하게 배려해 주고 있다. 내 생각에 연인들도 이렇게 하지 못할 것이다. 우리는 두 사람의 인간이고, 두 개의 근근이 이어

105

가는 생명의 불꽃이다. 밖에는 어둠의 장막이 쳐져 있고 죽음의 소용돌이가 혀를 날름거리고 있다. 우리는 죽음의 언저리에서 위험에 처한 채 안전하게 앉아 있다. 우리의 손 위로 거위의 기름이 뚝뚝 흘러내리고 있다. 우리의 마음은 서로 가까이 접근해 있다. 시간은 마치 공간과도 같다. 어떤 부드러운 불꽃에 가물거리며 감정의 빛과 그림자가 이리저리 일렁거린다. 그는 나를 모르고, 나는 그를 모른다. 전에는 우리 둘의 생각이 같은 적이 없었으리라. 지금은 둘이 거위를 한 마리 앞에 두고 우리의 존재를 느끼고 있다. 그리고 우리가 굳이 말할 필요가 없을 정도로 서로 가까이 느끼고 있다.

거위는 아직 어리고 기름지지만 굽는 데 시간이 오래 걸린다. 그래서 우리는 서로 역할을 교대하기로 한다. 한 사람이 자는 동안 다른 사람이 물을 뿌린다. 구미를 당기는 냄새가 점점 퍼져 간다.

바깥에서 들리는 소음은 서로 어우러져 꿈결처럼 들린다. 하지만 그 꿈이 기억을 완전히 상실한 것은 아니다. 나는 비몽사몽간에 카친스키가 숟가락을 들었다가 내려놓는 모습을 본다. 나는 그를 좋아한다. 나는 그의 어깨, 그의 네모지고 앞으로 굽은 그의 모습을 좋아한다. 이와 동시에 그의 등 뒤로 숲이며 별이 보인다. 어떤 고운 목소리가 군인인 나에게 안식을 주는 말을 한다. 그 군인은 커다란 군화를 신고 검대(劍帶)와 빵 주머니를 차고 높은 하늘 아래에서 조그만 모습으로 앞에 펼쳐져 있는 길을 걸어간다. 그는 만사를 빨리 잊어버리며 좀체 슬픔에 빠지지도 않는다. 그는 높다란 밤하늘을 마냥 걸어가고 있다.

한 작은 군인과 고운 목소리. 누가 그를 부드럽게 어루만져 준다 하더라도 그는 이를 더는 알지 못하리라. 커다란 군화를 신고 있는 그는 마음의 상처를 많이 받았다. 그가 행군하는 이유는 군화를 신고 있기 때문이다. 그리고 행군하는 것 말고는 아무것도 기억하는 게 없다. 지평선 저 너머에는 군인인 그가 울고 싶을 정도로 조용하게 꽃이 만발한 경치가 없단 말인가? 그곳엔 그가 지닌 적이 없기 때문에 결코 잊어버리지도 않은 정경, 하지만 혼란스러운 가운데 그에게서 스쳐 지나가 버린 정경이 없단 말인가? 그곳엔 그의 20년 세월이 없단 말인가?

내 얼굴이 눈물에 젖어 있는가? 그리고 지금 내가 있는 곳은 어딘가? 카친스키가 내 앞에 있다. 그의 굽어진 거대한 그림자가 내 몸 위에 고향처럼 드리워진다. 그는 나지막하게 말하고, 웃으며, 불이 있는 곳으로 되돌아간다.

그런 다음 그는 이렇게 말한다. 「다 구워졌어.」

「그래, 알았어, 카친스키.」

나는 몸을 흔들며 정신을 차린다. 헛간 한가운데에 노르스름한 고기가 빛나고 있다. 우리는 접을 수 있는 포크와 휴대용 나이프를 꺼내서 다리 하나씩을 자른다. 거기에다 군용 빵도 소스에 적셔 먹는다. 우리는 맛을 만끽하면서 천천히 먹는다.

「어때, 맛있지, 카친스키?」

「맛 좋은데. 너도 맛있지?」

「음, 그래, 카친스키.」

우리는 마치 형제처럼 가장 맛있는 부분을 상대편에게 밀어 준다. 그런 후에 나는 담배를 피우고 카친스키는 시가를 피운다. 그런데 아직 고기가 많이 남아 있다.

「카친스키, 크로프와 차덴에게 한 조각씩 가져다주는 게 어떨까?」

「그러지.」 그가 말한다. 우리는 1인분 정도의 고기를 잘라서 그것을 정성스레 신문지로 싼다. 나머지는 사실 우리 막사에 가져가려고 했는데, 카친스키가 웃으며 그냥 〈차덴〉하고 말한다.

나는 그 말뜻을 알아채고 몽땅 다 가져가기로 한다. 그래서 우리는 둘을 깨우기 위해 닭장으로 발걸음을 옮긴다. 그전에 거위 털을 다른 곳에 치워 둔다.

크로프와 차덴은 우리를 보고 처음에 헛것을 보았나 하고 생각한다. 그러고 나서 둘은 허겁지겁 먹기 시작한다. 차덴은 두 손으로 날갯죽지를 잡고 하모니카처럼 입에 물고 씹어 먹는다. 그는 냄비에서 기름을 들이켜며 입맛을 다시며 말한다. 「이 은혜는 평생 잊지 않을 거야!」

우리는 우리의 막사로 간다. 높은 하늘엔 별이 총총하며 먼동이 트기 시작한다. 잔뜩 배를 불린 나는 커다란 군화를 신고 그 밑을 걸어간다. 꼭두새벽에 작은 군인인 내가 말이다. 하지만 내 옆에는 네모진 얼굴에 몸이 앞으로 굽은 나의 동료 카친스키가 걸어가고 있다.

막사의 윤곽이 어스름한 가운데 검고 깊은 잠처럼 우리 시야에 들어온다.

# 6

우리가 곧 적을 공격할 거라는 소문이 영내에 떠돈다. 우리는 보통 때보다 이틀이나 일찍 전방으로 나간다. 가는 도중에 우리는 포격으로 파괴된 학교를 지난다. 학교의 세로 면을 따라 아주 새롭고, 밝고, 광택이 나지 않는 관들이 두 줄의 높은 담장처럼 쌓여 있다. 관에서는 아직 송진과 솔, 숲 냄새가 난다. 적어도 1백 개는 족히 되어 보인다.

「공격 준비가 잘 되어 있는데.」 뮐러가 눈이 휘둥그레지며 말한다.

「우리가 들어갈 관이야.」 데터링이 툴툴거리며 말한다.

「쓸데없는 소리 마!」 카친스키가 데터링을 나무란다.

「관이라도 얻어걸리면 다행인 줄 알아야지.」 차덴이 히죽거리며 말한다. 「오락 사격장의 표적 인형 같은 너에겐 휴대용 천막이 기다리겠지, 그러니 조심해!」

다른 사람들도 이런저런 농담을 하는데 다 언짢은 농담들이다. 우리가 그런 농담이나 하지 무슨 말을 하겠는가. 그러니까 그 관들은 사실 우리를 위한 것들이다. 그러한 일에는 손발이 척척 잘 맞는 것이다.

전방은 어디서나 들끓고 있는 것 같다. 첫날 밤에 우리는 무언가 정보를 알아내려고 한다. 사위가 꽤 조용하기 때문에 적진지의 후방에서 수송차가 굴러다니는 소리가 들린다. 먼동이 틀 때까지 그 소리가 끊이지 않는다. 카친스키의 말에 의하면 이는 퇴각하는 소리가 아니라 부대, 탄약, 대포를 싣고 오는 소리라는 것이다.

영국군의 포병이 증강된다. 그것은 소리를 들어서 즉각 알 수 있다. 소작 농장의 오른쪽에는 20.5센티미터의 포가 적어도 네 문이나 배치되어 있다. 그리고 포플러 나무의 그루터기 뒤에는 박격포가 설치되어 있다. 그 외에도 착발신관(着發信菅)을 단 소형 프랑스제 야포가 많이 증강되었다.

우리는 심리적으로 부담감을 느끼고 있다. 우리가 참호의 엄폐부에 몸을 숨긴 지 두 시간이 지났을 때 아군의 포대가 우리의 참호를 향해 포를 날려 댄다. 4주 동안 이런 일이 네 번이나 일어났다. 우리를 적으로 오인하고 그런 거라면 뭐라할 말이 없겠지만, 문제는 대포가 너무 낡아서 그렇다는 것이다. 포탄은 우리가 있는 곳까지 마구 날아온다. 이처럼 사격이 때로는 불안을 야기하기도 한다. 그로 인해 이날 밤 아군에게 두 명의 부상자가 생겼다.

전방은 하나의 우리와도 같은 곳이다. 그 안에서 우리들은 무슨 일이 일어날지 초조하게 마냥 기다릴 수밖에 없다. 우리는 포탄이 호를 이루며 떨어지는 반경의 격자 창살 아래에 누워, 무슨 일이 일어날지 몰라 전전긍긍하며 살아가고 있다. 우리의 머리 위에서 우연히 무슨 일이 일어날지 알 수 없다. 만약 포탄이 날아오면 몸만 웅크릴 뿐 달리 아무런 방도가 없는 것이다. 그게 어디로 가서 터질지 나는 정확히 알 수도 없고 어떻게 영향을 끼칠 수도 없다.

이런 일이 우연하게 일어나다 보니 우리는 아무래도 상관없다는 식으로 생각하게 된다. 나는 몇 달 전 참호의 엄폐부에 앉아 카드놀이를 하고 있었다. 잠시 후 나는 자리에서 일어나 다른 엄폐부에 있는 아는 사람을 만나러 갔다. 갔다 돌아와 보니 아까 같이 있던 사람이 온데간데없이 사라져 버렸다. 증포탄에 정통으로 맞아 몸이 완전히 으깨져 버린 것이다. 나는 두 번째 엄폐부에 돌아갔다가 다시 돌아와서 그를 발굴하는 것을 도울 수 있었다. 그사이에 그는 흙에 파묻혔었다.

포탄에 맞는 것도 우연이듯이 내가 살아 있는 것도 마찬가지로 우연이다. 포탄으로부터 안전한 엄폐부에서도 나는 당할 수 있다. 그리고 엄폐물이 없는 전쟁터에서 열 시간 동안 포탄이 비 오듯 쏟아져도 상처 하나 없이 무사할 수 있다. 어떤 군인이든 온갖 우연을 통해서만이 목숨을 부지할 수 있다. 그리고 군인이면 모두 이런 우연을 믿고 신뢰하는 것이다.


우리는 우리의 빵에 잔뜩 신경을 쓰고 있어야 한다. 참호 안이 포격으로 뒤죽박죽이 된 이래로 최근 들어 쥐가 부쩍 많아진 탓이다. 데터링은 이를 가리켜, 조만간 포연이 자욱하게 될 가장 확실한 징조라고 주장한다.

이곳의 쥐들은 몸집이 너무 커서 매우 징그럽다. 그래서 우리는 이런 종류의 쥐를, 송장을 먹고 사는 송장 쥐라고 부른다. 이들 쥐는 보기 끔찍하고, 흉하고, 털이 없는 얼굴을 하고 있다. 사람에 따라서는 털이 없는 기다란 꼬리만 보아도 속이 메스꺼울 수도 있다.

이들 쥐는 몹시 굶주리고 있는 모양이다. 그래서 이들은 가리지 않고 거의 누구에게나 달려들어 빵을 갉아 먹었다. 크로프는 빵을 휴대용 천막에 단단히 싸서 머리맡에 놓아두었다. 하지만 쥐들이 빵에 달려들려고 얼굴 위를 돌아다니는 바람에 제대로 잠을 이룰 수 없다. 데터링은 나름대로 꾀를 내어 보았다. 그는 천장에 가는 철사를 매달고 자신의 빵을 철사에 걸어 놓았다. 자다가 밤중에 일어나 회중전등을 켜 보니 그 철사가 이리저리 흔들리는 게 보였다. 살이 통통하게 찐 쥐 한 마리가 그 빵 위에 턱 올라앉아 있는 게 아닌가.

마침내 우리는 끝장을 내기로 한다. 그 짐승이 갉아 먹은 부위를 조심스레 잘라 낸다. 아침이면 먹을 게 아무것도 없기 때문에 쥐가 갉아먹은 빵을 그냥 내버릴 수는 없다.

빵의 잘라 낸 부분을 우리는 바닥 한가운데 모아 놓는다. 그러고는 다들 자신의 삽을 꺼내서는 언제든지 내리칠 자세로 자리에 눕는다. 데터링, 크로프, 그리고 카친스키는 자신의 회중전등을 준비해 두고 있다.

몇 분이 지났는가 싶었는데 처음에는 바스락거리고 잡아끄는 소리가 들린다. 소리가 점차 커지더니, 이젠 작은 발들이 무수히 모이게 된다. 그때 회중전등을 비추면서 일제히 시커먼 물체 덩어리를 내리치자 쥐들이 찍찍거리며 산지사방으로 흩어진다. 결과는 대성공이다. 우리는 쥐 떼를 삽으로 들어 참호 밖으로 퍼내고는 다시 누워서 망을 보며 기다린다.

이런 식으로 우리는 여러 번 마음먹은 대로 성공을 거둔다. 그런 후에는 쥐들이 무언가 낌새를 챘거나 피 냄새를 맡은 모양인지 다시는 얼씬거리지 않는다. 그런데도 다음 날아침에 일어나 보니 바닥에 남은 빵 부스러기를 그놈들이다 물어 가버렸다.

이웃 참호에서는 쥐들이 커다란 고양이 두 마리와 개 한마리를 공격해 물어 죽이고는 갉아 먹는 일이 생기기도 했다.

다음 날에는 에담산 치즈가 나온다. 거의 누구에게나 치즈 4분의 1쪽이 지급된다. 에담산 치즈가 맛이 좋기 때문에이는 어느 정도 잘된 일이다. 하지만 달리 생각하면 수상한냄새가 난다. 지금까지 우리의 경험으로 보면 이 두껍고 붉은 둥근 치즈는 늘 격전이 벌어질 징조였기 때문이다. 거기에다 브랜디까지 지급되니 우리의 우려가 점점 커진다. 주니까 일단 마시기는 하지만 그래도 뭔가 찜찜한 기분이 든다.

낮 동안에 우리들은 쥐 쏘기 시합을 벌이거나 하는 일 없이 주변을 돌아다니기도 한다. 탄약과 수류탄이 더 푸짐하게지급된다. 총검은 우리가 직접 검사한다. 말하자면 이 총검의 날이 아닌 뭉툭한 쪽은 또한 톱으로 사용된다. 이런 총검을 지닌 자가 적에게 붙들리면 도저히 살아날 수 없다. 이웃참호에서 우리의 동료가 무참하게 죽임을 당한 채로 발견되었다. 적은 이 톱으로 코를 자르고, 눈을 후벼 파버렸다. 그런 다음 입과 코에 톱밥을 채워 질식시켜 죽여 버린 것이다.

몇 명의 신병이 톱이 달린 이와 비슷한 종류의 총검을 가지고 있어서 우리는 그것을 빼앗고 다른 것을 지급해 준다.

그러잖아도 이러한 총검은 물론 그 의미를 상실하게 되었다. 이젠 돌격할 때 수류탄과 삽만 가지고 앞으로 나아가는 것이 항다반사(恒茶飯事)이기 때문이다. 끝을 날카롭게 한 삽은 더 가벼워서, 다양한 용도로 쓸 수 있는 무기이다. 이것으로 적의 아래턱을 공격할 수 있을 뿐만 아니라 무게가 제법 나가서 무엇보다도 타격을 가할 수 있다. 특히 어깨와 목 사이를 비스듬하게 치면 어렵지 않게 가슴 있는 데까지 베어 버릴 수 있다. 이 총검으로 찌르면 가끔 몸에서 빠지지 않는 경우가 있어서, 일단 상대방의 복부를 강하게 걷어차면서 빼내야 한다. 그러는 사이에 자신이 가볍게 한 방 맞을 수도 있다. 게다가 경우에 따라서는 그러다가 총검이 부러지는 일도 왕왕 발생한다.

밤이 되자 독가스가 발사된다. 우리는 공격이 개시되기를 기다리면서 마스크를 쓰고 누워 있다. 그러면서 적의 그림자라도 얼씬거리면 이를 벗어 던질 태세를 취하고 있다.

아무 일 없이 아침이 밝아 온다. 다만 저편에서는 행군하는 소리와 트럭이 굴러가는 소리가 그치지 않아 거기에 계속 신경을 곤두세우다 보니 파김치가 된다. 대체 그곳에 무엇이 집중되는 것일까? 우리의 포대가 불을 뿜으며 그곳에 계속 타격을 가하지만 그래도 그 소리는 언제까지나 그칠 줄 모른다.

우리는 피로에 지친 얼굴로 서로를 흘끗 쳐다본다. 「솜 전투 때와 같은 꼴이 되어 가는구나. 그땐 마지막 7일 동안 밤낮으로 쏘아 댔지.」 카친스키가 침통한 얼굴로 말한다. 그는 우리가 이곳에 온 이후로 전혀 농담 같은 것을 하지 않는다. 그건 좋지 않은 징조이다. 카친스키는 산전수전을 다 겪어 냄새를 맡는 데는 귀신이기 때문이다. 차덴만은 식량과 럼주를 듬뿍 지급받아 신이 나 있다. 그는 심지어 우리가 무사히 돌아갈 거라고 말한다. 아무 일도 일어나지 않을 거라는 것이다.

얼핏 보아 그럴 것 같기도 하다. 하루가 가고 또 하루가 무사히 지나간다. 나는 밤에 정찰 초소의 구멍 안에 앉아 있다. 머리 위에는 신호탄과 조명탄이 오르내리고 있다. 나는 신경을 곤두세우며 긴장하고 있다. 가슴이 두근거린다. 나는 야광 문자판이 번득이는 시계를 뻔질나게 쳐다본다. 바늘이 멎은 듯 시간이 너무 가지 않는다. 졸음으로 눈꺼풀이 천근만근 무거워진다. 나는 졸지 않기 위해 군화 속의 발가락을 움직여 본다. 내가 교대될 때까지 아무 일도 일어나지 않는다. 그래도 저편에서 우르릉거리며 차가 굴러가는 소리는 그치지 않는다. 우리는 차츰 마음이 진정이 되어 스카트 놀이나 마우셸른 놀이 같은 카드놀이를 한다. 어쩌면 우리에게 행운이 돌아올지도 모르는 일이다.

낮 동안 하늘은 계류기구로 가득 차 있다. 적이 공격할 때 이젠 이곳에 탱크와 보병 엄호 비행기도 출동시킨다는 뜻이다. 하지만 이것보다 더 우리의 관심을 끄는 이야기는 새로운 화염 방사기가 쓰일 거라는 소문이다.

한밤중에 지축을 흔드는 굉음으로 우리는 잠에서 깨어난다. 우리 머리 위로 격렬한 포격전이 벌어지고 있다. 그래서 우리는 참호의 구석에 납작 엎드려 있다. 총포 소리를 들으면 우리는 각종 구경(口徑)을 구별할 수 있다.

다들 자신의 물품을 손에 쥐어 보고는 아직 제대로 있는지 매 순간 확인해 본다. 엄폐부가 흔들리고, 밤은 울부짖는 소리와 섬광으로 가득 찬다. 우리는 몇 초 동안 불빛이 번쩍일 때 서로의 얼굴을 쳐다보며, 파리한 얼굴로 입술을 지그시 깨물고 머리를 흔든다.

다들 중포탄이 참호의 창문턱을 허물어뜨리고, 비스듬한 참호 벽과 상부의 콘크리트 받침대를 날려 보내는 경우를 마음에 그리고 있다. 만일 그 포탄이 참호에 떨어진다면, 씩씩거리며 달려드는 맹수가 앞발로 일격을 가하는 것처럼, 더 강력하고 엄청난 일이 벌어질 것임을 우리는 알고 있다. 아침이 되자 몇몇 신병은 얼굴이 새파래져서 구토를 해댄다. 왜냐하면 그들은 아직 전투 경험이 없는 풋내기들이기 때문이다.

점차 갱도에 눈에 거슬리는 회색 광선이 흘러들어 포탄의 불빛이 더 흐릿해진다. 아침이 온 것이다. 이젠 지뢰 터지는 소리와 포대의 포격 소리가 섞인다. 이는 이 세상에 존재하는 것 중 가장 광적인 진동음이다. 이것들이 휩쓸고 간 곳에는 공동묘지가 생긴다.

교대병들이 밖으로 나가고, 보초들은 오물을 뒤집어쓴 채 벌벌 떨며 비틀거리면서 들어온다. 한 사람은 말없이 구석에 드러누워 음식을 먹고 있고, 보충병인 다른 사람은 훌쩍거리고 있다. 그는 폭발할 때의 공기의 압력으로 두 번이나 흉벽 밖으로 날아갔지만 신경 쇼크 말고는 다른 후유증은 없는 모양이다.

신병들은 그를 주시하고 있다. 이런 것은 금방 전염이 되므로 우리는 주의를 기울여야 한다. 벌써 여러 사람들의 입술이 바르르 떨리기 시작한다. 그래도 날이 새서 다행이다. 어쩌면 오전에 공격이 시작될지도 모른다.

포격은 좀체 수그러들지 않는다. 바로 우리 등 뒤에까지 포탄이 떨어진다. 우리의 눈앞에서 오물과 쇳덩이가 분수처럼 솟구쳐 오른다. 아주 폭이 넓은 허리띠 모양으로 집중 포격을 당하고 있다.

공격은 시작되지 않지만 포격은 그칠 줄 모른다. 귀가 멍멍해지더니 점차 우리의 귀가 들리지 않게 된다. 말을 해도 알아들을 수 없기 때문에 말을 거는 사람도 거의 없다.

우리의 참호는 거의 파괴되어 버렸다. 그래서 높이가 50센티미터밖에 되지 않는 곳이 수두룩하다. 참호는 온통 허물어져 구멍이며 파인 곳이며 진흙 더미로 뒤죽박죽이다. 바로 우리의 갱도 앞에서 포탄이 터진다. 즉각 주위가 어두워진다. 우리는 흙더미에 묻히게 되어 이를 파헤치고 나오지 않으면 안 된다. 한 시간 후에 참호 입구가 열렸고, 우리는 작업을 했기 때문에 어느 정도 마음은 안정이 되었다.

우리의 중대장이 안으로 기어 들어와서 두 개의 엄폐부가 날아갔다고 알려 준다. 신병들은 중대장을 보자 마음이 진정된다. 중대장은 오늘 저녁에 식사를 이곳으로 날라 와야겠다고 말한다.

이 말을 듣자 모두를 안심한다. 차덴 말고는 이런 생각을 한 사람이 아무도 없었다. 이제 바깥에서 물건을 이곳으로 더 가까이 가져올 수 있는 모양이다. 신병들은 음식을 날라 올 수만 있다면 상황이 그리 나쁘지 않을 수 있다고 생각하는 모양이다. 음식도 탄약만큼이나 중요하므로 이곳으로 날라 와야 한다는 사실을 알고 있는 우리들은 굳이 그 점을 말하지 않는다.

하지만 이 일은 실패로 끝난다. 두 번째 조를 보내지만 이들도 돌아와 버린다. 급기야는 카친스키가 나서 보지만 그도 어쩔 수 없이 빈손으로 돌아오고 만다. 아무도 이 포화 속을 뚫고 나갈 수 없는 모양이다. 아무리 가는 개 꼬리라 하더라도 이 포화 속을 뚫고 나가기에는 충분하지 못할 것이다.

우리는 배고픔을 참기 위해 허리띠를 바짝 졸라매고, 한 입 베어 먹을 때마다 평소보다 세 배는 오래 씹는다. 그래도 이것으로 충분치 못하다. 우리는 창자가 끊어질 정도로 배가 고팠다. 나에게는 빵 껍질을 보관해 둔 게 있다. 부드러운 부분은 꺼내 먹고, 딱딱한 껍질은 빵 주머니에 그대로 놓아둔다. 그러다가 때때로 그 껍질을 꺼내 조금씩 갉아 먹곤 한다.

밤에는 도저히 견딜 수 없다. 우리는 잠을 이룰 수 없어, 멍하니 앞을 바라보며 생각에 잠길 뿐이다. 차덴은 쥐가 갉아 먹은 우리의 빵 조각을 쥐에게 그냥 넘겨 준 것을 아쉬워하고 있다. 그것을 잘 간수해 두었어야 했는데, 그러면 다들 지금 그걸 먹고 있을 게 아닌가. 우리에게 물도 부족하지만 아직 그리 심한 편은 아니다.

아직 어두컴컴한 아침 무렵에 와자지껄한 소동이 일어난다. 도망쳐 온 한 무리의 쥐 떼가 참호의 입구를 통해 쳐들어와 벽 위를 기어오르려고 한다. 회중전등을 비추니 아수라장 그대로이다. 모두들 비명을 지르고 욕설을 퍼부으며 때리려고 달려든다. 여러 시간 동안 쌓인 분노와 절망감이 마침내 폭발한 것이다. 사람들이 험상궂은 얼굴을 하고 양팔을 휘두르자 쥐들은 찍찍거리며 도망 다닌다. 이런 아수라장은 좀처럼 끝나지 않는다. 하마터면 우리들끼리 싸움질이 일어날 뻔했다.

이런 돌발 사태로 우리는 파김치가 되었다. 우리는 누워서 다시 기다린다. 우리의 엄폐부에서 아직 인명 손실이 없는 것이 가히 기적이라 할 만하다. 몇 개의 깊은 갱도들 중의 하나인 이 엄폐부는 아직 그대로 보존되어 있다.

하사관 한 명이 안으로 기어 들어온다. 그는 빵을 하나 손에 들고 있다. 세 사람이 야밤에 포화 속을 뚫고 약간의 식량을 가져오는 데 성공한 것이다. 그들의 말에 의하면 포화는 점점 거세져 아군의 포병 진지까지 포탄이 떨어진다고 한다. 적군이 그렇게 많은 총포를 대체 어디서 가지고 오는지 불가사의한 일이다.

우린 기다리고 또 기다릴 수밖에 없다. 내가 이미 예상한 일이 정오가 되어 일어난다. 신병 한 명이 발작을 일으킨 것이다. 나는 쉼 없이 이빨을 딱딱 부딪치고, 주먹을 쥐었다 폈다 하는 그의 모습을 이미 오랫동안 관찰해 왔다. 이런 핏발이 서고 튀어나온 눈을 우리는 익히 알고 있다. 마지막 순간에 그는 겉으로는 한결 진정된 듯 보였지만 속으로는 썩은 나뭇등걸처럼 무너져 내렸던 것이다.

이제 그는 일어서서 눈에 띄지 않게 참호 속을 기어가다 잠깐 멈추어 섰다가는 출구 쪽으로 미끄러져 간다. 나는 돌아누우며 그에게 묻는다. 「이봐, 어디 가려고 그러는데?」

「곧 다시 돌아올 겁니다.」 이렇게 말하고는 그는 내 옆을 지나가려고 한다. 「조금만 더 기다리지 그래. 포격이 이미 약해지는데.」

그는 내 말을 귀담아듣는다. 그리고 그의 눈이 잠시 또렷해진다. 그러나 이내 다시 광견병에 걸린 개의 눈처럼 탁한 빛을 띤다. 그는 말없이 있다가 나를 밀어젖힌다. 「이봐, 잠깐만 기다려!」 내가 소리친다. 카친스키도 관심을 보인다. 신병이 나를 밀어젖히자 바로 카친스키는 그를 움켜잡는다. 그리고 우리 둘은 그를 꽉 붙잡는다.

곧바로 그는 미쳐 날뛰기 시작한다. 「날 놓아줘, 날 내보내 줘, 밖으로 나갈 거야.」

그는 아무 말도 듣지 않고 마구 발버둥을 친다. 그의 입엔 침이 축축하게 고여 있다. 그는 무슨 말인지 알 수 없는 뜻 모를 말을 마구 내뱉는다. 참호병이 도진 것이다. 여기서는 질식할 것 같은 느낌이라서 그는 밖으로 나가고 싶은 한 가지 충동밖에 알지 못한다. 그를 그냥 놓아두었다가는 아무런 엄폐물도 없이 아무 데로 달려가리라. 그가 이런 일을 처음으로 저지른 것은 아니다.

그런데 이 신병이 너무 사납게 날뛰는 데다, 눈도 이미 뒤집혀서 어찌할 도리가 없다. 그가 정신을 차리도록 우리는 그를 두들겨 팰 수밖에 없다. 우리는 재빨리 인정사정없이 두들겨 패서 그를 일단 다시 조용히 주저앉힐 수 있게 된다. 다른 신병들은 이 광경을 보고 얼굴이 새파랗게 질려 버렸다. 우리는 이를 계기로 다른 신병들이 겁을 집어먹기를 바랐다. 이러한 맹렬한 포화는 가여운 신병들에게는 너무 가혹한 것이다. 이들은 신병 보충대에 있다가 곧바로 불바다 한가운데로 끌려온 것이다. 이런 상황에서는 산전수전 다 겪은 고참도 머리가 하얗게 셀 정도이다.

이런 사건이 있은 후 질식할 것 같은 공기가 더욱더 우리의 신경을 건드린다. 우리는 우리의 무덤 속에 있는 것처럼 앉아 흙더미에 파묻히기를 기다릴 뿐이다. 갑자기 우레와 같은 소리가 나더니 무시무시하게 불빛이 번득인다. 포탄에 정통으로 맞아 엄폐부가 무너질 것 같다. 그래도 다행으로 가볍게 맞았는지 콘크리트 받침대가 견뎌 냈다. 덜커덕거리는 금속성 소리가 무시무시한 음향을 낸다. 벽들이 흔들리고, 무기, 철모, 지면, 오물 및 먼지가 사방으로 흩날린다. 유황 연기가 자욱하게 안으로 스며든다. 우리가 이 견고한 엄폐부 대신에 근래에 만든 것 같은 얕은 방공호 속에 앉아 있었다면 지금 모두 저세상 사람이 되었을 것이다.

하지만 그 효과는 고약하기 짝이 없다. 아까 그 신병이 다시 미쳐 날뛸 뿐만 아니라 다른 두 신병도 이에 합세한다. 한 사람은 자리를 박차고 바깥으로 달아나 버린다. 우리는 남은 두 명을 진정시키느라 진땀을 뺀다. 나는 도망자의 뒤를 쫓으면서 그의 발을 쏘아 버릴까 생각하기도 한다. 그때 퓨우 하는 소리가 들려 나는 납작 엎드린다. 일어나 보니 따뜻한 뼛조각이며 살점이며 군복 조각이 참호 벽에 더덕더덕 들러붙어 있다. 하는 수 없이 나는 발걸음을 돌려 참호 안으로 기어 들어온다.

첫 번째 발작을 일으킨 신병은 정말 미쳐 버린 모양이다. 잠시라도 놓아주면 그는 숫염소처럼 머리를 벽에 부딪치려고 한다. 밤이 되면 그를 후방으로 데려가야 할 것이다. 우리는 잠시 그를 꽉 붙들고 있다가 공격이 시작되면 즉시 다시 그를 놓아줄 작정이다.

카친스키는 카드놀이를 하자고 제안한다. 그것 말고 무슨 일을 할 것인가. 그러면 어쩌면 기분이 좀 더 홀가분해질지도 모른다. 하지만 그래 봤자 아무 소용이 없다. 왜냐하면 점점 가까이에서 포탄 소리가 들리기 때문이다. 우리는 패를 잘못 세기도 하고, 짝을 잘못 맞추기도 한다. 그러니 그 일도 그만둘 수밖에 없다. 우리는 마치 사방에서 두들겨 맞으며, 엄청난 소리를 내며 진동하는 솥 안에 들어 있는 것 같다.

아직 한밤중이다. 우리는 지금 너무 긴장한 나머지 멍한 상태에 있다. 도저히 견딜 수 없는 긴장이다. 날이 빠진 칼로 척수를 따라 훑어 내리는 것 같은 기분이다. 두 다리는 더 이상 말을 듣지 않고, 두 손은 덜덜 떨고 있다. 몸은 간신히 내리누르고 있는 광기에 얇게 막을 입힌 것 같다. 끝없이 마구 고함을 지르고 싶다. 우리에게는 더 이상 살도 근육도 없다. 우리는 무슨 일이 일어날지 모르는 공포감 때문에 더 이상 서로를 쳐다볼 엄두도 내지 못한다. 그래서 우리는 입술을 굳게 다물고 곧 끝나겠지, 곧 끝나겠지 하고 빌 따름이다. 어쩌면 우리는 무사히 살아남을지도 모른다.

그러다 갑자기 포탄이 가까이에서는 이제 떨어지지 않는다. 포격은 계속되지만 원래 자리로 되돌아가서 우리 참호는 사정권에서 벗어났다. 우리는 수류탄을 집어 들고 엄폐부 앞에 던지고는 바깥으로 뛰쳐나간다. 집중 포격은 그친 반면 우리 뒤에서는 맹렬하게 엄호 사격을 해댄다. 이제 공격이 시작된 것이다.

이렇게 마구 파헤쳐진 황무지에 아직 인간이 있으리라고는 아무도 생각하지 않으리라. 하지만 지금 참호 곳곳에서 철모가 모습을 드러낸다. 그리고 우리에게서 50미터 떨어진 곳에 벌써 기관총이 설치되더니 곧장 요란한 소리를 내기 시작한다.

철조망이 갈기갈기 찢어져 있다. 그래도 그것이 적을 막는 데 그럭저럭 도움이 된다. 적이 돌격해 오는 모습이 보인다. 아군의 포병이 불을 뿜기 시작한다. 기관총이 드르륵거리고, 소총은 땅땅 소리를 낸다. 저편에서 적들이 목표물을 향해 다가온다. 하이에와 크로프는 수류탄을 던지기 시작한다. 이들은 될 수 있는 대로 신속하게 던진다. 다른 사람들이 안전장치를 뽑아서 그들에게 넘겨준다. 하이에는 60미터를 던질 수 있고, 크로프는 50미터를 던질 수 있다. 측정 결과 드러난 이러한 사실이 중요하다. 저편에서 달려오는 적은 30미터 정도까지 접근하기 전에는 우리에게 아무것도 할 수 없다.

적의 일그러진 얼굴이며 평평한 철모가 생생하게 보인다. 프랑스군이다. 그들은 망가진 철조망이 있는 곳에 도달하기까지 벌써 막대한 손실을 입고 있다. 상당수의 적이 기관총에 맞아 우리 옆에서 쓰러진다. 아군의 기관총은 자주 장전 장치에 고장을 일으킨다. 그러면 적은 좀 더 가까이 몰려온다.

그들 중의 한 명이 얼굴을 높이 쳐든 채 방책(防柵) 속으로 떨어지는 모습이 보인다. 몸은 푹 빠졌고, 양손은 마치 기도라도 하는 듯 걸려 있다. 그러다가 몸이 완전히 밑으로 떨어지고, 총에 맞은 손만은 팔이 약간 붙은 채 철사에 걸려 있다.

우리가 퇴각하려는 순간 세 얼굴이 땅에서 고개를 쳐든다. 그중 하나의 철모 아래에서 검고 뾰족한 콧수염과 두 개의 눈이 보인다. 그 눈은 나를 바라보고 있다. 나는 팔을 치켜들지만 이 이상야릇한 눈을 향해 차마 수류탄을 던지지 못한다. 이 절체절명의 순간에 주변의 전장이 온통 서커스장처럼 미쳐 날뛴다. 그 속에서 홀로 꼼짝 않고 있는 것이 이 두 개의 눈이다. 그러다가 저편에서 그 머리가 위로 움직이더니 손이 움직이고 온몸이 움직인다. 그러자 나의 수류탄이 그 녀석을 향해 저편으로 날아간다.

우리는 뒤로 달려와서 방책을 참호 속으로 잡아당기고, 급히 퇴각하는 우리의 안전을 위해 안전장치를 뽑은 수류탄을 우리 뒤에 떨어뜨린다. 인근의 참호에서 기관총이 맹렬하게 불을 뿜고 있다.

우리들은 사나운 맹수로 변했다. 우리는 싸우는 게 아니라 초토화되지 않기 위해 우리 자신을 방어하고 있다. 우리는 인간을 향해 수류탄을 던지는 것이 아니다. 죽음이 우리 뒤에서 철모를 쓴 채 두 손을 들고 쫓아오는데 그 순간 우리에게 무슨 생각이 있겠는가? 우리는 사흘 만에 처음으로 죽음을 목도했고, 사흘 만에 처음으로 죽음에 맞서 싸울 수 있다. 우리들의 광적인 분노는 극에 달한다. 우리는 더 이상 무력하게 단두대에 누워 죽음을 기다리지 않는다. 그러니 우리는 자신의 목숨을 구하고 적에게 보복하기 위해 파괴와 살인을 저지르지 않을 수 없다.

우리는 후미진 곳이나 철조망 뒤마다 쪼그리고 앉아 있다가 다가오는 적의 발밑에 수류탄 다발을 던지고는 냅다 도망친다. 수류탄이 터지는 소리는 우리의 팔과 발에 강하게 전달되어 온다. 우리는 고양이처럼 몸을 잔뜩 웅크린 채, 우리를 실어 나르는 이러한 물결에 휩싸여 달리고 또 달린다. 이러한 물결은 우리를 잔인하게 만들어 우리가 노상강도며 살인자며 악마가 되게 한다. 이러한 물결은 불안이며 분노며 생존욕이란 형태로 우리의 힘을 배가시켜 준다. 우리에게 이러한 생존욕이 있기 때문에 우리는 구원을 얻으려고 노력했고 구원을 쟁취하는 것이다. 만약 당신의 아버지가 저편에서 적들과 함께 돌격해 온다 해도 당신은 주저하지 않고 아버지의 가슴을 향해 수류탄을 던질 것이다!

앞쪽의 참호는 포기하기로 한다. 아직 그걸 참호라 할 수 있을까? 그것은 포탄에 맞아 형태를 잃고 파괴되었다. 다만 통로로 연결된 참호의 조각들이자 구멍들, 구덩이들에 불과할 뿐이다. 하지만 적의 인명 피해가 자꾸 늘어난다. 우리가 이렇게 완강하게 저항하리라고는 미처 생각지 못했을 것이다.

어느덧 정오가 된다. 태양이 따갑게 내리쬐고 있고, 땀이 눈에 들어가 따끔거린다. 군복 소매로 땀을 닦아 내면 때때로 피가 묻어나기도 한다. 다소 원형 그대로 보존된 참호가 처음으로 눈앞에 나타난다. 사람들로 가득 찬 그 참호에서는 역습을 준비하고 있다. 우리는 그 참호 안으로 들어간다. 우리의 포병은 맹렬하게 불을 뿜으면서 적의 진격을 저지하고 있다.

우리 뒤의 전선은 교착 상태에 빠져 있다. 적은 앞으로 진격하지 못한다. 아군의 포병에 의해 적의 공격이 무산된다. 우리는 숨어서 기다리기로 한다. 아군의 포탄은 1백 미터 전방으로 날아가고, 우리는 다시 진격을 시작한다. 옆에서 가던 어떤 상병은 목이 달아났는데도 몇 발짝 더 달린다. 그의 목에서는 분수처럼 피가 솟구친다.

적이 퇴각했기 때문에 육박전까지 벌어지지는 않는다. 우리는 원래 우리가 있던 참호에 도달한 후 앞으로 계속 전진한다.

아, 이러한 상황의 반전이라니! 우리는 안전한 예비용 참호에 도착했다. 그 안으로 기어 들어가서 어디론가 사라져 버리고 싶다. 그런데 우리는 길을 돌려 다시 공포 속으로 발을 들여놓아야 한다. 만약 우리가 자동인형이 아니라면 이 순간 지쳐 쓰러져 아무 생각 없이 누워 버릴 것이다. 하지만 우리는 다시 앞으로 이끌려 간다. 아무 생각도 없지만 미친 듯이 사납게 격분해서 사람을 죽이려고 한다. 저쪽에는 우리의 불구대천 원수가 있으며, 그들의 총포와 수류탄은 우리를 겨냥하고 있기 때문이다. 이들을 섬멸하지 않으면 우리가 섬멸당하고 만다!

이 갈색의 대지, 햇살 아래 기름기가 번들거리는 이 갈기갈기 찢겨지고 갈라진 대지는 쉴 새 없이 둔하게 움직이는 자동인형들의 무대가 되고 있다. 우리가 헐떡이는 소리는 자동인형 태엽이 풀리는 소리처럼 들린다. 입술은 바짝바짝 타들어 가고, 머릿속은 밤새 술 마신 뒤보다 더 황량하다. 이런 상태에서 우리는 비틀거리며 앞으로 나아가고 있다. 구멍이 숭숭 뚫린 우리의 영혼 속으로 갈색 대지의 광경이 고통스럽고도 집요하게 파고든다. 갈색 태양 아래에는 마치 그럴 수밖에 없는 듯 움씰움씰 경련하는 병사와 숨이 끊어진 병사들이 즐비하다. 우리가 그들 위를 타 넘어가면 그들은 우리의 다리 쪽으로 손을 뻗고 비명을 지른다.

우리는 서로에 대한 연민의 감정을 죄다 잃어버렸다. 쫓기는 우리의 시선에 다른 사람의 모습이 보인다 하더라도 우리는 누가 누군지 거의 알아보지 못한다. 우리는 이제 감정이 없는 죽은 사람이 되어 버렸다. 속임수와 위험한 마술을 써서 달리고 또 달리며 그저 살인을 저지를 뿐이다.

어떤 어린 프랑스군이 뒤처져 있다. 우리에게 들키자 그는 두 손을 든다. 한 손에는 아직 권총이 들려져 있다. 그가 총을 쏘려는지 항복을 하려는지 알 수 없다. 누가 삽으로 내려치자 그의 얼굴이 두 동강 난다. 두 번째 녀석이 이 광경을 보고 도망을 치려고 한다. 그 순간 누가 재빨리 총검으로 그의 등을 찌른다. 그는 양팔을 활짝 벌린 채 높이 솟구친다. 입을 크게 벌리고 비명을 지르며 그는 비틀거린다. 등에 꽂힌 총검이 흔들거리고 있다. 세 번째 녀석은 총을 버리고 양손을 눈에 댄 채 땅에 푹 주저앉는다. 그는 다른 몇몇 포로와 남아서 부상자들을 나르는 일을 맡는다.

추격하는 중에 우리는 갑자기 적의 진지에 들어서게 된다.

퇴각하는 적을 바짝 쫓아갔으므로 그들과 거의 동시에 적의 진지에 도달하게 된 것이다. 그 때문에 아군의 인명 손실은 거의 없는 편이다. 기관총이 요란한 소리를 내지만 수류탄으로 곧 해결해 버린다. 아무튼 몇 초 사이에 아군 다섯 명이 복부에 총상을 입었다. 카친스키는 아직까지 부상을 입지 않고 남아 있는 어떤 기관총 사수의 얼굴을 개머리판으로 내리쳐 묵사발을 만들어 버린다. 그리고 다른 녀석들이 수류탄을 꺼내 들기 전에 우리는 찔러 죽인다. 그런 다음 우리는 목이 말라 냉각수를 벌컥벌컥 들이켠다.

사방에서 가위로 찰칵찰칵 철조망 자르는 소리가 들리고, 방책 위에 판자를 던지는 소리가 난다. 우리는 좁은 입구를 통해 참호 속으로 뛰어든다. 하이에는 어떤 커다란 프랑스군의 목을 삽으로 찌르고, 첫 번째 수류탄을 던진다. 우리는 흉벽 뒤에 몇 초 동안 몸을 웅크리고 숨어 있다. 우리 앞에 전개된 반듯한 참호는 텅 비어 있다. 다음에 던진 수류탄은 비스듬히 날아가서 앞길을 터준다. 옆을 달려 지나가면서 엄폐부 속으로 몇 개의 수류탄을 뭉쳐서 던져 넣으니, 지축이 흔들리고, 우지끈 꽝 하면서 연기가 피어오르더니 신음 소리가 난다. 우리는 미끈거리는 살점과 물컹한 몸에 걸려 넘어진다. 나는 갈기갈기 찢긴 배 위에 넘어진다. 그 배 위에는 깨끗한 새 장교모가 놓여 있다.

전투가 멎는다. 적과의 연결이 끊어졌기 때문이다. 이곳에서 오랫동안 지체할 수 없으므로 포병의 엄호를 받으며 우리의 진지로 되돌아가기로 한다. 우리는 이러한 사실을 알자마자 급히 서둘러 제일 가까운 엄폐부에 뛰어들어 눈에 보이는 족족 남은 통조림을 손에 넣는다. 그래도 무엇보다 콘드비프 통조림과 버터가 든 상자를 들고 밖으로 뛰쳐나온다.

우리는 무사히 우리의 참호로 되돌아온다. 그동안은 적이 더 이상 공격해 오지 않는다. 우리는 한 시간 이상 드러누워 가쁜 숨을 몰아쉬며 푹 휴식을 취한다. 아무도 서로에게 말을 걸지 않는다. 우리는 너무 기진맥진한 나머지 대단히 배가 고프지만 통조림 먹을 생각도 하지 못한다. 어느 정도 시간이 흘러서야 우리는 다시 인간다운 면모를 되찾게 된다.

우리가 빼앗아 온 콘드비프는 온 전선에 걸쳐 명성이 자자하다. 심지어 가끔씩은 그게 아군이 기습 공격을 감행한 주된 이유이기도 하다. 왜냐하면 우리의 식량 사정이 대체로 좋지 않아 우리는 시종 배를 쫄쫄 곯고 있기 때문이다.

다 합해서 우리는 통조림을 다섯 상자나 노획해 왔다. 이걸로 보아 적군에게는 그럭저럭 먹을 게 제공되는 모양이다. 무 잼으로 허기를 달래는 우리에게는 이것도 진수성찬이나 다름없다. 이처럼 고기가 주위에 널려 있으니 그냥 손을 뻗어 집기만 하면 된다. 게다가 하이에는 얇은 프랑스 흰 빵을 집어서 검대(劍帶) 뒤에 삽처럼 쑤셔 넣고 왔다. 빵 한쪽에는 피가 묻어 있지만 그 부분만 떼어 내버리면 상관없다.

이제 배부르게 먹을 수 있게 되어 다행이다. 또 우리가 힘쓸 일이 생길 것이다. 배불리 먹는 것은 훌륭한 엄폐부처럼 대단히 중요하다. 그렇기 때문에 우리는 그토록 음식에 집착하는 것이다. 그래야 우리의 목숨을 부지할 수 있기 때문이다.

차덴은 또 코냑이 든 두 개의 수통을 노획해 와서, 우리는 그것을 돌아가면서 마신다.

저녁 예배가 시작된다. 밤이 다가오고, 포탄 구덩이에서는
안개가 피어오른다. 그 구멍들은 유령 같은 비밀에 싸인 듯
이 보인다. 흰 증기가 구덩이 위로 피어오르기 전에 그 주변
에 불안스럽게 깔려 나부끼고 있다. 그러고는 구멍과 구멍
사이로 길게 띠를 이룬다.

날은 서늘하다. 나는 보초를 서며 어둠 속을 골똘히 응시
한다. 공격을 한 후에 늘 그렇듯이 기력이 다한 느낌이 든다.
그렇기 때문에 이렇게 혼자 생각에 잠겨 있는 것도 힘든 일
이다. 사실 그건 생각이라 할 수 없는 것이고, 차라리 회상이
라 하는 편이 맞는 말이다. 지금 기력이 다한 내가 이렇게 회
상에 잠겨 있으니 묘한 기분이 든다.

조명탄들이 하늘로 솟아오른다. 어떤 여름밤의 영상이 눈
에 아른거린다. 나는 성당의 회랑에 서서 조그만 뜰 가운데
에 피어 있는 키 큰 장미 숲을 바라보고 있다. 그 뜰에는 성
당의 사제들이 묻혀 있다. 사방에는 십자가를 지고 가는 고
난의 그리스도상이 세워져 있다. 거기에는 개미 한 마리 얼
씬하지 않는다. 꽃 피어 있는 이 네모진 뜰은 적막에 휩싸여
있다. 짙은 회색의 석상에는 햇볕이 따뜻하게 내리쬐고 있
다. 나는 손을 그 위에 대고 온기를 느껴 본다. 천연 슬레이
트 지붕의 오른쪽 모서리 위에는 녹색의 탑이 뿌옇고 부드러
운 저녁 하늘에 우뚝 솟아 있다. 빙 둘러 나 있는 회랑의 번
쩍거리는 작은 기둥들 사이에는 성당에만 존재하는 서늘한
어둠이 깃들어 있다. 나는 그곳에 서서 스무 살이 되면 여자

들로 인해 골치 아픈 일이 생길 거라고 생각하고 있다.

나는 놀랄 정도로 눈에 선한 이 광경에 적잖이 감동받는다. 하지만 다시 터진 조명탄의 불꽃 때문에 이런 영상이 그만 사라져 버린다.

나는 총을 붙잡고 그것을 바로 세운다. 총열이 축축하게 젖어 있어서, 손으로 꽉 잡고는 손가락으로 문질러 젖은 곳의 물기를 없앤다.

우리가 살던 도시의 뒤쪽 초원 사이에 흐르는 냇가에는 오래된 포플러들이 한 줄로 늘어서 있었다. 그것은 멀리서도 눈에 보였다. 그리고 그것은 한쪽에만 늘어서 있었지만 포플러 가로수 길이라고 불렸다. 벌써 어릴 때부터 우리는 그것을 유달리 좋아했다. 무슨 이유에서인지는 몰라도 그 나무들이 우리의 마음을 끌었다. 우리들은 며칠 동안이나 꼬박 그 근처에서 보내며 나무들이 나지막하게 살랑거리는 소리에 귀 기울였다. 우리는 냇가 포플러 그늘에 앉아 투명한 급류에 발을 담갔다. 상큼한 물 내음과 포플러 사이에서 나는 멜로디가 우리의 환상을 지배했다. 우리는 이런 것을 너무너무 사랑했다. 이 시절의 영상을 떠올리면 지금도 뇌리에서 떠나지 않고 가슴이 방망이질 친다.

떠오르는 모든 추억에는 두 가지 특성이 있다는 사실이 특이하다. 추억에는 늘 정적이 감돈다는 사실이 가장 주된 특성이다. 실제로는 그 정도가 아니었다 하더라도 그런 것처럼 생각된다. 그것은 말없이 침묵하며 눈짓과 몸짓으로 나에게 말을 거는 소리 없는 현상이다. 그 침묵이 내 마음을 뒤흔들어 놓는다. 그래서 군복의 소매와 총을 꼭 쥐고 추억의 아스라한 유혹에 빠려 들지 않으려고 한다. 그런 유혹에 내 몸이 차츰 늘어나서는 이러한 추억들의 배후에 있는 조용한 힘에 은은히 녹아내릴 것 같기 때문이다.

이러한 추억이 그렇게 조용한 이유는 그것이 우리로서는 납득할 수 없는 것이기 때문이다. 전선에는 정적이 존재하지 않는다. 그리고 전방 지역은 너무 넓어서 우리는 절대로 전선을 벗어날 수 없다. 후방의 예비대나 휴양소에서도 웅웅거리는 포격 소리와 둔중하게 우르릉거리는 포격 소리가 언제까지나 우리의 귀에서 떠나지 않는다. 우리는 그 소리가 들리지 않는 곳까지 멀리 가본 적이 없다. 하지만 요즘 들어서는 그 소리를 도저히 참을 수 없다.

예전의 영상이 소망보다는 오히려 슬픔, 즉 무시무시하고 걷잡을 수 없는 우울을 불러일으키는 이유는 바로 이러한 정적 때문이다. 이러한 영상은 과거에 존재했지만 다시는 되돌아오지 않는다. 추억은 지나가 버렸다. 그것은 우리에게서 지나가 버린 다른 세계이다. 병영에 있을 때는 옛 추억이 반항적이고 거친 욕구를 불러일으켰다. 그때만 해도 그것이 아직 우리와 밀접하게 연결되어 있었다. 우리가 비록 떨어져 있기는 해도 우리들은 추억에 속해 있었고, 추억은 우리에게 속해 있었던 것이다. 훈련을 위해 아침노을과 검은 숲 그림자 사이에서 황무지를 향해 행군하면서 군가를 부를 때, 추억이 떠올랐다. 그것은 우리 내부에 있다가 우리 바깥으로 나온 격정적인 추억이었다.

하지만 여기 참호 속에서는 추억이 우리에게서 사라져 버렸다. 다시는 우리 마음에 추억이라는 게 떠오르지 않는다.

우리는 이미 죽은 몸이나 마찬가지다. 추억은 지평선 저 멀리에 있으며, 하나의 현상으로 우리를 엄습하는 불가사의한 반사(反射)이다. 우리는 반사된 그 빛을 두려워하며, 아무런 희망도 없이 사랑하고 있다. 이러한 추억은 강렬하며, 우리의 욕망도 강렬하다. 하지만 그 추억에 우리가 다다를 수 없음을 우리는 알고 있다. 그것은 장군이 되겠다는 기대처럼 허망한 것이다.

그런데 우리에게 청춘의 풍경이 다시 주어진다 하더라도 어떻게 해야 할지 속수무책일지도 모른다. 청춘이 우리에게 부여한 저 부드럽고 은밀한 힘이 다시는 살아날 수 없을 것이다. 우리는 추억 속에 살아 있고, 추억 속에 살아갈 것이다. 우리는 추억을 되살리고, 추억을 사랑하며, 추억의 모습에 감동받을 것이다. 하지만 이는 우리가 전사한 동료의 사진을 보고 〈이것의 그의 특징이고, 이것이 그의 얼굴이다〉라며 상념에 사로잡히는 것과 마찬가지이다. 우리가 그와 함께 지냈던 날들이 우리의 추억 속에서 마치 되살아난 것처럼 여겨진다. 하지만 그게 전우 자신은 아닌 것이다.

우리는 옛날에 그랬던 것처럼 더는 추억과 밀접하게 연결되지 않을 것이다. 청춘의 아름다움과 정취를 인식해서 우리가 이끌린 것이 아니라 우리가 살아가면서 생기는 여러 가지 사건들과 형제 관계라는 공통된 감정에 우리가 이끌린 것이다. 이러한 관계는 우리를 격려시켰고, 우리 부모의 세계를 늘 이해할 수 없게 만들었다. 어떤 식으로든 우리는 늘 아련하게 청춘의 세계에 깊이 빠져들어 몰두해 있기 때문이다. 가장 하찮은 것이라도 우리가 볼 때 언제나 영원의 길과 통해 있었다. 어쩌면 그건 우리 청춘의 특권에 지나지 않을지도 모른다. 우리는 아직 어떤 한계 영역을 본 적이 없었고, 그 어디에 끝이 있다는 사실을 인정한 적도 없었다. 우리에게는 혈기 넘치는 기대가 있었기 때문에 나날의 일상생활과 하나가 될 수 있었다.

오늘날 우리는 여행객처럼 청춘의 풍경 속을 이리저리 돌아다닐지도 모른다. 우리는 사실들에 의해 불타 버린 상태에 있다. 우리는 장사꾼처럼 차이점들을 알고 있고, 도살자처럼 필연성을 알고 있다. 우리는 더 이상 아무런 근심 없이 지낼 수 없는데도, 끔찍할 정도로 아무래도 상관없다는 식으로 살고 있다. 우리가 존재하고는 있지만 과연 살고 있는 걸까?

우리는 어린아이처럼 버림받은 상태에 있고, 나이 든 사람들처럼 노련하다. 우리는 거칠고 슬픔에 잠겨 있으며 피상적이다. 나는 우리가 행방불명되었다고 생각한다.


내 손은 차가워지고, 몸은 오들오들 떨린다. 그래도 밤은 따뜻한 편이다. 안개만 서늘할 뿐이다. 이 무시무시한 안개는 우리 눈앞의 시체들에게 살그머니 다가가서는 마지막으로 남아 있는 그들의 생명을 빨아들이고 있다. 내일이면 그들은 파리해지고 새파래지며, 그들의 피는 응고되어 거무죽죽해진다.

아직도 조명탄이 솟아올라, 석화한 경치 위에 무자비한 빛을 비춰 주고 있다. 사방은 달처럼 분화구와 차가운 빛으로 가득하다. 내 피부 밑의 피는 내 마음속에 공포와 불안을 안겨 주고 있다. 약해져 떨고 있는 내 생각은 온기와 생명을 원하고 있다. 위로나 자기기만 없이는 도저히 견딜 수 없을 것이다. 내 생각은 절망이라는 적나라한 영상 앞에서 혼란스러워하고 있다.

나는 반합이 덜커덩거리는 소리를 듣고 곧장 따뜻한 음식이 몹시 먹고 싶어진다. 그러면 기분이 좋아지고 마음이 진정될 것 같다. 나는 애써 참으며 교대될 때까지 기다리기로 한다.

그런 다음 엄폐부로 들어가 보니 찧은 보리가 든 항아리가 있다. 그것은 기름으로 쪄서 맛이 좋다. 나는 그것을 천천히 먹는다. 포격이 멎었기 때문에 다른 사람들은 기분이 좋아져서 떠들고 있지만 나는 아무 말도 하지 않고 조용히 있다.


하루하루가 지나간다. 매 순간이 이해가 되지 않기도 하고 자명한 것 같기도 하다. 공격에는 역습으로 맞대응한다. 참호들 사이의 포탄 구덩이에는 하나둘 시체들이 쌓여 간다. 그리 멀리 떨어져 있지 않은 부상자는 대개 데려올 수 있다. 그러나 많은 부상자들은 길게 누워 있을 수밖에 없다. 그래서 우리는 그들이 죽어 가는 소리를 듣는다.

우리는 어떤 사람을 이틀이나 찾아다녔지만 허사였다. 그는 배를 깔고 누운 채 돌아누울 수 없는 게 분명하다. 그렇지 않았다면 우리가 그를 찾아낼 수 있었을 것이다. 입을 땅에 가까이 대고 소리쳐서는 여간해서 방향을 가늠하기 힘들다.

하여튼 그는 고약하게도 총상을 입었을 것이다. 금방 몸의 기력이 떨어져서 정신이 아득해지고 몽롱해질 정도로 심한 부상을 입지는 않았을지도 모른다. 그리고 다시 나을 거라는 희망이 있어 그 고통을 참을 수 있을 정도로 가벼운 부상을 입은 것도 아닐지 모른다. 카친스키의 견해에 의하면, 그는 골반이 부서졌거나 척추에 총을 맞았을 거라고 한다. 아마 가슴에는 총을 맞지 않았을 거라고 한다. 가슴에 총을 맞았다면 큰 소리로 비명을 지를 만한 기력이 없을 거라고 한다. 다른 부위에 부상을 입었다면 그가 움직이는 모습이 눈에 띄었을 거라고 한다.

그의 목소리는 점차 쉬어 간다. 그 목소리는 너무 애처로운 음을 띠고, 모든 곳에서 들려오는 것 같다. 첫날 밤에는 우리 참호의 사람들이 세 번이나 밖으로 나가 그 소리의 주인공을 찾아다녔다. 하지만 이 방향이라고 생각하고 그쪽으로 기어가 귀 기울여 보면 번번이 엉뚱한 곳에서 다시 그 소리가 들리는 것이다.

날이 어둑어둑해질 때까지 찾아보았지만 아무런 소득이 없다. 낮 동안에는 망원경으로 지형을 샅샅이 뒤져 봐도 아무것도 발견되지 않는다. 다음 날이 되자 그 남자의 목소리가 더 작아진다. 입술과 입이 다 말라 버린 모양이다.

우리 중대장은 그를 찾아낸 자에게 특별 휴가에다 사흘을 추가로 주겠다고 약속했다. 이는 커다란 매력임에 틀림없으나 그게 아니더라도 우리는 있는 힘을 다해 그를 찾으려 할 것이다. 왜냐하면 그가 외치는 비명 소리가 너무 끔찍하기 때문이다. 카친스키와 크로프는 심지어 오후에도 또 한 번 나가 본다. 그러다가 알베르트 크로프는 귓불에 총상을 입고 돌아온다. 그래 봤자 다 소용없는 일이다. 이들은 그를 찾지 못하고 돌아온 것이다.

그가 외치는 소리는 또렷이 알아들을 수 있다. 처음에는 그가 살려 달라고 소리치기만 했다. 다음 날 밤에는 그에게 열이 좀 있는 것이 분명하다. 그는 자신의 아내와 아이들하고 대화를 나눈다. 엘리제라는 이름이 종종 들리기도 한다. 오늘은 그냥 울음소리만 들릴 뿐이다. 저녁이 되자 소리가 희미해지며 그르렁거리는 소리만 들릴 뿐이다. 그러나 밤새 약하게나마 신음 소리가 끊이지 않는다. 바람이 우리 참호 쪽으로 불기 때문에 그 소리를 확실히 들을 수 있다. 아침이 되어 우리는 그가 진작 저세상으로 가 안식을 얻었을 걸로 생각했는데 또다시 숨이 넘어가며 그르렁거리는 소리가 들려온다.

며칠 동안 더운 날씨가 계속된다. 그리고 시체들은 묻히지 않은 채 이리저리 뒹굴고 있다. 그들 모두를 데리고 올 수는 없는 형편이다. 그들을 어디로 가지고 가야 할지 막막하기 때문이다. 시신들은 포탄 더미에 묻혀 있다. 일부 시신은 배가 풍선처럼 부풀어 오른 경우도 있다. 배는 쉭쉭 하는 소리와 트림 소리를 내며 움직이기도 한다. 뱃속에서 가스가 끓고 있는 것이다.

하늘은 푸르고 구름 한 점 없다. 저녁에는 날이 무더워지고, 지면에서는 열기가 푹푹 찐다. 바람이 이쪽으로 불어올 때 피 냄새를 싣고 온다. 가슴이 막힐 듯하고 역겨울 정도로 비릿한 냄새다. 포탄 구덩이에서 피어오르는 이러한 시신의 냄새에는 클로로포름과 썩은 냄새가 섞인 것 같아, 이를 마신 우리는 속이 메스꺼워 구역질이 난다.

며칠 동안 밤이 조용해진다. 그래서 우리는 구리로 된 포탄 띠와 프랑스제 조명탄의 비단 낙하산 천을 줍기 시작한다. 왜 그렇게 포탄 띠를 줍는 데 혈안이 되었는지는 사실 아무도 모를 일이다. 줍는 사람들은 그것이 그냥 소중하다고 주장한다. 어떤 사람들은 너무 많이 주워서 돌아올 때 둘러메면 너무 무거워서 등이 휘고 허리가 굽을 정도이다.

그래도 하이에에게는 줍는 이유가 한 가지 있다. 그는 그것을 자신의 약혼자에게 양말대님 대신 보내겠다는 것이다. 이 말을 들은 프리슬란트 사람들은 물론 배를 잡고 깔깔대며 웃는다. 그들은 무릎을 치며 말한다. 「기발한 위트야, 그것참, 하이에는 보기와는 딴판으로 약삭빠른 데가 있어.」 특히 차덴은 그냥 가만있지 못한다. 그는 가장 큰 띠를 손에 쥐고 자신의 다리를 자꾸 그 속에 넣어 보고는 얼마만큼 여유가 있는지 알아본다. 「이봐, 하이에, 네 색시 다리는, 다리는……」 그의 생각은 좀 더 높은 곳으로 올라간다. 「네 색시 엉덩이는 마치 코끼리 엉덩이만 한가 보지.」

그는 이 정도로 만족하지 않는다. 「나도 그런 아가씨와 한번 엉덩이 때리기 놀이를 하고 싶은데, 정말 놀라워.」

하이에는 자신의 신부가 그 정도로 인정을 받자 얼굴이 환해진다. 매우 만족한 표정으로 짤막하게 한마디 한다. 「탱탱하긴 하지!」

비단 낙하산 천은 더 실용적으로 활용할 수 있다. 그게 서너 장만 있으면 가슴의 너비에 따라 블라우스를 하나 만들 수 있다. 크로프와 나는 그것을 손수건으로 쓰고, 다른 사람들은 그걸 집으로 보낸다. 이런 얇은 헝겊을 주우려면 때로는 얼마나 커다란 위험을 무릅써야 하는가를 여자들이 안다면 아마 대경실색할지도 모른다.

차덴이 아주 태연한 얼굴로 어떤 불발탄을 두드려 포탄띠를 빼내려고 하자 이를 보고 카친스키는 소스라치게 놀란다. 다른 사람이 이런 일을 했다면 필경 폭발했을지도 모르지만, 차덴이 하면 늘 그렇듯이 행운이 따른다.

어느 날 오전 내내 두 마리의 나비가 우리의 참호 앞에서 노닐고 있다. 그것은 노란 날개에 붉은 점이 있는 노랑나비이다. 그런데 그것이 어떻게 여기까지 날아왔을까. 사방 주위에 식물과 꽃이라곤 어디에도 없는데 말이다. 나비들은 어떤 두개골의 이빨 위에 쉬고 있다. 진작부터 전쟁에 익숙해진 새들도 나비와 꼭 마찬가지로 아무런 걱정을 모른다. 아침마다 적군 진지와 아군 진지 사이에서 종달새가 날아오른다. 1년 전에는 심지어 알을 품고 부화시키는 새들도 본 적이 있었는데, 그 새들은 자기 새끼들에게 나는 연습을 시키기도 하였다.

이젠 참호 속에 쥐들은 온데간데없이 사라져 버렸다. 그놈들은 전방 쪽으로 다 가버렸다. 우리는 그 이유를 알고 있다. 그놈들은 살이 토실토실 올라 있다. 우리는 보이는 족족 쥐를 때려잡았다. 밤이 되면 다시 저쪽에서 우르릉거리는 소리가 들린다. 낮 동안에는 일상적인 포격만 할 뿐이어서 우리가 참호를 손질할 수 있다. 또한 눈요깃감도 없는 게 아니다. 전투기들이 우리에게 오락거리를 제공한다. 날마다 우리는 수많은 공중전의 관객이 된다.

전투기는 그런대로 견딜 만하지만, 정찰기가 뜨면 우리는 흑사병이 도는 것처럼 질색한다. 정찰기가 뜨면 이내 포격이 가해지기 때문이다. 정찰기가 모습을 드러내고 몇 분쯤 지나면 유산탄과 포탄이 불꽃을 튀긴다. 이 때문에 우리는 다섯 명의 위생병을 포함하여 하루에 열한 명의 목숨을 잃었다. 그중에 두 명은 완전히 박살이 나서 차덴은 이런 말까지 한다. 「이들의 살점을 숟가락으로 참호 벽에서 긁어모아 반합에 넣어 장사 지내는 게 어떨까.」 다른 한 사람은 두 다리와 함께 하체가 절단되었다. 그는 참호의 벽에 기댄 채 죽었다. 그의 얼굴은 레몬색처럼 변했다. 얼굴을 뒤덮은 수염 사이에는 아직도 담뱃불이 타오르고 있다. 그러다가 입술 부위에 와서 쉬익 하고 불이 꺼질 때까지 가느다란 연기가 피어오른다.

우리는 시체들을 일단 커다란 구덩이 속에 눕혀 놓는다. 지금까지 시체는 세 겹으로 포개져 있다.

갑자기 또다시 포격이 시작된다. 즉시 우리는 자리에 앉아 아무 일도 하지 않고 마냥 기다린다. 잔뜩 긴장한 우리의 몸은 완전히 굳어 있다.

공격, 역습, 돌격, 반격 — 말은 이처럼 간단하지만 그 속에는 얼마나 많은 사연이 담겨 있던가! 아군이 많은 피해를 보는데, 그중 신병의 피해가 가장 심하다. 우리 참호에 다시 보충 병력이 투입된다. 이 부대는 새로 편성된 연대의 하나로, 거의 전부가 지난해에 징집된 어린 청년들뿐이다. 이들은 훈련을 거의 받지 않았고, 전선에 투입되기 전에 이론적인 것만 약간 배웠을 뿐이었다. 수류탄에 대해서는 어느 정도 알고 있지만 엄폐물에 대해서는 거의 아무것도 알지 못하고 있다. 그래서인지 엄폐물에는 아무런 주의를 기울이지 않는다. 지표상의 고저는 반 미터 정도 높지 않으면 이들 눈에 들어오지 않는다.

병력을 증원할 필요는 있겠지만 신병의 도움을 받기보다는 오히려 신병을 보살피는 데 더 많은 노력이 든다. 이들은 맹렬한 공격이 가해지는 이 지역에서 어쩔 줄 몰라 하면서 파리처럼 쓰러진다. 오늘날의 진지전은 많은 지식과 경험을 필요로 한다. 이를테면 지형에 대한 이해가 있어야 하며, 총포 터지는 소리며 그 효과를 염두에 두어야 한다. 또한 포탄이 어디에서 터지고, 어떻게 퍼지며, 어떻게 대피해야 하는지 미리 알고 있어야 한다.

이런 어린 보충병들은 물론 이런 모든 것에 대해 아직 거의 아무것도 알지 못했다. 이들은 유산탄과 포탄도 제대로 구별할 줄 모르기 때문에 쉽게 목숨을 잃고 만다. 그리고 이들은 저 멀리 뒤에서 나는 위험하지 않은 커다란 포탄 소리에는 불안스럽게 귀 기울이면서, 낮은 높이에서 작은 포탄이 터지고 퓨우 하며 내는 나지막한 소리는 건성으로 듣다가 개죽음을 당하고 만다. 서로 퍼지며 달아나야 하는데 이들은 양 떼처럼 한군데로 모여든다. 그리고 부상당한 자들조차도 토끼처럼 전투기에 사살당하고 만다.

파리한 순무 빛깔의 얼굴들, 불쌍한 모습으로 움켜쥐고 있는 손들, 이 불쌍한 개들의 처절한 용감성을 보라. 그런데도 이들은 전진하고 공격해야 한다. 이 용감하고 불쌍한 개들은 너무 공포에 질려 감히 비명도 크게 지르지 못한다. 갈기갈기 찢긴 가슴과 배와 팔다리로 어머니를 부르며 나지막이 흐느끼다가 누가 보면 뚝 그치는 것이다!

보송보송 솜털이 나 있고 뼈만 앙상하게 죽은 듯한 얼굴들은 죽은 아이들처럼 끔찍할 정도로 무표정하다.

이들 신병이 뛰쳐나가 달리다가 쓰러지는 모습을 보노라면 누구나 목이 메지 않을 수 없다. 이들이 하는 짓은 너무 아둔하기 때문에 어떤 때는 마구 때려 주고 싶을 정도이다. 그리고 이들의 팔을 잡고 이곳에서 이들이 아무 일도 하지 않아도 되는 다른 곳으로 데려가고 싶다. 이들은 회색 상의와 바지와 군화를 착용하고 있다. 그러나 대개는 이들에게 군복이 너무 커서 팔다리가 헐렁하다. 이들 어깨는 너무 좁고, 몸은 너무 빈약하다. 이런 아이들 체격에 맞는 군복이 없었던 것이다.

이런 신병이 고참병 한 명에 다섯 명 내지는 열 명까지 할당된다. 뜻하지 않은 가스 공격에 많은 신병들이 목숨을 잃는다. 이들은 자신을 기다리고 있는 것이 무엇인지 알 수 있는 수준에 이르지 못했다. 우리는 한 엄폐부에 새파래진 얼굴과 새까만 입술이 가득한 것을 발견한다. 어떤 구덩이에서는 이들이 마스크를 너무 일찍 벗어 버렸다. 이들은 가스가 지면에 가장 오래 머무른다는 사실을 몰랐던 것이다. 그래서 그들은 높은 곳에 있는 사람들이 마스크를 벗은 것을 보고 자신들도 마스크를 벗어 버린 것이다. 그래서 가스를 잔뜩 들이마시고는 폐가 온통 불타 버리게 되었다. 그렇게 되면 살아날 가망이 없다. 피를 토하고 질식 발작을 일으키며 캑캑거리면서 죽어 갈 뿐이다.

어떤 참호에서 나는 뜻하지 않게 히멜슈토스와 마주쳤다. 우리는 같은 엄폐부에서 몸을 웅크리고 있었던 것이다. 모두들 숨도 쉬지 않고 나란히 누워, 이제나저제나 돌격 명령이 떨어지기를 기다리고 있다.

나는 그때 무척 흥분하고 있었지만 뛰쳐나가는 순간 히멜슈토스가 보이지 않는다는 생각이 언뜻 뇌리를 스친다. 급히 엄폐부에 뛰어 들어와 보니 히멜슈토스가 구석에 누워 있는 모습이 보인다. 그는 가벼운 찰과상을 입고는 부상당한 시늉을 하고 있다. 몹시 두들겨 맞은 듯한 표정이다. 그는 불안 조광증에 걸린 모습을 하고 있다. 사실 그도 이곳 전방에 나온 지 얼마 되지 않았다. 하지만 어린 보충병도 뛰어나갔는데 그가 이곳에 누워 있으니 화가 불끈 치밀어 오른다.

「나가자!」 나는 씩씩거리며 말한다.

그는 미동도 하지 않는다. 입술은 덜덜 떨리고 있고, 수염도 바르르 떨린다.

「나가자니까!」 나는 거듭 말한다.

그러자 그는 두 다리를 끌어당기고 벽에 몸을 대고는 똥개처럼 이빨을 드러낸다.

나는 그의 팔을 잡고 일으켜 세우려고 한다. 그러자 그는 낑낑거리는 소리를 낸다. 그 소리에 나는 그만 자제력을 잃고 만다. 내가 그의 목을 잡고 자루처럼 흔들자 그의 머리가 이리저리 흔들린다. 그러고는 그의 얼굴에다 대고 이렇게 소리친다. 「야, 이놈아, 밖으로 나가! 개 같은 놈, 악질, 너 몰래 튀려고 그러지?」 그가 멍한 표정을 짓자 나는 그의 머리를 벽에 찧는다. 「이 짐승 같은 놈!」 나는 그의 갈비뼈를 걷어찬다. 「이 돼지 같은 놈!」 나는 그의 머리를 잡고 참호 밖으로 끌고 나온다.

이때 아군의 새로운 부대가 옆을 지나가고 있다. 같이 가던 어떤 소위가 우리를 보더니 소리친다. 「앞으로, 앞으로, 합류하라. 합류하라!」 내가 때려서도 해결하지 못한 일을 소위의 이 말이 단번에 해결해 준다. 히멜슈토스는 상관의 말을 듣고 정신을 차리며 주위를 둘러본다. 그러고는 대열에 합류한다.

나도 대열을 따르며 그가 빠른 걸음으로 걷는 것을 본다. 그는 다시 병영에서 보던 민첩한 히멜슈토스가 된다. 그는 심지어 소위를 따라잡고 훨씬 앞질러 나아가고 있다.


집중 포격, 저지 포격, 연막 포격, 지뢰, 독가스, 탱크, 기관총, 수류탄 — 이것들은 단순한 말에 지나지 않지만 세상의 온갖 공포를 담고 있다.

우리의 얼굴에는 두꺼운 딱지가 생겼고, 우리의 생각은 황폐화되었다. 우리는 파김치가 되어 있다. 공격이 개시되면 몇몇 사람들은 주먹으로 때린 후 깨워서 함께 데리고 가야 한다. 우리의 눈은 붉게 충혈되었고, 손에는 생채기가 났으며, 무릎에서는 피가 흐르고, 팔꿈치는 엉망으로 망가져 있다.

이렇게 해서 몇 주일, 몇 달, 몇 년이 흘러갈 것인가? 아직은 고작 며칠밖에 되지 않을 것이다. 우리는 죽어 가는 사람들의 핏기 없는 얼굴 속에서 우리 옆의 시간이 사라지는 것을 본다. 우리는 숟가락으로 먹을 것을 입 안에 떠 넣고는, 달리고, 던지고, 쏘고, 죽이고, 널브러져 누워 있다. 우리는 약하고 우둔하다. 우리보다 더 약하고, 더 우둔하고, 더 속수무책인 사람이 있다는 사실이 우리를 지탱해 줄 뿐이다. 이들은 눈을 동그랗게 뜨고 때때로 죽음에서 가까스로 빠져나오곤 하는 우리를 우상처럼 생각한다.

주위가 조용해지는 몇 시간 동안 신병들을 교육시킨다. 「자, 저기 흔들거리며 날아오는 게 보이지? 저건 박격 포탄이야. 납작 엎드리고 머리를 숙이고 있으면 저편으로 날아간다. 하지만 그렇게 지나가면 도망쳐라! 그게 날아오면 달아날 시간적 여유가 있거든.」

그리고 우리는 작은 포탄이 귀에 거슬리는 소리로 윙윙거리는 것을 그들이 귀에 잘 익히도록 한다. 그 소리는 여간해서는 잘 들리지 않는다. 그들은 시끄러운 소리 가운데서 모기가 웽웽거리는 것 같은 그 소리를 분간해 내야 한다. 우리는 미리부터 오랫동안 들리는 커다란 포탄 소리보다 이것이 더 위험하다는 것을 그들에게 주지시킨다. 그리고 전투기가 떴을 때 몸을 숨기는 방법, 적의 공격으로 낙오했을 경우 죽은 척하는 방법, 지면에 부딪치기 0.5초 전에 폭발하도록 수류탄의 안전핀을 뽑는 방법을 그들에게 가르친다. 그리고 착발신관이 달린 포탄이 날아올 때 전광석화처럼 구덩이에 몸을 날리는 방법을 가르친다. 또한 한 다발의 수류탄으로 참호를 날려 버리는 방법을 시범으로 보여 준다. 적의 수류탄과 아군의 수류탄의 점화 시간의 차이를 설명해 준다. 가스 유탄의 소리를 잘 익히도록 하고, 자신의 목숨을 구하는 요령을 선보인다. 이들은 고분고분하게 말을 잘 듣는다. 하지만 막상 다시 전투에 나가면 흥분한 나머지 대개 일을 그르치고 만다.

하이에 베스트후스가 등이 찢어진 채로 질질 끌려온다. 숨을 쉴 때마다 상처를 통해 폐가 뛰는 모습이 보인다. 나는 그저 그의 손을 잡아 줄 뿐이다. 「이젠 글렀어, 파울.」 그는 신음하며 고통에 못 이겨 팔을 물어뜯는다.

우리는 두개골이 없어도 살아 있는 사람을 본다. 우리는 두 다리가 다 날아간 병사가 달리는 것을 본다. 두 다리가 절단되었는데도 비트적거리며 인근의 구덩이로 들어가는 자도 있고, 두 무릎이 박살 난 어떤 상병은 2킬로미터나 되는 거리를 두 손으로 기어서 몸을 끌고 온 경우도 있다. 어떤 다른 병사는 흘러내리는 창자를 두 손으로 움켜잡은 채 응급 치료소까지 온 경우도 있다. 우리는 입과 아래턱, 얼굴이 없는 사람을 본 적도 있다. 또한 우리는 과다 출혈로 죽지 않으려고 이빨로 팔의 정맥을 두 시간 동안이나 꽉 물고 있던 병사를 발견하기도 한다. 어김없이 해는 떠오르고, 밤은 찾아오며, 유탄은 쉭쉭 소리를 내고, 사람들은 죽어 간다.

하지만 우리가 누워 있는 조그마한 황폐한 공간은 적의 우세한 화력에 맞서 무사히 보존된다. 몇 백 미터만 적의 수중에 넘어갔을 뿐이다. 그러나 1미터마다 한 명씩 죽어 간다.

우리는 다른 부대와 교대된다. 바퀴들이 우리 발밑에서 굴러가고, 우리는 멍하니 서 있다. 〈조심해, 전깃줄이다!〉라는 소리가 들리면 무릎을 굽힌다. 전에 우리가 이곳을 지나갈 때는 여름이라서, 나뭇잎이 아직 푸른색을 띠고 있었다. 그런데 이제는 가을 풍경을 보이고 있다. 밤에는 음침하고 눅

눅하다. 차가 멈추자 우리는 기어 내린다. 뒤죽박죽으로 뒤엉킨 작은 덩어리이며, 얼마 안 되는 살아남은 자들이다. 양옆에서는 어둠 속에서 사람들이 선 채 연대며 중대의 이름을 부르고 있다. 이름이 불릴 때마다 한 무더기씩 떨어져 나간다. 그것은 초라하고 얼마 안 되는 지저분하고 창백한 병사들 무리이다. 정말 얼마 안 되는 적은 인원이고, 정말 극소수의 살아남은 인원이다.

이제 누군가 우리 중대의 번호를 부른다. 목소리를 들어보니 우리 중대장이다. 그러니까 그도 무사히 살아 돌아온 것이다. 그는 팔에 붕대를 감고 있다. 우리는 그가 있는 곳으로 간다. 카친스키와 알베르트의 모습도 있다. 우리는 모여 서로에게 기댄 채 서로의 얼굴을 쳐다본다.

그리고 또 한 번, 또 한 번 우리 중대의 번호를 부르는 소리가 들려온다. 그는 자꾸만 우리 중대 번호를 부르고 있다. 야전 병원이나 포탄 구덩이에서는 그의 목소리를 듣지 못한다.

또다시 그의 목소리가 들린다. 「제2중대, 여기 모여!」

그러고 나서 더 나지막한 소리가 들린다. 「제2중대 더 없나?」 그러고는 잠자코 있다가 이렇게 묻는다. 「이게 다인가?」 그리고 더 목이 쉰 소리로 명령한다. 「번호!」

희끄무레한 아침이다. 우리가 전방으로 나갔을 때는 여름이었다. 지금은 나뭇잎이 살랑거리는 으슬으슬한 가을이다. 피곤한 목소리가 어둠을 가른다. 「하나, 둘, 셋, 넷……」 32번에 와서는 아무 말이 없다. 한동안 침묵이 계속되자 중대장이 이렇게 묻는다. 「더 없나?」 그런 다음 잠시 기다리다가 나지막하게 말한다. 「분대별로……」 그러고는 말을 중단했다

가 겨우 이렇게 마무리한다. 「제2중대……」 역시 말을 잇지
못하다가 가까스로 이렇게 명령한다. 「제2중대 앞으로 가!」

일열 종대, 아주 짧은 일열 종대가 아침 속으로 터벅터벅
걸어간다. 겨우 서른두 명의 인원이.

# 7

우리는 예전보다 훨씬 더 후방인 신병 보충대에 배치된다. 거기서 새로 중대를 편성하기 위해서다. 우리 중대는 1백 명 이상을 새로 보충해야 한다.

우리는 근무가 없는 틈을 타 잠시 어슬렁거리며 돌아다닌 다. 이틀 후에는 히멜슈토스가 우리한테 온다. 그는 참호에 들어온 이후로 기가 팍 죽었다. 그는 사이좋게 지내자며 우리에게 제안한다. 나는 그럴 용의가 있다. 왜냐하면 하이에 베스트후스가 등에 총탄을 맞았을 때 그가 업고 오는 것을 보았기 때문이다. 그 외에도 그가 사리 분별이 있게 말하기 때문에 그가 우리를 술집에 초대하는 것에 나는 별다른 이의를 제기하지 않는다. 차덴만이 불신을 거두지 못하고 떨떠름한 태도를 취한다.

하지만 그도 마침내 히멜슈토스에게 마음을 연다. 휴가를 떠나는 취사병 대신 자신이 그 일을 한다고 이야기하기 때문이다. 이에 대한 증거로 그는 당장 2파운드의 설탕을 우리에게 가져오고, 차덴을 위해서는 특별히 반 파운드의 버터를 내어 온다. 그는 심지어 우리가 다음 사흘 동안 감자와 순무 껍질을 벗기는 취사 당번 일을 하도록 배려해 준다. 그가 그곳에서 우리에게 내어놓는 음식은 흠잡을 데 없이 훌륭한 장교 음식이다.

이러하여 우리는 순식간에 다시 두 가지를 얻게 된 셈이다. 그것은 군인이 가장 행운으로 여기는 좋은 음식과 휴식이다. 하지만 잘 생각해 보면 대수롭지 않은 것들이다. 몇 년 전까지만 해도 우리는 스스로를 끔찍하게 멸시했을지도 모른다. 이제 우리는 매우 만족스럽다. 참호 생활도 그렇듯이 뭐든지 습관 들이기 나름이 아니던가.

얼핏 생각하기에는 이렇게 습관 들이는 것이 우리가 그렇게 급히 잊어버리는 이유 같다. 그저께만 해도 우리는 포화 속에 있었는데, 오늘은 어리석은 짓을 하며 이 지역을 쏘다니다가, 내일은 다시 참호 속으로 돌아간다. 사실 우리는 아무것도 잊지 않고 있다. 우리가 이곳 싸움터에 있어야 하는 한, 전선의 나날은 그 하루하루가 지나면서 마치 돌멩이처럼 우리 마음속에 가라앉게 된다. 이것에 대해 곰곰이 생각하면 할수록 전선에서 보내는 하루하루가 너무 괴롭기 때문이다. 만일 그랬다가는 우리는 나중에 탈진할지도 모른다. 나는 이미 다음과 같은 사실을 깨달았다. 〈그냥 엎드리고 있으면 공포는 견딜 수 있다. 하지만 그것을 곰곰 생각하다가는 공포에 질려 죽고 만다.〉

최전선에 나가면 우리는 마치 짐승처럼 변한다. 그것이 우리의 생명을 보전하는 유일한 방법이기 때문이다. 하지만 우리가 후방에서 휴식을 취할 때는 시시껄렁한 농담이나 해대거나 늘어지게 잠이나 자는 사람이 된다. 우리는 절대 달리 생활할 수 없다. 사실 어쩔 수 없는 일이기도 하다. 우리는 어떤 대가를 치르더라도 살고 싶다. 그러기에, 평화 시에는 장식적인 의미가 있을지도 모르지만, 이곳에서는 타당치 않은 감정 때문에 부담을 느낄 필요가 없는 것이다. 케머리히는 죽었고, 하이에 베스트후스는 사경을 헤매고 있다. 포탄에 정통으로 맞은 한스 크라머의 몸을 최후 심판의 날에 주워 모으느라 고생깨나 해야 할 것이다. 마르텐스는 두 다리가 없어졌고, 마이어와 마르크스, 바이어와 햄머링은 이제 이 세상 사람이 아니다. 120명의 인원이 총탄을 맞고 어디에선가 뒹굴고 있을 것이다. 정말 억장이 무너질 일이다. 하지만 살아 있는 우리에게 그게 무슨 상관이랴. 그들을 구할 수만 있다면 우리는 이것저것 몸을 사리지 않고 불속에라도 뛰어들 것이다. 왜냐하면 우리에게는 한다면 하는 뚱배짱이 있기 때문이다. 우리의 사전에 설령 죽음의 공포는 있을지언정 두려움이란 없다. 하지만 죽음의 공포란 좀 다른 것으로, 그것은 육체적인 성격을 띠고 있는 것이다.

하지만 우리의 전우들은 저세상으로 갔다. 우리는 그들을 도와줄 수 없다. 그들은 영원한 안식을 얻은 것이다. 하지만 우리도 곧 어떻게 될지 아무도 모르는 일이다. 그러니 우리는 쓰러져서 잠이나 자든가 마구 먹어 대려고 하는 것이다. 우리는 배 속에 있는 대로 집어넣고 마셔 대며 피워 댄다. 순간순간이 황량해지지 않도록 말이다. 어차피 언제 갈지 모르는 덧없는 인생이 아닌가.

우리가 공포에 등을 돌리면 전선의 공포는 가라앉는다. 우리는 심하고 노골적인 농담을 하면서 공포에 대처한다. 누가 죽으면 그가 엉덩이를 오므렸다고 말한다. 우리는 만사를 이런 식으로 말한다. 그래야 미치지 않고 버틸 수 있다. 그렇게 하는 한 우리는 저항하는 것이다.

하지만 우리가 잊어서는 안 될 것이 있다! 전시 신문에 부대의 황금 유머에 대해 실려 있는 기사는 말도 안 되는 거짓말이다. 즉 포격전을 마치고 돌아오자마자 부대에서는 이미 조그만 댄스파티를 준비한다는 내용 말이다. 우리가 그런 농담을 하는 것은 우리에게 유머가 있어서가 아니다. 그러지 않으면 우리가 파멸하기 때문에 우리에게 유머가 있는 것이다. 게다가 그런 농담은 그리 오래가지 않는다. 달이 갈수록 유머가 노골적으로 변한다.

그리고 나는 이런 사실을 알고 있다. 지금과 같은 전시에 우리 마음속에 돌멩이처럼 가라앉아 있는 모든 것이 전후에는 다시 깨어난 다음 비로소 생과 사의 대결을 시작하는 것이다.

여기 일선에서 보낸 나날들, 주들, 해들이 또다시 돌아올 것이고, 그러면 우리의 죽은 전우들은 다시 살아나 우리와 함께 진군할 것이다. 우리들의 머리는 맑아질 거고, 우리는 목표를 가지게 될 것이다. 이렇게 우리는 전선에서 보낸 세월을 뒤로하고 죽은 전우와 함께 진군할 것이다. 그런데 누구를 향해서, 누구를 향해서 진군한다는 말인가?

얼마 전에 이 근방에 전선 극단이 있었다. 판자벽에는 다

채로운 공연 광고물이 아직 붙어 있다. 크로프와 나는 눈을 동그랗게 뜨고 그 앞에 서 있다. 아직도 그런 게 있다는 사실이 믿기지 않는다. 거기에는 밝은 여름옷을 입은 한 소녀의 그림이 그려져 있다. 허리에는 붉은색의 에나멜가죽 허리띠를 차고 있다. 그녀는 한 손은 난간에 기대고 있고, 다른 손으로는 밀짚모자를 들고 있다. 하얀 양말에 하얀 구두를 신고 있다. 뒷굽이 높고 죔쇠가 달린 예쁘장한 구두이다. 그녀의 뒤에는 파도가 넘실대는 푸른 바다가 빛나고 있고, 옆에는 밝은 물굽이가 안으로 굽어 있다. 아주 멋진 소녀이다. 코는 가늘고, 붉은 입술에 다리는 늘씬하다. 이루 상상할 수 없을 정도로 깨끗하고 세련된 모습이다. 틀림없이 하루에 두 번은 목욕할 것이기 때문에 손톱 밑에 때가 낄 틈이 없다. 기껏해야 어쩌면 모래사장의 모래나 좀 묻었을까.

그녀 옆에 흰 바지를 입은 어떤 남자가 서 있다. 푸른 재킷을 입고 선원모를 쓴 그에게 우리는 별로 관심이 없다.

판자벽에 기대고 있는 이 소녀는 우리에게 하나의 불가사의한 존재이다. 이런 아가씨가 이 세상에 있다는 사실을 우리는 깜빡 잊고 있었다. 아직도 우리는 우리의 눈을 의심하고 있다. 어쨌든 몇 년 전부터 우리는 이러한 종류의 것을 본 적이 없었다. 명랑하고 아름답고 행복한 모습과는 전혀 인연이 없었던 것이다. 이것이 바로 평화란 것이다. 평화란 이런 것이 틀림없다고 우리는 흥분해서 느낀다.

「이 가벼운 구두 좀 봐. 이런 구두로는 1킬로미터도 행군하지 못할 거야.」 나는 이렇게 말하고는 곧장 어리석은 말을 했다는 생각이 든다. 그런 그림을 보고 행군을 생각한다는 것은 말도 되지 않기 때문이다.

「몇 살쯤 돼 보여?」 크로프가 묻는다.

「많아 봤자 스물두 살쯤 되지 않았을까, 알베르트.」 나는 어림짐작해 말한다.

「그럼 우리보다 나이가 많은데. 열일곱은 넘지 않은 것 같아.」

우리 몸에 소름이 돋는다. 「알베르트, 말도 안 돼. 그렇게 생각하지 않니?」

그는 고개를 끄덕인다. 「집에 나도 흰 바지가 있는데 말이야.」

「흰 바지라……」 내가 말한다. 「그런데 저런 아가씨는……」

우리는 서로를 바라본다. 그래 봤자 별로 볼만한 구석이 없다. 둘 다 색이 바래고, 더러운, 꿰맨 군복이다. 서로 비교해 보았자 부질없는 짓이다.

그래서 일단 우리는 먼저 흰 바지를 입은 젊은 녀석을 판자벽에서 떼낸다. 그 소녀 그림을 손상하지 않도록 조심스럽게 말이다. 이것으로 벌써 어느 정도 소기의 목적을 달성했다. 그러고 나서 크로프는 이렇게 제안한다. 「이젠 이를 잡는 게 어떨까.」

나는 이 말에 전혀 동의하지 않는다. 우리가 그것 때문에 고통을 겪고 있긴 하지만 두 시간만 지나면 다시 이가 버글거리기 때문이다. 하지만 그림을 보면서 깊이 생각에 잠긴 다음 생각을 달리 먹기로 한다. 나는 심지어 한 걸음 더 나아간다. 「깨끗한 내의라도 한 벌 얻도록 하는 게 어떨까?」

알베르트 크로프는 무슨 이유에서인지 이렇게 말한다. 「양말이 더 낫지 않을까?」

「어쩌면 양말도 필요하겠지. 좀 걸으면서 생각해 보기로 하자.」

그때 레어와 차덴이 어슬렁거리며 다가온다. 그들은 광고지를 보자마자 곧장 음담패설을 늘어놓기 시작한다. 레어는 우리 학급에서 여자관계에 관한 한 둘째가라면 서러울 정도인 많은 경험을 가진 인물로 그에 관한 자극적인 이야기를 곧잘 들려주곤 했다. 그도 자기 나름대로 그림을 보고는 감동을 받는다. 그리고 차덴은 이에 크게 맞장구를 친다.

음담패설을 우리는 조금도 역겹게 생각하지 않는다. 음담패설을 하지 않는 자는 군인이 아니다. 하지만 이 순간만은 전혀 그럴 기분이 아니다. 그래서 우리는 옆쪽으로 발길을 돌려 이 잡는 곳으로 걸어간다. 고급 신사복점에라도 가는 기분으로 말이다.


우리가 숙영하고 있는 건물은 운하에서 가까운 곳에 있다. 운하 저편은 연못이 있고, 그 주위를 포플러 숲이 에워싸고 있다. 그리고 운하 저편에는 여자들도 있다.

우리가 있는 쪽 집에는 사람이 살지 않는다. 하지만 다른 쪽에 있는 집에는 가끔씩 주민들의 모습이 보인다.

저녁에는 우리는 수영을 한다. 그때 강을 따라 세 여인이 걸어온다. 그들은 느릿느릿 걸으면서, 우리가 수영복을 입지 않았는데도 우리에게서 눈을 떼지 않는다.

레어가 그들을 향해 소리친다. 그들은 웃으면서 우리를 쳐다보기 위해 발걸음을 멈춘다. 우리는 그들이 가버리지 않도록 생각나는 대로 엉터리 프랑스 말을 아무거나 뒤죽박죽으로 급히 주워섬긴다. 별로 미모가 출중한 여자들은 아니다. 하지만 우리에게 어디서 그런 여자라도 얻어걸리겠는가? 한 여자는 몸이 가냘프고 머리카락이 검다. 웃으면 이빨이 반짝거리는 모습이 보인다. 그녀는 움직임이 민첩하고, 치마가 다리 주위에 펄럭인다. 물이 차지만 우리는 그들을 잡아 두기 위해 쾌활한 모습을 보이며 그들이 관심을 보이게끔 애쓴다. 우리가 농담을 걸면 그들은 우리가 알아들을 수 없는 말로 대꾸를 한다. 우리는 웃으면서 손짓을 한다. 차덴은 역시 이럴 때 머리가 잘 돌아간다. 그는 우리가 숙영하는 건물로 달려가 군용 빵을 가져와서는 그것을 높이 쳐든다.

이 작전이 주효한다. 그들은 고개를 끄덕이며 자기들 쪽으로 건너오라고 손짓한다. 하지만 우리는 그럴 수 없다. 저편으로 강을 건너가서는 안 된다. 다리에는 도처에 보초들이 서 있다. 신분증이 없으면 아무것도 할 수 없다. 그래서 우리가 프랑스 말로 전하니까 자기들이 우리 쪽으로 오고 싶어 한다. 하지만 그들은 머리를 흔들며 다리 쪽을 가리킨다. 그녀들도 이쪽으로 건너올 수 없다.

그들은 발길을 돌려, 계속 강을 따라 운하 상류 쪽으로 천천히 걷기 시작한다. 우리는 헤엄치며 그들을 따라간다. 2~3백 미터쯤 가다가 그들은 옆으로 꺾어져 어떤 집을 가리킨다. 나무와 우거진 숲이 있는 곳에서 옆으로 약간 들어간 집이다. 레어는 그들에게 그곳에 사느냐고 물어본다.

그들은 웃으면서 자기들 집이라고 말한다.

우리는 보초가 보이지 않으면 그곳으로 가겠다고 소리쳐 알려 준다. 밤에, 오늘 밤에 가겠다고 말이다.

그들은 두 손을 들어, 손바닥을 포개고는 얼굴을 그 위에 얹고 두 눈을 감는 시늉을 한다. 우리 말을 알아들었다는 뜻이다. 몸이 갸날프고 머리카락이 검은 여자는 댄스 스텝을 밟는다. 금발의 여자는 〈빵, 좋아〉 하며 재잘댄다.

우리는 빵을 가져가겠다는 뜻을 열심히 밝힌다. 그 외에도 다른 좋은 것을 가져가겠다는 뜻을 밝힌다. 우리는 눈을 굴리기도 하고 손짓으로 보여 주기도 한다. 레어는 〈순대 한 조각〉이라는 의미를 전하다가 하마터면 익사할 뻔하기도 한다. 필요하다면 우리는 그들에게 식량 창고를 몽땅 내주고 싶은 심정이다. 그들은 길을 가다가 가끔 우리 쪽을 뒤돌아보기도 한다. 우리는 우리 쪽 강가에 기어올라 그들도 그 집으로 들어가는지 확인한다. 왜냐하면 그들이 속임수를 쓰는지도 모르는 일이기 때문이다. 그런 다음 우리는 되돌아 헤엄쳐 간다.

신분증이 없이는 아무도 다리를 건널 수 없다. 그래서 우리는 하는 수 없이 밤에 강을 건너 저쪽으로 가기로 한다. 우리는 몸이 근질거려 그냥 도저히 참을 수 없다. 한순간도 견딜 수 없어 술집으로 간다. 그곳에는 바로 맥주와 일종의 펀치가 있다.

우리는 펀치를 마시며 환상적인 경험담을 늘어놓는다. 다들 다른 사람의 이야기를 진지하게 믿으며, 더 자극적인 거짓말을 꾸며 내기 위해 초조하게 기다린다. 우리의 손이 불안하게 떨려서, 우리는 연신 담배만 피워 댄다. 그러다가 마침내 크로프가 말한다. 「담배도 몇 개비 갖다 주는 게 좋겠어.」 그래서 우리는 담배를 모자 속에 넣고 잘 보관한다.

하늘은 아직 덜 익은 사과처럼 푸른색으로 변한다. 우리는 도합 네 명인데 세 명만 그곳에 갈 수 있다. 그래서 차덴을 빼기로 하고 대신 럼주며 펀치를 자꾸만 마시게 한다. 결국 차덴은 다리가 휘청거릴 정도로 마셔 댄다. 날이 어두워지자 우리는 차덴을 가운데 끼고 우리의 집으로 돌아간다. 우리는 몸이 달아오르고, 모험심으로 가득 차 있다. 나는 몸이 가냘프고 흑발인 여자를 택하기로 한다. 우리는 상대를 정하고 그럭저럭 타협을 보았다.

차덴은 짚으로 만든 매트리스 위에 쓰러져 코를 골아 댄다. 한번은 그가 잠에서 깨어나더니 우리 쪽을 바라보며 교활하게 히죽 웃는 것이 아닌가. 그래서 우리는 깜짝 놀라며 이놈한테 속았구나 하고 생각한다. 펀치를 마구 먹인 것도 아무 소용이 없구나 싶었는데 그가 다시 쓰러지더니 계속 잠을 잔다.

우리 셋은 군용 빵을 있는 대로 다 가져와서 그것을 신문지로 싼다. 담배도 싸고, 거기에다 오늘 저녁에 받은 세 사람 몫의 훌륭한 간 소시지도 싼다. 이만하면 제법 상당한 선물인 셈이다.

우리는 이것들을 잠시 군화 속에 숨겨 둔다. 저편 강가에서 철사나 유리 조각에 찔리지 않으려면 군화를 가져가야 하기 때문이다. 그 전에 우리는 헤엄을 쳐서 가야 하기 때문에 옷은 입을 필요가 없다. 어두운 밤이기도 하고 그곳까지 멀지도 않다.

우리는 군화를 손에 들고 길을 나선다. 재빨리 물속에 뛰어들어서는 등으로 누워 수영을 하면서, 선물이 든 군화는 머리 위에 치켜들고 간다.

건너편 강가에 닿자 조심스럽게 언덕으로 기어 올라가서는, 선물 꾸러미를 꺼내고 군화를 신는다. 선물은 양쪽 옆구리에 꼭 낀다. 이렇게 우리는 군화만 신은 채 발가벗은 축축한 몸으로 종종걸음을 친다. 우리는 낮에 보아 두었던 그 집을 금방 찾는다. 그 집은 우거진 숲속에 어두컴컴한 모습으로 서 있다. 레어는 나무뿌리에 걸려 넘어져 팔꿈치에 찰과상을 입었지만 〈이 정도는 아무것도 아니야〉 하고 즐거운 듯이 말한다.

창 앞에는 덧문이 있다. 우리는 몰래 집으로 다가가서는 어떤 틈새로 집 안을 엿보려고 한다. 그런 다음 초조하게 된다. 크로프가 갑자기 주저하듯이 말한다. 「만일 안에 소령이 와 있으면 어떡하지.」

「그럼 몰래 달아나야지.」 레어가 히죽거리며 말한다. 「그는 이곳의 우리 연대 번호를 알지도 몰라.」 이렇게 말하면서 자신의 엉덩이를 찰싹 친다.

집 대문은 열려 있다. 우리의 군화 소리가 꽤 시끄럽게 난다. 그러자 어떤 문이 열리더니 빛이 새어 나온다. 한 여자가 깜짝 놀라 비명을 내지른다. 우리는 〈쉿쉿, 우리들, 좋은 친구야〉 하며 우리의 진실을 맹세하듯이 선물 꾸러미를 높이 쳐든다.

이제 다른 두 여자 모습도 보인다. 문이 활짝 열리더니 우리를 환하게 밝혀 준다. 이제야 그들은 우리가 누군지 알아챈다. 세 사람 모두 우리의 행색을 보더니 배꼽을 잡고 웃어 댄다. 문턱에서 몸을 이리저리 돌리고 굽히고 하며 웃음을 그치지 않는다. 이들의 동작이 얼마나 요염하게 보였는지!

「*Un moment*(잠깐만요).」 이렇게 말하고 이들은 사라지더니 임시변통으로 몸을 가릴 옷가지를 우리에게 던져 준다. 그런 다음 우리는 들어갈 수 있게 된다. 방 안에는 조그만 램프가 타오르고 있다. 따뜻한 방이고, 어디선가 향수 냄새도 난다. 우리는 선물 꾸러미를 풀어서 그들에게 내준다. 여자들의 얼굴이 환하게 밝아 오는 것으로 보아 굶주리고 있는 모양이다.

그런 다음 우리는 모두 다소 당황해한다. 레어는 음식을 먹는 시늉을 해 보인다. 그러자 다시 활기를 띤다. 그들은 접시며 나이프를 가지고 와서 음식물에 손을 댄다. 이들은 간소시지를 한 쪽씩 입에 넣을 때마다 그것을 높이 집어 들고 먼저 감탄을 표한다. 우리는 이 모습을 지켜보며 우쭐해한다.

그들은 프랑스어로 뭐라고 우리에게 많은 말을 쏟아 내고 있지만 우리는 무슨 말인지 알아듣지 못한다. 그래도 그게 우호적인 말이라는 것은 알 수 있다. 몸이 가냘프고 흑발인 여인은 내 머리를 쓰다듬으며, 모든 프랑스 여인들이 늘 하는 말을 한다. 「*La guerre······ grand malheur······ pauvres garçons*(전쟁······ 너무 참혹해요. 남자들 불쌍해요).」

나는 여인의 팔을 붙잡고, 입을 그녀의 손바닥에 댄다. 그녀는 손가락으로 내 얼굴을 감싼다. 그녀의 불타는 듯한 눈과, 부드러운 갈색 피부, 붉은 입이 내 얼굴 바로 위에 있다. 그 입은 내가 알 수 없는 말을 한다. 나는 그녀의 눈빛도 전혀 이해하지 못한다. 아무튼 그 눈은 우리가 여기에 올 때 기대한 것보다 더 많은 것을 이야기하고 있다.

옆에 여러 개의 방이 있다. 지나가면서 보니까 레어는 금발 여인과 뒹굴며 시끄러운 소리를 내고 있다. 그는 이런 데도 빠삭하다. 하지만 나는 아득한 것과 나지막한 것과 격정적인 것에 빠진 채 내 몸을 맡긴다. 나의 소망에는 욕망과 탐닉이 묘하게 뒤섞여 있다. 나는 정신이 어질어질하다. 이곳에는 내가 잡고 몸을 지탱할 만한 것이 아무것도 없다. 우리는 군화를 밖에 벗어 두고, 대신 슬리퍼를 얻어 신었다. 그래서 이젠 군인의 자신감과 뻔뻔스러움을 불러일으킬 만한 것이 아무것도 없다. 총도 검대도 군복도 군모도 없다. 나는될 대로 되라는 식으로 불확실한 상황에 내 몸을 맡긴다. 왜냐하면 내게는 일말의 불안감이 도사리고 있기 때문이다.

몸이 가냘프고 흑발인 여자는 곰곰 생각할 때면 눈썹을 움직인다. 하지만 말을 할 때는 눈썹이 움직이지 않는다. 그녀의 입에서 나오는 소리도 때로는 말이 되지 못하고, 나오다가 사라져 버리든가 또는 설익은 채 내 머리 위로 날아가 버리곤 한다. 활이나 탄도나 유성처럼 말이다. 내가 그 말에 대해 아는 게 뭐가 있었으며, 지금 아는 것은 무엇인가? 내가 거의 알아듣지 못하는 이 낯선 언어는 나를 조용히 잠들게 한다. 이러한 고요함 속에서 방은 갈색으로 희미하게 모습을 감춘다. 내 위의 여인의 얼굴만이 살아서 뚜렷하게 느껴진다.

한 시간 전만 해도 낯설었던 얼굴이 지금은 이렇게 다정하게 느껴지는 걸 보면 얼굴이란 얼마나 오묘한 것인가. 이러한 다정함은 얼굴 때문이 아니라 밤과 주위 환경, 피 때문에 생기는 것이다. 이러한 요소가 합해져서 얼굴에서 빛을 발하는 것 같다. 이 공간의 사물들은 그 빛이 닿자 특수한 모습으로 변모한다. 나의 밝은 피부에 램프 빛이 비치고 갈색의 서늘한 손이 그 피부를 쓰다듬자 나는 거의 경외감을 느낄 정도이다.

이 모든 것은 우리도 들어갈 수 있는 위안소의 풍경과 얼마나 판이한가. 거기서는 사람들이 길게 줄을 서서 차례를 기다려야 한다. 그러한 것은 생각하고 싶지도 않다. 하지만 나도 모르는 사이에 그런 생각이 떠올라 몸이 오싹해진다. 어쩌면 그런 기억을 결코 떨쳐 버릴 수 없기 때문인지도 모른다.

하지만 그런 다음 나는 가냘픈 흑발 여인의 입술을 느낀다. 그래서 몸을 그녀에게 밀착시키고 두 눈을 감는다. 이런 상태로 전쟁이며 공포며 비열함도 다 잊어버리고 젊고 행복한 모습으로 다시 깨어나고 싶다. 나는 광고판 위의 소녀 그림을 생각하고, 일순 어떤 일이 있더라도 그녀를 꼭 손에 넣어야겠다고 생각한다. 그러고는 나를 감싸 주는 팔 안으로 더욱 깊이 몸을 밀착시킨다. 혹시 기적이 일어날지도 모른다는 심정으로 말이다.

◆

어쨌든 우리는 조금 있다가 모두 다시 만난다. 레어는 무척 활기에 차 있다. 우리는 아쉬운 마음으로 작별 인사를 하고 몰래 군화를 신는다. 밤공기가 우리의 뜨거운 몸을 식혀 준다. 달은 중천에 걸려 있고, 운하의 물에도 떠 있다. 포플러는 어둠 속에 우뚝 솟은 채 살랑거리는 소리를 내고 있다.

우리는 달리지 않고, 큰 보폭으로 나란히 걷는다.

레어가 말한다. 「군용 빵만 한 값어치는 있었지!」

나는 무어라고 말할 수 없다. 나는 전혀 기쁘지 않다.

그때 발소리가 들려 수풀 속에 들어가 몸을 웅크린다.

발소리가 가까이 다가오더니 우리 바로 옆을 지나간다. 장화를 신은 발가벗은 군인의 모습이 보인다. 우리가 아까 선물 꾸러미를 팔에 끼고, 앞으로 내달린 것과 똑같은 몰골이다. 차덴이 빠른 걸음으로 가고 있는 것이 아닌가. 우리들은 웃음이 나온다. 내일 그는 우리들을 욕할 것이다. 우리는 아무 눈에도 띄지 않은 채 우리의 짚 매트리스로 돌아온다.

나는 호출이 있어 사무실로 불려 간다. 중대장은 나에게 휴가증과 기차표를 주며 잘 다녀오라고 말한다. 나는 휴가를 며칠이나 받았는지 살펴본다. 17일간이다. 14일간의 휴가에 사흘은 왕복 일수이다. 너무 짧다고 생각되어 왕복 일수로 닷새를 줄 수 없느냐고 물어본다. 베르팅크 중대장이 내 휴가증을 가리켜서 그때서야 살펴보니 곧장 전방으로 돌아오지 않아도 좋다고 쓰여 있다. 나는 휴가 끝나면 후방인 하이델라거에서 강습을 받게 되어 있었다.

다른 동료들은 나를 부러운 눈으로 바라본다. 카친스키는 나보고 운동을 좀 해보라고 충고를 한다. 「네가 요령을 부리면 거기 후방에 그대로 죽치고 있을 수 있어.」

어쨌든 일주일 안으로 이곳을 떠날 수만 있으면 좋겠다고 생각된다. 그 정도만 머물러 있게 되면 이곳도 그리 나쁘지 않기 때문이다.

물론 나는 술집에서 한턱내야 한다. 우리 모두는 약간 취기가 오를 정도로 마셨다. 기분이 우울해진다. 6주간 이곳을 떠나 있어야 한다. 이는 물론 대단한 행운이긴 하나 다시 돌아오면 어떻게 되어 있을까? 여기에 있는 모두를 과연 다시 만날 수 있을까? 하이에와 케머리히는 벌써 이 세상 사람이 아니다. 다음은 누구 차례가 될까?

　우리는 술을 마시고, 나는 모두의 얼굴을 하나하나 살펴본다. 알베르트 크로프는 옆에 앉아 담배를 피우고 있다. 그는 기분이 좋아 보인다. 우린 늘 붙어 다녔다. 맞은편에는 카친스키가 어깨를 내려뜨린 채 웅크리고 있다. 그는 엄지손가락이 크고 목소리는 침착하다. 뮐러는 뻐드렁니에 짖는 듯한 웃음소리를 낸다. 차덴은 생쥐 같은 눈을 갖고 있고, 얼굴이 온통 수염으로 덮여 있는 레어는 마치 40대로 보인다.

　우리의 머리 위에는 뽀얀 담배 연기로 가득하다. 담배가 없다면 어떻게 군인이 존재할 수 있을까! 술집은 하나의 피난처이다. 맥주는 술 이상의 의미를 지니고 있다. 이는 아무 위험 없이 사지를 쭉 뻗을 수 있다는 하나의 신호이다. 우리는 실제로도 그렇게 한다. 우리는 마음 푹 놓고 다리를 쭉 뻗는다. 그리고 우리는 마음 내키는 대로 느긋하게 옆에다 침을 탁탁 뱉는다. 더구나 내일 떠나는 사람에게는 이 모든 것이 어떤 의미이겠는가!

　밤에 우리는 또 한 번 운하를 건너간다. 나는 가냘프고 머리카락이 검은 여자에게 나는 떠날 것이며, 다시 돌아오게 되어도 어딘가 다른 곳에 있을 거라고, 그러니 다시는 만날 수 없게 될지도 모른다고 차마 말하기 미안한 심정으로 말한다. 하지만 그 여인은 고개만 끄덕일 뿐 별로 개의치 않는 눈치다. 처음에는 이런 태도를 제대로 이해할 수 없었지만 나중에는 납득이 간다. 레어가 한 말이 맞았다. 내가 전방에 나갔다 하더라도 〈불쌍한 사람〉 하고 말했을 거라는 것이다. 그러니 휴가를 떠나는 사람에 대해서는 별 관심이 있을 턱이 없다. 그것은 그녀에게 그리 흥미로운 이야기가 아니다. 그 여자가 재잘대고 지껄인 걸 다 잊어버려야 할 것 같다. 혹시 기적이 일어나나 싶었는데, 이제 와 생각해 보니 다 군용 빵 때문이다.

다음 날 아침 이 소독을 마친 후 나는 야전 철도 정거장으로 향한다. 알베르트와 카친스키가 나를 배웅한다. 정거장에 도착해 보니 출발하려면 아직 서너 시간은 기다려야 할 것 같다. 둘은 근무가 있어 되돌아가야 한다. 우리는 작별을 고한다.

「잘 지내, 카친스키. 잘 있어. 알베르트.」

그들은 돌아서 가면서 몇 번씩이나 손을 흔든다. 이들의 형체가 점점 더 작아진다. 그들의 걸음 하나하나, 그들이 움직임 하나하나가 내게는 친숙하다. 멀리서도 그들을 알아볼 수 있을 것이다. 그러고 나서 결국 이들의 모습이 사라졌다.

나는 배낭에 걸터앉아 기차가 떠나기를 기다린다.

갑자기 나는 빨리 떠나고 싶어 미칠 것 같은 심정에 휩싸인다.


나는 많은 역에서 누워 있고, 많은 수프 배급소 앞에서는 서 있으며, 많은 나무판자 위에서는 웅크리고 있다. 그러다가 바깥 풍경에 마음 졸이기도 하고 으스스해하기도 하며 친숙함을 느끼기도 한다. 창밖으로 저녁 풍경이 스쳐 지나간다. 마을의 집들은 하얀 목조 건물 위에 초가지붕을 모자처럼 깊이 눌러쓰고 있다. 밭은 비스듬하게 빛을 받아 진주 조개처럼 희미하게 빛나고 있다. 그리고 과수원이며 헛간이며 오래된 보리수가 스쳐 지나간다.

기차역의 이름들은 나에게 의미 있게 다가와, 새로운 역이 나타날 때마다 가슴이 떨린다. 기차는 쿵쿵 소리를 내며 달리고 또 달린다. 나는 창가에 서서 창틀을 꽉 붙잡는다. 이 이름들이야말로 내 청춘의 경계를 지어 주고 있다.

나지막한 초원, 들판들, 농장들이 지나간다. 두 필의 말이 끄는 마차 한 대가 지평선과 나란히 나 있는 길을 멀리서 외롭게 달려간다. 건널목의 차단기 앞에서 기다리는 농부들, 손을 흔드는 소녀들, 철둑에서 노는 아이들, 지방으로 나 있는 길들, 포병이 다니지 않는 평탄한 길들이 스쳐 지나간다.

날이 저물어 간다. 기차가 힘차게 달리지 않으면 나는 소리를 질러야 할지도 모른다. 광활한 평야가 펼쳐져 있고, 아주 멀리 옅은 푸른색을 띤 하늘에 산맥의 그림자가 떠오르기 시작한다. 나는 돌벤베르크의 특색 있는 윤곽선을 잘 알고 있다. 이러한 뾰족뾰족한 머리빗 같은 모양이 숲의 꼭대기가 끝나는 곳에 울퉁불퉁 솟아 있다. 아, 그 너머에 그리운 나의 고향이 있다.

하지만 금빛의 붉은 석양이 희미하게 온 누리에 흐르고 있다. 덜커덩거리며 기차는 굽은 길을 돌고는 또 한 번 돈다. 그리고 저 멀리 아득한 곳에 포플러가 환영처럼 바람에 나부끼며 검은 자태를 드러내고 있다. 일렬로 나란히 늘어서 있는 그것은 빛과 그림자와 그리움으로 이루어진 것처럼 보인다.

차창 밖의 들판은 이 포플러와 더불어 서서히 회전하면서 스쳐 지나간다. 기차는 이들 나무를 돌아가고, 나무들 사이의 간격이 점점 좁아지다가, 급기야는 한 덩어리가 된다. 그러다가 잠시 눈에 단 하나만 보인다. 뒤쪽의 나무들은 다시 앞쪽의 나무로부터 간격이 멀어지다가, 제법 오랫동안 하늘에 혼자 모습을 드러낸다. 이윽고 이 나무들은 처음으로 나타난 집들에 가려 보이지 않게 된다.

철도 건널목이 나온다. 나는 창가에 서 있다. 도저히 창가에서 떨어질 수 없다. 다른 사람들은 차에서 내리기 위해 짐을 챙기고 있다. 나는 우리가 방금 가로질러 온 거리의 이름을 속으로 되뇌어 본다. 브레머가, 브레머가⋯⋯.

자전거며 마차며 사람들이 저 아래쪽에 있다. 회색 거리와 회색 지하도, 이것은 마치 어머니인 양 내 가슴을 두근거리게 한다.

이윽고 기차가 멈춰 선다. 역에는 소음과 외치는 소리, 표지판으로 가득하다. 나는 배낭을 둘러메고 허리띠를 꽉 조인 후 총을 손에 집어 들고 비트적거리며 저 아래로 내려간다.

플랫폼에서 나는 주위를 둘러본다. 그곳을 분주하게 오가는 사람들 중에 내가 아는 사람은 아무도 없다. 적십자의 간호사가 나에게 마실 것을 제공하려고 한다. 내가 응하지 않고 외면하자 그녀는 나에게 실없이 미소 짓는다. 그녀는 자신이 하는 일의 중요성에 사로잡혀 이렇게 말하는 것 같다. 〈이보세요, 난 군인에게 커피를 대접해요.〉 그녀는 나를 〈전우〉라고 부른다. 내 마음속에서 막 사라진 단어가 그것이었다. 하지만 역 앞에는 거리 옆에 있는 강이 솨솨 소리를 내고 있다. 물방아 다리의 수문에서 강물이 하얗게 콸콸 솟아 나온다. 수문 옆에 있는 오래된 네모진 망루가 서 있고, 망루 앞에는 커다랗고 알록달록한 보리수가 서 있으며, 그 뒤는 캄캄한 밤이다.

우리는 이곳에 자주 앉아 있었다. 그로부터 얼마나 많은 세월이 흘렀던가. 우리는 이 다리 위를 건너다녔고, 고여 있는 물의 서늘하고 부패한 냄새를 마시곤 했다. 그리고 수문 이쪽에서 조용히 흐르는 물 위에 몸을 굽히곤 했다. 수문에는 녹색의 이끼와 해초가 다리 기둥에 붙어 있었다. 또 날씨가 더울 때는 솟아 나오는 거품을 재미있게 바라보며 우리선생님들에 관해 이런저런 험담을 늘어놓았다.

나는 이 다리를 건너가며 좌우를 바라본다. 물에는 여전히 해초로 가득 차 있다. 물은 여전히 투명한 호(弧)를 그리며 떨어지고 있다. 망루에는 다리미질하는 여인들이 예전처럼 팔뚝을 드러낸 채 흰 세탁물 앞에 서 있다. 다리미의 열이 열린 창밖으로 뿜어져 나오는 것 같다. 좁은 골목에는 개들이 타박타박 걸어다니고 있다. 집 대문 앞에는 사람들이 서서 저저분한 모습으로 배낭을 메고 지나가는 나를 유심히 살펴본다.

이 제과점에서 우리는 아이스크림을 먹었고, 담배 피우는 법을 익혔다. 내가 지나가고 있는 이 거리엔 모든 집이며 식품점이며 약국이며 빵집이며 내가 모르는 게 없다. 그런 다음 나는 손잡이가 닳고 닳은 갈색 대문 앞에 서 있다. 내 손이 무거워진다.

　나는 대문을 열고 들어간다. 이상하게도 서늘한 공기가 나를 맞이해서, 내 눈이 자신감을 잃는다.

　군화 밑의 계단에서 삐거덕거리는 소리가 난다. 계단 위에서 문이 활짝 열리면서 누군가 난간 너머로 나를 바라본다. 지금 열린 문은 부엌문이다. 거기서 마침 감자전을 굽고 있는지 집 안에는 감자 냄새가 진동한다. 그러니까 오늘은 토요일이기도 하다. 아까 난간에서 몸을 굽히고 내려다본 사람은 나의 누나일 것이다. 일순 나는 쑥스러워하며 머리를 숙이고 철모를 벗은 다음 위를 올려다본다. 그렇다. 그 사람은 나의 큰누나인 것이다.

　「파울!」 누나가 소리친다. 「파울!」

　나는 고개를 끄덕인다. 나의 배낭이 난간에 쿵 하고 부딪친다. 나의 총이 그 정도로 무거운 것이다.

　누나는 문을 활짝 열고 소리친다. 「어머니, 어머니, 파울이 왔어요!」

　이제 나는 더는 한 발짝도 움직일 수 없다. 어머니, 어머니, 파울이 돌아왔어요.

　나는 벽에 몸을 기댄 채 철모와 총을 꼭 껴안는다. 있는 힘을 다해 그것을 꼭 껴안는다. 하지만 한 걸음도 더는 움직일 수 없다. 계단이 눈앞에 흐릿하게 보인다. 나는 개머리판으로 발등을 찧으며, 화가 나 이를 꽉 물고 정신을 차리려고 한다. 하지만 난 누나가 소리친 이 한마디에 뭐라고 대꾸할 수 없다. 그에 대해 아무런 대꾸도 할 수 없다. 나는 억지로 웃으며 말하려고 해본다. 하지만 한마디도 입 밖으로 나오지 않는다. 나는 이렇게 계단 위에서 어쩔 줄 몰라 하는 참담한 모습으로 끔찍한 경련을 일으키고 있다. 울고 싶지는 않지만, 나의 얼굴 위로 끝없이 눈물만 흘러내릴 뿐이다.

누나가 되돌아와 묻는다. 「대체 너 무슨 일이니?」

그제야 나는 있는 힘을 다해 비틀거리며 현관으로 올라간다. 총은 구석에 기대 놓고, 배낭은 벽에 세워 놓는다. 그리고 배낭 위에 철모를 얹어 놓는다. 여러 가지 물건이 달려 있는 검대도 풀어 놓지 않을 수 없다. 그러고는 화가 난 듯 말한다. 「수건 좀 이리 줘!」

누나는 장롱에서 수건을 하나 꺼내 나에게 건네준다. 그리고 나는 그것으로 얼굴을 닦는다. 나의 머리 위 벽에는 내가 예전에 수집한 알록달록한 색의 나비들이 든 유리 상자가 걸려 있다.

이제 어머니의 목소리가 들린다. 침실에서 들리는 목소리다.

「어머니는 아직 안 일어났어?」 나는 누나에게 묻는다.

「어머니는 아프셔.」 누나가 대답한다.

나는 어머니 침실로 들어가 손을 내밀며 되도록 조용히 말한다. 「어머니, 저 왔어요.」

어머니는 어두침침한 방 안에 누워 있다. 어머니는 근심스러운 목소리로 묻는다. 「다친 거니?」 어머니의 시선이 내 몸을 더듬으며 검사하는 느낌이 든다.

「아니요, 휴가 나왔어요.」

어머니의 얼굴이 몹시 창백하다. 그래서 불을 켜기가 두렵다. 「기뻐하는 대신 이렇게 누워 울고 있으니.」 어머니가 말한다.

「어머니, 아프세요?」 내가 묻는다.

「오늘은 어떻게든 일어나야지.」 어머니는 이렇게 말하고 누나 쪽으로 몸을 돌린다. 그사이에도 누나는 음식이 타지 않도록 계속 부엌을 들락거려야 한다. 「저기 월귤 잼 병을 열어 봐라. 네가 좋아하는 거지?」 어머니가 내게 묻는다.

「네, 어머니, 오랫동안 못 먹어 봤어요.」

「마치 네가 올 줄 안 것 같구나.」 누나가 웃으며 말한다. 「네가 마침 좋아하는 것만 만들었어. 감자전에다, 심지어 월귤 잼까지 만들었으니.」

「게다가 마침 토요일이기도 하고요.」 내가 대답한다.

「내 옆에 와 앉아라.」 어머니가 말한다.

어머니는 내 얼굴을 바라본다. 내 손에 비해 희디흰 어머니의 손은 병색이 완연하고 가냘프다. 우리는 몇 마디 말밖에 나누지 않는다. 그리고 나는 어머니가 아무것도 묻지 않는 것에 고마워한다. 내가 무슨 말을 또 하겠는가. 내가 원했던 모든 일이 이루어졌다. 나는 이렇게 무사히 살아 돌아와서 어머니 옆에 앉아 있다. 그리고 부엌에서는 누나가 저녁 빵을 구우며 콧노래까지 부르고 있다.

「얘야.」 어머니가 나지막한 소리로 말한다.

우리 가족은 그리 애정이 넘친 적이 없었다. 힘들여 일해야 하고, 걱정거리가 많은 가난한 집에는 그런 게 흔한 일이다. 이들은 애정을 표현하는 방법도 잘 알지 못한다. 어차피 알고 있는 내용을 뻔질나게 표현하는 것도 좋아하지 않기 때문이다. 나의 어머니가 나에게 〈얘야〉 하고 말한다면 이는 다른 어느 누가 말한 것 이상으로 많은 의미를 지니게 된다.

이 월귤 잼 통은 몇 달 동안 유일한 먹을거리였고, 그것을 어머니가 나를 위해 보관해 왔다는 사실을 나는 잘 알고 있다. 어머니가 지금 나에게 준, 이미 오래된 맛이 나는 비스킷도 마찬가지일 것이다. 어머니는 어떤 절호의 기회를 틈타 그것을 몇 개 손에 넣은 후 바로 나를 위해 보관해 둔 것이 틀림없다.

나는 어머니 침대 맡에 앉아 있다. 창문을 통해 건너편 음식점의 밤나무들이 갈색과 금색으로 번쩍거리는 모습이 보인다. 나는 천천히 숨을 들이쉬고 내쉬면서 스스로에게 말한다. 〈넌 집에 돌아왔어. 넌 집에 돌아왔어.〉하지만 어색한 감정이 쉬 가시지 않는다. 아직 이 모든 것에 적응이 잘 안 되는 것이다. 여기에 나의 어머니와 누나가 있고, 여기에 나의 나비 채집 상자가 있으며 마호가니 피아노가 있다. 하지만 나는 아직 완전히 이곳에 와 있지 않다. 그 사이에는 베일이 쳐져 있으며 약간의 간격이 있다.

그래서 나는 이제 일어서서 나의 배낭을 침대 옆으로 가져와, 내가 가지고 온 것을 풀어 놓는다. 그것은 카친스키가 마련해 준 온전한 에담산 치즈 하나, 군용 빵 두 개, 4분의 3파운드의 버터, 두 통의 간 소시지, 1파운드의 기름, 그리고 쌀 한 부대였다.

「집에서도 분명 쓸 수 있는 것들이죠.」

어머니와 누나는 고개를 끄덕인다. 「여긴 식량 사정이 나쁘죠?」 나는 물어본다.

「그래, 별로 넉넉하진 않아. 그런데 전쟁터에는 충분하니?」

나는 빙그레 웃으며 내가 가지고 온 물품들을 가리킨다.

「늘 그렇게 많은 것은 아니지요. 그래도 그럭저럭 지낼 만해요.」

에르나 누나는 식품들을 침실 밖으로 가지고 나간다. 갑자기 어머니는 내 손을 꽉 잡고는 말을 더듬거리며 묻는다. 「파울, 전선에서 고생 많았지?」

어머니, 그런 것을 물으면 내가 무슨 대답을 하겠어요! 어머니는 이해하지도 못하고, 결코 납득하지도 못할 거예요. 그리고 납득할 필요도 없어요. 나는 머리를 가로젓고는 이렇게 말한다. 「아뇨, 어머니, 뭐 별로 고생하지 않았어요. 우린 많은 사람들과 함께 지내는데, 그건 그리 고생스럽지 않아요.」

「그렇구나, 하지만 요전에 하인리히 브레데마이어가 이곳에 와서, 요즈음 전쟁터가 끔찍하다고 이야기하더구나. 독가스라든가 뭐라든가 하는 것 때문에 말이다.」

이렇게 말하는 사람이 우리 어머니다. 어머니는 〈독가스라든가 뭐라든가 하는 것 때문에 말이다〉라고 말씀하신다. 어머니는 자신이 하는 말이 무슨 뜻인지조차 잘 모르고 있다. 어머니는 단지 아들이 걱정스러울 뿐이다. 마치 벼락을 맞은 것처럼 그 자세로 굳어 버린 적군의 참호를 세 개나 발견한 것을 이야기해 드려야 할까? 흉벽 위에서, 엄폐부 안에서, 새파래진 얼굴을 하고 방금까지 있던 그 자세로 사람들이 서거나 누운 채로 죽어 있던 일을 말이다.

「아이, 어머니, 무슨 말씀을 그렇게 하세요.」 내가 대답했다. 「브레데마이어가 그냥 마구 떠벌리고 다니는 거예요. 내가 이렇게 무사히 튼튼한 모습으로 살아 온 것을 보면 아시

173

잖아요.」

어머니가 이처럼 벌벌 떨면서 걱정해 주는 바람에 나는 다시 마음이 안정되어 간다. 이제 나는 주변을 돌아다니고 말을 하며 해명을 할 수 있게 된다. 세상이 고무처럼 물러지고, 혈관이 재처럼 바스러져서 갑자기 벽에 몸을 기대어야 하지 않을까 하는 두려움 없이 말이다.

어머니는 일어나려고 한다. 그사이에 나는 부엌에 있는 누나한테 간다. 「어머니는 어찌 된 일이야?」 내가 묻는다. 누나는 어깨를 추스르며 말한다. 「자리에 누운 지 벌써 서너 달쯤 되었어. 하지만 너한테는 알릴 수 없었어. 몇몇 의사들이 우리 집을 다녀갔어. 그중의 한 의사는 어쩌면 암(癌)일지도 모른다고 그러더구나.」

나는 지역 사령부로 휴가 신고를 하러 간다. 느릿느릿 거리를 걷고 있는데 여기저기서 사람들이 나에게 말을 건다. 나는 그렇게 많은 말을 하고 싶은 마음이 없어서 그곳에 그리 오래 머물지 않는다.

그 병영에서 되돌아 나오는데 누가 큰 소리로 나를 부르는 소리가 들린다. 아무 생각 없이 뒤돌아보니 어떤 소령이 앞을 가로막고 있다. 그는 다짜고짜 나에게 호통부터 친다. 「경례할 줄 모르나?」

「죄송합니다, 소령님.」 나는 엉겁결에 대답한다. 「보지 못했는데요.」

그의 목소리가 더욱 커진다. 「말투가 그게 뭔가? 제대로 말할 수 없는가?」

그의 얼굴을 쥐어박아 주고 싶지만 억지로 참는다. 그러다가는 내 휴가가 엉망이 되기 때문이다. 그래서 부동자세를 취하고 이렇게 말한다. 「소령님을 보지 못했습니다.」

「그럼 눈 좀 똑똑히 뜨고 다니게!」 그가 일갈한다. 「이름이 뭔가?」

나는 또박또박 이름을 댄다.

뚱뚱하고 붉은 그의 얼굴에는 아직 노기가 가시지 않고 있다. 「소속 부대는?」

나는 정식으로 보고한다. 그에겐 아직 뭔가 부족한 모양이다. 「그 부대는 어디 있는가?」

나도 이제 슬슬 짜증이 나기 시작한다. 「랑게마르크와 빅스쇼테 사이입니다.」

「뭐라고?」 소령은 다소 놀란 듯 반문한다.

나는 한 시간 전에 휴가를 얻어 이곳에 도착했다고 설명한다. 이렇게 말하면 그가 이쯤에서 물러날 것으로 생각한다. 하지만 이는 착각이었다. 그는 더욱 기고만장해 야단친다. 「전장에서 배운 버릇을 여기에서까지 보여 주려고 하는군, 안 그래? 절대 가만두지 않겠다! 이곳에는 다행히도 질서라는 게 있어!」 그리고 소령은 명령한다. 「20보 물러갔다가, 앞으로 전진, 전진!」

화가 머리끝까지 치밀어 오르지만 그의 말을 도저히 거역할 순 없다. 마음만 먹으면 그는 당장 나를 체포할 수 있다. 그래서 나는 뒤로 뛰어갔다가, 다시 소령 쪽을 향해 걸어오면서 6미터 전방에서 절도 있게 거수경례를 하고는, 6미터 후방에서 비로소 손을 내린다.

그는 다시 나를 불러 세우더니 군율도 있지만 이번에 한해서 특별히 용서한다며 이제 부드럽게 말한다. 나는 부동자세를 취하며 감사의 뜻을 표한다. 「그럼 가봐!」 그가 이렇게 명령하자 나는 절도 있는 동작으로 방향을 바꾸고는 물러난다.

이 일로 나는 기분을 잡치고 만다. 그래서 집에 돌아와서는 군복을 구석에 내던져 버린다. 어쨌든 이 군복을 던져 버릴 생각이었다. 그러고 나서 장롱에서 신사복을 꺼내 입는다.

양복을 입으니 정말 생소한 기분이 든다. 양복은 이제 너무 짧고 너무 꽉 조인다. 군대에 있는 동안 몸이 자란 모양이다. 칼라와 넥타이가 자못 거추장스럽다. 결국 누나가 나에게 나비넥타이를 매준다. 양복이 얼마나 가벼운지 마치 팬티와 내의만 입고 있는 기분이다.

나는 거울을 들여다본다. 정말 이상한 모습이다. 햇볕에 그을린, 견진 성사를 받기 전의 다소 키가 껑충한 소년이 어리둥절한 듯 나를 바라보고 있다.

내가 신사복을 입은 모습을 보고 어머니가 기뻐한다. 양복을 입으니 어머니에게 더욱 친숙해 보이는 모양이다. 하지만 아버지는 군복 입은 모습을 더 좋아할지도 모른다. 아버지는 아마 군복을 입은 나를 데리고 아는 사람들을 찾아다니고 싶을 것이다.

하지만 나는 그런 게 마음에 들지 않는다.


어디에서든지 조용히 앉아 있는 것은 좋은 일이다. 예를 들면 건너편 음식점의 밤나무 아래에 말이다. 그 옆에는 볼링장이 있다. 식탁에도 땅에도 나뭇잎이 떨어진다. 최초의

낙엽이라 아직 얼마 되지는 않는다. 나는 맥주 한 잔을 앞에 두고 있다. 술은 군에서 배웠다. 맥주를 아직 절반밖에 마시지 않았으니까 아직 두세 모금 시원하게 마실 수 있는 맛있는 술이 남아 있다. 그뿐만 아니라 내가 마시고 싶으면 두 잔이고 세 잔이고 주문할 수 있다. 여기엔 점호도 없고 포화도 없다. 음식점 아이들은 볼링장에서 놀고 있다. 그리고 개는 머리를 내 무릎에 얹고 있다. 하늘은 푸르고, 밤나무 잎사귀 사이로 마가레테 교회의 녹색 탑이 우뚝 솟아 있다.

나는 이런 정겨운 풍경을 사랑한다. 하지만 사람들과의 관계는 끊을 수 없다. 어머니만이 유일하게 나에게 질문하지 않는다. 하지만 아버지는 어머니와 다르다. 아버지는 내가 전투 경험을 들려주기를 바란다. 아버지가 듣고 싶어 하는 이야기는 눈물 나는 이야기이지만 해봤자 부질없는 이야기이기도 하다. 아버지와는 벌써 더 이상 바람직한 관계가 아니다. 아버지는 끊임없이 무언가를 듣고 싶어 한다. 그런 이야기는 차마 입 밖에 꺼낼 수 없다는 사실을 아마 모르는 모양이다. 그래도 아버지 마음을 맞추어 주고 싶은 생각은 굴뚝같다. 하지만 이런 이야기를 입 밖에 내는 것은 나로서는 위험한 일이다. 그러다가 눈덩이처럼 불어나서 내가 손쓸 수 없는 지경까지 갈까 봐 두렵기 때문이다. 전장에서 벌어진 일을 죄다 시시콜콜 이야기한다면 우리에게 무슨 일이 벌어질지 모르는 일이다.

그래서 아버지에게 몇몇 우스운 이야기를 들려주는 것으로 그쳐 버린다. 그런데 아버지는 나도 육박전을 벌였는지 물어본다. 나는 아니라고 말하며 일어서서 밖으로 나간다.

그래도 기분이 좋아지지 않는다. 거리의 전차에서 나는 삐걱거리는 소리가 쉭쉭하며 날아오는 포탄 소리처럼 들려 깜짝깜짝 놀란 적이 한두 번이 아니다. 그때 누군가 내 어깨를 두드린다. 그는 나의 독일어 선생님이다. 그는 나에게 진부한 질문을 퍼붓는다. 「어떠냐, 전방 쪽은? 정말 끔찍하지? 그렇지? 그래, 끔찍하겠지. 하지만 견뎌 내야지 어떡하겠나. 그래도 들은 바에 의하면 전방에선 적어도 먹는 것은 괜찮다며. 그래서인지 얼굴이 좋아 보이네, 파울. 몸도 튼튼해 보이고. 여기서는 물론 사정이 더 나빠. 아주 당연한 일이지 그래. 자명한 일이기도 하고 말이야. 항상 군인들한테 최상품이 가니 말이야!」

그는 나를 단골 술집으로 데리고 간다. 나는 대환영을 받는다. 교장이라는 어떤 사람이 나에게 악수를 청하며 이렇게 말한다. 「그래, 전방에서 왔다고? 그곳 형편은 어떤가? 아주 좋겠지, 아주 좋겠어, 그렇지?」

나는 모두들 집에 돌아가고 싶어 한다고 말한다.

그러자 그는 너털웃음을 웃는다. 「나도 그렇게 생각해! 하지만 먼저 프랑스 놈들을 작살내야지. 담배 피우겠나? 자, 여기 있으니 한 대 피우게. 웨이터, 우리의 젊은 용사에게도 맥주 한 잔 갖다 드려.」

유감스럽게도 담배를 손에 쥔 죄로 나는 이곳을 떠날 수가 없게 된다. 모두들 호의로 그런다는 점에는 전혀 이의를 제기할 수 없다. 그런데도 나는 내심 화가 나, 될 수 있는 대로 빨리 담배 연기를 뻐끔뻐끔 뿜어낸다. 적어도 무언가를 하고 있음을 보여 주기 위해 나는 맥주를 단숨에 들이켠다.

그러자 당장 두 번째 잔을 주문해 준다. 사람들은 군인에게 빚을 지고 있음을 알고 있다. 우리 나라가 어느 나라를 합병해야 할 것인가에 대해 이들은 토론을 시작한다. 그중에서 철 시곗줄을 매고 있는 교장이 제일 욕심이 많다. 그는 벨기에 전부, 프랑스의 탄광 지대 및 러시아의 대부분을 차지해야 한다고 주장한다. 그는 왜 우리가 그것을 차지해야 하는지에 대해 자세한 이유를 댄다. 그는 다른 사람들이 마침내 굴복할 때까지 완강하게 자기 의견을 주장한다. 그런 다음 프랑스의 어느 쪽을 격파해야 할 것인지에 대해 상세하게 설명한다. 그러는 도중에 나에게 고개를 돌리고 말한다. 「자네들은 언제까지나 진지전만 할 것이 아니라 이젠 좀 앞으로 치고 나가야 해. 녀석들을 쳐부수란 말이야. 그래야 평화도 오는 거야.」

나는 우리의 견해로는 적을 격파하는 것이 불가능하다고 대답한다. 저편은 예비군이 너무 많으며, 그것 말고도 전쟁이란 여기서 생각하는 것과는 완전히 딴판이라고 말해 준다.

그는 거만하게 내 말에 반박하며, 내가 아무것도 모른다는 사실을 입증하려고 한다. 「물론 개별적인 전투를 놓고 보면 그럴지도 모르지. 하지만 전체를 놓고 생각해야지. 자네도 그런 것까지는 판단할 수 없겠지. 자네는 작은 단위 부대만을 볼 뿐이니 전체를 개관할 수 없지. 자네는 자네의 맡은 바 의무를 다하며, 생명을 걸고 있지. 그것이야말로 최고의 명예야. 자네들은 하나하나가 다 철십자 훈장을 받을 자격이 있어. 하지만 무엇보다도 플랑드르 지방을 먼저 격파한 다음 위에서 아래로 공격하여 점령해야 돼.」

그는 거칠게 숨을 몰아쉬며 턱수염을 쓰다듬는다. 「위에서 아래로 공격해 내려온 다음 파리를 점령해야 돼.」

나는 그가 어떻게 이런 생각을 하게 되었는지 자못 궁금해진다. 세 번째 잔을 마시자 그 교장은 당장 새 잔을 시킨다.

하지만 나는 자리에서 일어선다. 그는 시가 몇 개비를 내 주머니에 넣어 주고는 친절하게 등등 툭툭 두드리며 말한다. 「잘 가게! 곧 상당한 전과가 있기를 빌겠네.」

나는 이번 휴가가 이와는 다를 것으로 상상했다. 1년 전만해도 휴가가 이와는 좀 달랐다. 그사이에 나도 어쩌면 달라졌을지 모른다. 오늘과 당시와는 현격한 차이가 있다. 당시만 해도 나는 전쟁이라는 것을 잘 몰랐다. 우리는 더 조용한 참호에 누워 있었기 때문이다. 지금은 나도 모르는 사이에 내가 완전히 의기소침해진 느낌을 받는다. 이곳은 내가 더이상 있을 곳이 못 되는 것 같다. 이곳은 하나의 낯선 세계이다. 어떤 사람들은 마구 물어 대고, 어떤 사람들은 통 묻지 않는다. 이들의 얼굴에 의기양양한 표정이 보이기도 한다. 심지어 전쟁터 이야기를 하지 않아도 다 안다는 듯한 이러한 표정으로 말하기도 한다. 이들은 그러한 사실을 자랑스럽게 생각하는 모양이다.

나는 혼자 있는 게 제일 마음 편하다. 그러면 나는 아무의 방해도 받지 않는다. 모두들 결국 늘 같은 질문을 되풀이하기 때문이다. 얼마나 힘들겠니, 또는 얼마나 잘 지내니 같은 질문들 말이다. 어떤 사람은 이렇게 생각하고, 다른 사람은 저렇게 생각한다. 이들의 얘기는 또한 늘 자신의 생활과 관련되는 말로 귀착되고 만다. 나도 전에는 분명 이와 꼭 마찬가지로 살았다. 하지만 지금은 그것과의 연결점을 더는 찾을 수 없다.

이들은 나에게 너무 많은 말을 한다. 이들에게는 걱정, 목표, 소망이 있다. 나는 이러한 것들을 그들과 똑같이 파악할수 없다. 때때로 나는 그들 중의 한 명과 작은 음식점에 앉아, 이렇게 조용히 앉아 있는 게 나의 유일한 낙임을 그들에게 설명해 주려고 한다. 그들은 물론 내 말을 이해하고, 인정해 주며, 그것도 좋은 방법이라고 생각한다. 하지만 이는 단지 말에 불과하다. 사정이 이러한 것이다. 이들은 내 말에 공감하지만 늘 절반밖에 공감하지 않는다. 이들의 나머지 절반은 생각이 다른 데 가 있다. 이들의 생각이 이렇게 분산되어있으니, 아무도 온몸으로 나의 말에 공감해 주지는 않는다. 그러니 나 자신도 나의 의견을 그대로 말할 수 없는 것이다.

이들이 방 안, 사무실, 직장에 있는 모습을 보면 나는 주체할 수 없을 정도로 마음이 이끌린다. 나도 그들과 함께 어울려서 전쟁을 잊고 싶다. 하지만 내 마음은 곧장 다시 거기서 튕겨져 나간다. 그것은 너무 협소한 공간이다. 어떻게 그것이 사람의 인생을 채워 줄 수 있겠는가. 그것을 때려 부숴야한다. 어떻게 그러고 노닥거릴 수 있겠는가. 지금 전선에서 포탄 구덩이 위로 파편들이 쏴쏴거리며 날고 있고, 조명탄이 높이 솟아오르고 있으며, 부상자들을 휴대용 천막에 실어질질 끌고 가고 있고, 동료들이 참호에 웅크리고 있는데 말이다!

이곳에서 살아가는 사람들은 전혀 다른 인간들이다. 나로서는 그들을 제대로 이해할 수 없다. 나는 그들이 부럽기도 하고 경멸스럽기도 하다. 나는 카친스키며 알베르트며 뮐러며 차덴을 생각하지 않을 수 없다. 그들은 지금쯤 무엇을 하고 있을까? 그들은 아마 술집에 죽치고 있거나 수영을 하고 있을지도 모른다. 얼마 안 있으면 다시 전선에 나가야 할 텐데.

내 방에는 책상 뒤에 갈색 가죽 소파가 하나 있다. 나는 소파에 가 앉는다.

사방 벽에는 내가 전에 잡지에서 오려 내 압정으로 고정한 많은 그림들이 붙어 있다. 그 사이에는 내가 좋아한 엽서와 스케치 들이 달려 있다. 방구석에는 조그만 철제 난로가 자리하고 있다. 맞은편 벽에는 내 책들이 꽂혀 있는 책꽂이가 있다.

군인이 되기 전에 나는 이 방에서 살았다. 나는 시간제 아르바이트를 해서 번 돈으로 이 책들을 차곡차곡 사 모았다. 그중의 많은 것을 헌책방에서 구입했는데, 예를 들어 고전 전집 같은 것들 말이다. 딱딱한 푸른색 클로스 장정으로 된 한 권의 값이 1마르크 20페니히였다. 나는 그것을 완전히 채워서 샀다. 나는 이러한 점에서는 철저했다. 선집(選集)의 경우에는 출판사에서 정말 가장 좋은 것을 넣었는지 미심쩍었기 때문에 꼭 〈전집(全集)〉을 샀던 것이다. 나는 그것들을 열심히 읽었지만 그중 대부분은 별로 신통치가 않았다. 나는 다른 책들, 좀 더 현대적인 책들을 더 높이 평가했다. 물론 그것들이 훨씬 더 비싸기도 했다. 그중에 몇 권은 내가 아주 성실한 방법으로 손에 넣은 것이 아니었다. 그 책들을 빌린 후 그것들과 도저히 떨어질 수 없어서 돌려주지 않았던 것이다.

책꽂이의 한 칸에는 학교 교과서로 가득 차 있었다. 그것들은 아무렇게나 간수하고, 너무 많이 읽어서 심하게 망가져 있었다. 어떤 페이지는 찢겨 나간 것도 있다. 무슨 목적으로 그랬는지 알 만하다. 그리고 아래 칸에는 공책, 종이 그리고 편지가 꾸려져 있으며, 스케치와 습작물들도 있다. 나는 그 시절의 추억에 잠기고 싶다. 그 시절의 흔적이 아직 방 안에 그대로 있음을 즉각 느낄 수 있다. 사방의 벽이 그 시절을 잘 보존해 주었다. 나는 양손을 소파 팔걸이에 올려놓고, 지금 편한 자세로 쉬고 있다. 두 다리도 높이 들어 올리고, 방 구석에서 소파의 팔에 안겨 있는 듯이 편안한 자세로 앉아 있다. 조그만 창문이 열려 있다. 저 멀리 우뚝 솟은 교회 탑과 함께 거리의 친근한 모습이 눈에 들어온다. 책상에는 몇 그루의 꽃이 놓여 있다. 펜대, 연필, 조개로 된 서진(書鎭), 잉크병, 이 모든 것이 옛날 그대로이다.

〈다행히도 전쟁이 끝나고 내가 무사히 살아 돌아온다면 이 모든 것도 그대로 있을 것이다. 그리고 나 역시 여기에 앉아 내 방을 둘러보며 기다리겠지.〉

나는 마음이 설레지만 그러고 싶지 않은 심정이다. 왜냐하면 그건 말도 안 되는 일이기 때문이다. 예전에 내가 책장 앞으로 걸어갔을 때처럼, 다시 이런 잔잔한 황홀한 기분, 이러한 격정적이고 뭐라고 이름 붙일 수 없는 충동적인 기분을 느끼고 싶다. 〈가지각색의 책들에서 솟아오르는 소망의 바람에 다시 한번 휩쓸려 보았으면. 그 바람이 내 마음속 어딘가에 죽어 있는 묵직한 납덩어리를 녹여 버리고 내 마음속에 다시 미래에 대한 조급함과 사색의 세계에 대한 활기찬 즐거움을 일깨워 주었으면, 그리고 그 바람이 나의 청춘 시절의 잃어버린 준비 태세를 되돌려 주었으면.〉

나는 이런저런 생각을 하며 앉아서 기다린다.

불현듯 케머리히의 어머니를 찾아봐야겠다는 생각이 떠오른다. 미텔슈테트도 찾아가 봐야 할 텐데. 지금 그는 분명 병영에 있을 것이다. 나는 창밖을 내다본다. 양지바른 거리의 모습 뒤로 흐릿하고 경쾌하게 어떤 구릉대가 나타난다. 그러다가 어떤 가을날로 변한다. 나는 불 옆에 앉아, 카친스키, 알베르트와 접시에 담긴 구운 감자를 먹고 있다.

하지만 이런 생각을 하고 싶지 않아 마음속에서 지워 버린다. 이 방이 말을 걸어야 하며, 이 방이 나를 낚아채서는 안고 가야 한다. 나는 이 방에 속한다는 사실을 느끼고자 하고, 내가 다시 전선에 나갈 때 다음 사실을 알도록 귀 기울이려고 한다. 즉 귀향의 물결이 일면 전쟁은 가라앉아서 익사해 버린다는 것을. 전쟁은 끝나며, 전쟁은 우리를 좀먹지도 못한다. 전쟁은 우리에 대해 단지 외적인 강제력을 행사할 따름이다!

책들은 책꽂이에 가지런하게 꽂혀 있다. 나는 이 책들을 아직 잘 알고 있으며, 그 책들을 어떻게 배열했는지도 잘 기억이 난다. 나는 두 눈으로 책들에게 간절히 부탁한다. 〈나에게 말을 걸어 다오. 나의 마음을 받아들여 다오. 예전의 내 생명이자 아무런 걱정 없고 멋진 너에게 부탁하노니, 나를 다시 받아들여 다오.〉

나는 기다리고, 또 기다린다.

많은 광경들이 파노라마처럼 눈앞을 스쳐 지나간다. 그 광경들은 단단히 고정되어 있지 않다. 그것들은 그림자이자 추억일 뿐이다.

아무것도 아니야, 아무것도 아니야.

마음속의 불안이 점차 커진다.

느닷없이 어떤 끔찍한 미지의 감정이 내 마음속에 용솟음친다. 나는 돌아가는 길을 찾을 수 없으며, 외부로부터 완전히 차단되어 있다. 내가 아무리 부탁하고 애를 써보아도 아무것도 꼼짝하지 않는다. 나는 사형 선고를 받은 사람처럼 망연자실해서 슬픈 표정으로 우두커니 앉아 있다. 그리고 과거는 나를 외면하고 저버린다. 이와 동시에 나는 과거의 추억을 너무 되살리는 것에 대한 두려움을 느끼고 있다. 그러다가 앞으로 어떤 일이 일어날지 모르기 때문이다. 내가 한 명의 군인이라는 사실을 간과해서는 안 된다.

이런저런 생각을 하느라 몸이 피곤해져 나는 자리에서 일어나 창밖을 내다본다. 그런 다음 어떤 책 한 권을 집어 들고는 읽어 볼 요량으로 책장을 넘겨 본다. 하지만 이 책을 내려놓고 또 다른 책을 집어 든다. 그 책에서 줄을 쳐놓은 부분이 눈에 띈다. 다른 책을 또 찾아 책장을 넘기다가 다시 새로운 책들을 집어 든다. 어느덧 내 옆에는 책들이 수북이 쌓인다. 거기에다가 서류들이며 공책들이며 편지들이 더 빠른 속도로 보태진다.

나는 아무 말 없이 이런 것들 앞에 서 있다. 마치 법정 앞에 선 피고처럼.

낙담한 채 기가 꺾여 있다.

말들, 말들, 말들, 그 말들은 나의 폐부를 찌르지 못한다.

천천히 나는 그 책들을 다시 책꽂이의 빈 곳에 꽂아 넣는다. 끝났다.

조용히 나는 방에서 나간다.


난 아직 포기하지 않는다. 사실 나는 더 이상 내 방에 들어가지 않지만 며칠 만에 아직 어떤 결말을 볼 필요는 없다며 스스로를 위로한다. 나중에 시간이 흐르면 얼마든지 생각할 시간이 있는 것이다. 우선 병영에 있는 미텔슈테트를 찾아가기로 한다. 그리고 우리는 서로 만나 그의 방에 앉아 있다. 방 안의 공기는 마음에 들지 않지만 이는 내가 익숙해져 있는 공기이다.

미텔슈테트는 내게 새로운 소식을 전해 준다. 나는 그 이야기를 듣고 온몸에 전류가 통하는 느낌을 받는다. 바로 칸토레크가 향토 방위대에 편입되었다는 이야기이다. 「내가 야전 병원에서 이곳으로 후송되자마자 그와 딱 마주쳤어. 그는 앞발을 내게 내밀며 꽥꽥거리더군. 〈이봐, 미텔슈테트, 어찌 지내?〉 나는 커다랗게 눈을 뜨고 이렇게 대꾸했지. 〈향토 방위대원 칸토레크, 근무는 근무고, 브랜디는 브랜디야. 그런 점은 잘 알고 있어야 할 텐데. 상관에게 말할 때는 부동 자세를 취해야지.〉 그때 그 녀석의 얼굴을 너에게 보여 주고 싶구나! 마치 오이 피클과 불발탄을 합쳐 놓은 꼴이었어. 머뭇거리면서 그는 또 한 번 나의 비위를 맞추려고 하더군. 그래서 나는 좀 더 엄하게 다그쳤어. 그러자 그는 자신의 가장 강한 포대를 전투에 투입하고는 은밀하게 떠보더군. 〈특별 시험을 치르도록 주선해 드릴까요?〉 녀석은 나에게 기억을 환기시켜 주려고 했어. 무슨 말인지 알겠지? 그러자 화가 확 치밀더라고. 그래서 나도 그에게 환기시켜 주었지. 〈향토 방위대원 칸토레크, 자네는 2년 전에 감언이설로 유혹해 우리를 지역 사령부에 끌고 갔지. 그중에는 조금도 지원하려는 마음이 없었던 요제프 벰도 들어 있었어. 그래서 실제로 징집당해야 할 시점보다 세 달이나 먼저 전사하고 말았어. 자네가 유혹하지 않았더라면 그 기간 동안 기다리고 있었을 텐데 말이야. 그럼 이제 가보게. 또 만나세.〉 내가 그의 중대에 배속되는 것은 쉬운 일이 아니었어. 먼저 나는 그를 군수 창고로 데리고 가서 볼만하게 방비를 갖추도록 해주었어. 곧 그가 하고 있는 꼬락서니를 보게 될 거야.」

우리는 연병장으로 나간다. 중대가 정열하고 있었다. 미텔슈테트는 그들을 쉬게 하고 검열을 한다.

그때 나는 칸토레크의 모습을 발견하고 억지로 웃음을 참아야만 한다. 그는 일종의 프록코트 같은 것을 입고 있는데 원래의 푸른색이 바래 있다. 등과 소매에는 커다란 검은 천 조각으로 기운 자국이 눈에 띈다. 상의는 거인이 입어야 할 만큼 헐렁하다. 닳아 해진 검은 바지는 또 너무 짧다. 그것은 정강이 절반까지밖에 내려오지 않는다. 반면에 군화는 너무 크고 쇠처럼 단단하며, 아주 낡고 오래되었다. 뾰족한 끝은 위로 굽어 있어 양쪽을 끈으로 매야 한다. 이와 대조적으로 모자는 또 너무 작다. 끔찍할 정도로 더럽고 비참한 전투모이다. 그의 전체적인 인상은 가련하기 짝이 없다.

미텔슈테트는 그의 앞에서 발걸음을 멈춘다. 「향토 방위대원 칸토레크, 이 단추를 닦았다고 할 수 있나? 자네는 언제나 이 모양이야. 낙제야, 칸토레크, 낙제란 말이야.」

나는 속으로 쾌재를 부른다. 학교 다닐 때 이와 마찬가지로 칸토레크는 미텔슈테트에게 야단을 쳤다. 똑같은 말투로 〈낙제야, 미텔슈테트, 낙제란 말이야〉 하면서.

미텔슈테트의 잔소리는 이것으로 끝나지 않는다. 「뵈트허를 좀 봐. 얼마나 모범적이야. 자네도 좀 보고 배우란 말이야.」

나는 내 눈을 믿을 수 없다. 우리의 학교 수위인 뵈트허도 이곳에 있다니. 그런데 그자가 모범적이라니! 칸토레크는 마치 잡아먹고 싶다는 듯이 나를 험상궂게 쏘아본다. 하지만 나는 그를 전혀 알지 못한다는 듯이 그의 낯짝을 보며 악의 없이 그냥 히죽히죽 웃을 뿐이다.

낡아 빠진 전투모와 군복을 입은 그의 모습이 얼마나 멍청하게 보이던가! 전에 그가 교단에 버티고 서 있을 때 우리는 말할 수 없는 공포에 떨었다. 누가 프랑스어의 불규칙 동사를 잘못 대면 그는 연필 끝으로 쿡쿡 찌르기도 했다. 그런데 나중에 프랑스에 가보니 그런 게 아무런 소용이 없었다. 그로부터 아직 채 2년이 되지 않았다. 그런데 지금 향토 방위대원 칸토레크는 얼빠진 표정으로 냄비 손잡이처럼 구부정한 무릎과 팔을 하고 여기에 서 있다. 단추는 잘 닦지 않아 지저분하고, 하고 있는 꼴이 정말 우스꽝스럽다. 정말 군인이라 할 수 없는 행색이다. 교단에서 보이던 그의 위압적인 모습과 도저히 연결이 되지 않는다. 이 가련한 자가 고참인 나에게 〈보이머, 프랑스어 *aller* 동사의 미완료형을 말해 보시오!〉라고 묻는다면 내가 어떻게 할까를 정말 알고 싶은 심정이다.

우선 미텔슈테트는 〈헤쳐 모여〉를 연습시킨다. 미텔슈테트의 호의로 칸토레크는 분대장으로 임명받는다.

거기엔 미텔슈테트 나름대로 특별한 생각이 있다. 즉 분대장은 헤쳐 모일 때 늘 분대의 20보 앞에 있어야 한다. 그런데 이때 〈뒤로 돌아!〉 하는 구령이 떨어지면 분대는 그냥 뒤로 돌면 그만이지만, 이 때문에 갑자기 분대의 20보 뒤에 있게 되는 분대장은 전속력으로 달려서 다시 분대 20보 앞에 서야 한다. 그는 도합 40보를 달리는 셈이다. 그러니 엉덩이에 불이 나도록 달려야 하는 셈이다. 그러나 헐레벌떡 뛰어서 분대 앞에 서면 다시 〈뒤로 돌아!〉 하는 구령이 떨어진다. 그러면 그는 다시 부리나케 40보를 달려서 다른 쪽으로 뛰어가야 한다. 이런 식으로 분대는 그냥 느긋하게 한 바퀴 돌면 되지만 분대장은 이리저리 바삐 왔다 갔다 해야 한다. 사실 이는 히멜슈토스가 처방한 특효약 중의 하나이다.

칸토레크는 미텔슈테트에게 뭐라고 불평할 입장이 아니다. 왜냐하면 그는 미텔슈테트를 한 번 낙제시킨 일이 있기 때문이다. 그러니 다시 전선에 나가기 전에 미텔슈테트가 이 절호의 기회를 이용하지 않는다면 그야말로 바보가 아니겠는가. 군대가 누군가에게 그와 같은 기회를 부여한다면 그는 아마 비교적 홀가분하게 죽어 갈지도 모른다.

한동안 칸토레크는 쫓기는 멧돼지처럼 이리저리 부리나케 뛰어다닌다. 어느 정도 시간이 흐른 후 미텔슈테트는 이 훈련을 그만두고, 이젠 중요한 포복 훈련을 시킨다. 무릎과 팔꿈치를 땅에 대고, 규정대로 소총을 든 채 칸토레크는 잘

난 몸뚱이로 모래 위를 기어서 우리 바로 옆을 지나간다. 그가 숨 가쁘게 헐떡이는 소리가 음악 소리처럼 들린다.

미텔슈테트는 고등학교 선생 칸토레크의 문구로 향토 방위대원 칸토레크를 위로하면서 그의 용기를 북돋운다. 「향토 방위대원 칸토레크, 우리는 위대한 시대에 사는 행운을 가졌다. 그러니 우리 모두는 일치단결하여 이 고난을 이겨 내야 한다.」 칸토레크는 이빨들 사이에 낀 더러운 나뭇조각을 뱉어 내며 진땀을 흘리고 있다. 미텔슈테트는 몸을 굽히고 다짐하듯 통렬하게 쏘아붙인다. 「향토 방위대원 칸토레크, 사소한 일로 중대한 경험을 잊어버리지 말라!」

이런 말을 듣고 칸토레크의 몸이 꽝 하고 터져 버리지 않는 것이 오히려 이상하다. 특히 그다음 체육 시간에 미텔슈테트는 칸토레크를 정말 기막히게 흉내 낸다. 미텔슈테트는 철봉에서 턱걸이를 할 때 턱을 철봉 위에 똑바로 올리도록 하기 위해 칸토레크의 바지 엉덩이 부분을 붙잡는다. 게다가 일장 연설까지 늘어놓는다. 이는 전에 칸토레크가 그에게 한 짓 그대로였다.

그런 후 계속 사역이 잇따른다. 「칸토레크와 뵈트허는 손수레를 끌고 군용 빵을 가져오도록!」

몇 분 후 두 사람은 손수레를 끌고 출발한다. 칸토레크는 화가 난 듯 고개를 푹 숙이고 있다. 수위는 쉬운 일을 맡아서 의기양양해한다.

빵 공장은 도시의 반대편 쪽에 있다. 그러므로 둘은 그곳으로 갔다가 다시 도시 전체를 통과해 돌아와야 한다.

「이들은 벌써 며칠 전부터 저런 일을 하고 있어.」 미텔슈테트는 히죽거리며 말한다. 「이들을 보려고 벌써 기다리는 사람들까지 있어.」

「그거 볼만하겠는데.」 내가 말한다. 「그런데 그가 아직 불평하지는 않니?」

「그랬어! 우리 중대장은 그 이야기를 듣고 배꼽을 잡고 웃더군. 그는 학교 선생이라면 질색하거든. 게다가 나는 그의 딸과 사귀고 있어.」

「그가 너의 시험을 망쳐 놓으면 어떡하지.」

「그럴 수도 있지.」 미텔슈테트는 태연하게 말한다. 「하지만 그가 불평해 봤자 아무 소용 없었어. 그가 대체로 편한 일을 했다는 것을 내가 증명할 수 있었으니까.」

「그를 한번 아주 혹독하게 훈련시킬 수 없을까?」 내가 묻는다.

「그러기엔 너무 어벙한 녀석이야.」 미텔슈테트는 그가 안중에 없는 듯 통 크게 대답한다.


휴가란 무엇인가? 그것은 하나의 흔들림이다. 휴가가 끝나면 만사가 훨씬 더 힘들어진다. 지금 벌써 이별의 감정이 뒤섞여 있다. 어머니는 말없이 내 얼굴을 바라본다. 어머니가 내가 떠날 날짜를 헤아리고 있음을 나는 잘 알고 있다. 아침마다 어머니는 슬픈 표정을 짓는다. 날이 새면 벌써 다시 하루가 줄어들기 때문이다. 나의 배낭을 어머니는 치워 놓았다. 배낭을 보면 내가 떠날 날짜가 생각나기 때문이다.

이것저것 생각하다 보면 시간이 쏜살같이 지나간다. 나는 몸을 털고 일어나 누나를 따라 도살장에 간다. 뼈다귀를 좀

사기 위해서다. 거기는 고깃값이 대단히 싸다. 그래서 아침이면 벌써 사람들이 모여들어 줄을 서서 기다리고 있다. 어떤 사람들은 기다리다 실신하기도 한다.

우리는 운이 없다. 세 시간이나 누나와 교대로 기다렸지만 줄이 해산되었다. 뼈가 동이 났기 때문이다.

내가 휴가 나오면서 먹을 것을 받아 온 것만 해도 다행이다. 그것을 어머니에게 갖다 준 덕분에 우리 모두는 그럭저럭 영양 보충을 할 수 있었다.

하루하루가 더욱더 견디기 힘들어지고, 어머니의 눈빛은 점점 더 슬퍼진다. 아직 나흘이나 남았는데도 말이다. 이제 케머리히의 어머니를 찾아가 봐야 할 때다.


그의 어머니와 만나 나눈 대화를 여기에 차마 다 적을 수 없다. 부들부들 떨고 흐느끼면서 그의 어머니는 내 몸을 잡고 흔들며 소리친다. 「너는 이렇게 멀쩡히 살아 있는데, 어째서 내 아들은 죽었단 말이야!」 그녀는 흐르는 눈물을 주체하지 못하고 나에게 외친다. 「너희들은 멀쩡히 살아 있는데, 어째서 우리 아들은…….」 그녀는 의자에 풀썩 주저앉으며 계속 눈물을 흘린다. 「너는 우리 아들을 보았니? 죽어 가는 모습을 보았니? 어떻게 죽었니?」

나는 케머리히가 가슴에 총을 맞아 금방 죽었다고 말한다. 그녀는 나를 바라보며 믿기지 않는 듯이 말한다. 「거짓말하는 거지. 난 잘 알고 있어. 나는 우리 아들이 고통 속에 죽어 갔다는 느낌을 받았어. 나에겐 아들의 목소리가 들렸어. 밤에 아들이 불안해하는 것을 느꼈어. 제발 사실을 말해 다오. 난 사실을 알고 싶고, 알아야 해.」

「아니에요, 어머니. 제가 케머리히 옆에 있었어요. 그는 바로 그 자리에서 즉사했어요.」내가 말한다.

그녀는 나지막한 소리로 나에게 부탁한다. 「제발 말해 주렴. 진실을 말해 줘야 해. 네가 날 위로하려고 그렇게 말한다는 걸 잘 알고 있단다. 하지만 진실을 말하는 것보다 그게 나를 더 괴롭힌다는 걸 모르니? 나는 모호한 말은 견딜 수 없어. 아무리 그게 끔찍하다 하더라도 괜찮으니 사실이 어떠했는지 말해 다오. 내가 이러쿵저러쿵 마음대로 생각하는 것보단 그게 그래도 훨씬 더 낫지 않겠니.」

나는 결코 말하지 않을 것이다. 나를 마구 두들겨 팬다 하더라도 결코 말할 수 없다. 그녀가 가엾기는 하지만 좀 어리석어 보이기도 한다. 그녀는 어쨌든 현실을 수긍해야 한다. 그녀가 진실을 알든 모르든 아들은 이미 죽고 없다. 수많은 사람이 죽어 가는 것을 목격한 나로서는 단 한 사람 때문에 이렇게 고통스러워하는 모습이 잘 이해가 되지 않는다. 그래서 나는 다소 초조한 심정으로 말한다. 「케머리히는 바로 그 자리에서 죽었어요. 전혀 고통을 느끼지 않고요. 그의 얼굴은 무척 평온했어요.」

그녀는 아무 말이 없다. 그러다가 느릿느릿 이렇게 묻는다. 「그걸 맹세할 수 있겠니?」

「네.」

「하느님께 맹세하는 거지?」

아, 하느님이라, 나한테 신성한 게 뭐가 있겠는가. 우리한테 그런 것은 금방 바뀌고 만다.

「그래요, 아드님은 현장에서 죽었습니다.」

「만약 네 말이 사실이 아니라면 두 번 다시 이곳에 오지 않겠지?」

「다시는 오지 않겠습니다. 그가 즉사하지 않았다면 말입니다.」

나는 어떤 일도 감수할 용의가 있다. 하지만 그녀는 내 말을 믿는 것 같다. 그녀는 신음하며 오랫동안 운다. 나는 그가 죽은 경위를 이야기해 줘야겠다는 생각이 든다. 내가 꾸며서 들려준 이야기는 내가 생각해 봐도 정말 그럴듯하게 들린다.

내가 돌아가려고 하자 그녀는 나에게 입맞춤을 하고 케머리히의 사진을 한 장 준다. 신병 시절 군복을 입고 둥근 탁자에 기대어 찍은 사진이다. 탁자의 다리는 껍질이 그대로 붙어 있는 자작나무 가지로 만들어져 있다. 뒤에는 사진 배경으로 숲이 그려져 있다. 그리고 탁자 위에는 손잡이가 달린 맥주잔이 놓여 있다.


이윽고 집에서 보내는 마지막 밤이 왔다. 모두들 꿀 먹은 벙어리처럼 아무 말이 없다. 나는 일찍 잠자리에 들어 베개를 붙잡는다. 나는 베개를 꼭 끌어안고는 그 속에 내 머리를 파묻는다. 내가 다시 살아 돌아와 이런 털 이불 속에 누울 수 있을지 누가 알겠는가!

어머니는 밤늦게 또 내 방으로 들어온다. 내가 잠들어 있다고 생각한 모양이다. 그래서 나도 잠든 시늉을 하고 있다. 눈을 뜨고 대화를 나눈다는 것은 서로에게 너무나 괴로운 일이다.

어머니는 거의 새벽녘까지 그 상태로 앉아 있다. 몸에 통증이 있는지 때때로 몸을 굽히기도 하지만 말이다. 마침내 더는 견딜 수 없어서 나는 잠이 깬 척하며 말한다.

「어머니, 가 주무세요. 그러시다 감기 들겠어요.」

어머니는 이렇게 대답한다. 「잠은 나중에 얼마든지 잘 수 있단다.」

나는 일어나 앉는다. 「어머니, 당장 전방에 가지는 않아요. 먼저 4주 동안 막사에서 생활해야 해요. 어쩌면 일요일에 또다시 이곳에 들를 수 있을지도 몰라요.」

어머니는 아무 말이 없다. 그러다가 조용한 소리로 묻는다. 「너무 두렵지?」

「아니에요, 어머니.」

「너에게 꼭 말해 주고 싶은 게 있단다. 프랑스에 가면 여자들을 조심해야 한다. 그곳 여자들은 질이 좋지 않단다.」

아, 어머니, 어머니! 전 어머니에겐 어린아이에 불과합니다. 왜 저는 어머니의 품에 얼굴을 파묻고 울 수 없나요? 왜 저는 늘 씩씩하고 의젓한 사람이 되어야 하나요? 저도 한 번쯤 울면서 위로를 받고 싶습니다. 저는 아직 어린아이에 지나지 않아요. 장롱에는 아직 내가 어릴 때 입던 짧은 바지가 걸려 있다. 그때가 마치 어제와 같은데, 왜 그 시절이 이처럼 훌쩍 지나가 버렸는가?

나는 되도록 침착한 어조로 말한다. 「우리가 있는 지역에는 여자들이 없어요, 어머니.」

「싸움터에 나가서도 부디 조심해야 돼, 얘야.」

아, 어머니, 어머니! 왜 저는 어머니를 두 팔로 안고 죽으면 안 되나요? 이렇게 불쌍한 개들이 어디 있을까요!

「네, 어머니, 조심하다 뿐이겠어요.」

「파울아, 매일 너를 위해 기도하마.」

아, 어머니, 어머니! 우리 일어나서 이 방에서 나가요. 여러 해 지나서 이러한 모든 고난이 끝나면 어머니와 나만의 세계로 돌아가요. 어머니!

「아무튼 그리 위험하지 않은 일을 맡도록 해라.」

「네, 어머니, 어쩌면 취사반으로 갈지 몰라요. 그러면 안전할 거예요.」

「다른 사람들이 뭐라고 하든지 신경 쓰지 말고 그 일을 맡아라!」

「그런 것은 개의치 않아요, 어머니.」

어머니는 한숨을 쉰다. 어둠 속에 어머니의 얼굴이 하얗게 빛을 발하고 있다. 「이제 가서 주무시도록 하세요, 어머니.」

어머니는 아무 대답이 없다. 나는 일어나서 어머니 어깨에 내 이불을 걸친다. 어머니는 내 팔에 몸을 기대고 있다. 어머니는 고통스러워하고 있다. 그래서 어머니를 건넌방으로 데려가서, 한동안 어머니 곁에 또 앉아 있다. 「어머니도 이제 건강해지셔야 해요. 제가 다시 돌아올 때까지요.」

「그래그래, 얘야.」

「어머니, 먹을 걸 보낼 필요는 없어요. 전선에는 먹을 게 충분해요. 이곳에 더 필요하겠는걸요.」

잠자리에 누운 어머니의 모습이 말할 수 없이 가여워 보인다. 이 세상 그 무엇보다 나를 사랑하는 어머니이다. 내가 나가려고 하자 어머니가 급히 말한다. 「네게 줄려고 팬티 두

장을 마련해 놓았다. 털의 질이 좋더라. 그걸 입으면 따뜻할 거야. 그걸 꼭 함께 싸가지고 가도록 해라.」

아, 어머니, 저는 알고 있습니다. 이 두 장의 팬티를 구하느라 얼마나 돌아다니고, 뛰어다니고, 떼를 썼겠어요! 아, 어머니, 어머니, 내가 어머니 품을 떠나야 한다는 사실을, 어머니 말고는 아무도 나에 대한 권리가 없음을 어떻게 사람들이 이해하겠어요. 나는 아직 이곳에 앉아 있고, 어머니는 그곳에 누워 계십니다. 우리에게 할 말은 너무 많지만 결코 하고 싶은 말을 다 할 수는 없습니다.

「안녕히 주무세요, 어머니.」

「잘 가거라, 내 아들아.」

방 안은 어두컴컴하다. 어머니가 숨 쉬는 소리가 조용히 들려온다. 그 소리에 섞여 똑딱거리는 시계 소리도 들린다. 바깥 창밖에서는 바람이 분다. 밤나무에서 살랑거리는 잎사귀 소리가 난다.

현관에서 나는 배낭에 걸려 비트적거린다. 내일 아침 일찍이 떠나야 하기 때문에 미리 꾸려 둔 것이다.

나는 베개를 파고든다. 두 주먹으로 침대의 쇠막대기를 붙잡고 경련하듯 몸을 부르르 떤다. 이곳에 오지 말았어야 했는데. 나야 어디 있든 상관없는 일이었다. 전선에서도 절망에 빠지는 일은 아주 흔한 일은 아니었다. 이제부터는 결코 그럴 수 없을 것이다. 나는 군인이었다. 그런데 이제는 어머니와 모든 일 때문에 그저 고통스러워할 뿐이다. 절망적이고 한도 끝도 없는 그런 모든 일들 때문에 말이다. 휴가를 오지 말았어야 했는데…….

# 8

나는 하이델라거의 막사를 아직 알고 있다. 이곳은 히멜슈토스가 차덴을 단련시킨 곳이다. 하지만 이러한 사실 말고는 이곳에 대해 아는 사람이 거의 없다. 언제나 그렇듯이 모든 게 변한 것이다. 전에 얼핏 본 사람이 두서넛 있을 뿐이다.

근무는 기계적으로 한다. 밤이 되면 우리는 거의 늘 군인 클럽에 간다. 그곳에 여러 가지 잡지들이 있지만 그런 걸 읽지 않는다. 그런데 그곳에 피아노가 한 대 있는데, 나는 피아노를 치는 것을 좋아한다. 소녀 둘이 사환으로 있는데, 그중에 하나는 아직 어리다.

막사 주위에는 높다랗게 철조망 울타리가 쳐져 있다. 군인 클럽에서 늦게 돌아올 때는 통행증이 있어야 한다. 물론 보초와 잘 사귀어 놓으면 몰래 기어 들어올 수 있다.

우리는 노간주나무가 우거진 곳과 자작나무 숲 사이의 황무지에서 매일 중대 훈련을 받는다. 너무 많은 걸 바라지만 않으면 이 훈련은 견딜 만하다. 우리는 앞으로 내달리기도 하고 몸을 납작 엎드리기도 한다. 황무지의 나무줄기와 꽃

파리들이 우리의 호흡으로 이리저리 흔들린다. 땅에 눈을 바짝 대고 보면 깨끗한 모래가 마치 실험실에서 만든 것처럼 티 없이 순수하다. 이 모래는 아주 작은 알갱이로 이루어져 있다. 이상하게도 손을 모래 속에 집어넣고 싶은 마음이 생긴다.

하지만 가장 아름다운 것은 가장자리에 자작나무가 서 있는 숲이다. 숲은 순간순간마다 색깔이 변하고 있다. 지금은 나무줄기들이 눈부실 정도로 밝은 흰색으로 빛나고 있고, 이들 사이에는 파스텔 색조 같은 초록색 나뭇잎이 비단처럼 하늘하늘 나부끼고 있다. 그러다가 어느 순간 모든 것이 오팔과 같은 푸른색으로 바뀐다. 그 푸른색은 은빛을 띠고 숲 가장자리부터 물들어 오기 시작하다가 녹색을 어디론가 뽑아 가버리는 것이다. 하지만 그러다가 태양이 구름에 가리면 숲의 어느 부분은 돌연 흡사 암흑에 잠긴 것처럼 보이기도 한다. 그리고 이 그림자는 마치 유령처럼 이제 흐릿한 나무줄기를 지나고, 황무지를 넘어서, 저 멀리 지평선으로 사라진다. 그러는 사이 자작나무는 흰 막대기에 매달려 휘날리는 만국기처럼 금빛과 붉은빛으로 물들어 가는 나뭇잎을 펄럭이고 있다.

나는 엷디엷은 빛과 투명한 그림자가 보여 주는 이러한 유희를 종종 넋을 잃고 바라보곤 한다. 그렇게 넋이 빠져 있다가 심지어 구령 소리를 못 듣기도 한다. 인간이란 외로울 때는 자연을 관찰하고 사랑하게 되는가 보다. 나는 이곳에서 그리 많은 사람들과 교제를 하지 않으며, 필요 이상으로 그러기를 원하지도 않는다. 서로가 그렇게 친하지도 않으면서 시시껄렁한 농담이나 나누고, 밤에는 〈17과 4〉 놀이를 하거나 또는 마우셸른 게임을 하는 게 고작이다.

우리가 있는 막사 옆에는 널따란 러시아군 포로수용소가 있다. 우리 막사와의 사이에는 사실 철조망 울타리가 쳐져 있지만 그래도 포로들이 우리 쪽으로 넘어올 수 없는 것은 아니다. 이들은 무척 겁이 많고 불안해 보인다. 이와 아울러 이들은 대개 수염을 길렀고 키가 크다. 그 때문에 이들은 마치 마구 두들겨 맞은 베른하르트산(産) 개 같은 인상을 준다.

이들은 우리 막사 주변에 몰래 다가와서는 쓰레기통을 뒤지고 다닌다. 그렇게 뒤지고 다녀서 그들이 찾는 것이 과연 무엇일까 생각해 봐야 한다. 우리의 음식은 이미 거의 동이 났고 무엇보다 질이 좋지 않다. 예를 들어 여섯 조각으로 잘라 물에 삶은 스웨덴 순무가 있다. 그리고 잘 씻지 않아 아직 더러운 당근 줄기가 있다. 감자에는 검게 썩은 반점이 있지만 그래도 맛이 일품이고, 최고의 음식은 희멀건 쌀수프이다. 그 수프에는 잘게 썬 쇠고기가 둥둥 떠다녀야 하지만, 너무나 잘게 썬 나머지 고기는 눈을 씻고 봐도 보이지 않는다.

하지만 모두들 물론 남김없이 음식을 먹어 치운다. 사실 한쪽에는 이렇게 음식이 풍부해서 바닥까지 핥을 필요가 없는 반면 다른 쪽에는 그에게서 그 남은 거라도 얻어 가려고 안달인 사람이 열 명이나 있는 법이다. 숟가락을 대지 않아 남은 것만은 물에 헹궈서 쓰레기통에 갖다 버린다. 그래도 거기에 가끔은 몇 개의 스웨덴 순무, 곰팡이가 핀 빵 껍질 및 온갖 찌꺼기가 들어 있는 경우도 있다.

이러한 묽고 흐릿하고 더러운 물이 러시아군 포로가 노리는 목표물이다. 이들은 악취 나는 쓰레기통에서 눈에 불을 켜고 이런 걸 건져 올려서는 작업복 밑에 숨기고 가져간다.

우리의 적을 이렇게 가까이에서 본다는 것은 이상야릇한 일이다. 이들은 생각에 잠기게 하는 얼굴들, 선량한 농부의 얼굴들을 하고 있다. 이들은 넓은 이마, 커다란 코, 넓은 입술, 커다란 손, 양모 같은 머리털을 갖고 있다. 이런 포로는 밭을 갈거나, 풀을 베고, 사과를 따는 일을 하면 제격일 것 같다. 이들은 프리슬란트의 우리 농부들보다 훨씬 더 선량한 얼굴을 하고 있다.

이들이 먹을 것을 찾아다니며 구걸하는 모습을 보면 슬픈 생각이 든다. 이들은 다들 힘이 없고 쇠약해 보인다. 이들이 받는 음식은 굶어 죽지 않을 정도에 불과하기 때문이다. 우리들 자신도 배불리 먹은 지가 벌써 까마득한 옛날 이야기가 되었다. 이들은 이질을 앓고 있다. 어떤 포로들은 불안스러운 눈길로 피 묻은 내의 끝자락을 남몰래 슬쩍 보여 주기도 한다. 이들은 손을 쫙 펴고 구걸할 때 등과 목덜미는 굽히고, 무릎은 구부린 채, 머리는 아래에서 위로 비스듬히 위로 쳐다본다. 그들은 몇 마디 모르는 독일어로 구걸한다. 이들의 나긋나긋하고 나지막한 저음은 따뜻한 난로나 고향의 방을 생각나게 한다.

어떤 사람들은 이들을 걷어차 넘어지게 하기도 한다. 하지만 이런 사람들은 극소수일 뿐이다. 대부분의 사람들은 이들에게 아무런 위해도 가하지 않고, 그냥 이들 옆을 지나친다. 때로는 이들의 행색이 너무 비참해서 그로 인해 화가 나서 이들을 걷어차는 사람도 있다. 그런 모습으로 사람을 쳐다보지만 않아도 괜찮을 텐데 말이다. 엄지손가락으로 눌러 막아 버릴 수 있을 정도로 조그만 얼룩 같은 이들의 두 눈에 어떤 슬픔과 한이 깃들어 있는 걸까.

밤이 되면 이 포로들은 우리 막사로 와서 흥정을 시작한다. 이들은 자신이 갖고 있는 온갖 것을 빵과 바꾸려고 한다. 어떤 때는 이들의 흥정이 성공을 거두기도 한다. 예를 들어 이들의 군화는 훌륭한 반면 우리의 군화는 낡았기 때문이다. 무릎까지 올라오는 이들의 기다란 승마용 군화의 가죽은 마치 소가죽처럼 놀랄 정도로 나긋나긋하다. 집에서 기름진 음식을 받을 수 있는 농촌 출신 병사들은 이런 것을 소가죽과 바꿀 형편이 된다. 군화 한 켤레의 가격은 대략 군용 빵 두서너 개와 맞먹거나, 또는 군용 빵 한 개에다 더 작고 딱딱한 저지방 소시지와 맞먹는다.

하지만 거의 모든 러시아군 포로들은 자신이 갖고 있는 물건을 진작 다 내주어 버렸다. 이제 이들이 지니고 오는 물건이래야 보잘것없는 것뿐이다. 그래서 이들은 작은 목조 조각품이나 포탄의 파편과 구리로 된 포탄 띠 조각으로 만든 물건들을 갖고 와 교환하려고 한다. 이런 것을 만드느라 많은 공이 들기는 했겠지만 물론 이런 걸로는 많은 것을 얻어 가지는 못한다. 이들은 겨우 빵 서너 조각을 얻고는 벌써 돌아선다. 우리의 농부들은 흥정할 때 끈질기고 교활한 수법을 쓴다. 이들은 러시아 포로의 바로 코 밑에다 빵이나 소시지 조각을 장시간 대놓는다. 결국 러시아 포로는 너무 먹고 싶은 나머지 얼굴이 창백해지고 눈이 돌아간다. 그러면 그는 흥정이고 뭐고 집어치우고 우리 농부가 하자는 대로

응할 수밖에 없게 된다. 하지만 우리의 농부들은 온갖 정성을 다해 자신의 노획품을 포장한다. 그러고는 자신의 두툼한 칼을 꺼내서는, 천천히 신중하게 자신이 비축하고 있는 빵 덩어리를 자른다. 거기에다가 빵을 한 입 베어 먹을 때마다 자신을 보상하려는 듯 단단하고 먹음직스러운 소시지 한 조각을 곁들인다. 이들이 이런 식으로 간식을 먹는 것을 지켜보노라면 슬며시 약이 오른다. 그래서 이들의 단단한 대가리를 마구 때려 주고 싶다. 이들이 남에게 무엇을 나누어 주는 경우는 별로 없다. 하긴 또한 서로를 잘 아는 경우도 거의 없다.

나는 러시아군 포로의 보초를 서는 일이 자주 있다. 어둠 속에서 이들이 움직이는 모습이 보인다. 마치 병에 걸린 황새나 커다란 새들처럼 움직인다. 이들은 철조망에 바짝 다가와서 얼굴을 거기에 대고는 손가락을 그물코에 집어넣기도 한다. 어떤 때는 많은 사람들이 죽 늘어서 있는 경우도 있다. 이들은 이런 식으로 황무지와 숲에서 불어오는 공기를 호흡하고 있다.

이들이 말을 하는 경우는 아주 드물다. 그리고 말을 한다 하더라도 몇 마디만 할 뿐이다. 하지만 이들은 더 인간적이다. 내 생각에 이 러시아 포로들은 이쪽의 우리 독일군보다 서로 간에 훨씬 더 우애가 좋아 보인다. 하지만 그러한 이유는 어쩌면 단지 이들이 우리보다 훨씬 더 불행하다고 느끼기 때문일지도 모른다. 이와 아울러 이들에게는 전쟁이 끝난 것이다. 하지만 이질을 기다리며 살아가는 것도 사는 게 아닌 것이다.

이들을 감시하는 향토 방위대원의 말에 따르면 이들은 처음에는 더 활발했다고 한다. 어디서나 그렇듯이 이들도 서로 간에 알력이 있었다. 그래서 다투다가 종종 주먹다짐을 하거나 칼부림을 벌이기도 했다고 한다. 지금은 이들은 벌써 아주 둔감해져서 아무래도 상관없다는 식으로 살아가고 있다. 대부분의 포로들은 이제 더 이상 자위를 할 기력조차도 잃어버렸다. 전에는 때로는 고약하게도 포로들이 심지어 막사에서 대대적으로 그 짓을 한 적도 있었다고 한다.

이들은 철조망가에 서 있다. 이따금씩 한 사람이 비틀거리며 어디론지 가면 다른 사람이 곧장 그 자리에 대신 들어선다. 대부분의 사람들은 말이 없다. 개중에 한두 사람만이 다 타버린 담배꽁초를 구걸할 뿐이다.

나는 이들의 컴컴한 모습을 지켜본다. 이들의 수염은 바람에 나부끼고 있다. 나는 이들이 포로라는 사실 외에 이들에 대해 아는 것이 아무것도 없다. 바로 그러한 사실이 내 가슴을 때린다. 이들은 이름도 없이 익명으로, 아무 잘못도 없이 갇혀 지내고 있다. 내가 이들에 대해 더 많이 알고 있다면, 즉 그들의 이름이 무엇인지, 어떻게 살아가는지, 기다리는 게 무엇인지, 무엇에 짓눌리는지를 알고 있다면 목표로 똘똘 뭉친 내 아픈 마음이 동정심으로 변할지도 모른다. 하지만 나는 그들의 등 뒤에서 피조물의 고통, 삶의 끔찍한 우울과 인간들의 무자비함만을 느낄 뿐이다.

하나의 명령으로 이 조용한 사람들이 우리의 적이 되었다. 하나의 명령으로 이들이 우리의 친구로 변할 수도 있으리라. 우리가 모르는 몇몇 사람들이 어딘가의 탁자에서 어떤 서류에 서명했다. 그리하여 몇 년 동안 우리의 최고의 목적은 평상시 같으면 세상의 멸시를 받고, 최고형을 받을 일을 하는 것이다. 이곳에 와서 어린이 같은 얼굴과 사도 같은 수염을 지닌 이 조용한 사람들을 직접 본다면 누가 이들을 우리의 적이라고 생각하겠는가! 그들이 우리에게 적인 것 이상으로 하사관이 신병에게, 고등학교 선생이 학생에게 더욱 고약한 적이다. 그런데도 만일 이들이 풀려난다면 우리는 다시 이들을, 이들은 우리를 쏠 것이다.

나는 소름이 끼친다. 여기에서 더 이상 생각해서는 안 되겠다. 이런 생각을 계속하다가는 나락에 빠져들게 된다. 아직은 그럴 시점이 아니다. 하지만 나는 이런 생각을 잊어버리지 않고 전쟁이 끝날 때까지 가슴에 간직한 채 묻어 두고 싶다. 내 가슴이 방망이질 친다. 이것이 내가 참호 속에서 생각해 낸 목표이자 위대한 것이고 일회적인 것이다. 모든 인간성이 이처럼 파탄 난 후에 내가 존재의 가능성으로 찾은 것이 바로 이것이었다. 이것이 공포의 세월을 보상할 만한 앞으로의 삶의 과제가 아닐까?

나는 호주머니에서 담배를 꺼낸다. 모든 개비를 둘로 나눈 다음 러시아 포로에게 나누어 준다. 이들은 허리를 굽히며 담배를 받고는 거기에 불을 붙인다. 그러자 몇몇 얼굴에서는 빨간 점들이 희미하게 타오른다. 이를 보고 나는 안도의 한숨을 쉰다. 이는 마치 깜깜한 시골 마을에 보이는 조그만 창처럼 보인다. 그리고 그 창 뒤에는 안락하고 평화스러운 방이 있음을 연상시켜 준다.

며칠이 흘러간다. 어느 안개 낀 아침에 다시 한 러시아 포로가 죽어서 묻힌다. 요사이는 거의 날마다 몇 명씩 죽어 나간다. 그 사람이 묻히는 날 나는 마침 보초를 선다. 포로들은 어떤 찬송가를 부르는데, 여러 가지 소리가 한데 어울려 들린다. 이는 사람 목소리가 아니라 마치 멀리 황무지에서 들려오는 오르간 소리처럼 들린다.

장례식은 신속하게 진행된다.

밤에는 다시 이들은 철조망가에 서 있고, 자작나무 숲에서 바람이 그들에게 불어온다. 저 멀리서 별들은 차가운 빛을 내고 있다. 포로들 가운데 독일어를 꽤 잘하는 사람이 있어 나는 이제 그들과 알고 지내게 된다. 그중에 음악가가 한 명 있는데, 그의 말에 따르면 베를린에서 바이올린 연주자였다고 한다. 내가 피아노를 좀 칠 줄 안다고 하자 그는 바이올린을 가져오더니 연주를 시작한다. 다른 사람들은 앉아서 등을 철조망에 기댄다. 그는 선 채로 연주하면서 가끔 바이올린 연주자 특유의 넋 나간 표정을 짓는다. 이들이 눈을 감으면 그는 다시 리드미컬하게 악기를 움직이며 나를 쳐다보면서 미소를 짓는다.

다른 포로들이 같이 흥얼거리는 것으로 봐서 그는 아마 러시아 민요를 연주하는 모양이다. 이들은 어두컴컴한 언덕의 땅속 깊은 데서 웅얼거리는 것 같다. 바이올린 소리는 언덕 위의 날씬한 소녀처럼 밝고 외로운 음색이다. 목소리가 그치고 바이올린 소리는 계속된다. 밤중에 얼어 버릴 것 같은 가느다란 소리다. 그래서 바짝 다가가서 들어야 할 정도다. 실내에서 듣는 것이 아마 더 나을지도 모르겠다. 이곳 바깥에서는 소리가 그토록 외롭게 돌아다니면 듣는 사람의 마음이 슬퍼진다.

내가 얼마 전에 비교적 장기간의 휴가를 받았다고 해서 일요일 휴가는 얻지 못한다. 지난 일요일, 내가 전방으로 떠나기 전에 아버지와 큰누나가 면회를 왔다. 우리는 종일 군인 클럽에 앉아 있다. 막사에는 가기 싫으니 도대체 어디 갈 데가 없다. 정오에는 황무지로 산책을 나간다.

뭐라고 표현하기 어려운, 괴로운 시간이다. 우리는 무슨 말을 나누어야 할지 난감하기만 하다. 그래서 우리는 어머니의 병세에 대해 이야기를 나눈다. 어머니의 병이 암인 것은 이제 분명하다. 어머니는 이미 병원에 입원해 있으며, 머지않아 수술을 받을 예정이다. 의사 선생님들은 어머니가 건강해지기를 희망하고 있다. 하지만 우리들은 암이 치유되었다는 말을 아직 들어 본 적이 없다.

「어머니는 어디에 입원해 계세요?」 내가 묻는다.

「루이제 병원이다.」 아버지가 말한다.

「몇 등실이에요?」

「3등실이다. 수술비가 얼마나 나올지도 알아 봐야 하기 때문이다. 네 어머니가 먼저 3등실에 가겠다고 하더라. 그쪽이 말벗도 있어서 좋겠다고……. 또 값도 싸기도 하고.」

「그러면 여러 사람과 함께 있어야 하겠네요. 밤에 잠이라도 잘 주무실 수 있으면 좋겠는데.」

아버지는 고개를 끄덕인다. 아버지의 얼굴은 기력이 다 빠졌고 온통 주름투성이다. 우리 어머니는 많이 아팠다. 어머니는 어쩔 수 없을 때만 병원에 입원했다. 그런데도 우리 집 형편으로는 많은 돈이 들었다. 그러니 사실 우리 아버지의 삶은 어머니 병구완하느라 다 지나갔다. 「수술비가 얼마나 드는지 그것만이라도 알면 좋으련만.」 아버지는 말한다.

「안 물어봤어요?」

「직접 물어보지는 않았어. 그럴 수가 있어야지. 그러다가 의사 선생님이 불친절해지면 안 되니까 그러지. 너의 어머니가 수술해야 하는데.」

그래요, 나는 쓰라린 마음으로 생각한다. 우리는 그래요. 가난한 사람들은 다 그렇죠. 이들은 감히 수술비 같은 것은 물어보지도 못하고, 두려움에 떨며 걱정할 뿐이죠. 하지만 그럴 필요가 없는 사람들은 미리 값을 정하는 것을 당연하게 생각하죠. 이들에게는 의사 선생님도 불친절하지 않을 겁니다.

「나중에 보니 붕댓값도 만만치 않더라.」 아버지가 말한다.

「의료 보험으로 좀 해결할 순 없어요?」

「어머니가 이미 너무 오래 아파서.」

「돈은 좀 있어요?」

아버지는 고개를 젓는다. 「없어. 그런데 내가 다시 시간 외 근무를 할 수 있다.」

나는 알고 있다. 아버지가 얼마나 힘들게 일하시는지. 아버지는 밤 12시까지 자기 탁자 옆에 서서, 종이를 오리고 풀을 붙여서는 자른다. 저녁 8시에는 식권을 내고 영양가 없는 음식을 좀 먹는다. 그런 후에는 두통약을 드시고 계속 일할 것이다.

나는 아버지의 기분을 북돋워 주기 위해 군대의 재미있는 이야기를 몇 개 생각나는 대로 들려준다. 언젠가 들은 적이 있는 장군과 특무 상사에 관한 이야기이다.

그리고 나서 나는 아버지와 누나를 정거장까지 배웅한다. 이들은 내게 잼 한 병과 어머니가 나를 위해 직접 구운 감자전 한 꾸러미를 준다.

그런 다음 둘은 떠나가고 나는 돌아온다.

저녁에 나는 감자전에 잼을 발라 먹는다. 맛이 별로다. 그래서 러시아 포로에게 주려고 밖으로 나간다. 그런데 어머니가 나를 위해 직접 구웠다는 생각이 불현듯 떠오른다. 어쩌면 아픈 몸에도 불구하고 뜨거운 화덕 앞에 서 있었을 것이다. 그래서 꾸러미를 도로 배낭 속에 집어넣고 그중에 두 조각만 러시아 포로에게 갖다주기로 한다.

# 9

우리는 며칠 동안 계속 기차를 타고 달린다. 처음으로 전투기들이 하늘에 모습을 드러낸다. 우리는 대포를 가득 실은 수송 열차를 지나서 달린다. 우리는 협궤의 경철도로 갈아탄다. 나는 내가 소속할 연대를 찾아보지만 아무도 그게 어디에 있는지 알지 못한다. 어디에선가 나는 밤을 보내고, 어디에선가 아침 식사와 애매한 훈령 몇 개를 받는다. 그리고 나는 배낭과 총을 집어 들고 다시 길을 떠난다. 내가 목적지에 도착해 보니 그곳은 포격으로 파괴되어 아군은 이미 그 장소에서 떠난 뒤였다. 들리는 바에 의하면 우리 연대는 위험한 곳이면 어디나 투입되는 유격대가 되었다고 한다. 그 말을 들으니 과히 기분이 좋지 않다. 어떤 이는 우리 연대가 막대한 손실을 입었다고 전해 주기도 한다. 나는 카친스키와 알베르트의 안위에 대해 물어본다. 하지만 이들에 대한 소식을 아는 사람은 아무도 없다.

나는 계속 수소문하며 이리저리 헤매고 다닌다. 그러고 다니다 보니 이상한 기분이 든다. 나는 또 하룻밤과 그다음 날 밤을 인디언처럼 야영하여 보낸다. 그런 다음에야 확실한 소식을 알게 되고 드디어 오후에 연대 사무실에서 신고를 할 수 있게 된다.

특무 상사는 나를 그곳에 있게 한다. 이틀 지나면 중대가 되돌아오므로 나를 그곳에 보낼 필요가 없는 것이다.

「휴가는 어땠나? 재미있었나?」 그가 묻는다.

「재미있는 일도 있었고, 그렇지 않은 일도 있었어요.」

「그야 그렇겠지.」 그는 한숨을 쉰다. 「어차피 다시 돌아와야 하니까 말이야. 그 때문에 휴가의 후반부는 늘 기분이 좋지 않기 마련이지.」

이렇게 주위를 서성대고 있는데 드디어 중대가 더럽고, 축 처지고, 우울하고, 생기 없는 모습으로 들어온다. 나는 부리나케 그들 사이로 뛰어 들어가 눈을 두리번거리며 찾는다. 차덴의 얼굴이 보이고, 뮐러는 가쁜 숨을 몰아쉬고 있다. 카친스키와 크로프의 모습도 보인다. 우리는 짚으로 만든 매트리스를 나란히 편다. 그들을 보자 나는 죄를 지은 것 같은 기분이 든다. 그렇다고 그럴 이유가 있는 것은 아니다. 우리가 잠들기 전에 나는 감자전과 잼 남은 것을 꺼내 그들에게 내놓는다.

두 개의 감자전은 겉에 곰팡이가 슬기 시작했지만 그래도 아직은 먹을 수 있다. 그것은 내가 집어 들고 더 신선한 것을 카친스키와 크로프에게 준다.

카친스키는 먹으면서 이렇게 묻는다. 「어머니가 만드신 거니?」

나는 고개를 끄덕인다.

「맛이 좋은데. 먹어 보면 알 수 있거든.」

하마터면 눈물이 왈칵 쏟아질 뻔했다. 왜 이런 기분이 드는지 나 스스로도 알지 못하겠다. 그러나 여기에서 카친스키, 알베르트 그리고 다른 동료들과 같이 있으면 다시 좀 더 나아질 것이다. 여기야말로 내가 있어야 할 곳이다.

「넌 운이 좋았어.」 크로프는 잠이 들면서 나에게 나지막한 목소리로 말한다. 「우리가 러시아로 간다는 말이 있어.」 러시아로 간다고. 그곳은 이미 전쟁이 끝나지 않았는가.

멀리 전선에서 우르릉거리는 소리가 들린다. 막사의 벽들이 덜거덕덜거덕 소리를 내며 움직인다.

이것저것 장비를 닦고 손질한다. 점호가 꼬리를 물고 계속된다. 모든 면에서 우리는 검사를 받는다. 파손된 것은 새 것과 교환된다. 덕분에 나는 나무랄 데 없는 신품 상의를 얻게 된다. 카친스키도 물론 완벽한 신품으로 갈아 치운다. 전쟁이 끝날 거라는 소문이 나돌기도 하지만 우리가 러시아로 배치된다는 견해가 더 신빙성이 있어 보인다. 그런데 우리가 러시아로 간다면 더 좋은 물품을 지급받을 이유가 뭐가 있겠는가? 마침내 황제가 시찰을 나온다는 얘기가 새어 나온다. 우리가 이것저것 검사를 받는 것은 바로 그 때문이었다.

정말 일주일 동안은 다시 신병 시절로 되돌아간 것 같은 착각이 들 정도이다. 우리는 고되게 일을 하고 죽도록 훈련받는다. 모든 일이 짜증이 나고 신경질이 난다. 지나치게 닦고 손질하는 것은 우리를 위한 것이 아니고, 분열 행진은 더욱 우리를 위한 것이 아니다. 참호 생활보다도 바로 이런 일들이 군인으로 하여금 울화가 치밀게 한다. 마침내 기다리고 기다리던 순간이 왔다. 우리가 부동자세로 서 있는데 드디어 황제가 모습을 드러낸다. 우리는 황제가 어떻게 생겼을까 무척 궁금하다. 그는 전열을 따라 뚜벅뚜벅 걷는다. 그런데 나는 사실 그의 모습에 약간 실망했다. 여러 그림들을 보고 나는 황제가 체구도 좀 더 크고 힘찰 것으로 상상했을 뿐만 아니라 무엇보다 목소리도 우렁찰 거라고 생각했다.

황제는 철십자 훈장을 수여하고 이 사람 저 사람 아무에게나 말을 건다. 그런 다음 우리는 물러난다.

그리고 나서 우리는 서로 담소를 나눈다. 차덴은 놀라움을 금치 못하며 말한다. 「저자가 독일에서 제일 높은 사람이야. 황제 앞에서는 누구나 부동자세를 취해야 해. 누구나 예외 없이 말이야!」 그는 곰곰이 생각에 잠긴다. 「하지만 힌덴부르크도 황제 앞에서는 부동자세를 취해야 할까?」

「물론이고말고.」 카친스키가 맞장구를 친다.

차덴의 궁금증은 아직 다 풀리지 않았다. 그는 한동안 이리저리 생각하더니 묻는다. 「왕도 황제 앞에서는 부동자세를 취해야 할까?」

아무도 이를 정확히 아는 사람은 없지만 우리는 그러리라 생각하지 않는다. 두 사람 다 신분이 너무 높아서 확실히 부동자세 같은 건 취하지 않을 것 같다.

「넌 무슨 그런 쓸데없는 생각을 하는 거냐?」 카친스키가 말한다. 「중요한 것은 넌 부동자세를 취해야 한다는 사실이야.」

하지만 차덴은 완전히 매료되어 있다. 평소에는 너무나 메마른 그의 상상력이 잔뜩 부풀어 오른다.

「이봐.」 그가 분명한 어조로 말한다. 「난 황제도 우리처럼 화장실에 간다는 사실이 도무지 이해가 되질 않아.」

「만일 황제가 화장실에 가지 않는다면 내 손에 장을 지져도 좋다.」 크로프가 웃으며 말한다.

「미친 사람에다 셋을 더하면 일곱이다.」 카친스키가 덧붙여서 말한다. 「차덴, 넌 머릿속에 이가 들어 있는 모양이다. 얼른 화장실이나 가서 머리나 좀 식혀라. 젖비린내 나는 어린애 같은 소리는 그만하고.」

차덴이 어디론지 사라진다.

「난 한 가지 꼭 알고 싶은 게 있어.」 이번에는 알베르트가 말문을 연다. 「황제가 안 된다고 했어도 전쟁이 일어났을까?」

「그야 물론이지.」 내가 끼어든다. 「어쨌든 그도 처음에는 전쟁을 할 생각이 없었대.」

「뭐, 황제 혼자서 전쟁을 하지 않겠다고 버텨 봤자 소용없겠지. 혹 세상에 스무 명이나 서른 명쯤 나서서 전쟁을 할 수 없다고 말하면 또 몰라도.」

「아마 그렇겠지.」 나는 동감을 표시한다. 「그런데 이들은 다들 전쟁을 원했던 거야.」

「잘 생각해 보면 참 우스운 일이지.」 크로프가 말을 계속한다. 「우린 우리 조국을 지키겠다고 여기에 왔어. 그런데 프랑스인들도 자기 조국을 지키겠다고 여기에 온 거 있지. 그럼 대체 어느 쪽의 생각이 옳은 거야?」

「양쪽 다 옳다고 할 수 있지.」 나는 이렇게 말하지만 나도 실은 자신이 없다.

「그래, 그럼 말이야.」 알베르트는 이렇게 말하고 공박하려는 듯 나를 쳐다본다. 「그런데 우리 나라의 교수들이며 목사들이며 신문들은 우리만 옳다고 말하잖아. 그건 뭐 그렇다고 해두자. 그런데 프랑스의 교수들이나 목사들이나 신문들도 자기들만이 옳다고 주장하겠지. 이에 대해서는 어떻게 생각해?」

「그건 나도 모르겠어.」 내가 말한다. 「어쨌든 전쟁은 시작됐고, 매달 더 많은 나라가 참전하고 있어.」

차덴이 나타난다. 그는 여전히 신이 나서 즉각 다시 우리의 대화에 끼어든다. 그러면서 그는 전쟁이란 대체 왜 일어나느냐고 묻는다.

「대체로 한 나라가 다른 나라를 심하게 모욕할 때 일어나지.」 알베르트는 다소 의기양양한 표정을 지으며 말한다.

하지만 차덴은 무신경한 태도를 보인다. 「한 나라가? 그게 무슨 말이지. 독일의 산이 프랑스의 산을 어떻게 모욕할수 있단 말이야. 혹은 강이나 숲이나 밀밭이 말이야.」

「넌 정말 그렇게 멍청한 거니 아니면 일부러 그런 거니?」 크로프가 투덜거린다. 「내 말은 그런 뜻이 아니야. 한 민족이 다른 민족을 모욕한다는 말이야.」

「그렇다면 난 여기서 아무것도 할 일이 없네.」 차덴이 대꾸한다. 「난 모욕받은 느낌이 들지 않거든.」

「그럼 너에게 좀 설명해 줘야 되겠다.」 알베르트가 화가 나서 말한다. 「너 같은 시골뜨기에겐 그게 문제가 되지 않겠지.」

「그럼 난 이제 집에 돌아가도 되겠네.」 차덴이 고집을 부리자 모두들 웃음을 터뜨린다.

「아, 이봐, 그건 전체로서의 민족이니까 국가를 말하는 거야.」 뮐러가 소리친다.

「국가라, 국가라.」 차덴은 손가락을 튕기면서 능청스럽게 말한다.

「헌병이니 경찰이니 세금, 이런 게 너희들이 말하는 국가지. 국가가 그런 거라면 난 사양하겠어.」

「맞아.」 카친스키가 말한다. 「차덴, 넌 처음으로 바른말을 했구나. 국가와 고향은 정말 다른 거야.」

「하지만 그것은 서로 떨어질 수 없는 관계야.」 크로프가 골똘히 생각에 잠기며 말한다. 「국가가 없는 고향은 생각할 수 없어.」

「맞는 말이야. 하지만 좀 생각해 봐. 우리들은 거의 모두 평범한 사람들이야. 그리고 프랑스에서도 대부분의 사람들은 노동자, 직공이나 하급 공무원이야. 그럼 무엇 때문에 프랑스의 열쇠공이나 구두 수선공이 우리를 공격하려고 하는 거니? 아니야, 모두 정부가 하는 일일 뿐이야. 난 군에 오기 전까지 프랑스인을 한 명도 본 적이 없었어. 그리고 대부분의 프랑스인들도 우리와 마찬가지일 거야. 이들도 우리와 마찬가지로 아무것도 모르고 전쟁에 끌려 나온 거야.」

「그렇다면 도대체 왜 전쟁이란 게 있는 거지?」 차덴이 묻는다.

카친스키는 어깨를 추스른다. 「전쟁으로 분명 득을 보는 사람이 있는 거지.」

「뭐, 나는 그렇지 않은데.」 차덴이 히죽히죽 웃으며 말한다.

「물론 너는 아니지. 여기에는 아무도 그런 사람이 없지.」

「그럼 대체 누가 득을 본다는 거야?」 차덴이 집요하게 묻는다. 「황제에게도 득이 되지 않을 것 같은데. 황제에겐 필요한 게 무엇이든 있잖아.」

「그런 소리 말아.」 카친스키가 말대꾸를 한다. 「황제는 아직까지 전쟁을 한 번도 하지 않았어. 좀 위대한 황제라면 다 적어도 한 번은 전쟁을 하는 거야. 그래야 유명해지니까. 교과서를 한번 살펴봐라.」

「장군들도 전쟁 덕으로 유명해지는 거지.」 데터링이 말한다.

「황제보다 더 유명해지지.」 카친스키가 맞장구를 친다.

「확실히 개중에는 전쟁으로 돈을 벌려고 하는 사람도 끼어 있어.」 데터링이 투덜거리며 말한다.

「내 생각에는 전쟁이란 오히려 일종의 열병인 것 같아.」 알베르트가 말한다. 「사실 전쟁을 원하는 사람은 아무도 없어. 그런데 느닷없이 전쟁이 터지는 거야. 우린 전쟁을 바라지 않았어. 다른 사람들도 그렇게 주장하지. 그런데도 세계의 절반이 전쟁에 참가하고 있어.」

「하지만 적은 우리보다 더 속고 있어.」 내가 대꾸한다. 「포로들이 갖고 있던 전단지에 무엇이 쓰여 있었는지 생각해 봐. 우리가 벨기에 어린이를 잡아먹었다고 되어 있어. 그런 글을 쓴 놈은 교수형을 시켜야 해. 그들에게 진짜 책임이 있어.」

뮐러는 일어선다. 「어쨌든 독일이 전장이 아니라서 다행이야. 너희들, 저 포탄 구덩이들 좀 봐.」

「맞아.」 차덴도 동의를 표한다. 「그래도 전쟁이 없는 게 더 좋아.」

그는 우리와 같은 지원병을 한 방 먹였다고 생각하고 의기양양해한다. 그런데 그의 견해가 사실 이곳에서 전형적인 생각이다. 우리는 그런 견해를 번번이 맞닥뜨리게 되는데, 이에 대해 맞설 대응책이 떠오르지 않는다. 왜냐하면 이러한 견해와 다른 연관 관계를 동시에 파악할 수 있는 이해력이 정지해 버리기 때문이다. 보병이 느끼는 민족 감정의 본질은 그가 이곳에 와 있다는 사실에 있다. 하지만 그것도 그것으로 끝이다. 모든 다른 것은 실제적으로, 자신의 입장에서 판단하기 때문이다.

알베르트는 화가 나서 풀밭에 벌렁 드러눕는다. 「그런 사소한 이야기는 안 하는 게 더 좋아.」

「맞아. 이야기해 봤자 달라지지도 않으니까.」 카친스키가 맞장구를 친다.

여분으로 남겨 두기 위해 우리는 새로 수령한 물품은 거의 다 반납하고 옛날 물품을 다시 받아야 한다. 고급품은 단지 사열용이었던 것이다.


러시아로 가는 대신에 우리는 다시 원래대로 전방으로 간다. 가는 도중에 우리는 나무줄기가 찢기고 땅이 파헤쳐진 보잘것없는 숲을 지나간다. 몇몇 지역에서는 구멍이 무시무시하게 아가리를 딱 벌리고 있다. 「젠장, 박살이 나버렸군.」 내가 카친스키에게 말한다.

「지뢰야.」 그는 이렇게 말하며 위쪽을 가리킨다. 나뭇가지엔 시체들이 걸려 있다. 어떤 병사는 벌거벗은 채로 나뭇가지 사이에 웅크리고 있다. 머리엔 아직 철모를 쓰고 있지만, 그 외에는 옷을 입고 있지 않다. 몸의 절반인 상체만 위에 걸려 있고, 두 다리는 보이지 않는다.

「대체 어찌 된 일이야?」 내가 묻는다.

「옷에서 몸만 날아간 거야.」 차덴이 툴툴거리며 말한다.

카친스키가 말한다. 「정말 우스워. 우린 저런 꼴을 벌써 몇 번이나 보았거든. 지뢰를 밟으면 정말 옷에서 몸만 홀랑 빠져나가지. 그건 공기의 압력 때문이야.」

그래서 계속 살펴보니 정말 그의 말 그대로이다. 저곳엔 군복 조각만 걸려 있고, 다른 곳엔 피가 죽처럼 엉겨 붙어 있다. 이 죽도 한때는 사람의 수족이었겠지. 저기에 뒹굴고 있는 어떤 몸은 한쪽 다리에만 팬티 조각이 걸쳐져 있고, 목에는 군복 상의의 깃이 달려 있다. 그것들을 빼면 그는 벌거벗은 상태이고, 군복은 나무 주위에 걸려 있다. 마치 몸뚱이에서 잡아 뽑은 것처럼 양팔은 보이지 않는다. 20보 정도 더 가니 덤불에서 팔 하나가 눈에 띈다.

어떤 시체는 얼굴을 땅으로 향하고 누워 있다. 부상을 입은 팔 부위는 땅이 시커먼 피로 흥건하다. 그 남자가 죽어 가면서 발버둥을 쳤는지 발밑의 나뭇잎이 온통 뭉개져 있다.

「카친스키, 정말 장난이 아니네.」 내가 말한다.

「배 속에 든 포탄 파편도 장난이 아니야.」 그는 어깨를 으쓱하며 대답한다.

「하지만 마음이 약해져서는 안 돼.」 차덴이 자신의 견해를 표명한다.

피가 아직 선명한 걸 보면 이 모든 참사가 벌어진 지 아직 얼마 되지 않은 모양이다. 우리가 본 모든 사람들이 이미 죽었기 때문에 우리는 이곳에서 지체하지 않고 인근의 의무대에 이 일을 알린다. 들것으로 운반하는 병사들의 일을 빼앗는 것은 우리들이 할 일이 아니기 때문이다.

적의 진지가 어느 정도 진출하고 있는지 확인하기 위해 정찰대를 파견해야 한다. 나는 휴가를 다녀왔기 때문에 다른 사람에 대한 감정이 좀 미묘해서 스스로 정찰대로 나가겠다고 자원한다. 우리는 계획을 상의하고 몰래 철조망을 뚫고 지나간 후 서로 헤어져서 따로따로 앞으로 기어 나간다. 잠시 후 얕은 포탄 구덩이가 눈에 띄자 얼른 그 속으로 미끄러져 들어간다. 이곳에서 나는 망을 본다.

그 지역에서 기관총 사격이 가해지고 있다. 사방에서 사격이 가해지지만 그리 심하지는 않다. 그래도 아무튼 몸뚱이를 너무 높이 쳐들기에는 곤란한 정도이다.

조명탄이 하나 펼쳐진다. 흐릿한 빛을 받아 주변 지형은 얼어붙은 모습으로 비친다. 빛이 꺼지자 주변은 온통 아까보다 더 칠흑 같은 어둠으로 잠긴다. 아까 참호 속에서 사람들은 우리 앞에 어두운 그림자가 어른거릴 거라고 이야기했다. 그런데 이들이 잘 보이지 않아 기분이 좋지 않다. 게다가 이들 정찰병은 아주 민첩하다. 이상하게도 이들은 가끔씩 이해할 수 없는 짓을 하기도 한다. 카친스키와 크로프도 전에 정찰을 나가서 검은 모습의 정찰병을 사살한 적이 있었다. 왜냐하면 담배가 너무너무 피우고 싶은 나머지 이들이 정찰 도중에 담배를 피웠기 때문이다. 카친스키와 크로프는 희미하게 빛나고 있는 담배 끄트머리를 조준해 쏘기만 하면 되었다.

내 옆으로 조그만 포탄 하나가 쉿 소리를 내며 지나간다.

나는 포탄이 날아오는 소리를 못 들어서 소스라치게 놀란다. 바로 그 순간 알 수 없는 불안감이 나를 엄습한다. 나는 이곳에 혼자 있으며 어둠 속에서 거의 속수무책이다. 어쩌면 적의 두 눈이 포탄 구덩이에서 진작부터 나를 살피고 있을지도 모른다. 그리고 나를 갈기갈기 찢어 버릴 수류탄을 옆에 두고 던질 준비를 하고 있을지도 모른다. 나는 정신을 가다듬으려고 한다. 이번이 나의 첫 번째 정찰이 아니고 특별히 위험한 정찰도 아니다. 하지만 휴가를 다녀온 후 처음 나온 정찰이다. 게다가 이곳 지형이 나에게 아직 상당히 낯선 것도 적이 부담스럽다.

나는 내가 쓸데없이 흥분하고 있으며, 어둠 속에 필경 아무도 숨어 있지 않을 거라고 스스로에게 타이른다. 왜냐하면 총을 겨눈다 해도 그렇게 낮은 곳에서 총을 쏠 수 없기 때문이다.

이렇게 스스로를 위로해 봤자 아무 소용이 없다. 내 머릿속은 이런저런 생각으로 온통 뒤죽박죽이다. 어머니가 주의를 당부하는 소리가 들리고, 바람에 수염이 나부끼는 러시아군 포로가 철조망에 기대어 있는 모습이 보인다. 안락의자가 있는 어떤 술집의 밝고 훌륭한 모습과 발랑시엔 영화관 모습이 보인다. 또 회색의 무심한 총구가 환상 속에 고통스럽고도 끔찍한 모습으로 보인다. 내가 머리를 돌리려고 하자 총도 숨어 있다가 소리 없이 따라 움직인다. 온몸의 땀구멍에서 진땀이 배어 나온다.

나는 움푹 파인 곳에 여전히 누워 있다. 시계를 보니 겨우 2~3분이 지나갔을 뿐이다. 내 이마는 땀으로 흥건하고, 눈

구멍은 축축하며, 손은 덜덜 떨고 있다. 나는 나지막한 소리로 숨을 헐떡인다. 이는 섬뜩한 공포의 발작과 다름없다. 머리를 내밀고 앞으로 기어가려고 하면 턱없는 공포가 밀려오는 것이다.

나의 긴장감은 죽처럼 부풀어 올라 그대로 누워 있겠다는 소망을 품게 된다. 나의 손과 발은 지면에 딱 달라붙어 있어, 움직이려고 해도 소용이 없다. 손과 발이 도무지 땅에서 떨어지지 않는 것이다. 몸을 땅에 납작 엎드리니 앞으로 나아갈 수 없다. 그래서 그냥 그대로 누워 있기로 작정한다.

하지만 곧장 다시 새로운 물결이 내 몸에 물을 끼얹는다. 수치심과 후회, 또한 안전하다고 하는 물결이다. 나는 몸을 약간 일으키고 주위 형세를 살핀다. 어둠 속을 골똘히 응시하느라 두 눈이 불타는 것 같다. 이때 조명탄이 높이 솟아올라 나는 다시 몸을 웅크린다.

나는 무의미하고 혼란스러운 싸움을 벌이며, 구덩이 밖으로 나가려고 하다가 다시 안으로 미끄러져 들어간다. 나는 스스로에게 말한다. 「넌 나가야 해. 네 전우들이 있어. 그래, 그건 멍청한 명령이 아니야.」 그런데 이와 동시에 또 다른 게 말한다. 「그래 봤자 나한테 무슨 소용이람. 나만 목숨을 잃을 뿐이지.」

이 모든 게 다 휴가 탓이라고 스스로에게 화내며 변명한다. 하지만 나는 이러한 변명을 믿지 않는다. 몸이 끔찍할 정도로 축 처진다. 나는 서서히 몸을 일으키며 팔을 앞으로 내뻗고 등을 뒤로 끌어당긴다. 이렇게 해서 포탄 구덩이의 가장자리에 반쯤 누운 상태로 있다.

그때 어떤 소리가 들려 움찔하며 뒤로 물러난다. 포탄 소리에도 불구하고 수상쩍은 소리가 그치지 않는다. 쫑긋 귀기울여 들어 보니 그 소리가 바로 등 뒤에서 들리는 게 아닌가. 참호를 통과해 가는 아군 병사들의 발소리인 모양이다. 이젠 소리를 낮춘 음성도 들린다. 말하는 소리를 잘 들어 보니 카친스키일지도 모르겠다는 생각이 든다.

갑자기 온몸에 알 수 없는 온기가 넘쳐흐른다. 이 목소리, 이 몇 마디의 나지막한 말들, 등 뒤의 참호 속을 지나가는 발소리가 하마터면 내가 빠질 뻔한 죽음의 공포로 인한 끔찍한 고독으로부터 나를 단숨에 끌어내 준다. 이 소리는 내 생명 이상의 것이고, 이 목소리는 모성애와 불안 이상의 것이다. 그 소리는 이 세상 그 어떤 것보다 더 강한 소리이고 더 안전하게 나를 보호해 준다. 그건 내 동료들의 목소리이다.

나는 이제 어둠 속에 혼자 떨고 있는 한 조각의 목숨이 아니다. 나는 이들의 일원이고 이들은 나에게 소속된다. 우리는 모두 똑같은 공포와 목숨을 지니고 있다. 우리는 단순하고도 힘든 방식으로 연결되어 있다. 나는 내 얼굴을 이들 속에, 이 목소리에 파묻고 싶어진다. 나를 구해 준 이 몇 마디의 말이 나를 도와줄 것이다.

나는 조심스럽게 포탄 구덩이의 가장자리를 미끄러져 나가 앞으로 기어간다. 나는 배를 땅에 댄 채 계속 포복해 간다. 그럭저럭 잘 나아간다. 나는 방향을 가늠해 보려고 주위를 둘러보면서, 돌아가는 방향을 알아 놓으려고 포화의 모습을 눈여겨본다. 그런 다음 우리 편과 연락을 취할 방법을 모색해 본다.

아직 불안한 마음이 사라지지 않았지만 이는 납득할 만한 불안으로, 극도로 조심해서 생긴 불안이다. 바람이 드세게 부는 밤이라서 포화가 불타오를 때마다 그림자가 이리저리 일렁인다. 이 때문에 사물의 모습의 수가 너무 적게 보이기도 하고 너무 많이 보이기도 한다. 가끔 어떤 물체를 골똘히 응시해 보지만 늘 아무것도 아니다. 이리하여 꽤 멀리 앞으로 나간 다음 다시 반원을 그리며 되돌아온다. 아군 정찰대를 발견하지는 못했다. 아군 참호에 1미터씩 가까워질 때마다 마음이 한결 놓이지만, 더욱 다급해지기도 한다. 왜냐하면 여기서 한 대 얻어맞으면 재수에 옴 붙은 것일지도 모르기 때문이다.

이때 새로운 공포가 밀려온다. 방향을 정확히 가늠할 수 없는 것이다. 어떤 구덩이에 들어가 조용히 웅크리고 앉아서 방향을 짐작해 보려고 한다. 누군가 흡족한 마음으로 참호에 뛰어들었다가 나중에 그게 엉뚱한 참호임을 알게 되는 일이 있다고 종종 들어 왔다.

얼마 후에 나는 다시 귀를 기울인다. 아직도 확실한 짐작이 가지 않는다. 포탄 구덩이가 뒤죽박죽으로 변해 버려서 뭐가 뭔지 모르겠다. 너무 흥분한 나머지 어느 방향으로 가야 할지 더 이상 가늠할 수 없다. 어쩌면 내가 참호와 같은 방향으로 기어가고 있을지도 모르겠다. 그러다가는 시간이 한없이 걸릴 것이다. 그래서 나는 다시 급히 방향을 바꾸기로 한다.

이 저주스러운 조명탄들! 한 시간은 족히 타오르고 있는 것 같다. 움직이다가는 금방 포탄이 쉭쉭 날아올 것이기 때문에 꼼짝할 수 없다.

하지만 그래도 어쩔 수 없이 밖으로 나가야만 한다. 멈칫멈칫 나는 앞으로 나아간다. 땅 위를 엉금엉금 기어가다 보니, 면도기처럼 날카롭고 끝이 뾰족뾰족한 파편 조각들 때문에 손에 온통 상처투성이다. 때로는 지평선의 하늘이 더 밝아지는 느낌을 받지만, 이도 환상일지도 모른다. 차츰 이렇게 어물거리다가는 목숨을 잃게 될지도 모르겠다는 생각이 든다.

한 발의 포탄이 터지고 곧이어 다른 포탄이 터진다. 드디어 기습 사격이 시작된다. 콩 볶는 듯한 기관총 소리가 들린다. 이제 이렇게 되고 보니 잠시 구덩이에 꼼짝 않고 있을 수밖에 없게 된다. 공격이 시작될 모양이다. 사방에서 끊임없이 신호탄이 솟아오른다.

나는 커다란 포탄 구덩이에 등을 구부리고 누워 있다. 물은 다리에서 배까지 차오른다. 공격이 시작되면 물속에 뛰어들어 질식해 죽지 않을 정도로 얼굴을 흙탕물에 처박고 있을 심산이다. 죽은 사람 시늉을 하지 않을 수 없는 것이다.

갑자기 포탄이 다시 튀어 뒤로 돌아오는 소리가 들린다. 나는 즉각 물속으로 미끄러져 들어가, 철모를 목덜미까지 눌러 쓰고는, 겨우 숨을 쉴 수 있을 정도까지만 입을 위로 들어 올린다.

그런 다음 나는 옴짝달싹하지 않는다. 왜냐하면 어디에선가 찌그럭거리는 소리가 나고, 쿵쾅거리며 뚜벅뚜벅 걷는 발소리가 들리기 때문이다. 등골이 서늘해지며 몸속의 온 신경이 곤두선다. 찌그럭거리는 소리가 내 머리 위를 지나가는 것으로 보아 일단의 무리가 통과해 간 모양이다. 내 가슴은 이런 생각으로 미어터질 것만 같다. 〈만일 누가 포탄 구덩이로 뛰어들면 어떻게 하지?〉 그래서 급히 조그만 단도를 꺼내 꼭 붙잡고는 손을 다시 흙탕물에 숨긴다. 〈누가 구덩이에 뛰어들면 당장 찔러 버리리라.〉 이런 생각이 내 이마를 쾅쾅 친다. 〈비명을 지르지 못하도록 대번에 목을 찔러 버려야지. 그렇게 하는 수밖에 어쩔 도리가 없다. 그자도 나처럼 소스라치게 놀랄 것이다. 그 순간 공포에 사로잡힌 우리는 서로 뒤엉켜 드잡이를 할 텐데. 그러면 내가 승리자가 되어야 한다.〉

이제 우리의 포병도 포격을 시작한다. 내 가까이에 아군의 포탄이 떨어진다. 잘못하다가는 아군의 포탄에 맞을지도 모르겠다고 생각하니 정신이 아득한 게 거의 미칠 지경이다. 나는 저주의 말을 하며 흙탕물 속으로 기어든다. 분노가 폭발한다. 하지만 결국에는 신음하며 기도할 수밖에 없다.

포탄이 터지는 소리가 내 귀청을 때린다. 아군이 역습을 한다면 내가 풀려나겠지. 나는 머리를 땅에다 처박고 멀리서 광산이 폭발하는 것 같은 둔중한 포성을 듣는다. 그러다가 다시 머리를 들고는 위에서 나는 소리에 귀를 기울인다.

드르륵하고 기관총 소리가 들린다. 우리의 철조망 방책이 견고해서 거의 아무런 손상도 입지 않고 있음을 알고 있다. 그중의 일부는 강력한 전류가 흐르고 있다. 맹렬한 소총 사격이 가해진다. 적은 방책을 뚫지 못하고 퇴각해야 한다. 나는 극도로 긴장한 채 다시 기진맥진하여 축 늘어져 있다. 덜그럭거리는 소리, 살금살금 걷는 소리, 철커덕거리는 소리가 들린다. 그러는 사이에 한 사람이 요란하게 비명을 지르는 소리가 들린다. 적은 포격을 당하고, 적의 기습 공격은 격퇴된다.

주위가 좀 더 밝아졌다. 내 옆으로 발소리가 급히 지나간다. 첫 번째 발소리가 지나가고, 다시 다른 발소리가 지나간다. 기관총이 드르륵거리는 소리는 끊임없이 이어진다. 내가 막 몸을 좀 돌리려고 하는데, 이때 쿵 하는 소리가 나더니 몸뚱이 하나가 내가 있는 구덩이 속으로 털썩 떨어진다. 그는 미끄러지면서 내 몸 위로 굴러떨어진다.

나는 생각이 마비되어 아무런 결심을 할 여유도 없이 미친 사람처럼 그자를 쿡 찔러 본다. 몸이 움찔움찔하다가 축 늘어져서는 푹 꺾이는 느낌만 들 뿐이다. 정신을 차리고 보니 내 손이 끈적끈적하고 흥건히 젖어 있다.

그 사나이는 가쁜 숨을 몰아쉬며 목을 그르렁거리고 있다. 그 소리는 마치 으르렁거리는 소리처럼 들린다. 숨결 하나하나가 외치는 소리나 천둥소리 같다. 하지만 고동치고 있는 것은 내 맥박뿐이다. 나는 그 사나이의 입을 막아 버리고 싶다. 흙을 입 안에 집어넣고 또 한 번 찔러 주고 싶다. 그가 조용히 하고 있지 않으면 내가 있는 것이 들키고 만다. 하지만 나는 이미 정신이 완전히 돌아왔고, 갑자기 힘도 너무 떨어져서 그에게 손을 댈 만한 힘도 없다.

그래서 나는 그에게서 가장 멀리 떨어진 구석으로 기어가 거기에 머문다. 그에게서 시선을 떼지 않고 칼을 꼭 거머쥔 채 그가 조금이라도 움직이면 곧장 그에게 달려들 채비를 취하고 있다. 하지만 그는 더 이상 다시는 움직이지 않을 것이다. 그가 그르렁거리는 소리로 벌써 이를 알 수 있다.

그 사나이의 모습이 또렷이 보이지 않는다. 나에게는 이곳을 빠져나가야겠다는 소망밖에 없다. 얼마 안 있으면 너무 밝아지기 때문이다. 지금도 어려운 상태이다. 하지만 머리를 조금 들려고 하다가 이미 그게 불가능하다는 것을 알아차리게 된다. 구덩이 위로는 기관총 총알이 빗발처럼 쏟아지고 있어서 제대로 뛰기도 전에 몸이 벌집이 될 것 같다.

나는 철모를 조금 위로 들어 올리고 총탄의 높이가 어느 정도인지 또 한 번 시험해 본다. 잠시 후에 철모는 총알에 맞아 내 손에서 튕겨져 나가 버린다. 그러니까 총탄이 지면에서 아주 낮게 날아다니고 있는 것이다. 내가 있는 곳이 적 진지에서 그리 멀지 않으므로 달아나려고 하다가는 금방 저격 부대에게 당하고 말 것이다.

날이 한층 밝아 온다. 나는 아군이 공격하기를 애타는 심정으로 기다린다. 나는 손목뼈가 하얗게 보일 정도로 손을 꽉 거머쥔다. 그리고 나는 포화가 그치고 우리 전우가 오기를 간절히 기도한다.

일각이 여삼추란 말이 정말 실감이 난다. 구덩이의 검은 물체에는 더 이상 감히 눈길을 보내지 못한다. 그것을 바로 보지 않으려고 애쓰면서, 나는 기다리고 또 기다린다. 쉭쉭 소리를 내며 날아다니는 총탄은 마치 강철로 만든 그물 같다. 총탄은 언제까지고 한없이 머리 위를 날아다닌다.

문득 피투성이의 내 손을 보고 무척 언짢은 기분이 든다. 나는 흙을 집어 들고 그것으로 피부를 문지른다. 이젠 손이 더러울 뿐이라서 그래도 참을 만하다. 더 이상 피는 보이지 않는다.

포격이 좀처럼 누그러지지 않는다. 이젠 양쪽에서 다 같이 맹렬한 공격을 퍼붓고 있다. 우리 편에서 진작부터 나를 죽은 것으로 생각하는 게 분명하다.

날이 희뿌옇게 밝아 오기 시작한다. 그 사나이가 그르렁거리는 소리는 아직도 계속된다. 나는 두 손으로 귀를 막았다가 곧장 다시 떼어 낸다. 그러고 있으면 다른 소리도 들리지 않기 때문이다. 맞은편의 물체가 움직이고 있다. 나는 화들짝 놀라 나도 모르는 사이 그쪽을 바라본다. 내 눈은 달라붙은 듯 그 사나이에게서 눈을 떼지 못한다. 짧게 수염을 기른 한 남자가 그곳에 누워 있다. 머리는 옆으로 숙이고, 팔은 반쯤 구부리고 있다. 그 팔 위에 머리가 힘없이 축 늘어져 있다. 가슴 위에 올려져 있는 다른 손에는 피가 흥건하다.

〈그는 죽었구나, 죽었음이 틀림없어〉하고 나는 스스로에게 말한다. 그에게는 더 이상 아무런 감각이 없다. 몸에서 그냥 그르렁거리는 소리가 날 뿐이다. 그런데 그가 몸을 일으키려고 한다. 신음 소리가 한순간 더 강해진다. 그러다가 다시 이마가 팔 위에 떨어진다. 그 남자는 아직 죽은 게 아니라 죽어 가고 있는 것이다. 아직 완전히 숨이 끊어진 것은 아니다. 나는 그쪽으로 몸을 움직여, 잠깐 멈추었다가 두 손을 땅에다 대고 다시 주춤주춤 몸을 움직인다. 조금 멈추었다가 다시 주춤주춤 다가간다. 그와의 사이의 3미터의 거리는 소름 끼치는 길이고, 멀고 끔찍한 길이다. 드디어 나는 그의 옆에 다가간다.

그때 그 사나이가 눈을 번쩍 뜬다. 그는 내가 다가가는 소리를 들은 모양이다. 그는 공포에 질린 눈으로 나를 바라본다. 몸은 꼼짝하지 않고 누워 있지만, 눈 속에는 도망을 치고 싶은 마음이 간절해 보인다. 일순 마치 몸을 이끌고 달아날 힘이 그에게 있는 것처럼 느껴진다. 단숨에 몇백 킬로미터라도 내달릴 기세다. 몸은 조용히, 까딱하지 않고 있다. 이젠 아무 소리도 들리지 않고 그르렁거리는 소리도 멎어 있다. 하지만 눈은 소리치고 으르렁거리고 있다. 그 눈 속에는 온 생명이 도망치려는 엄청난 노력과 끔찍한 공포로 죽음 앞에서, 내 앞에서 응집되어 있다.

나는 무릎을 굽히고 팔꿈치를 땅에 대며 나지막하게 속삭인다. 「아니야, 아니야.」

그의 시선이 나에게서 떨어지지 않는다. 나는 그 눈이 나를 노려보고 있는 한 움직일 엄두를 낼 수 없다.

이때 그의 손이 가슴에서 미끄러진다. 불과 얼마 안 되는 거리이다. 겨우 2~3센티미터 정도 내려온 것뿐인데 이러한 움직임으로 그의 눈의 힘이 풀려 버린다. 나는 허리를 굽히고 머리를 설레설레 흔들며 나지막하게 속삭인다. 「아니야, 아니야, 아니야.」 나는 한쪽 손을 든다. 내가 그를 도우려고 한다는 사실을 그에게 알려 줘야 한다. 그리고 나는 그의 이마를 쓰다듬는다.

내가 손을 대자 그의 눈이 움칠하며 놀란다. 이제 두 눈을 골똘히 응시하지 않는다. 속눈썹은 더 깊이 가라앉고, 긴장이 누그러진다. 나는 그의 옷깃을 풀어 주고 머리를 좀 더 편하게 해준다.

이 사나이는 입을 반쯤 벌리고 무슨 말을 하려고 애를 쓴다. 입술은 말라붙어 있다. 나에게는 수통이 없다. 수통을 휴대하지 않았기 때문이다. 하지만 포탄 구덩이 바닥의 진흙에 물이 조금 있다. 나는 구덩이 밑으로 기어 내려가서 손수건을 꺼내 그걸 넓게 펴고는 물 위에 내려놓는다. 그러고는 배어 나오는 누런 물을 손바닥으로 뜬다.

그 사나이는 물을 삼키고, 나는 다시 물을 길어 온다. 가능하면 상처에 붕대를 감아 주기 위해 그의 상의의 단추를 풀어 준다. 나는 어쨌든 이 일을 해야 한다. 내가 포로로 잡힐 경우 이들이 내가 그를 도와주었다는 사실을 알고 나를 총살하지 않도록 말이다. 그는 저항하려고 하지만 손이 축 늘어져 그럴 힘이 없다. 내의는 눌어붙어 있어, 풀어 헤치려고 해도 꼼짝하지 않는다. 단추는 뒤에 붙어 있다. 그래서 내의를 칼로 자르는 수밖에 없다.

칼을 찾아보니 마침 있다. 칼로 내의를 자르려고 하는데 그가 다시 눈을 번쩍 뜬다. 그 속에는 다시 외침과 광기가 들어 있다. 그래서 두 눈을 손으로 막고 감겨 주고는 나지막하게 속삭인다. 「이봐, 전우, 널 도와주려는 거야, 전우, 전우, 전우.」 그가 알아들을 수 있도록 강렬하고도 집요하게 말한다.

찔린 상처는 세 군데다. 내가 갖고 있던 붕대로 상처를 감았는데도 피는 계속 흘러나온다. 내가 상처를 좀 더 꽉 누르자 그가 신음 소리를 낸다.

내가 할 수 있는 일이란 이것밖에는 없다. 우리는 지금 기다리고, 또 기다리는 수밖에 없다.

힘들고 안타까운 순간이다. 다시 그르렁거리는 소리가 시작된다. 그런데 사람이란 얼마나 서서히 죽어 가는지 모르겠다! 그가 도저히 살아날 가망이 없다는 걸 나는 알고 있다. 나는 그런 사실을 자신에게 설득하려고 했지만 정오에는 이러한 핑계가 그의 신음 소리 앞에서 녹아내리고 무너졌다. 내가 기어가다가 권총을 잃어버리지만 않았다면 그를 사살해 버렸을지도 모른다. 찔러 죽일 용기는 나지 않는다.

정오가 되자 생각이 가물가물해지며 의식이 몽롱해진다. 너무 배가 고파 창자가 끊어지는 듯하다. 너무 먹고 싶어 거의 엉엉 울 지경이다. 그러나 허기에 맞서 싸울 수는 없다. 죽어 가는 남자에게 몇 번 물을 떠 주고 나도 그걸 좀 마신다.

내 손으로 사람을 죽이고 가까이서 그를 지켜보게 된 것은 이 사나이가 처음이다. 이 사람의 죽음은 나의 소행이다. 카친스키나 크로프나 뮐러도 사람을 쏘아 죽이고 가까이서 지켜본 적이 있었다. 그러니까 육박전의 경우에는 많은 사람들에게 종종 그런 일이 생긴다.

하지만 이 사나이가 숨을 쉴 때마다 나의 심장을 그대로 드러내는 기분이다. 이 사람은 죽어 가면서도 자신을 위한 시간을 충분히 갖고 있다. 그는 눈에 보이지 않는 칼을 갖고 나를 찔러 댄다. 즉 나의 시간과 나의 생각을 마구 찔러 대는 것이다.

만일 그가 살아날 가망이 있다면 나는 온갖 노력을 할지도 모른다. 함께 누워서 그를 지켜보고 그의 신음 소리를 듣는 것은 심히 괴로운 일이다.

오후 3시에 그 사나이가 숨을 거둔다.

나는 안도의 한숨을 내쉰다. 하지만 그런 시간도 잠시에 지나지 않는다. 얼마 안 있어 신음 소리보다 침묵이 더 견디기 힘든 것으로 생각된다. 나는 그르렁거리는 소리가 다시 들려왔으면 하고 생각한다. 그것은 간헐적으로 혁혁하는 목쉰 소리이다. 한번은 휴 하고 나지막하게 들리고 다음번에는 더 쉰 소리로 크게 들린다.

이런 상황에서 내가 무슨 일을 한다는 것은 무의미한 일이다. 하지만 무언가 일을 하지 않을 수 없다. 그래서 그가 더 편안히 누워 있도록 시체를 또 한 번 바로 눕힌다. 그에게 이젠 더 이상 감각이 없지만 말이다. 나는 그의 두 눈을 감겨준다. 눈은 갈색이고, 머리카락은 검은색이며, 머리 양옆은 약간 곱슬머리이다.

수염 밑의 입은 두툼하고 부드럽고, 코는 약간 굽어 있으며, 피부는 갈색을 띠고 있다. 피부는 이제 살아 있을 때처럼 파리하게 보이지는 않는다. 일순 그의 얼굴이 심지어 건강해 보인다. 그것도 잠시 곧 낯선 죽은 사람의 모습으로 변한다. 모든 죽은 사람에게서 똑같이 보이는 이런 얼굴을 나는 종종 본 적이 있었다.

그의 아내는 지금 확실히 남편 생각을 할 것이다. 그녀는 남편에게 무슨 일이 있어났는지 까맣게 모르고 있다. 그는 아내에게 종종 편지를 보냈을 것 같은 얼굴이다. 내일이나 일주일 안에 그녀는 남편의 편지를 받게 될지도 모른다. 어쩌면 한 달이나 헤매다 온 편지를 받게 될지도 모른다. 그녀는 편지를 읽을 것이고, 그는 편지 속에서 아내에게 말을 할 것이다.

나의 상태가 점점 더 악화된다. 나는 더 이상 생각을 참을 수 없다. 그의 아내는 어떻게 생겼을까? 운하 저 건너편에 있는 흑발의 가냘픈 여자처럼 생겼을까? 그 여자는 내 여자가 아닌가! 어쩌면 그 여자는 그 관계로 인해 지금 내 여자일지도 모른다! 칸토레크가 여기 내 옆에 앉아 있다면 좋으련만! 만일 나의 어머니가 이런 나를 보시고 계신다면! 내가 돌아가는 길을 확실히 머리에 새겨 두었더라면 이 사자(死者)는 확실히 30년은 더 살 수 있었을 것이다. 그가 2미터만 더 옆으로 달렸더라면 그는 지금 건너편 참호에서 아내에게 새로운 편지를 쓰고 있을지도 모른다.

하지만 더는 생각을 않기로 한다. 이것이 우리 모두의 운명이기 때문이다. 만일 케머리히의 다리가 오른쪽으로 10센티미터만 떨어져 있었더라면, 하이에가 5센티미터만 몸을 숙이고 있었더라면.

오랜 침묵이 계속된다. 나는 말을 하고 싶어져서, 말을 하지 않을 수 없게 된다. 나는 그에게 말을 걸고 이렇게 말한다. 「이봐, 전우, 나는 자네를 죽이고 싶지 않았어. 자네가 이곳에 또다시 뛰어든다 하더라도 자네가 얌전히만 있으면 자네를 죽이지 않을 거야. 자네는 전에 나에게 하나의 관념이자 내 머릿속에 살아 있다가 결단을 하게 만든 하나의 연상에 불과했어. 내가 찔러 죽인 것은 이러한 적이라는 연상이야. 지금에야 자네도 나와 같은 인간임을 알게 되었어. 난 자네의 수류탄을, 자네의 총검을, 자네의 무기를 생각했어. 그런데 지금 나는 자네의 얼굴을 보고 자네의 아내를 생각하면서 우리의 공통점을 발견하고 있어. 전우여, 부디 나를 용서해 다오! 우리는 이러한 점을 늘 너무 늦게야 깨닫곤 하지. 왜 우리에게 일러 주는 사람이 없단 말인가. 자네들도 우리와 마찬가지로 불쌍한 개란 사실을, 자네들 어머니들도 우리의 어머니들처럼 근심 걱정하고 있다는 사실을, 우리가 죽음과 고통을 똑같이 두려워하며 똑같이 죽어 간다는 사실을 말이야. 부디 용서해 다오, 전우여, 어째서 자네가 나의 적이 되었던가. 우리가 이런 무기와 군복을 벗어 던지면 카친스키나 알베르트처럼 자네도 나의 벗이 될 수 있을 텐데. 전우여, 나의 목숨에서 20년을 떼어 가서 일어나 다오. 아니 더 많은 햇수라도 가져가 다오. 내가 살아 있다 한들 무엇을 해야 할지 모르기 때문이야.」

주변은 조용하고, 전선은 총성 말고는 잠잠하다. 총알은 빗발처럼 떨어진다. 아무렇게나 쏘는 것이 아니라 사방에 정확히 조준을 하고 쏘는 것이다. 이러니 어떻게 밖으로 나갈 수 있겠는가.

「내가 자네 아내에게 편지를 써줄게.」 나는 급히 시체에게 말한다. 「내가 그녀에게 편지를 써줄게. 그녀는 나를 통해 진상을 알아야지. 그녀에게 내가 자네한테 말한 것을 죄다 말해 주겠어. 그녀는 고통을 당해서는 안 돼. 나는 자네의 아내와 자네의 부모와 자네의 아이도 도와줄게.」

그의 군복은 아직 반쯤 열려 있다. 지갑을 찾는 일은 그리 어렵지 않다. 하지만 지갑을 여는 일을 주저한다. 지갑에는 이름이 적힌 군인 수첩이 있을 것이다. 내가 그의 이름을 모르는 한 어쩌면 그를 잊을 수 있을지도 모른다. 시간이 지나면 이 모습을 잊을 수 있을 것이다. 하지만 그의 이름은 내 가슴에 단단히 박혀 결코 빠져나가지 않을 못인 셈이다. 이름은 모든 것을 다시 기억 속으로 불러들일 힘을 지니고 있다. 그 이름은 언제라도 다시 나타나 내 눈앞으로 걸어갈 수 있을 것이다.

이처럼 결단을 내리지 못하고 지갑을 손에 쥐고 있다. 그런데 지갑이 내 손에서 미끄러져 떨어져서는 저절로 열려 버리는 게 아닌가. 몇 장의 사진과 편지가 굴러떨어진다. 나는 이것들을 주워 다시 집어넣으려고 한다. 하지만 나를 억누르고 있는 압박감, 이러한 막연한 전체 상황, 허기, 위험, 시체와 같이하는 이 시간이 나를 절망적으로 만들었다. 나는 한시라도 이러한 상황에서 빠져나오고 싶다. 결과야 어찌되었든 상관없이, 참을 수 없이 아픈 손을 나무에 내려쳐서 고통을 크게 한 후 이 상황을 끝내 버리고 싶다.

지갑에는 어떤 여자와 어린 여자아이의 사진들이 들어 있다. 담쟁이덩굴을 배경으로 아마추어 사진사가 찍은 스냅 사진들이다. 사진 옆에 편지가 꽂혀 있어서, 그것을 꺼내 읽어 보려고 한다. 대부분의 글자는 무슨 말인지 도저히 알 수 없다. 프랑스어는 해독하기 어려운 글자다. 나는 프랑스어를 조금밖에 할 줄 모른다. 내가 번역해 읽은 단어 하나하나가 마치 총알처럼, 찔린 상처처럼 가슴에 박힌다.

내 머리는 극도로 흥분된다. 하지만 조금 전에 내가 생각했던 것처럼 이 사람들에게 절대 편지를 써서는 안 된다고 생각한다. 절대로 있을 수 없는 일이다. 나는 또 한 번 사진들을 바라본다. 이들은 부유한 사람들이 아니다. 나중에 돈을 좀 벌면 익명으로 이들에게 돈을 보내 줄 수 있을지는 모르겠다. 이런 생각에 매달리니 어느 정도 마음의 위안이 된다. 죽은 이 남자는 내 생명과 결부되어 있기 때문에 나 자신을 구원하기 위해 무슨 일이든 하고, 약속해야 한다. 나는 앞으로 오로지 그와 그의 가족을 위해서만 살겠다고 맹목적으로 다짐한다. 축축한 입술로 나는 이 사나이에게 타이른다. 그러자 마음속 깊이 이렇게 함으로써 나 자신이 몸값을 치르고 풀려나게 되고, 어쩌면 이곳에서도 벗어나게 될지도 모른다는 희망이 싹트게 된다. 이는 나중에는 나중대로 어떻게 되겠지 하는 조그마한 술수이다. 그리하여 나는 군인 수첩을 펴고 천천히 읽어 본다. 〈제라르 뒤발, 인쇄공.〉

나는 봉투 위에 죽은 사람의 연필로 주소를 쓴 다음 급히 서둘러 이 모든 것을 그의 상의에 다시 집어넣는다.

내가 인쇄공 제라르 뒤발을 죽였던 것이다. 나는 인쇄공이 되어야 한다. 나의 머리는 혼란스럽기 짝이 없다. 인쇄공이 되어야 한다. 인쇄공이.


오후가 되자 나는 다소 마음이 진정이 된다. 나의 공포심에는 아무런 근거가 없었다. 죽은 사나이의 이름도 더는 나를 혼란스럽게 하지 않는다. 발작이 지나간 것이다. 나는 시체를 향해 침착하게 말한다.

「이봐, 전우여, 오늘은 자네가 당했지만, 내일은 내가 당할 거야. 하지만 내가 용케 살아남게 되면 우리 둘을 망가뜨린 이것과 맞서 싸우겠네. 자네의 생명을 앗아 가고, 나의⋯⋯ 나의 생명도 앗아 가는 이것에 맞서서 말이네. 전우여, 자네에게 약속하겠네. 다시는 이런 일이 일어나서는 안 된다고 말이네.」

태양이 비스듬히 떠 있다. 나는 기진맥진하고 허기가 져 정신이 몽롱하다. 어제가 마치 안개처럼 흐릿하게 여겨진다. 이곳에서 빠져나갈 거라는 희망도 사라졌다. 이렇게 멍하게 있는 사이에 해가 저물고 있는 것조차 모르고 있다. 어스름한 저녁이 다가온다. 지금이 저녁이란 생각이 문득 든다. 아직 밤이 되려면 한 시간이 남았다. 여름이라면 세 시간이나 남았겠지만 지금은 한 시간이 남은 것이다.

이제 갑자기 무슨 일이 생길 것처럼 생각되어 내 몸이 떨리기 시작한다. 나는 더 이상 죽은 남자를 생각하지 않는다. 그가 이제 어떻게 되든 나에게는 전혀 상관이 없다. 느닷없이 생존에 대한 강한 욕구가 일어나고, 내가 앞서 다짐한 모든 일이 가라앉는다. 그냥 더 이상의 불운을 겪지 않기 위해 나는 기계적으로 중얼거린다. 「나는 약속한 모든 것을 지킬 것이다.」 그러나 그러한 약속을 지키지 못할 것임을 지금 벌써 알고 있다.

내가 기어가다가는 아군의 총탄에 맞을지도 모른다는 생각이 불현듯 떠오른다. 아군은 나라는 사실을 알 턱이 없다. 나라는 사실을 알리기 위해 되도록 일찍 소리칠 작정이다. 이들이 나에게 대답할 때까지 참호 앞에 계속 누운 채로 있을 것이다.

샛별이 떠오른다. 전선은 계속 조용하다. 나는 안도의 한숨을 쉬고, 너무 흥분한 나머지 스스로에게 말한다. 「파울, 이젠 어리석은 짓은 그만해야지. 파울, 침착해야지, 침착해야지. 파울, 그러면 목숨을 건질 수 있어.」 이렇게 내가 내 이름을 부르니 마치 다른 사람이 내 이름을 부르는 것처럼 들려, 효과가 배가된다.

날이 점점 어두워진다. 나의 흥분은 점차 가라앉고, 첫 신호탄이 솟아오를 때까지 나는 조심스럽게 기다린다. 그런 다음 포탄 구덩이에서 기어 나간다. 시체 같은 것은 이미 안중에도 없다. 땅거미가 내려앉기 시작하는 지금 내 눈앞에는 전장이 흐릿하게 빛나고 있다. 나는 구덩이를 찍어 두었다가, 신호탄이 꺼지는 순간 재빨리 그쪽으로 뛰어가 계속 더듬으며 다음 구덩이를 찾아서는 몸을 웅크리고 그 안으로 잽싸게 들어간다.

점점 아군이 있는 곳과 가까워진다. 신호탄이 터질 때 철조망 안에서 무언가가 움직이는 모습이 보인다. 그러다가는 꼼짝도 하지 않는다. 나는 조용히 누워 있다. 다음 신호탄이 터질 때 다시 보니 움직이는 물체가 틀림없이 아군 참호의 동료들이다. 하지만 나는 아군의 철모를 확인할 때까지 조심스럽게 행동한다. 그런 다음 나는 소리를 지른다.

그러자 즉시 대답 대신 내 이름이 들려온다. 「파울, 파울.」

나는 다시 소리친다. 나를 찾으려고 방수용 천막을 가지고 달려온 카친스키와 알베르트이다.

「다쳤니?」

「아니, 아니야.」

우리는 참호 속으로 미끄러져 들어간다. 나는 먹을 것을 달래서는 단숨에 목구멍 속으로 삼켜 버린다. 뮐러는 나에게 담배 한 개비를 건네준다. 나는 지금까지 일어난 일을 몇 마디의 말로 줄여서 말한다. 왜냐하면 그러한 일은 새로운 일이 아니기 때문이다. 이와 같은 일은 벌써 종종 일어난 일이었다. 그중에서 색다른 것이라면 야간 공격 정도뿐이다. 하지만 카친스키는 러시아에서 벌써 이틀 동안이나 전선의 뒤쪽에 처져 있다가 간신히 뚫고 나온 적이 있었다.

나는 죽은 인쇄공에 대해서는 한 마디도 하지 않는다.

다음 날 아침이 되어서야 나는 더는 참을 수 없어서 카친스키와 알베르트에게 그 이야기를 들려준다. 그러자 두 사람은 나의 마음을 진정시켜 준다.

「너로서야 어쩔 수 없는 일이지. 달리 무슨 일을 할 수 있겠니. 어차피 우리는 여기에 사람을 죽이려고 와 있는 거야!」

나는 두 사람의 말을 잠자코 들으며, 이들이 가까이 있다는 사실로 위안을 받는다. 내가 저 구덩이 안에 있으면서 얼마나 어리석은 생각을 하고 있었던가.

「저쪽을 좀 봐!」 카친스키가 손으로 가리키며 말한다.

흉벽(胸壁)에는 서너 명의 저격병이 서 있다. 이들은 조준 망원경을 단 소총을 흉벽에 올려놓고 적진을 살피고 있다. 가끔씩 총성이 울린다. 지금 이렇게 외치는 소리가 들린다. 「맞았지?」 「그자가 튀어 오르는 걸 봤지?」 윌리히 중사는 의기양양하게 뒤를 돌아보며 자신의 득점을 기입한다. 그는 오늘의 사격표에 세 발이 완전히 명중했다고 기록한다.

「네 생각은 어때?」 카친스키가 묻는다.

나는 고개를 끄덕인다.

「저렇게 나가다가는 저 친구가 오늘 저녁 단춧구멍에 알록달록한 새 한 마리를 더 붙이겠어.」 크로프가 말한다.

「아니면 곧 부상사가 될 거야.」카친스키가 덧붙여 말한다.

우리는 서로 얼굴을 바라본다. 「난 저러고 싶지 않아.」내가 말한다.

「어쨌든, 네가 저 장면을 지금 막 본 것은 썩 잘된 일이야.」카친스키가 말한다.

윌리히 중사는 다시 흉벽으로 걸어간다. 그의 총구가 이리저리 움직인다.

「너 자신이 한 일에 대해 더는 뭐라고 할 말이 없겠지.」알베르트가 머리를 끄덕인다.

나는 지금도 뭐가 뭔지 잘 모르겠다.

「내가 그 시체와 너무 오래 같이 누워 있었던 탓일 뿐이야.」내가 말한다. 전쟁은 결국 전쟁인 것이다.

윌리히의 소총은 짧고 메마르게 금속음을 낸다.

# 10

 

우리는 좋은 부서를 맡게 되었다. 여덟 명이 한 마을을 지켜야 한다. 그 마을은 맹포격을 심하게 당했기 때문에 마을 사람들이 철수하고 없었다.

우리는 주로 아직 완전히 비어 있지는 않은 병참부를 지켜야 한다. 남아 있는 식량으로 먹고 지내야 한다. 그런 일에는 우리가 제격이다. 카친스키, 알베르트, 뮐러, 차덴, 레어 그리고 데터링 같은 우리의 쟁쟁한 그룹이 다 모인 셈이다. 물론 하이에는 죽고 없다. 하지만 이 정도만 해도 여간 다행한 일이 아니다. 왜냐하면 다른 그룹은 다들 우리보다 훨씬 커다란 손실을 입었기 때문이다.

우리는 콘크리트로 된 지하실을 우리의 엄폐부로 선택한다. 그곳은 밖에서 계단을 통해 내려가도록 되어 있고, 입구는 또한 특수한 콘크리트 담장으로 보호되고 있다.

우리는 지금 커다란 일을 벌이고 있다. 두 발과 영혼을 쫙 뻗고 편히 쉴 기회가 다시 찾아온 것이다. 그리고 우리는 그러한 기회를 귀신같이 잘 포착한다. 오랫동안 감상에 빠져 있기에는 우리의 상황이 너무나 절망적이기 때문이다. 상황이 아직 극도로 열악하지 않을 때에나 감상에 빠질 수 있는 것이다. 우리는 사태를 객관적으로 파악하는 수밖에 없다. 전쟁이 일어나기 이전에 가졌던 생각이 잠시라도 내 머릿속을 어지럽히면, 나는 가끔 소름이 끼칠 정도로 객관적으로 된다. 그러한 생각도 오래 지속되지는 않는다.

우리는 우리의 상황을 되도록 가볍게 생각해야 한다. 그래서 우리는 그렇게 하기 위해 온갖 기회를 이용한다. 직접적이고도 가혹하게, 두려움과 어리석음이 한데 뒤섞여 있다. 우리는 그 속에 뛰어드는 수밖에 달리 도리가 없다. 지금도 목가적인 분위기를 만드는 데 열과 성을 다하고 있다. 물론 게걸스럽게 먹고 자는 것이 목가적인 풍경이다. 우리의 방에는 우선 근처의 집에서 끌고 온 매트리스를 깔기로 한다. 아무리 군인의 엉덩이라 할지라도 부드러운 것 위에 앉는 것을 좋아한다. 방의 한가운데만 아무것도 깔지 않는다. 그런 다음 우리는 담요와 털 이불을 찾아 가지고 온다. 아주 부드럽고 질이 좋은 물건들이다. 무엇보다도 마을에는 이런 물자가 풍부하다. 알베르트와 나는 조립이 가능한 마호가니 침대를 하나 발견한다. 그 침대의 덮개는 푸른색 비단과 레이스의 보(褓)로 되어 있다. 우리는 이런 물건을 옮기느라 원숭이처럼 땀을 흘리지만 그래도 이런 것들을 놓치고 싶지는 않다. 특히 2~3일 지나면 포격으로 파괴될 게 분명하니까.

카친스키와 나는 집집마다 돌아다니며 간단한 정찰 활동을 한다. 얼마 안 있어 우리는 달걀 열두 개, 꽤 신선한 버터 2파운드를 손에 넣을 수 있었다. 어떤 집의 응접실에서 갑자기 쿵 하는 소리가 난다. 철제 난로가 벽을 뚫고 우리를 지나서 우리 옆의 1미터 지점에 있는 벽을 또 뚫었다. 구멍이 두 개 생긴 셈이다. 건너편 집에 떨어진 포탄이 이곳으로 날아온 것이다. 「운이 좋았어.」 카친스키가 히죽히죽 웃으며 말한다. 우리는 계속 찾아다닌다. 갑자기 우리는 귀를 쫑긋 세우고 성큼성큼 걸어간다. 그런 직후에 마치 마법에라도 걸린 듯 우뚝 선다. 어떤 작은 축사에 두 마리의 새끼 돼지가 바삐 돌아다니고 있지 않는가. 우리는 이게 꿈인가 생시인가 하면서 두 눈을 비비고 나서 다시 살펴본다. 그래도 정말 두 마리의 돼지가 거기 있는 게 아닌가. 우리는 그것들을 붙잡는다. 의심의 여지 없이 그것은 정말 두 마리의 새끼 돼지이다.

이 정도면 훌륭한 성찬이다. 우리의 엄폐부에서 약 50보쯤 떨어진 곳에 장교의 숙소로 쓰인 조그만 집이 한 채 있다. 부엌에는 두 개의 철판, 프라이팬, 냄비 및 솥이 갖추어진 커다란 화덕이 있다. 여기에는 모든 게 있다. 심지어 헛간에는 잘게 쪼갠 장작이 산더미처럼 쌓여 있다. 그야말로 손 하나 까딱하지 않고 지낼 수 있는 집이다.

동료 두 사람은 아침부터 밭에 나가 감자며 당근이며 어린 완두콩을 찾고 있다. 우리는 말하자면 먹을 게 넘쳐 나서, 병참부의 통조림은 거들떠보지도 않고 신선한 것만을 탐낸다. 찬장에는 벌써 양배추가 두 통이나 들어 있다. 새끼 돼지 도살은 카친스키가 해치웠다. 우리는 돼지고기를 넣어 감자전을 만들기로 한다. 하지만 감자를 갈 강판을 찾을 수 없다. 하지만 이 문제도 금방 해결이 된다. 양철 뚜껑에 못으로 구멍을 숭숭 뚫었더니 훌륭한 강판이 된다. 강판에 감자를 갈다가 손가락을 다치는 것을 피하기 위해 세 사람은 두꺼운 장갑을 끼고, 다른 두 사람은 감자 껍질을 벗긴다. 일은 신속하게 착착 진행된다.

카친스키는 새끼 돼지, 당근, 완두콩 그리고 양배추를 담당한다. 심지어 그는 양배추에 섞을 하얀 소스까지 만든다. 나는 감자전을 굽는데, 항상 네 개를 동시에 굽는다. 10분쯤 지나자 나는 프라이팬을 가볍게 흔들어 한쪽이 구워진 전을 높이 치솟게 해서는 공중에서 휙 뒤집어 다시 받는 재주까지 부리게 된다. 새끼 돼지는 자르지 않고 통째로 굽는다. 모두들 제단 주위에 서 있는 것처럼 돼지고기 주위에 서 있다.

그러는 사이에 손님이 찾아왔다. 인심 좋게 두 명의 무선 통신병을 성찬에 초대한 것이다. 이들은 피아노가 놓여 있는 거실에 앉아 있다. 한 사람은 연주하고, 다른 사람은 「베저 강 가에서」라는 노래를 부른다. 그는 감정이 풍부하게 노래를 부르지만 작센 지방의 억양이 농후하다. 그래도 그 노래는 화덕에서 멋진 음식을 준비하는 우리들을 감동시키기에 충분하다.

그러는 사이에 우리가 적으로부터 맹렬한 포격을 당하고 있음을 알아채게 된다. 우리가 있는 집의 굴뚝에서 나오는 연기를 계류기구가 예민하게 감지해 내어 우리가 사격을 당하게 된 것이다. 그것은 작은 구멍을 내면서 넓고도 낮게 흩어지는 저주스러운 작은 탄환들이다. 점점 우리들 가까이까지 총알이 핑핑 날아오지만 그래도 음식 만드는 일을 그만둘 수는 없다. 소부대가 우리에게 사격을 해대고 있다. 몇 개의 파편이 부엌 창문을 통과해 피융 날아든다. 조금만 있으면 돼지고기 굽는 것은 끝나지만 감자전 굽는 일은 이제 더 힘들어진다. 탄환이 너무 가까이에 떨어져서 더 자주 파편이 집 벽에 부딪쳤다가 창문을 통과해 날아든다. 탄환이 핑 하고 날아올 때마다 난 프라이팬과 감자전을 들고 무릎으로 기어가서는 창가 벽에 몸을 웅크린다. 그런 다음에는 즉각 다시 몸을 일으켜 계속 감자전을 굽는다.

작센 출신의 두 남자는 연주와 노래를 그만둔다. 피아노가 탄환의 파편에 맞았기 때문이다. 그러는 사이에 우리도 음식을 거의 다 준비해서 엄폐부로 되돌아갈 준비를 한다. 다음번 탄환이 날아오자 두 남자는 채소 냄비를 들고 걸음아 나 살려라 하고 달려간다. 엄폐부가 있는 곳까지는 약 50미터 정도의 거리이다. 우리는 그들이 사라지는 모습을 본다.

다음번 탄환이 날아온다. 모두들 몸을 웅크린다. 그런 다음 일급의 원두커피가 든 커다란 주전자를 들고 두 사람이 질풍처럼 달려서는 다음 탄환이 다시 날아오기 전에 엄폐부에 도달한다.

이제 카친스키와 크로프가 가장 값진 물건을 움켜쥐고 있다. 새끼 돼지가 노릇노릇하게 구워진 커다란 프라이팬이다. 〈영차!〉 하고 무릎을 한 번 굽히더니 어느새 엄폐물이 없는 50미터가 넘는 들판을 쏜살같이 달린다.

나는 마지막으로 네 개의 감자전을 아직 굽고 있다. 그러는 동안에도 두 번이나 땅바닥에 몸을 숙여야 한다. 하지만 이렇게 참고 견디면 결국 내가 제일 좋아하는 감자전을 네 개나 더 굽게 된다.

다 굽고 난 다음 나는 감자전을 잔뜩 쌓아 올린 쟁반을 들고 대문 뒤에 몸을 바짝 붙이고 있다. 총알이 핑 하고 날아와 꽝 하고 터진다. 나는 양손으로 쟁반을 가슴에 꼭 껴안고 냅다 내달린다. 엄폐부에 거의 다 이르렀을 때 핑핑 스쳐 가는 총알의 수효가 더욱 많아진다. 나는 사슴처럼 달아나며 콘크리트 담벼락을 휙 스치며 돈다. 담벼락에 탄환이 떨어지는 소리가 요란하다. 지하실 계단을 굴러떨어지면서 양 팔꿈치가 벗겨진다. 그래도 다행히도 잃은 감자전이 하나도 없었고, 쟁반을 뒤엎지도 않았다.

이렇게 천신만고 끝에 우리는 2시에 식사를 시작하여 6시까지 계속한다. 그리고 6시 30분까지 커피를 마신다. 이것은 병참부에서 가져온 장교용 커피이다. 그리고 역시 병참부에서 가져온 장교용 시가와 담배도 피운다. 6시 30분 정각에 우리는 만찬을 시작한다. 10시에는 새끼 돼지의 뼈를 문 앞에 내다 버린다. 그런 다음에는 럼주와 코냑을 마시는데, 이것도 역시 물자가 넘치는 병참부에서 가져온 것이다. 그런 다음 다시 배에 띠가 둘린 길고 두꺼운 시가를 피운다. 차텐은 단 한 가지 없는 게 있다고 불평한다. 장교 위안소의 여자 말이다.

늦은 밤에 야옹 하는 고양이 울음소리가 들린다. 지하실 입구에 작은 회색 암고양이가 앉아 있다. 우리는 그 고양이를 꾀어서 먹을 것을 준다. 그 모양을 보니 다시 우리도 식욕이 돋는다. 우리는 음식을 씹으면서 몸을 눕혀 잠을 청한다.

하지만 밤중에 고약한 일이 터지고 만다. 우리가 갑자기 너무 기름진 음식을 먹은 것이다. 그 돼지고기가 우리의 창자를 너무 자극한 탓이다. 모두들 계속 엄폐부를 들락날락

하느라 정신이 없다. 언제나 두세 명은 엄폐부 밖에서 바지를 내리고 쭈그리고 둘러앉아 욕지거리를 해대고 있다. 나 자신만 해도 아홉 번이나 들락거렸다. 새벽 4시에는 마침내 최고 기록을 낸다. 초병과 손님을 합해 열한 명 모두가 밖에서 쭈그리고 앉아 있었던 것이다.

불타고 있는 집들은 한밤중의 횃불처럼 타오른다. 포탄이 요란한 소리를 내며 날아와 터진다. 탄약 중대가 거리를 미친 듯이 질주한다. 병참부 건물의 한쪽 면이 허물어졌다. 파편이 빗발처럼 쏟아지는데도 탄약 중대의 운전병들이 벌 떼처럼 그곳에 몰려와서 빵을 훔쳐 달아난다. 우리는 이들이 하는 대로 그냥 가만히 내버려 둔다. 우리가 기껏 뭐라고 해봐야 흠씬 두들겨 맞을 것이 뻔하기 때문이다. 그래서 우리는 다른 방법을 쓰기로 한다. 우리는 초병이라고 우리를 설명한다. 우리는 사정을 잘 알기 때문에 우리에게 부족한 물품과 교환하기 위해 통조림을 훔쳐 낸다.

무슨 상관이겠는가. 그러지 않아도 얼마 안 있으면 이 모든 게 포격으로 부서질 것이다. 우리들 자신을 위해서는 창고에서 초콜릿을 꺼내서는 통째로 입에 넣는다. 카친스키는 부글거리는 위를 진정시키는 데 초콜릿이 좋다고 말한다.

이렇게 먹고 마시고 빈둥거리면서 거의 14일이 지나간다. 우리를 방해하는 자는 아무도 없다. 마을은 포탄 공격으로 서서히 사라져 간다. 그런데 우리들은 행복한 나날을 보낸다. 병참부의 일부나마 남아 있는 한 우리는 아무래도 상관없다. 우리가 여기서 지내는 동안 전쟁이 끝나기를 바랄 뿐이다.

차덴은 입맛이 아주 고급스러워져서 시가를 반 정도밖에 태우지 않는다. 그는 그것이 버릇이 됐다고 거드름을 피우며 설명한다. 카친스키도 기분이 좋아져서 아침에 하는 첫마디가 이런 것이다. 「에밀, 철갑상어 알과 커피를 좀 가져오게.」어쨌든 우리는 놀랄 정도로 고급이 되었다. 모두가 다른 사람을 자신의 당번병처럼 여기고 자네라고 호칭하며 갖가지 주문을 해댄다. 「크로프, 내 발바닥이 가려운데, 이를 좀 잡아 주지 않겠나.」 그러면서 레어는 여배우처럼 다리를 크로프에게 내미는 것이다. 그러면 크로프는 그의 발을 잡고 계단 위로 끌어 올린다. 「차덴!」「뭐야?」「쉬어 자세로 있어도 좋지만, 〈뭐야〉라는 대답이 뭔가. 명령하면 뭐라고 대답해야 하는가. 차덴!」 그러자 차덴은 다시 〈날 좀 제발 귀찮게 하지 마〉라고 하는 것 같은 동작을 한다. 이는 그가 늘 하곤 하는 특유의 동작이다.

이로부터 일주일쯤 있다가 우리는 철수 명령을 받는다. 좋았던 시절도 이젠 끝이다. 두 대의 대형 트럭이 와서 우리를 싣고 간다. 트럭에는 판자들이 높게 쌓여 있다. 하지만 알베르트와 나는 푸른색 비단 덮개가 달린 우리의 침대, 매트리스, 레이스가 달린 두 장의 요를 그 위에 높게 싣는다. 뒤쪽 침대의 머리 부분에는 최고의 식료품이 든 자루가 각자 한 개씩 놓여 있다. 우리는 가끔 그 위를 더듬어 보기도 한다. 단단한 메트산 소시지, 간 소시지 통조림, 그 외의 통조림, 시가 상자가 우리의 가슴을 두근거리게 한다. 각자 물품을 가득 채운 자루를 하나씩 갖고 있다.

크로프와 나는 그 외에도 붉은 벨벳 안락의자를 두 개 구해 침대에 올려 두고 있다. 우리는 극장의 특별 관람석에라도 앉은 기분으로 발을 쭉 뻗고 있다. 우리들 위에는 침대 장식용 덮개로 쓰이는 비단보가 불룩해져 있다. 다들 입에 기다린 시가를 문 채 높다란 차 위에서 사방을 바라본다.

우리들 사이에는 고양이를 위해 찾아낸 앵무새 새장이 놓여 있다. 고양이도 데려온 것이다. 고양이는 새장 안의 고기 그릇 앞에 누워 가르릉거리고 있다.

트럭은 길 위를 천천히 굴러가고 있다. 우리는 노래를 부른다. 우리들 뒤에는 이제 완전히 내버려진 마을에서 포탄이 분수처럼 쏟아지고 있다.

며칠 후에 우리는 어떤 마을 주민을 철수시키기 위해 출동한다. 도중에 우리는 철수 명령을 받은 피난민들을 만난다. 이들은 손수레와 유모차에 자질구레한 짐을 실어 끌고 가고 있으며, 짐을 등에 지고 가기도 한다. 이들은 몸을 숙인 채 가는데 얼굴에는 걱정, 절망, 조급함과 체념의 빛이 가득하다. 아이들은 어머니의 손에 매달려 가고, 가끔씩 나이가 좀 든 소녀들은 어린 동생들의 손을 잡고 가기도 한다. 아이들은 앞으로 타박타박 걸어가면서 몇 번이고 뒤를 돌아본다. 몇몇 아이들은 보잘것없는 인형을 안고 가기도 한다. 이들은 우리 옆을 지나가면서 다들 아무 말이 없다.

우리는 아직 행군 대형으로 이동하고 있다. 프랑스군이 주민이 살고 있는 마을은 사격하지 않을 것이기 때문이다. 그러나 몇 분쯤 지났을까 윙윙 바람이 일고 땅이 흔들리면서 비명 소리가 터져 나온다. 포탄 한 발이 맨 뒤의 열을 박살 내버린 것이다. 우리는 사방으로 흩어지면서 몸을 땅에 납작 엎드린다. 그러나 바로 이 순간, 여느 때 같으면 이러한 포격을 당했을 경우 자신도 모르게 올바른 동작을 취하게 해주던 긴장감이 사라져 버리는 느낌을 받는다. 〈넌 이제 글렀어〉 하는 생각이 목을 조르는 듯한 끔찍한 불안감과 함께 치밀어 오른다. 바로 다음 순간 회초리로 왼쪽 다리를 후려치는 것 같은 느낌이 든다. 내 옆에 있던 알베르트의 비명 소리가 들린다.

「정신 차려, 일어나, 알베르트!」 나는 울부짖는다. 왜냐하면 우리는 허허벌판에 아무런 엄폐물도 없이 엎드려 있기 때문이다.

그는 비틀비틀 일어서는 달린다. 나도 그의 옆에서 같이 달린다. 우리는 우리들 키보다 더 높은 울타리를 넘어야 한다. 크로프가 나뭇가지를 잡자 나는 그의 다리를 묶어 준다. 그는 비명을 지른다. 내가 그를 밀어 주자 그는 울타리를 넘는다. 나도 단숨에 울타리를 뛰어넘어서는 그 울타리 뒤편에 있는 연못에 떨어진다.

우리 두 사람의 얼굴은 이끼와 진흙투성이다. 하지만 엄폐물로는 그저 그만이다. 이 때문에 우리는 목까지 물에 잠긴 채 흙탕물 속을 걷는다. 그러다가 쉭쉭 포탄 소리가 나면 머리까지 물에 넣고 걷는다.

우리가 이러기를 열두 번이나 하자 나는 완전히 질리게 된다. 알베르트도 신음하며 말한다. 「우리 나가자, 이러다간 쓰러져 물귀신이 되겠어.」

「어디 맞았니?」 내가 묻는다.

「무릎에 맞은 것 같아.」

「걸을 수 있니?」

「그럴 것 같아.」

「그럼 가자.」

우리는 도로의 배수구에 뛰어들어 그 속에서 몸을 숙인 채 달린다. 탄환이 우리를 따라온다. 도로는 탄약고 방향으로 나 있다. 만약 탄약고가 폭발하면 우리는 다들 뼈도 추리지 못할 것이다. 그래서 우리는 계획을 바꾸어 대각선 방향으로 들판을 가로질러 외진 곳으로 달린다.

알베르트는 걸음이 점점 느려진다. 「너 먼저 가, 난 뒤따라갈 테니.」 그는 이렇게 말하고 땅에 털썩 주저앉는다.

나는 그의 팔을 붙잡아 일으키며 그의 몸을 흔든다. 「일어서, 알베르트, 한번 눕게 되면 다시는 걸을 수 없게 돼. 자, 가자, 부축해 줄 테니까.」

우리는 마침내 조그만 엄폐부에 도달한다. 알베르트 크로프는 썩은 나무처럼 쓰러지고 나는 그에게 붕대를 감아 준다. 무릎 바로 윗부분에 총상을 입었다. 그런 다음 내 몸을 보니 바지와 팔이 온통 피투성이다. 알베르트는 자신의 붕대로 나의 상처를 매어 준다. 그는 이미 자신의 발을 더는 움직일 수 없다. 우리는 어떻게 그 다리로 여기까지 왔는지 놀라움을 금치 못한다. 불안감 때문에 죽자고 달려왔으리라. 우리의 두 다리가 달아났다 하더라도 무릎만 가지고 달려왔을 것이다.

나는 그래도 약간은 움직일 수 있기 때문에 그곳을 지나가는 부상병 수송차를 불러 세워 차에 올라탄다. 차는 부상병으로 가득하다. 차에 타고 있던 어떤 위생병이 우리에게 파상풍 예방 주사를 가슴에 놓아 준다.

야전 병원에서는 우리가 나란히 누울 수 있도록 조치를 취해 준다. 그곳의 수프는 멀건 국물뿐이라 형편없다고 불평하면서도 정신없이 먹어 치운다. 더 좋았던 시절에 먹던 맛있는 음식에 익숙해져 있었지만 배가 고프니 어쩔 수 없는 일이다.

「이젠 고향으로 돌아갈 수 있겠지, 알베르트.」 내가 말한다.

「그럴 수만 있다면야.」 그가 대답한다. 「내 상처가 어느 정도인지 알 수만 있다면.」

통증이 점점 더 심해진다. 붕대를 감은 부위가 불에 덴 듯이 화끈거린다. 우리는 서로 번갈아 가며 벌컥벌컥 물을 마셔 댄다.

「내가 총에 맞은 부위가 무릎에서 위로 얼마나 떨어졌니?」 크로프가 묻는다.

「적어도 10센티미터는 돼, 알베르트.」 내가 대답한다. 그런데 사실은 한 3센티미터밖에 안 될 것 같다.

「난 결심했어.」 그가 잠시 후에 말한다. 「만약 다리뼈를 잘라야 한다면 차라리 죽고 말겠어. 난 불구의 몸으로 세상을 돌아다니고 싶지 않아.」

이렇게 우리는 누워 이런저런 생각을 하면서 기다린다.


저녁에 우리는 도살대로 끌려간다. 나는 소스라치게 놀라며 순간 어떻게 해야 할까 하고 망설인다. 왜냐하면 이 야전 병원의 군의관들은 다리 자르기를 무 자르듯 하는 것으로 유명하기 때문이다. 부상자들이 몰려들 땐 복잡하게 꿰매는 것보다 그게 더 수월하기 때문이다. 죽은 케머리히가 불현듯 눈에 떠오른다. 어떤 일이 있더라도 클로로포름으로 마취를 당하지는 말아야지. 몇몇 녀석의 머리통을 박살 내놓는 한이 있더라도 말이다.

다행히 그런 일은 면하게 되었다. 그런데 군의관이 상처를 여기저기 쑤셔 놓아서 눈앞이 아득해진다. 「그렇게 징징거리지 말게.」 그는 이렇게 야단치며 싹둑싹둑 베어 버린다. 수술 도구들이 밝은 빛 속에서 독을 품은 짐승처럼 반짝거린다. 너무 아파 도저히 참을 수 없을 정도이다. 두 명의 간호병이 내 두 팔을 꼭 붙잡고 있지만 나는 한 팔을 빼내어 바로 군의 관의 안경을 후려치려고 한다. 그러자 그는 이를 알아채고 비켜나면서 말한다. 「이 녀석을 마취시켜!」 군의관은 성이 나서 소리친다.

그러자 나는 조용해진다. 「죄송합니다, 군의관님, 잠자코 있겠으니 제발 마취만은 하지 말아 주십시오.」

「그럼, 얌전히 있어야지.」 그는 닭 우는 소리를 내며 수술 도구를 다시 끄집어낸다. 금발인 그 군의관 녀석은 나이가 채 서른도 되어 보이지 않는다. 얼굴에는 결투의 칼자국이 있고 금테 안경을 낀 모습이 꼭 얌체 같다. 이제 보니 그가 나에게 심술을 부리고 있음이 분명하다. 그는 나의 상처를 들쑤셔 놓기만 하고는 가끔 가다 안경 너머로 나를 곁눈질 하는 것이다. 나는 수술대 손잡이를 으깨져라 꽉 붙잡고 있다. 으 하는 소리를 내느니 차라리 죽어 버리겠다.

그는 파편 조각을 하나 꺼내더니 나에게 던진다. 그는 내

참는 태도에 만족한 모양이다. 이제 나의 다리를 정성스럽게 부목으로 고정시키면서 말한다. 「내일이면 집에 돌아갈 수 있겠군.」 그런 다음 그는 나에게 깁스를 해준다. 내가 다시 크로프와 함께 있게 되자 어쩌면 내일이면 벌써 야전 병원 열차가 도착할지도 모른다고 그에게 이야기해 준다.

「우리 위생 장교에게 이야기해서 앞으로 우리가 함께 있게 해달라고 하자, 알베르트.」

나는 위생 장교에게 몇 마디 그럴듯한 말을 건네면서 띠가 감긴 시가를 두 개 쥐어 주는 데 성공한다. 그는 시가를 코에 갖다 대고 냄새를 맡으며 묻는다. 「아직 이런 거 몇 개 더 있나?」

「아직 한 줌 가득은 족히 될 거예요.」 나는 이렇게 말하며 크로프를 가리킨다. 「이 친구도 마찬가지입니다. 내일 아침 야전 병원 열차 창밖으로 함께 건네 드리겠습니다.」

그는 물론 내 말뜻을 알아듣고 또 한 번 시가 냄새를 킁킁 맡더니 말한다. 「좋아.」

우리는 밤에 한숨도 잠을 이루지 못한다. 우리 병실에서 일곱 명이 죽어 나간다. 한 사람은 한 시간 동안이나 쥐어짜는 듯한 테너 목소리로 찬송가를 부르더니 그르렁거리는 소리를 내기 시작한다. 다른 사람은 미리 침대에서 창가로 기어 나가 마지막으로 창밖의 모습을 바라보려는 듯 창 앞에 누워 있다.

우리를 실은 들것이 역으로 운반된다. 우리는 기차를 기다린다. 비가 오는데 역에는 지붕이 없다. 얇은 담요로 몸을 감은 우리는 벌써 두 시간이나 기다리고 있다.

위생 장교는 우리를 어머니처럼 돌보아 준다. 나는 기분이 무척 좋지 않지만 우리가 세운 계획을 머릿속에서 잊어버리지 않는다. 나는 때를 보다가 그에게 슬쩍 시가 꾸러미를 보여 주면서 시가 한 개비를 선물로 찔러준다. 그러자 그 위생 장교는 휴대용 천막을 우리 몸에 덮어 준다.

「이봐, 알베르트.」 나는 생각난 듯 말한다. 「덮개 달린 침대와 그 고양이도.」

「그리고 안락의자도.」 크로프가 덧붙여 말한다.

그렇다, 빨간 털이 달린 그 안락의자 말이다. 우리는 저녁이면 영주처럼 그 안락의자에 앉아 나중에 한 시간씩 빌려주자고 계획을 세웠지. 시간당 담배 한 개비를 받고 말이다. 그러면 걱정 없이 살면서 좋은 사업이 되었을 텐데 말이다.

「알베르트.」 또 생각나는 게 있다. 「우리 식량 자루도 있지.」

우리는 기분이 우울해진다. 그 물건은 우리가 요긴하게 쓸 수 있었을 것이다. 기차가 하루만 늦게 떠나도 카친스키는 분명 우리를 찾아내어 이것저것 갖다 주었을 텐데.

정말 저주스러운 운명이다. 우리의 위 속에 들어 있는 건 희멀건 야전 병원 음식인 밀가루 수프뿐이다. 우리의 식량 자루 속에는 돼지구이 통조림이 들어 있다. 우리는 그런 것에 대해 더는 흥분할 수 없을 정도로 쇠약해져 있다.

아침에 기차가 들어왔을 때 들것은 비에 흠뻑 젖어 있다. 위생 장교는 우리가 같은 차량에 타도록 배려해 주었다. 거기에는 적십자 간호사들이 많이 타고 있다. 아래 칸에는 크로프가 타고, 그의 침대 위에는 내가 눕게 된다.

「이거 야단났는데.」 내가 무심결에 이런 말을 내뱉는다.

「무슨 일인데요?」 간호사가 묻는다.

나는 침대에 또 눈길을 준다. 거기엔 눈처럼 흰 리넨이 깔려 있다. 상상할 수 없을 정도로 깨끗한 리넨이다. 심지어 다리미질한 흔적이 아직 남아 있을 정도이다. 반면에 나의 내의는 6주 동안이나 세탁하지 않아서 더럽기 짝이 없다

「혼자 들어갈 수 없나요?」 간호사가 걱정스러운 듯 묻는다.

「그건 아니고요.」 나는 땀을 흘리며 말했다.

「그런데 먼저 침대 시트를 좀 벗겨 주세요.」

「그건 왜요?」

나 자신이 돼지 같은 기분이 든다. 더러운 몸으로 저 속에 들어가 누울 수 있겠는가? 「그건 저……」 나는 말을 머뭇거린다.

「좀 더러워서요?」 그녀는 쾌활하게 묻는다. 「그건 상관없어요. 나중에 또 빨면 되니까요.」

「저, 그게 아니고……」 나는 얼굴이 빨개져 말한다. 나는 이런 문화의 공격에 익숙하지 않다.

「댁들은 전방의 참호 속에 누워 있었는데 우리가 이런 침대 시트쯤 세탁 못 하겠어요.」 그녀가 이렇게 말을 계속한다.

그 간호사의 얼굴을 보니 쾌활하고 젊어 보이며, 깨끗하게 씻은 얼굴이 이곳의 간호사가 다들 그렇듯이 곱다. 이러한 간호사가 장교만을 위해 있지 않다는 게 이해가 되지 않는다. 나는 어쩐지 무시무시한 기분이 들고 심지어 위협당하는 느낌마저 든다.

그런데도 그 여자는 나를 고문하는 사람 같다. 그녀는 나

에게 억지로 이것저것 말을 시킨다. 「그것은 저…….」 이처럼 말을 다 끝맺지 못하지만 내가 무슨 말을 하는지 그녀가 이해해야 한다.

「대체 왜 그러죠?」

「실은 이 때문에요.」 나는 마침내 속내를 털어놓았다.

그녀는 웃는다. 「이들에게도 좋은 날이 있어야지요.」

이젠 나도 아무렇지 않게 된다. 그리하여 침대 속으로 기어 들어가 담요를 뒤집어쓴다.

이때 위생 장교가 손가락으로 담요 위를 더듬는다. 그는 시가를 받아 들고 가버린다.

한 시간쯤 후에 우리가 떠난다는 사실을 알아채게 된다.


밤중에 나는 잠에서 깨어난다. 크로프도 몸을 뒤척인다. 기차는 나지막한 소리를 내며 레일 위를 달린다. 침대며 기차며 집으로 간다는 사실, 이 모든 게 나는 믿기지 않는다. 나는 작은 소리로 속삭인다. 「알베르트!」

「응.」

「여기 화장실이 어디지?」

「저 오른쪽에 있을 것 같은데.」

「한번 가보지.」 주위는 어둡다. 침대 가장자리를 더듬으며 조심해서 아래로 내려가 보려고 한다. 그러나 발을 디딜 곳이 없어 미끄러지고 만다. 깁스를 한 다리는 아무런 도움이 되지 못한다. 그리고 쿵 하는 소리와 함께 나는 바닥에 떨어지고 만다.

「제기랄.」 나는 투덜거린다.

「어디 부딪쳤니?」크로프가 묻는다.

「소리를 들어 보면 모르겠니.」나는 툴툴거린다. 「내 머리통이…….」

그러자 차량 뒤편에서 문이 열리더니 간호사가 불을 들고 와서 나를 살펴본다.

「이 친구가 침대에서 떨어졌어요.」

그녀는 나의 맥박을 재고 나의 이마를 만져 본다. 「하지만 열은 없네요.」

「네.」나는 그녀의 말을 인정한다.

「무슨 꿈이라도 꾸셨나요?」그녀가 묻는다.

「뭐 그런 것 같습니다.」나는 그냥 얼버무리며 대답한다. 그러자 그녀는 다시 이것저것을 묻기 시작한다. 그녀는 나를 반짝반짝 빛나는 눈으로 바라본다. 깔끔하고 훌륭한 여성이라서 나는 하고 싶은 말을 제대로 할 수 없다.

나는 다시 위쪽 침대로 들어 올려진다. 이제 큰일이다. 그녀가 가고 나면 나는 즉각 다시 아래로 내려갈 시도를 해야한다. 그녀가 늙은 여자라면 차라리 털어놓고 사정을 이야기하겠지만, 기껏해야 스물다섯 정도 되는 새파랗게 젊은 여성이고 보니, 어쩔 도리가 없다. 그녀에게 그런 일을 어떻게말할 수 있겠는가.

이때 알베르트가 나를 도와준다. 그는 그런 일을 부끄럽게 생각하지 않는다. 그리고 본인의 문제가 아니니까 그렇기도 하다. 그가 간호사를 부르자 그녀는 몸을 돌린다. 「간호사, 이 친구가…….」하지만 알베르트도 이 일을 매끄럽고도 점잖게 표현하는 방법을 알지 못한다. 전방에서 우리들끼리라면 한마디로 해결할 수 있겠지만 여기 후방에서 그런 숙녀 앞에서는……. 이때 불현듯 크로프에게 학창 시절이 생각나서 그는 원만하게 말을 끝맺는다. 「간호사, 이 친구가 바깥에 나가고 싶어 해요.」

「아, 그래요?」 간호사가 대답한다. 「그러면 깁스를 하고 침대에서 내려오실 필요가 없지요. 어떤 걸 하고 싶은데요?」 그녀는 나에게 몸을 돌리며 말한다.

나는 이렇게나 새로운 표현 방법을 듣고 소스라치게 놀랐다. 이러한 일을 전문 용어로 뭐라 하는지 모르기 때문이다. 이때 간호사가 나에게 도움을 준다. 「큰 건가요, 아니면 작은 건가요?」 나는 너무 부끄러워 쥐구멍에라도 들어가고 싶은 심정이다. 나는 원숭이처럼 진땀을 흘리며 당황해서 말한다. 「아뇨, 그냥 작은 것이…….」

어쨌든 이로써 그럭저럭 사태를 해결할 수 있었다.

나는 간호사한테서 병을 하나 받아 든다. 몇 시간이 지나자 그런 걸 하는 사람은 나만이 아니다. 그리고 아침이 되자 이런 일에 익숙해져서 우리가 필요로 하는 것을 당당하게 요구하게 된다.

기차는 느릿느릿 달린다. 가끔 서기도 하면서, 사망한 사람은 그때그때 내려진다. 열차는 몇 번이고 멈춰 선다.

알베르트에게는 열이 있다. 나는 그래도 어지간하게 견딜 만하다. 나에게도 통증이 있지만 그보다 더 고통스러운 것은 깁스 안쪽에 이가 있는 것 같다는 사실이다. 가려워 미칠 지경이지만 안을 긁을 수도 없다.

낮에는 꾸벅꾸벅 존다. 창밖으로 경치가 조용히 지나간다. 사흘째 되는 날 밤에 우리는 헤르베스탈에 도착한다. 간호사가 말하기를 알베르트는 열 때문에 다음 역에서 내려야 한다고 한다.「이 기차는 어디까지 가나요?」내가 물어본다.

「쾰른까지요.」

「알베르트. 우린 함께 있어야 해.」내가 말한다.「잘 들어.」간호사가 다음 순회를 할 때 나는 숨을 멈추고 머리 쪽으로 잔뜩 힘을 준다. 그러자 얼굴에 핏대가 서며 벌겋게 충혈이 된다. 이를 본 간호사가 멈추어 서며 나에게 묻는다.「어디 아프세요?」

「네, 갑자기요.」나는 신음하며 말한다.

간호사는 나에게 체온계를 주고 간다. 예전에 카친스키에게 배운 것이 이때 요긴하게 사용된다. 이런 군용 체온계란 것은 닳고 닳은 군인에게는 아무 쓸모 없는 물건이다. 수은주를 일단 위로 올려놓기만 하면 된다. 그러면 수은주는 가느다란 관 속에 멈춘 채 다시는 아래로 내려오지 않는다.

나는 체온계를 팔 밑에 비스듬히 아래로 끼고서 집게손가락으로 그것을 계속 톡톡 튀긴다. 그러고는 체온계를 위쪽으로 흔드니까 그것으로 온도가 37.9도까지나 올라간다. 하지만 이 정도로는 아직 충분하지 않다. 성냥불을 조심스럽게 가까이 가져가니 38.7도가 된다.

간호사가 돌아오자 나는 얼굴에 핏대를 세우고 헐떡이며 숨을 쉰다. 그러고는 간호사를 멍한 눈으로 바라보고 불안스럽게 몸을 움직이며 나지막한 소리로 말한다.「더는 참을 수 없어요.」

그러자 간호사는 내 이름을 쪽지에 적어 넣는다. 깁스는 여간한 일이 아니고서는 풀지 않는다는 사실을 난 정확히 알고 있다.

이렇게 해서 알베르트와 나는 같이 역에서 내릴 수 있게 된다.

우리는 어느 가톨릭 병원의 같은 방에 누워 있게 된다. 이는 우리에게 대단한 행운이다. 왜냐하면 가톨릭 병원은 환자에 대한 치료와 음식이 좋은 걸로 유명하기 때문이다. 이 야전 병원은 우리가 탄 열차에서 내린 환자들로 온통 만원이다. 개중에는 중환자들도 많이 있다. 이곳에는 군의관 수가 너무 부족해서 도착한 날에는 우리가 아직 진찰을 받지 못하고 있다. 복도에는 고무바퀴가 달린 편편한 환자 운반차가 끊임없이 지나가고 있고, 그 위에는 언제나 누군가가 기다랗게 누워 있다. 저렇게 길게 뻗어 있는 끔찍한 자세는 잠잘 때만 좋은 것이다.

그날 밤은 무척 어수선해서 아무도 잠을 이루지 못한다. 그러다가 새벽녘이 되어서야 우리는 잠깐 눈을 붙인다. 눈을 떠보니 날이 밝아 있다. 문이 열려 있어 복도에서 나는 소리가 다 들린다. 다른 사람들도 잠에서 깨어난다. 이곳에 온 지 이미 3~4일쯤 되는 어떤 사람이 우리에게 사정을 설명해 준다. 「이곳 2층 복도에서는 아침마다 수녀들이 기도를 드려. 그들은 그것을 아침 예배라고 하지. 너희들도 들으라고 문을 열어 놓은 거야.」

분명 뜻은 좋지만 우린 뼈와 두개골이 아플 뿐이다.

「부질없는 짓이야. 방금 잠이 들었을 때는 말이야.」내가 말한다.

「이 위층에는 더 가벼운 환자들이 있어서 저들이 그러는 거야.」그가 대답한다.

알베르트는 신음하고 있다. 나는 화가 치밀어 소리친다. 「밖에 좀 조용히 해주세요.」

1분쯤 후에 어떤 수녀가 나타난다. 희고 검은 복장을 한 그녀는 커피 데우는 기구처럼 예뻐 보인다. 「수녀님, 문 좀 닫아 주세요.」누가 말한다.

「기도를 드리고 있어서 문을 열어 놓은 거예요.」그녀가 대꾸한다.

「그런데 우린 더 자고 싶은데요.」

「자는 것보다 기도가 더 좋아요.」그녀는 그 자리에 서서 순진무구하게 미소 짓는다. 「벌써 시계도 7시인걸요.」

알베르트는 다시 신음 소리를 낸다. 「문 좀 닫아 줘요!」나는 버럭 소리를 지른다.

수녀는 완전히 기가 막히는 모양이다. 이런 꼴을 그녀로서는 이해할 수 없는 것이 틀림없다. 「댁을 위해서도 같이 기도드리는 거예요.」

「그건 상관없다니까요! 문이나 닫아요!」

그녀는 사라지면서도 문을 닫지 않는다. 연도(煉禱)가 다시 울려 퍼진다. 나는 분을 참지 못하고 말한다. 「지금 셋을 셀 때까지 그치지 않으면 뭐든 던져 버리겠어.」

「나도요.」어떤 다른 사람이 말한다.

나는 다섯까지 헤아린다. 그런 다음 병을 집어 들고 목표물을 겨누어서 문을 통해 복도로 집어 던진다. 병이 박살이 난다. 그때서야 기도 소리가 그친다. 한 무리의 수녀가 나타나서는 뭐라고 신중하게 꾸짖는다.

「문을 닫으라니까요!」 우리가 소리친다.

이들은 살며시 모습을 감춘다. 아까 왔던 작은 수녀가 마지막까지 남아 있다. 「참 못 말리는 이교도들이시군요.」 그녀는 참새처럼 재잘거리더니 결국 문을 닫는다. 마침내 우리가 승리한 것이다.


정오 때 야전 병원 감독관이 와서 우리에게 호통을 친다. 영창에 집어넣거나 그 이상의 일도 하겠다는 것이다. 이 야전 병원 감독관은 신분이 병참부 감독관과 마찬가지이다. 긴 칼을 차고 견장을 달고 다니지만 사실 공무원에 지나지 않는다. 그 때문에 신병들조차 그의 말을 듣지 않는다. 그래서 우리는 그가 지껄이는 대로 그냥 내버려 둔다. 뭐 우리에게 별일이야 있겠느냐 하는 심정으로 말이다.

「병을 던진 녀석이 누구야?」 그가 묻는다.

내가 했다고 자수할까 하고 곰곰 생각하기도 전에 누군가 〈접니다!〉 하고 말한다.

그러더니 수염이 덥수룩한 어떤 남자가 일어선다. 왜 자기가 했다고 나설까 하고 모두들 긴장해 지켜보고 있다.

「자넨가?」

「물론입니다. 쓸데없이 우리를 깨우는 바람에 화가 나서 그랬습니다. 그래서 제정신이 아닌 나머지 내가 무슨 짓을 했는지도 몰랐습니다.」 그는 마치 책이라도 읽듯이 말한다.

「이름이 뭔가?」

「보충병 요제프 하마허입니다.」

감독관이 물러간다. 모두들 왜 그가 했다고 그러는지 궁금해한다. 「왜 네가 했다고 그랬어? 네가 아니잖아!」

그는 히죽히죽 웃으며 말한다. 「그건 상관없어. 나에겐 금치산 증명서가 있어.」

물론 누구나 이 말뜻을 알아듣는다. 금치산 증명서가 있는 자는 무슨 일이든 할 수 있기 때문이다.

「그래, 실은 말이야, 난 머리에 총상을 입었다. 그래서 때때로 나에게는 책임 능력이 없다는 증명서를 발급받은 거야. 그 이후로 나는 이것을 멋있게 써먹고 있어. 나를 자극해서는 안 돼. 그러니까 별 탈이 없을 거야. 저 밑으로 내려간 작자는 단단히 약이 올랐을 거야. 그리고 병을 집어 던진 것이 재미있어서 내가 그랬다고 한 거야. 저들이 내일 아침에 다시 문을 열어 놓으면 우리 다시 던지자.」

우리는 이제 한숨을 돌리고 있다. 요제프 하마허를 중심으로 우리는 이제 무슨 일이든 저지를 수 있게 된 것이다.

그러고 나서 편편한 환자 운반차가 소리도 없이 와서 우리를 싣고 간다.

상처에 붕대가 들러붙어 우리는 황소처럼 울부짖는다.


우리 방에는 여섯 명이 누워 있다. 검은 고수머리를 한 페터가 가장 심한 상처를 입었다. 그는 폐에 형편없이 총상을 입었다. 그 옆의 프란츠 베히터는 팔에 총상을 입어 박살이 났다. 처음에는 그리 심하지 않아 보였는데 사흘째 되던 날 그는 우리를 불러 피가 흐르는 것 같으니 벨을 눌러 달라고 한다.

나는 요란하게 벨을 울린다. 그런데 야근 간호 수녀가 오지 않는다. 저녁에 우리는 그녀에게 꽤 성가시게 이런저런 요구를 했다. 왜냐하면 우리가 모두 새로 붕대를 감아 통증이 있었기 때문이다. 어떤 자는 발을 이렇게 해달라고 하고, 또 어떤 자는 저렇게 해달라고 하고, 또 다른 어떤 자는 물을 달라고 하고, 베개를 흔들어 올려 달라고 하는 자도 있었다. 뚱뚱한 늙은 수녀는 결국 화가 나 툴툴거리며 문을 닫아 버렸다. 지금 그녀가 오지 않는 것으로 보아 아마 또 그런 하찮은 요구를 하는 것으로 생각하는 모양이다.

우리는 그녀가 오기를 그냥 기다릴 뿐이다. 마침내 프란츠가 말한다. 「다시 벨을 좀 울려 줘.」

다시 벨을 울려도 그녀는 여전히 모습을 드러내지 않는다. 야간에는 우리 병동에 단 한 명의 수녀밖에 없다. 어쩌면 지금 다른 병실에서 간호를 하고 있을지도 모른다. 「프란츠, 피가 나는 건 정말이지?」 내가 묻는다. 「그렇지 않으면 또 호되게 야단맞을 거야.」

「어쩐지 축축해. 누가 불 좀 켜줄래?」

그런데 그것도 할 수 없다. 스위치가 문에 있는데 일어설 수 있는 사람이 아무도 없기 때문이다. 나는 엄지손가락의 감각이 없어질 때까지 벨을 계속 누른다. 어쩌면 수녀가 선잠이 들었을지도 모른다. 사실 수녀들의 일이 너무 많아 벌써 낮 동안에 모두 과로했을지도 모른다. 게다가 끊임없이 기도까지 드리지 않는가.

「우리가 병이라도 던질까?」금치산 증명서를 가진 요제프 하마허가 묻는다.

「벨 소리보다 더 못 들을 거야.」

마침내 문이 열리더니 늙은 수녀가 뚱한 얼굴로 들어온다. 그런데 그녀는 프란츠의 상처를 보더니 급히 서두르며 소리친다. 「왜 아무도 진작 알려 주지 않았어요?」

「그래서 우리가 벨을 울렸잖아요. 여기엔 아무도 걸을 수 없으니.」

프란츠는 출혈이 심해서 새로 붕대를 감아 준다. 아침에 그의 얼굴을 보니 더 핼쑥한 데다가 누렇게 찌들어 있었다. 전날 밤만 해도 사뭇 건강하게 보였던 프란츠가 아닌가. 그 뒤로는 간호 수녀가 좀 더 자주 와준다.

가끔 적십자사의 보조 간호원이 오기도 한다. 이들은 착하지만 때때로 솜씨가 좀 서툴기도 하다. 이들은 다른 침대로 옮겨 누일 때 환자를 아프게 한다. 그러다가 정작 자신이 너무 놀라서 환자를 더욱 아프게 하기도 한다.

수녀들은 좀 더 믿을 만하다. 이들은 우리를 다루는 요령을 알고 있지만 이들의 표정이 좀 더 밝았으면 좋겠다. 물론 개중에 몇몇은 유머가 있는데, 이들은 대단히 훌륭한 사람들이다. 가령 리베르티네 수녀를 좋아하지 않는 사람은 아무도 없다. 이 놀라운 수녀가 멀리서 보이면 온 병실은 들뜬 분위기가 된다. 그런데 그런 수녀가 그녀 말고도 몇 명 더 있다. 우리는 그런 수녀를 위해서라면 불속에라도 뛰어들 용의가 있다. 사실 뭐라고 불평을 할 게 없다. 왜냐하면 여기서는 수녀들이 우리를 마치 민간인처럼 대우해 주기 때문이다. 반면에 그냥 침대에 누워 있어야만 하는 위수 야전 병원을 생각하면 그저 소름이 끼칠 뿐이다.

프란츠 베히터는 다시는 기운을 차리지 못한다. 어느 날 그는 실려 간 뒤로 다시는 돌아오지 않는다. 요제프 하마허는 그 내막을 알고 있다. 「그를 우리는 다시 보지 못할 거야. 그는 시체실로 보내졌을 거야.」

「무슨 시체실?」 크로프가 묻는다.

「뭐 사망실로 간 거라고.」

「그건 뭔데?」

「그건 병동 구석에 있는 작은 방이야. 죽기 직전에 있는 자가 가는 방이야. 거기엔 침대가 두 개 있어. 어느 병원에서나 그건 사망실이라고만 불리지.」

「왜 그런 방을 만들었지?」

「그러면 나중에 그렇게 많은 일을 하지 않아도 되지. 시체실로 통하는 승강기 바로 옆에 있으니 더 편리하기도 하지. 어쩌면 다른 사람을 위해서도 병실에서 사람이 죽어 가는 모습을 보이지 않으려고 그럴지도 모르지. 그리고 환자가 혼자 있으면 옆에서 간호하기도 더 낫겠지.」

「그런데 환자 자신은 어때?」

요제프는 어깨를 추스르며 말한다. 「보통 환자 자신은 그런 사실을 잘 모르고 있지.」

「다들 이런 사실을 알고 있니?」

「이곳에 좀 오래 있다 보면 물론 알게 되지.」

오후가 되니 프란츠 베히터의 침대에 새로운 시트가 깔린다. 며칠 후에 새로운 환자가 그 자리에 또 들어온다. 요제프는 그것 보라는 듯 손동작을 한다. 우리는 또 몇 명이 들어오고 나가는 것을 본다.

때로는 환자의 가족이 침대 옆에 앉아 울기도 하고 나지막한 소리로 말하거나 안절부절못하며 말하기도 한다. 어떤 한 늙은 여자는 병실에서 안 나가겠다고 완강히 버틴다. 그러나 규정상 이 병실에서 밤을 새울 수는 없다. 다음 날 아침에 그 노파는 꼭두새벽에 병실을 찾아온다. 그러나 그것도 이미 한발 늦은 뒤다. 그녀가 침대에 와보니 이미 다른 사람이 그 자리에 누워 있었다. 그녀는 시체실로 가야만 한다. 그때까지 손에 쥐고 있던 사과는 우리에게 주고 간다.

키 작은 페터도 증세가 나빠져 간다. 그의 체온표를 보니 상태가 심각하다. 하루는 그의 침대 옆에 환자 운반차가 서 있다. 「어디로 가는 겁니까?」 그가 물어본다.

「붕대실로요.」

그는 운반차에 들어 올려진다. 그런데 수녀가 실수로 그의 군복 상의까지 옷걸이에서 끄집어내어 운반차에 싣는다. 두 번 다시 오는 수고를 덜기 위해서리라. 페터는 즉각 사태를 눈치채고 운반차에서 굴러 내려오려고 한다. 「난 여기 있을 거야!」

수녀들은 그를 내리누르지만 그는 망가진 폐로 가느다란 소리를 냈다. 「난 사망실로 가지 않을 테야.」

「우린 붕대실로 간다니까.」

「그럼 왜 나의 군복 상의도 가져가는 건가요?」 그는 더 이상 말을 할 수 없다. 그는 목쉰 소리로 흥분해서 나지막하게 속삭인다. 「여기 있겠단 말이야!」

수녀들은 아무 대답도 않고 그를 밖으로 실어 나간다. 문 앞에서 페터는 몸을 일으키려고 한다. 그의 검고 작은 고수머리가 떨리고 눈에는 눈물이 그렁그렁하다. 「다시 돌아올게, 다시 돌아올게!」 그는 소리친다.

문이 닫힌다. 우리들은 모두 흥분했지만 아무 말도 하지 않는다. 이윽고 요제프가 말한다. 「저런 말을 한 사람이 벌써 여럿 있었어. 일단 그곳에 들어가면 도저히 버텨 내지 못해.」

나는 수술받고 나서 이틀 동안 구역질을 한다. 나의 뼈가 잘 붙지 않는다고 의사 사무원이 말한다. 어떤 사람은 뼈가 잘못 붙어서 다시 부러진 사람도 있다. 그렇게 되면 정말 비참한 일이 아닐 수 없다.

우리 병실에 새로 온 군인들 중에 편평발인 두 명의 어린 병사가 있다. 회진을 돌다가 군의장이 이런 사실을 발견하고 회심의 미소를 지으며 멈춰 선다. 「이런 건 고칠 수 있어. 간단한 수술만 하면 되지. 그러면 금방 건강한 발을 갖게 돼. 수녀, 좀 적어 놔요.」 그가 이렇게 설명하며 말한다.

그가 나가자 모든 사실을 알고 있는 요제프가 경고한다. 「너희들 수술받으면 안 돼! 말하자면 그건 그 늙은이의 학문적인 열정이야. 그는 학문 연구를 위해 지목한 사람에겐 아주 거칠게 대해. 편평발 수술을 받으면 나중에 물론 편평발은 고쳐지겠지. 그 대신에 너희들은 안짱다리가 되어 일생 동안 지팡이를 짚고 다녀야 할 거야.」

「그럼 어떻게 해야 하지?」 그중에 한 명이 묻는다.

「안 된다고 말해야지! 너희들이 이곳에 온 이유는 총상을 치료하기 위해서지 편평발을 고치려는 것은 아니니까! 전쟁터에서도 편평발로 살아남지 않았어? 그건 너희들이 더 잘 알고 있잖아. 지금은 자유로이 뛰어다닐 수 있지만 너희들은 그 늙은이의 메스에 걸려들게 되면 불구의 몸이 되고 말아. 그에게는 실험용 집토끼가 필요한 거야. 그 때문에 그에게는 전쟁이 절호의 기회인 셈이지. 다른 모든 의사들도 마찬가지겠지만 말이야. 너희들 저 아래 병동에 한번 가봐. 그가 수술한 수많은 환자들이 기어다니고 있어. 그중 많은 사람들이 1914년이나 1915년부터 여기 있었으니 수년간 있은 셈이지. 수술하기 전보다 더 나아진 사람은 눈을 씻고 봐도 없어. 거의 모두 다 상태가 더 나빠졌어. 대부분은 다리에 깁스를 하고 다닐 뿐이지. 그는 반년마다 이들을 다시 붙잡아 뼈를 다시 부러뜨려 놓고 말아. 그러면서도 매번 수술을 성공적이라고 하지. 너희들 조심해야 돼. 싫다고 하면 그도 수술해서는 안 되는 거야.」

「그런데, 이봐!」 둘 중의 한 사람이 피곤한 듯 말한다. 「머리보단 다리가 더 낫지. 다시 전방에 나가면 어떤 일을 당할지 모르잖아. 다시 집에만 돌아갈 수 있다면 그들이 나에게 무슨 짓을 해도 좋아. 죽는 것보단 차라리 안짱다리가 더 낫지.」

우리와 같은 젊은이인 다른 사람은 수술을 원하지 않는다. 다음 날 아침 그 늙은 군의장은 둘을 아래로 내려오게 해서는 달래고 을러 마침내 승낙을 받아 낸다. 늙은 사람에게 달리 무슨 수가 있겠는가? 이들은 단지 애송이 군인에 불과하고 상대방은 교활한 짐승이 아닌가. 이들은 깁스를 하고 클로로포름 마취를 당한 채 다시 우리들 곁으로 돌아온다.

알베르트의 증세는 악화되어 간다. 그는 실려 가서 다리를 절단당한다. 다리 하나가 거의 완전히 날아간 것이다. 그러고부터는 이제 다시는 말을 하지 않는다. 한번은 권총이 자기 손에 닿기만 하면 자살해 버리겠다고 말한다.

새로운 환자가 수송되어 온다. 우리 병실에는 눈먼 사람이 두 명 들어온다. 그중 한 명은 아주 나이가 어린 음악가이다. 수녀들은 이 남자에게 음식을 줄 때 결코 나이프를 가져오지 않는다. 이미 한 번 그는 어떤 수녀에게 나이프를 빼앗은 적도 있다. 이렇게 조심하고 있는데도 또 사고가 일어난다. 저녁에 식사를 줄 때 그 수녀는 그의 침대에서 다른 곳으로 불려 가면서 포크가 든 접시를 오랫동안 그의 식탁에 놓아두었다. 그는 손으로 더듬어 포크를 쥐고는 있는 힘을 다해 자기 가슴에다 찔렀다. 그런 다음 구두를 집어 들고는 있는 힘을 다해 포크의 손잡이를 때려 박았던 것이다. 우리가 도와 달라고 소리쳐, 세 사람이 달려와서야 그의 손에서 포크를 뺏을 수 있었다. 포크의 뾰족한 끝은 뭉툭하게 되어 이미 그의 가슴 깊이 들어가 있었다. 그가 밤새 우리에게 욕을 해대는 바람에 우리는 한숨도 잠을 이룰 수 없었다. 아침이 되자 그는 하도 고함을 질러서 경련이 일어났다.

다시 여러 개의 침대가 비게 된다. 매일매일이 고통과 불안, 신음과 그르렁거림으로 지나간다. 시체실도 이제 더 이상 도움이 되지 않는다. 왜냐하면 시체실 수가 너무 적기 때문이다. 우리 병실에서도 밤에 사람들이 죽어 나간다. 사실 수녀들이 예상한 이상으로 일이 빨리 진행되고 있는 것이다.

그러나 하루는 문이 획 열리더니 편편한 환자 운반차가 굴러 들어온다. 그런데 들것에는 검은 고수머리가 잔뜩 일어선 페테르가 창백하고 여윈 얼굴로 만면에 웃음을 띤 채 똑바로 앉아 있는 것이 아닌가. 리베르티네 수녀는 환한 표정을 지으며 그가 전에 누워 있던 침대에 그를 밀어 준다. 그는 한번 가면 다시 돌아오지 못하는 시체실에서 돌아온 것이다. 우리는 벌써 진작부터 그를 죽은 것으로 생각했다.

그는 주위를 둘러보며 말한다. 「이제 너희들 뭐라고 할 거지?」

요제프조차 이런 경우는 처음 보았다는 사실을 인정하지 않을 수 없다.

이러는 동안 점차 우리들 중의 몇몇은 일어나도 좋다는 허락을 받게 된다. 나도 절뚝거리며 돌아다닐 수 있도록 목발을 지급받았지만 그걸 거의 사용하지 않는다. 내가 방 안을 돌아다닐 때 보내는 알베르트의 시선을 견딜 수 없기 때문이다. 그럴 때마다 그는 나를 늘 너무 이상한 눈초리로 바라보는 것이다. 그 때문에 나는 몰래 복도로 빠져나가는데, 거기서는 비교적 자유롭게 움직일 수 있다.

아래층 병실에는 복부나 척수나 머리에 총상을 입은 사람들과 양쪽 다리를 절단한 사람들이 누워 있다. 오른쪽 병동에는 턱에 총상을 입은 사람들, 독가스에 중독된 사람들, 코와 귀와 목에 총상을 입은 환자들이 누워 있다. 왼쪽 병동에는 눈먼 사람들과 폐에 총상을 입은 환자들, 골반, 관절, 신장, 고환 및 위에 총상을 입은 환자들이 누워 있다. 이곳에 들어와 보니 비로소 어디에 총상을 입는 게 고약한 것인지 알 수 있게 된다.

두 사람이 창상성(創傷性) 파상풍으로 숨을 거둔다. 피부는 창백해지고, 사지는 굳어 버리지만 마지막으로 오랫동안 두 눈만은 아직 살아 있다. 일부 부상병의 경우에는 총상을 입은 수족이 한쪽 횡목에 달린 채 공중에서 건들거리고 있다. 상처 밑에 받쳐진 대야에는 고름이 뚝뚝 흘러내리고 있다. 두 시간이나 세 시간마다 그릇의 고름을 비운다. 압박 붕대를 감은 다른 환자들은 침대 옆에 밑으로 내려 떨어진 무거운 추를 달고 누워 있다. 내장에 총상을 입은 환자들은 창자에 늘 똥이 가득 찬 게 보인다. 군의관의 사무원은 완전히 박살이 난 허리뼈, 무릎 그리고 어깨를 찍은 뢴트겐 사진을 나에게 보여 준다.

이렇게 만신창이가 된 신체 위에 아직 얼굴이 붙어 있고, 그 얼굴로 하루하루의 삶을 이어 가고 있다는 게 정말 신통하다. 그런데 이것은 단 하나의 야전 병원, 단 하나의 병동일 뿐이다. 독일, 프랑스 및 러시아에는 각기 수십만 개의 야전 병원이 있다. 이런 일이 가능하다면 지금까지 쓰이고, 행해지고, 생각된 모든 일이 얼마나 부질없는 짓인가! 이와 같은 대대적인 유혈 사태, 수십만을 고통으로 몰아넣는 이러한 감옥을 수천 년의 문화로도 막지 못한다면 세상의 모든 것은 얼마나 거짓되고 무의미한 것인가. 이러한 전쟁의 참상을 바로 야전 병원이 보여 주는 것이다.

나는 아직 스무 살밖에 안 되는 파릇파릇한 젊은이다. 하지만 내가 인생에 대해 아는 것이라곤 고뇌의 심연과 더불어 절망과 죽음, 불안, 무의미하기 짝이 없는 일련의 피상적인 모습밖에 없다. 나는 여러 민족들이 적대 행위에 내몰리며, 말없이, 아무 영문도 모른 채, 우둔하고도 유순하고 순진무구하게 서로를 죽이고 있다고 생각한다. 나는 이 세상에서 가장 우수한 두뇌의 소유자들이 무기와 말을 발명한 것은 이 모든 것을 더욱 교묘하고도 오랫동안 지속시키기 위해서라고 생각한다. 그리고 세계 각지에서 나와 나이가 같은 모든 젊은이들은 나와 같은 생각을 하고 있다. 나의 세대의 젊은이들은 이를 나와 함께 체험하고 있다. 우리가 언젠가 일어서서 우리의 아버지들 앞으로 걸어가 책임을 추궁한다면 그들은 뭐라고 할까? 만약 전쟁이 없는 어떤 시절이 온다면 그들은 우리보고 무엇을 하라고 그럴까? 수년 동안 우리가 해온 일은 사람을 죽이는 일이었다. 그것은 우리가 살면서 받은 최초의 직무였다. 우리가 삶에 대해 아는 것이라곤 죽음밖에 없다. 죽고 난 뒤에는 어떤 일이 일어날까? 그리고 우리는 앞으로 어떻게 될 것인가?

우리 병실에서 가장 나이가 많은 사람은 레반도프스키이다. 마흔 살인 그는 복부에 심각한 총상을 입어 이미 열 달 동안이나 병원에 누워 있다. 한두 주 전부터 비로소 그는 등을 구부린 채 절뚝거리며 걸어다닐 수 있을 정도가 되었다.

그런 그가 며칠 전부터 흥분 상태에 빠져 있다. 폴란드의 어느 작은 마을에 사는 그의 부인한테서 온 편지에 의하면 그녀가 차표를 사서 남편을 찾아올 수 있을 정도로 제법 많은 돈을 모았다는 것이다.

그녀는 지금 오고 있는 중이며 오늘내일 중에라도 이곳에 도착할 수 있다. 레반도프스키는 음식 맛도 이제 제대로 못 느끼는 듯 구운 소시지가 든 붉은 양배추조차도 몇 입 베어 먹고는 남에게 거저 주어 버린다. 그는 그 편지를 안고 방 안을 계속 돌아다닌다. 누구나 그 편지를 벌써 열두 번은 읽었을 것이다. 우체국 소인도 눈이 닳도록 들여다보았고, 편지의 글씨는 손때와 손자국으로 거의 알아볼 수 없을 정도이다. 그러나 어김없이 찾아오는 것은 반드시 오고야 만다. 즉 레반도프스키는 열이 나서 다시 침대에 누워 있어야 한다.

그는 부인의 얼굴을 못 본 지 어언 2년이나 되었다. 부인은 그러는 사이에 낳은 아이도 함께 데리고 온다. 그런데 레반도프스키는 전혀 다른 일을 생각하고 있다. 그는 늙은 부인이 오면 외출 허가증을 받을 수 있기를 희망했다. 그 이유는 아주 분명하다. 부인을 보는 것만 해도 무척 반가운 일이지만 오랫동안 부인을 못 만나다가 다시 만나면, 사실 그게 가능하다면 사람들이란 뭔가 다른 일을 바라는 법이다.

레반도프스키는 이 모든 일에 대해 몇 시간 동안이나 우리와 상의했다. 군대에서는 전우끼리 그런 문제에 대해 비밀이 없다. 또한 그런 문제에 대해 시비를 거는 사람도 없다. 우리들 중에서 이미 외출을 해본 경험이 있는 자들은 그에게 시내의 몇몇 나무랄 데 없는 구석을 일러 주었다. 아무런 방해도 받지 않을 공원 구석 같은 곳을 말이다. 심지어 작은 방까지 알고 있는 자도 있었다.

하지만 이 모든 것이 무슨 소용이 있단 말인가. 레반도프스키는 침대에 누워 이런저런 걱정을 하고 있다. 만일 그가 이 기회를 놓치게 된다면 그는 일평생 두고두고 후회할 것이다. 우리는 그를 위로해 주고, 우리가 둘에게 결코 방해가 되지 않도록 하겠다고 약속한다.

다음 날 오후에 그의 부인이 모습을 드러낸다. 몸집이 작고 여윈 그 여자는 새 같은 눈으로 불안스럽게 두리번거린다. 그녀는 주름이 잡히고 레이스가 달린, 색이 검은 일종의 외투 같은 것을 입고 있었다. 세상천지 어디서 이런 물건을 물려받았을까 싶을 정도로 꾀죄죄한 옷이다.

그녀는 작은 소리로 뭐라고 중얼거리면서 수줍은 듯 선뜻 들어오지 못하고 문가에 그대로 서 있다. 장정이 여섯 명이나 있는 데 적이 놀란 모양이다.

「이봐, 마리아.」 레반도프스키는 이렇게 말하며 힘들여 목젖을 움직여 침을 꿀꺽 삼킨다. 「그냥 들어와도 돼. 여기 있는 사람들은 신경 쓰지 말고.」

그녀는 주위를 돌아다니며 우리 모두에게 손을 내민다. 그런 다음 포대기에 싸인 아이를 보여 준다. 그녀는 진주로 수놓은 커다란 가방에서 어떤 깨끗한 천을 꺼내더니 재빨리 아이를 새로 싼다. 이로써 그녀에게서 처음의 당황해하던 표정도 사라지고, 두 사람은 이야기를 나누기 시작한다.

레반도프스키는 안절부절못하면서 부리부리한 둥근 눈으로 우리 쪽을 몇 번이고 힐끗 쳐다본다. 그의 표정은 참담하기 짝이 없다.

의사의 회진도 지나갔으니 절호의 기회가 왔다. 기껏해야 한 사람 정도의 수녀가 아직 방 안을 들여다볼 수 있을지도 모른다. 그래서 어떤 사람이 또 한 번 나가 주위를 살핀다. 그는 돌아오더니 고개를 끄덕인다. 「아무도 없어. 요한, 부인에게 말하고, 어서 해.」

두 사람은 폴란드 말로 서로 대화를 나눈다. 부인은 약간 얼굴을 붉히고 당황한 표정으로 쳐다본다. 우리는 선량한 표정으로 히죽히죽 웃으며 무슨 일을 해도 상관없다는 듯이 손으로 내젓는 동작을 해 보인다! 악마가 모든 선입견을 빼앗아 가버렸으면 좋겠다. 그런 선입견들은 다른 시절을 위해 만들어졌다. 여기엔 가구공 요한 레반도프스키, 총상을 입고 불구가 된 군인이 누워 있다. 그리고 그의 옆에 부인이 있다. 언제 부인을 다시 볼지 누가 알겠는가. 남편은 아내를 안으려고 한다. 그리고 준비가 됐으니 남편을, 아내를 안아야 한다.

수녀들이 불시에 들어오는 것을 막고 그들에게 말을 걸어 따돌리기 위해 두 명이 문 앞에 대기하고 있다. 그들은 약 15분쯤은 그렇게 시간을 끌 작정이다.

레반도프스키는 한쪽으로만 누울 수 있다. 그래서 어떤 자가 그의 등에 베개를 서너 개 대주고, 알베르트는 아이를 봐주기로 한다. 그런 다음 우리는 부부로부터 약간 등을 돌린다. 검고 짧은 외투가 이불 속으로 사라진다. 그러자 우리는 시끄럽게 소리를 내며, 갖가지의 말로 떠들면서 스카트 놀이를 시작한다.

모든 일이 순조롭게 진행된다. 나는 달랑 클로버 하나와 잭 네 개를 손에 쥐고 있다. 결과는 보나 마나 뻔하다. 이렇게 우리는 카드놀이를 하면서 레반도프스키에 대해서는 거의 잊고 있다. 얼마 후에 아이가 앙앙 울기 시작한다. 알베르트가 절망적으로 이리저리 흔들어 보아도 아무 소용이 없다. 그러자 바스락거리며 옷 입는 소리가 들린다. 무심결에 우리가 고개를 들어 쳐다보니 아이는 벌써 입에 젖병을 물고 다시 어머니의 품 안에 안겨 있다. 일은 순조롭게 잘 끝났다.

우리는 이제 모두 한 가족 같은 기분이 든다. 레반도프스키의 부인도 완전히 활기를 되찾았다. 그리고 레반도프스키는 땀을 흘리며 환한 표정으로 누워 있다.

그가 수놓은 가방을 열어 보니 맛좋은 소시지가 몇 개 나온다. 레반도프스키는 나이프를 꽃다발처럼 쥐고는 여러 조각으로 소시지를 자른다. 그는 크게 손을 흔들며 우리 쪽을 가리킨다. 그리고 작고 여윈 부인은 우리들 사이를 한 사람 한 사람 돌아다니며 우리에게 미소를 지은 채 소시지를 나누어 준다. 그러니까 그녀의 모습이 이제 정말 예뻐 보인다. 우리가 그녀에게 어머니라고 부르자 그녀는 기뻐하며 우리의 베개를 두들기며 일으켜 준다.


몇 주 후에 나는 아침마다 마사지 치료실에 가지 않으면 안 되게 된다. 거기서는 나의 다리를 죔쇠로 죄어서 움직이게 해준다. 팔은 이미 오래전에 나았다.

전방에서 새로운 환자들이 계속 수송되어 온다. 이젠 붕대가 천으로 된 것이 아니라 오글오글한 종이인 크레이프페이퍼로 되어 있을 뿐이다. 전방에서는 이제 붕대도 남아나지 않게 된 모양이다.

알베르트의 절단된 다리는 잘 나아, 상처가 거의 아물었다. 몇 주 있으면 그는 인공 장구 병동으로 가게 된다. 그는 여전히 말이 별로 없는데, 예전보다 훨씬 더 심각하다. 대화 도중에 종종 말을 끊고 자기 앞으로 뚫어지라 응시하기도 한다. 아마 그가 우리와 같이 지내지 않았더라면 진작 자살했을지도 모른다. 하지만 이제 그는 최악의 고비를 넘겨서, 우리가 스카트 놀이 하는 것을 가끔 지켜보기도 한다.

그러는 사이에 나는 요양 휴가를 얻는다.

나의 어머니는 나를 더 이상 떠나보내려 하지 않는다. 어머니는 몸이 너무 쇠약해져 있다. 지난번에 봤을 때보다 어머니의 용태는 훨씬 나빠져 있다.

휴가를 마친 후 나는 연대의 명령으로 다시 전선으로 나가게 된다.

나의 벗 알베르트 크로프와 헤어지는 것은 정말 괴로운 일이다. 하지만 군에 들어오면 시간이 흐르면서 이런 일에 익숙해지게 된다.

# 11

    우리는 이제 더는 날짜를 세지 않는다. 내가 도착했을 때는 겨울이어서, 포탄이 터질 때 얼어붙은 흙덩이가 거의 파편만큼이나 위험했다. 이젠 나뭇잎이 다시 파릇파릇하다. 우리는 전선과 막사 사이를 왔다 갔다 하면서 생활한다. 우리는 어느 정도 이런 생활에 벌써 이력이 났다. 전쟁이란 암이나 결핵, 유행성 감기나 이질처럼 죽음을 초래하는 한 원인이 된다. 하지만 전쟁의 경우에는 훨씬 더 자주, 더 다양한 모습으로, 더욱 잔혹하게 죽음을 맞이하게 된다.

    우리의 생각은 점토와 같아서, 나날의 변화에 의해 반죽된다. 우리가 쉬고 있을 때는 좋은 생각이 떠오르고, 포화 속에서 누워 있을 때는 생각이 죽어 있다. 전쟁터는 바깥에도 있지만 우리 마음속에도 있다.

    이곳에 있는 우리만 그런 게 아니고 누구나 다 그렇다. 예전에 있었던 일은 아무 소용이 없다. 그리고 실제로도 어떻게 될지 더 이상 알지 못한다. 교양과 교육이 빚어내는 차이는 거의 사라졌고, 아예 분간할 수 없을 정도이다. 이러한 것은 상황을 이용할 때 가끔 이점을 가져다주기도 하지만 동시에 단점을 안겨 주기도 한다. 이러한 교양과 교육은 도리어 장애를 불러일으켜 먼저 그것을 극복하지 않으면 안 되는 경우가 생긴다. 이는 우리가 마치 예전에 여러 나라의 동전과 같았던 것과 마찬가지이다. 이 동전들이 한데 섞이고 녹아, 지금은 다들 똑같은 모양의 화폐가 되어 있다. 만일 그 차이를 분간하려고 한다면 재료를 정밀하게 검사해 보아야 한다. 우리는 군인이며, 그런 다음에야 특이하고도 부끄러운 방식으로 개별적 인간이 된다.

세상에는 위대한 형제애라는 것이 있다. 민요에서 보이는 동료애, 죄수들 간의 유대감, 사형 선고를 받은 자들 간의 절망적인 협조 정신에서 나타나는 희미한 빛을 삶의 한 단계로 통합하는 것이 형제애이다. 위험의 한가운데서, 죽음의 긴장과 고독감에서 두드러지게 드러나는 이러한 삶은 살아 있는 순간에 잠시라도 동참하려고 한다. 그것도 전혀 격하지 않은 담담한 심경으로 말이다. 만약 평가하려고 한다면 그것은 영웅적이고 진부한 것이다. 하지만 누가 그렇게 하려고 하는가?

이를테면 그러한 삶은 다음과 같은 것에 포함되어 있다. 차덴은 적이 공격한다는 통지를 받으면 베이컨이 든 콩 수프를 미친 듯이 허겁지겁 떠먹는다. 한 시간 후에도 자신이 눈을 말똥말똥 뜨고 있을지 알 수 없기 때문이란다. 우리는 그러한 행동이 옳은 것인지 그렇지 않은 것인지에 대해 오랫동안 토론을 벌였다. 카친스키는 그런 행동을 좋게 보지 않는다. 그의 말에 따르면 배에 총을 맞을 경우 위가 비어 있을 때보다 위에 내용물이 가득할 때가 더 위험하다고 한다.

이러한 일들이 우리에게 심각한 문제들이다. 그리고 이는 달리 어쩔 수도 없다. 죽음과의 경계선에 처한 이곳의 생활은 엄청 단순한 선을 그리고 있다. 이곳의 생활은 가장 필수 불가결한 것에 국한되고, 여타의 모든 것은 활기가 없는 잠 속에 빠져 있다. 그것이 우리의 원시성이자 우리의 구원이다. 우리의 생활이 더 세분화되어 있다면 우리는 진작 미쳐 버렸거나 탈영했거나 전사했을지도 모른다. 이는 북극 빙하 지대를 탐험하는 것과 마찬가지이다. 삶에 대한 모든 표현은 오로지 생존을 유지하는 데 기여해야 하고, 불가피하게 그것에 초점이 맞추어져 있다. 여타의 모든 것은 불필요하게 힘을 낭비한다고 해서 배제되어 있다. 이것이 우리를 구원해 주는 유일무이한 방식이다. 조용한 시간에 과거의 불가사의 한 반사광이 마치 흐릿한 거울처럼 나의 현존재의 윤곽을 비춰 줄 때, 나는 종종 낯선 사람을 대하듯이 나 자신과 대면하곤 한다. 그럴 때면 나는 삶이라고 불리는 이러한 말로 표현할 수 없는 행위가 바로 이러한 형식에 적응한 사실에 대해 의아한 생각이 들지 않을 수 없다. 모든 다른 표현들은 겨울잠에 빠져 있는 반면, 오직 삶만은 죽음의 위협에 맞서 계속 숨어서 기다리고 있다. 삶은 우리에게 본능이라는 무기를 주기 위해 우리를 생각하는 동물로 만들었다. 명료하고 의식 적인 사고를 할 때 우리를 덮치는 공포로부터 우리가 무너지지 않도록 하기 위해 삶이 우리들의 마음속에 둔탁하게 스 며들었다. 그리고 우리가 고독의 심연에서 빠져나갈 수 있게 삶은 우리 마음속에 동료 의식을 일깨워 주었다. 또한 사람은 우리가 야수처럼 모든 것에 무관심할 수 있도록 해주었다. 그리하여 우리가 이 모든 것에도 불구하고 매 순간 긍정적인 자세를 갖고, 밀려드는 허무의 공격에 맞설 수 있게 되었다. 이리하여 우리는 극도로 피상적일 뿐만 아니라 닫혀 있는 가혹한 삶을 살게 된다. 그리고 어쩌다가 어떤 사건이 불꽃을 던져 줄 뿐이다. 하지만 그럴 경우 놀랍게도 무섭고도 끔찍한 동경의 불꽃이 피어오르는 것이다.

적응이란 게 단지 겉치레에 불과하다는 것을 우리에게 보여 주는 이때야말로 위험한 순간이다. 이때의 적응이란 그냥 쉬는 것이 아니라 휴식을 얻으려고 가슴 졸여 긴장하는 것이다. 표면적으로 볼 때 우리의 생활 방식은 서인도 제도의 흑인과 별반 다를 게 없다. 하지만 이들 흑인들은 사실 있는 모습 그대로이고, 기껏해야 정신력의 긴장을 통해서나 계속 발전해 갈 수 있기 때문에 늘 같은 모습을 유지할 수 있는 반면 우리는 이와 정반대이다. 우리의 내적인 힘은 계속적인 발전을 위해서가 아니라 퇴보를 위해서 긴장하고 있다. 흑인은 긴장해 있지 않고 자연스러운 모습 그대로인 반면, 우리는 극도로 긴장해 있고 인위적이다.

그리고 우리가 밤에 잠에서 깨어나 꿈속에서 본 장면의 매력에 사로잡혔을 때 우리를 어둠으로부터 분리시키는 발판과 경계선이 얼마나 허약한가 하는 것을 알고 끔찍하게 느낀다. 우리는 조그마한 불꽃에 지나지 않는다. 해체와 무의미의 광풍으로부터 우리를 간신히 지켜 주는 것은 약한 벽들이다. 이러한 폭풍 앞에서 우리의 불꽃은 나풀거리며 거의 꺼지기 직전이다. 그런 다음 둔중한 살육의 소리가 우리를 에워싸는 고리가 된다. 우리는 우리의 내부로 오그라들어 눈을 크게 뜨고 밤을 응시한다. 이제 우리는 잠자는 동료들의 숨소리에 위안을 받으며, 아침이 오기를 기다린다.

매일과 매시간, 모든 포탄과 모든 시체가 이러한 허약한 지지대를 야금야금 갉아먹는다. 그러다가 수년의 세월이 흐르는 가운데 그 지지대는 금방 마모되고 만다. 나를 둘러싸고 있는 지지대도 벌써 서서히 무너지고 있는 것을 나는 보고 있다. 데터링과 관련된 바보 같은 이야기가 그 예이다.

그는 자존심이 유달리 강한 사람들 부류에 속한다. 그가 어떤 정원에서 벚나무를 본 것이 그의 불행의 시작이었다. 우리가 전방에서 막 돌아왔을 때였다. 이 벚나무는 어스름한 새벽녘 새로운 숙소 부근의 굽은 길에서 홀연히 우리 앞에 모습을 드러냈다. 나무에 잎사귀는 없었지만 그것은 하나의 하얀 꽃 덤불처럼 보였다.

저녁에 데터링의 모습이 보이지 않는다. 그가 마침내 돌아왔을 때 그는 꽃이 핀 벚나무 가지 몇 개를 손에 들고 있었다. 그 모습을 보고 우리는 우스워서 신붓감을 구하러 가느냐고 물어보았다. 그는 대답을 하는 대신 자기 침대에 벌렁 드러눕는 것이었다. 밤중에 그에게서 바스락거리는 소리가 들렸다. 짐을 꾸리고 있는 모양이었다. 나는 불길한 예감이 들어 그에게 다가갔다. 그는 아무 일도 아니라는 듯이 행동했다. 그래서 나는 그에게 말했다. 「데터링, 쓸데없는 짓은 하지 마.」

「그런 말도 안 되는 말! 그냥 잠을 이룰 수 없어서 그래.」

「너 왜 벚나무 가지를 꺾어 왔니?」

「아마 더 가져올 수도 있었을 거야.」 그는 완고한 태도로 대답하고는 잠시 후에 이렇게 말한다. 「우리 집의 커다란 과수원에 벚나무가 있어. 벚나무 꽃이 피어 있는 것을 높다란 건초 창고에서 내려다보면 마치 한 장의 시트처럼 새하얀 모습이었지. 바로 지금이 그 철이야.」

「어쩌면 곧 휴가를 얻을 수도 있겠지. 그리고 넌 농부니까 징집 해제를 받을 수도 있겠고.」

데터링은 고개를 끄덕이며 멍한 표정을 짓는다. 이런 농부들은 흥분하면 암소와 동경에 찬 신을 섞어 놓은 듯한 묘한 표정을 짓는다. 반은 멍청해 보이고 반은 매력적으로 보인다. 그의 생각을 다른 데로 돌리기 위해 나는 그에게 빵 한 조각을 달라고 요구한다. 그러자 그는 아무런 군말 없이 그것을 나에게 준다. 평소에는 그토록 인색하던 그를 생각하면 수상한 기분이 든다. 이 때문에 나는 밤새 잠들지 못한다. 그날 밤은 아무 일도 일어나지 않았다. 아침에 보니 그는 평소 때 모습 그대로이다.

내가 자기를 지켜보고 있다는 사실을 그는 눈치채고 있는 게 분명했다. 그런데도 그 다음다음 날 아침에 그는 사라지고 말았다. 나는 이러한 사실을 알고 있지만 그가 시간을 벌도록 아무런 말도 하지 않는다. 어쩌면 그는 무사히 빠져나갈지도 모른다. 지금까지 벌써 여러 명이 네덜란드로 도망치는 데 성공했다.

하지만 점호 때 그가 없어졌다는 사실이 눈에 띄게 되었다. 이로부터 일주일 후에 우리가 들은 바에 의하면 그는 멸

시당하는 군대 경찰인 야전 헌병에게 붙잡혔다고 한다. 그는 독일 방면으로 방향을 잡았다고 한다. 그것은 불가능한 일이었다. 그리고 다른 면에서도 그는 멍청하게 시작했다. 물론 군대에서는 단지 향수에 젖거나 잠시 정신이 이상해져서 도망을 칠 수도 있다. 하지만 전방에서 1백 킬로미터 떨어진 후방에서 열리는 군법 회의에서는 이런 행위를 어떻게 생각할까? 그런 후 우리가 데터링의 소식에 대해 들은 것은 아무 것도 없었다.

하지만 마치 과열된 증기 보일러에서 나오는 것처럼 이러한 위험하고 울적한 기분이 다른 방식으로 터져 나오는 경우도 가끔 있다. 그러면 베르거란 사나이가 맞이한 최후에 대해서도 이야기해 보도록 하겠다.

우리의 참호가 포격으로 파괴된 것은 벌써 오래전의 일이다. 그리고 우리의 전선은 엿가락처럼 신축성이 있어서 우리는 사실 제대로 된 진지전을 더 이상 수행하지 못하고 있다. 여기저기에서 공격과 반격이 행해지면 전선은 지리멸렬하게 되고, 포탄 구덩이들 사이에서 맹렬한 전투가 벌어진다. 최전선은 무너졌고, 사방에서 일단의 무리들이 진지를 구축하고는 포탄 구덩이에서 전투를 벌인다.

우리가 있는 포탄 구덩이 옆쪽으로 영국군이 주둔하고 있다. 이들은 아군의 측면을 공격해서는 바로 우리의 등 뒤에 다가와 있다. 우리는 포위당한 것이다. 안개와 포연이 우리 머리 위에 자욱한 상황에서 항복하는 것도 쉽지 않은 노릇이다. 우리가 항복한다고 해도 아무도 알아챌 수 없을 것 같다. 어쩌면 우리에게 항복할 의사가 전혀 없을지도 모른다. 그리고 그런 순간에는 그런 생각이 있는지 없는지조차 알지 못하게 된다. 점점 더 가까운 곳에서 수류탄이 터지는 소리가 들려온다. 아군의 기관총은 전방의 반원을 그리는 구역을 사격해 주고 있다. 이제 냉각수마저 증발해 버려 우리는 급히 물통을 모든 사람들에게 돌린다. 다들 물통에 오줌을 누어 다시 물을 확보한 후 계속 사격할 수 있게 된다. 그러나 우리 뒤에서는 점점 더 가까운 곳에서 굉음이 들려온다. 몇 분만 있으면 우리는 전멸할 위기에 처해 있다.

이때 제2의 기관총이 아주 가까운 거리에서 발사되기 시작한다. 베르거가 가져온 그것은 우리 옆의 포탄 구덩이에 설치되어 있다. 그러자 이제 뒤에서 역습이 시작되어 우리는 숨을 돌리고 뒤쪽과 연락을 취할 수 있게 된다.

나중에 우리가 그럭저럭 괜찮은 엄폐물 속에 들어갔을 때 식사 당번 중의 한 명이 이곳에서 3백~4백 미터 정도 떨어진 곳에 군용견 한 마리가 부상당해 쓰러져 있다는 이야기를 한다.

「어디야?」 베르거가 묻는다.

그러자 상대방이 그곳의 위치를 자세히 알려 준다. 베르거는 그 개를 데리고 오든가 아니면 쏘아 죽이겠다고 겁도 없이 나선다. 반년 전만 해도 그는 이런 데 신경을 쓰지 않고 더 냉정했을 것이다. 우리는 그를 만류해 보려고 하지만 그가 진지하게 나가면 우리는 단지 이렇게 말하고 그냥 내버려 두는 수밖에 없을 것이다. 「미쳤군!」 이러한 전선 조광증이 발발하면 매우 위험해서 이럴 경우 즉각 당사자를 땅에 때려

눕히고 꽉 붙잡고 있어야 한다. 그런데 베르거는 180센티미터의 거한으로 중대에서 힘으로는 그를 당할 자가 없을 정도이다.

그는 사실 미친 게 맞다. 그는 빗발치는 포화 속을 뚫고 가야 하기 때문이다. 하지만 이러한 섬광이 번득이는 포화는 우리들 머리 위 어딘가에 숨어 있다가 그의 내부로 들어가서는 그를 무언가에 홀리게 만든다. 어떤 녀석은 미쳐 날뛰기 시작하다가 달려 나가기도 하고, 또 어떤 녀석은 손발과 입을 이용해 줄곧 땅속으로 파고 들어가려고 하는 자도 있었다.

물론 그런 짓을 흉내 내는 자도 적지 않지만 그런 흉내를 내는 것도 사실 그런 징조의 하나이다. 개를 해치우려고 하던 베르거는 골반에 총상을 맞고 운반되어 왔고, 그를 운반하던 사람 중의 한 명은 그만 허벅지에 총탄을 맞고 말았다.

뮐러는 이미 이 세상 사람이 아니다. 아주 가까운 곳에서 조명탄이 터져 그의 위 속으로 들어간 것이다. 그는 또렷한 의식을 가지고 끔찍한 고통을 겪으면서 반 시간가량 살아 있었다. 그는 숨을 거두기 전에 지갑을 나에게 건네주었고 유품으로 그의 장화를 물려주었다. 그가 케머리히로부터 물려받은 바로 그 장화를 말이다. 나한테 잘 맞아서 내가 그 장화를 신고 다닌다. 내가 죽으면 차덴에게 그 장화를 주겠다고 나는 약속했다.

우리가 뮐러를 땅속에 묻어 줄 수는 있었지만 그가 언제까지나 편히 잠들어 있을지는 알 수 없는 노릇이다. 아군은 다시 퇴각한다. 적진에는 새로 도착한 영국과 미국의 연대가 너무 많이 있다. 그들에겐 콘드비프와 흰 밀가루가 넘쳐 난다. 그리고 신형 대포와 전투기도 풍부하다.

반면에 우리는 굶주리며 여위어 가고 있다. 우리의 음식은 너무 형편없으며, 너무 많은 대용품으로 분량을 늘린 바람에 그걸 먹고 우리는 병까지 걸린다. 독일의 공장주들은 부자가 되었겠지만 우리의 장은 이질로 녹아내리고 있다. 화장실은 다닥다닥 쭈그리고 앉아 있는 사람들로 밤낮 만원을 이룬다. 고국에 있는 사람들에게 잿빛에다 누렇게 뜬 채 체념에 빠진 비참한 이곳 사람들의 얼굴을 보여 줘야 한다. 급경련통으로 몸에서 피가 응축되어 나오기 때문에 이들은 구부정한 모습을 하고 있다. 일그러뜨린 입술을 고통에 못 이겨 떨면서 기껏해야 이빨을 드러내고 웃으며 이렇게 말할 따름이다. 「바지를 다시 끄집어 올려 봐야 아무 소용이 없어.」

아군의 포병은 이미 포탄을 다 쏘아 버려 실탄이 너무 부족하게 된다. 게다가 포신이 너무 헐거워져서 사격이 부정확하고 심지어는 포탄이 우리한테 날아오기도 한다. 우리에겐 말[馬]도 너무 부족하다. 새로 도착한 아군 부대는 빈혈에다가 요양이 필요한 소년들이다. 수천 명에 달하는 이들은 배낭조차 짊어질 힘이 없지만 죽을 목숨이라는 것은 알고 있다. 이들은 전쟁에 대해 아무것도 모르고 그저 앞으로 나아가다가 무참히 사살당하고 만다. 기차에서 방금 내려 엄폐물이 무엇인지 알기도 전에, 단 한 대의 전투기가 심심풀이로 이들 두 개 중대를 간단히 쓸어버렸다.

「이러다간 얼마 못 가서 독일에 남아나는 사람이 없겠어.」
카친스키가 말한다.

언젠가는 전쟁이 끝날 거라는 희망도 송두리째 날아가 버린다. 우리는 그렇게까지 멀리는 생각하지 않는다. 총탄에 맞으면 죽을 수도 있고 부상당하기도 한다. 그러면 다음 행선지는 야전 병원이다. 손발이 절단되지 않으면 조만간 어떤 군의관의 수중에 떨어지게 된다. 단춧구멍에 전시 공로 훈장을 단 이들은 부상병들에게 이렇게 말한다. 「뭐, 다리가 조금 짧아졌다고? 용기가 있으면 전선에서 달아날 필요가 없지. 출정 가능하니 물러가도록!」

카친스키는 포게젠에서 플랑드르까지 온 전선에 쫙 퍼진 이야기들 중의 하나를 들려준다. 그것은 어떤 군의관에 관한 이야기인데, 그는 검사를 위해 이름을 호명하고는, 당사자가 앞으로 나가면 얼굴은 쳐다보지도 않고 이렇게 말한다는 것이다. 「출정 가능. 전방에는 병사가 필요해.」 한번은 목제 의족을 한 사나이가 앞에 나아갔는데도 그 군의관은 〈출정 가능〉이라고 말했다는 것이다. 카친스키는 언성을 높이며 말한다. 「그런데 이때 그 사나이가 군의관한테 이렇게 말했다는 거야. 〈난 목제 의족을 하고 있지만 지금 싸움터에 나갔다가 머리에 총상을 입으면 나무 머리를 달고 군의관이 되겠소!〉」 우리 모두는 이 답변을 듣고 마음 깊이 통쾌한 기분을 느낀다.

물론 좋은 군의관들도 있을 것이며, 많은 군의관들이 그러할 것이다. 하지만 온갖 검진을 받는 가운데 모든 병사는 결국 용사를 만들려는 이러한 수많은 군의관 중 한 명의 손아귀에 떨어지고 만다. 이들은 자신의 진단부에 되도록 많은 〈근무 불가〉와 〈위수 근무 가능〉을 〈출정 가능〉으로 바꾸기 위해 노력하고 있다.

이러한 종류의 이야기는 얼마든지 있다. 그것들은 대체로 훨씬 더 신랄한 내용을 담고 있다. 하지만 그런 이야기들이 폭동을 일으키거나 생트집을 잡을 의도로 만들어진 것은 아니다. 그것들은 사실을 기초로 하고 있으며, 분명하게 이름을 거론하고 있다. 군에는 너무 많은 사기와 부정과 비열함이 판을 치고 있기 때문이다. 그런데도 점점 더 희망을 잃어가는 전투에서 연대가 분전을 거듭하고, 퇴각하고 와해되어가는 전선에서 공격을 거듭하는 것은 정말 장하지 않은가?

탱크는 조롱의 대상에서 중요한 무기로 바뀌었다. 철판으로 몸을 두르고 기다란 열을 지어 굴러오는 이들의 모습은 다른 어느 것보다 전쟁의 공포를 구체화시켜 준다.

우리에게 집중 포화를 퍼붓는 대포의 모습이 우리 눈에 보이지는 않는다. 공격하는 적의 제일선은 우리와 같은 사람들이다. 하지만 이 탱크들은 기계들이다. 탱크의 쇠사슬을 두른 벨트들이 전쟁처럼 끝없이 굴러온다. 아무런 감정도 없이 포탄 구덩이 속으로 굴러 들어갔다가 멈추지 않고 다시 기어 올라오는 모습은 가차 없는 파괴 그 자체이다. 이는 으르렁거리며 포연을 뿜어 대는 장갑차들의 함대이며, 포격에도 끄떡없이 사상자들을 무자비하게 으깨 버리는 강철로 된 짐승들이다. 얇은 피부를 가진 우리는 이들 앞에서 잔뜩 움츠러든다. 이들의 육중한 무게 앞에서 우리의 팔은 빨대가 되고, 우리의 수류탄은 성냥개비가 된다.

포탄, 독가스 연기, 탱크의 소함대가 짓밟고 갉아먹으며 목숨을 앗아 간다.

이질, 유행성 감기, 장티푸스가 목을 조르고 불태우며 목숨을 앗아 간다. 참호, 야전 병원, 공동묘지, 결국 우리가 갈 데라곤 이곳들밖에 없다.

어떤 공격을 하던 중에 우리의 중대장 베르팅크가 전사하고 만다. 그는 어떤 위험한 악조건에서도 선두에 서는 훌륭한 일선 장교들 중의 한 명이었다. 우리 중대를 맡은 지 2년이 되면서도 그는 부상을 입은 적이 없었다. 그런데 끝내는 올 것이 오고야 말았다. 우리는 사방에 포위당한 채 어떤 구덩이에 앉아 있다. 화학 연기와 함께 기름인지 석유인지 알 수 없는 악취가 우리 쪽으로 불어온다. 이때 화염 방사기를 든 두 남자의 모습이 보인다. 한 명은 등에 상자를 메고 있고, 다른 한 명은 두 손에 호스를 들고 불을 뿜어 댄다. 이들이 우리의 코밑까지 오게 되면 우리는 죽은 목숨이 된다. 왜냐하면 우리는 이젠 어떻게 되돌아갈 수 없는 몸이기 때문이다.

우린 이들을 향해 사격을 개시한다. 그래도 이들은 점점 더 가까이 다가오고, 우리는 궁지에 몰려 있다. 베르팅크 중대장은 우리와 함께 구덩이 속에 엎드려 있다. 맹렬한 사격에도 불구하고 우린 엄폐물을 염두에 두어야 하기 때문에 우리의 총이 맞지 않는 것을 보자 그는 자신의 소총을 집어 들고 기어 나가더니 엎드린 자세로 턱을 괴고 조준을 한다. 그는 방아쇠를 당긴다. 바로 그 순간 그의 옆에서 총알이 탁 하는 소리를 내며 튀어 오른다. 그가 맞은 것이다. 하지만 그는 누운 자세로 계속 조준을 한다. 총을 한 번 내렸다가 다시 총을 겨눈다. 마침내 탕 하는 소리가 난다. 베르팅크 중대장은 총을 내려놓고는 〈좋았어〉 하고 말하며 도로 구덩이 속으로 미끄러져 내려온다. 두 명의 화염 방사병 중 뒤에 있던 녀석이 부상을 입고 쓰러지자 다른 녀석의 손에서 호스가 미끄러져 떨어진다. 사방으로 불이 뿜어져 나오면서 그 남자는 불에 타 죽고 만다.

베르팅크 중대장은 가슴에 총상을 입었다. 잠시 후 어떤 포탄 파편에 그의 턱이 으스러진다. 바로 그 포탄에 아직 남은 힘이 있던지 그것이 레어의 허리를 찢어 놓고 만다. 레어는 고통으로 신음하면서 양팔로 몸을 지탱해 보지만 이내 피투성이가 된다. 아무도 그를 도와줄 수 없다. 몇 분 후 그는 물 빠진 호스처럼 축 늘어져 버린다. 학교에서 그가 그토록 수학을 잘했다는 사실이 지금 무슨 소용이 있단 말인가?

몇 달이 후딱 지나간다. 1918년 이번 여름만큼 많은 피를 흘린 적도 없을 것이다. 나날은 금색과 푸른색 옷을 입은 천사처럼 왠지 이해할 수 없지만 섬멸의 링 위를 맴돌고 있다. 이곳에 있는 사람들은 누구나 우리가 전쟁에서 질 거라는 사실을 알고 있다. 하지만 그런 이야기는 별로 하지 않는다. 우리는 퇴각하고 있으며, 이번의 대공세 이후에는 다시는 공격할 수 없을 것이다. 아군은 인원도 탄환도 이제 바닥이 나고 말았다.

하지만 1918년 여름에 출정은 계속되고 죽음도 그치지 않는다. 비록 초라한 모습이긴 하지만 이곳 생활이 지금처럼 우리에게 간절히 여겨진 적은 없었다. 우리의 숙소 주변 초원에 피어난 붉은 양귀비꽃, 풀줄기에 달라붙은 매끈매끈한

딱정벌레, 어스름하고 서늘한 방 안에 스며드는 따스한 저녁노을, 해 질 녘의 신비스러운 검은 나무들, 하늘에 떠 있는 별들과 흐르는 물, 꿈들과 오랜 수면 — 아, 이런 생활, 생활, 생활!

1918년 여름 — 굳게 입을 다물고 전선으로 떠나는 순간보다 더 견딜 수 없는 때는 없었다. 휴전과 평화에 관한 거칠고 자극적인 풍문이 떠돈다. 그러한 소문은 우리의 마음을 혼란시키고, 이전보다 전방으로 가는 것을 더 힘들게 한다!

1918년 여름 — 파리한 얼굴들이 진창에 나뒹굴고, 양손은 경련을 일으킨 채 꼭 쥐고 있는 포화의 순간보다 이전 생활이 더 쓰라리고 참혹한 적이 없었다. 아니야! 아니야, 지금은 아직 아니야! 최후의 순간이나 지금은 아직 아니야!

1918년 여름 — 불타 버린 전쟁터 위로 부는 희망의 바람, 초조함과 실망의 미칠 것 같은 열병, 두렵기 짝이 없는 죽음의 공포, 이해할 수 없는 물음. 왜? 왜 전쟁이 끝나지 않는가? 그런데 왜 끝난다는 소문이 솔솔 나도는가?

이곳에는 전투기가 무척 많다. 그리고 이 전투기들은 실로 정확해서 마치 토끼를 쫓듯이 한 사람 한 사람의 머리 위로 추격해 온다. 한 대의 독일 비행기에 맞서 적어도 다섯 대의 영국과 미국 비행기가 몰려온다. 참호에서 굶주리고 지쳐 있는 한 명의 독일 병사에 다섯 명의 원기 왕성한 적군 병사가 덤벼든다. 독일군에 한 개의 군용 빵이 나온다면 적군에겐 쉰 통의 고기 통조림이 지급된다. 우리가 격파된 것은 아니다. 군인으로서는 우리가 더 우수하고 더 경험이 많다. 다만 우리는 적의 압도적인 우세에 눌려 밀리고 있는 것이다.

몇 주 동안 계속해서 비가 내린다. 회색의 하늘, 회색으로 녹아내리는 대지, 회색의 죽음. 밖에 나가면 외투와 옷이 후줄근하게 젖게 된다. 전방에 나와 있을 때도 비는 그치지 않는다. 그래서 우리의 몸이 마를 날이 없다. 아직 장화를 신고 다니는 자는 위쪽을 모래주머니로 동여매어 흙탕물이 장화 속으로 마구 흘러들지 않게 한다. 수총과 군복에는 진흙으로 딱지가 앉았다. 모든 것은 흘러내리고 용해된다. 물에 흠뻑 젖은 지면은 기름으로 가득하고, 땅 위의 누런 물웅덩이는 울긋불긋 피바다를 이루고 있다. 그리고 죽은 사람과 부상자 그리고 살아남은 자는 서서히 진흙 속으로 빠져든다.

폭풍이 우리 머리 위를 후려치며 지나간다. 회색과 노란색이 섞인 우박처럼 쏟아지는 포탄 파편에 맞은 사람은 어린애처럼 째지는 듯한 비명 소리를 낸다. 그리고 밤마다 갈기갈기 찢긴 생명은 힘들게 침묵을 향해 신음을 토한다. 우리의 손은 흙이고, 우리의 몸은 점토이며, 우리의 눈은 빗물로 생긴 물웅덩이이다. 우리가 아직 살아 있는지 죽었는지 분간할 수 없다.

그러다가 축축하고 푹푹 찌는 더위가 해파리처럼 우리 구덩이 속으로 몰려든다. 이런 늦여름의 어느 날이다. 식사를 나르던 카친스키가 쓰러진다. 주위엔 우리 둘뿐이다. 나는 그의 상처에 붕대를 감아 준다. 카친스키의 정강이가 박살이 난 모양이다. 그는 정강이뼈에 총을 맞은 것이다. 카친스키는 절망적으로 부르짖으며 신음한다. 「지금 와서, 바로 지금 와서…….」

나는 그를 위로한다. 「이러한 아수라장이 언제까지 지속될지 누가 알겠니! 넌 꼭 살아날 거야.」

카친스키의 상처에서는 피가 철철 흐르기 시작한다. 내가 들것을 가지러 간다고 그를 혼자 내버려 둘 수 없다. 근처 어디에 의무대가 있는지도 나는 알지 못한다.

카친스키의 몸이 그리 무거운 편은 아니라서 나는 그를 등에 업고 응급 치료소까지 되돌아간다.

우리는 두 번이나 쉬었다 간다. 등에 업혀 가는 것이 그에게는 대단히 아픈 행동이다. 우리는 말을 하지 않는다. 나는 군복 사이의 옷깃을 풀고 가쁘게 숨을 몰아쉰다. 땀이 비 오듯 하고 그를 업고 가느라 너무 힘이 들어 얼굴이 퉁퉁 부어올랐다. 하지만 나는 계속 가기 위해 힘을 낸다. 이곳에서 어물거리다가는 위험하기 때문이다.

「가야겠지. 카친스키?」

「그래야겠지, 파울.」

「그럼 출발하자.」

내가 그의 몸을 일으키자 그는 다치지 않은 다리로 일어서 어떤 나무를 꼭 붙잡는다. 그런 다음 내가 부상당한 그의 다리를 조심스럽게 붙잡자 그는 마지못해 몸을 홱 움직인다. 그리고 나는 다치지 않은 쪽 무릎을 잡고 팔 아래에 낀다.

우리가 가는 길은 갈수록 힘들어진다. 때로는 포탄이 퓨우 하고 날아오기도 한다. 카친스키의 상처에서 흘러나온 피가 지면에 방울져 떨어지기 때문에 나는 될 수 있는 한 빠른 걸음으로 걷는다. 우리가 포탄 공격으로부터 몸을 보호하기는 무척 힘든 상황이다. 왜냐하면 엄폐물에 몸을 숨기기 전에 포탄이 우리 옆을 지나가기 때문이다. 포탄이 지나가는 것을 기다리기 위해 우리는 어떤 조그만 포탄 구덩이에 들어가 몸을 눕힌다. 나는 수통에서 차를 꺼내 카친스키에게 준다. 그리고 우리는 담배를 피운다. 「그래, 카친스키.」 나는 슬픈 어조로 말한다. 「이제 우리 서로 헤어질 때가 왔구나.」

그는 말없이 나를 쳐다본다.

「카친스키, 생각나지? 우리가 거위를 징발하러 나갔던 일 말이야. 그리고 내가 신병 무렵 처음으로 부상을 당했을 때 네가 빗발치는 포화 속에서 나를 데리고 오던 일 생각나지? 당시엔 나도 울었지. 카친스키, 그게 벌써 3년 전의 일이구나.」

그는 고개를 끄덕인다.

혼자 있게 된다는 것에 대한 불안감이 내 마음속에 고개를 쳐든다. 카친스키마저 후송되어 가면 이제 이곳에 남아 있는 친구가 하나도 없게 된다.

「이봐 카친스키. 어떤 일이 있더라도 우린 다시 만나야 해. 네가 다시 돌아오기 전에 정말 평화가 오면 말이야.」

「내가 이렇게 뼈가 박살이 났는데도 〈출정 가능〉 판정을 받을 것 같니?」 그는 신랄하게 힐난한다.

「푹 쉬면 다 나을 거야. 관절은 괜찮으니까 말이야. 어쩌면 좀 다리를 절지는 모르지.」

「나에게 담배 한 개비 좀 줘.」 카친스키가 말한다.

「어쩌면 우리 나중에 함께하게 될지도 몰라, 카친스키.」 나는 무척 슬퍼진다. 있을 수 없는 일이다, 내가 다시는 카친스키를 만나지 못한다니. 카친스키, 나의 친구, 카친스키, 어깨가 떡 벌어지고 수염이 얇고 부드러운 카친스키, 다른 사람과는 다른 방식으로 알고 있는 카친스키, 내가 여러 해 동안 동고동락한 카친스키. 내가 그를 다시는 만나지 못한다니, 그것은 있을 수 없는 일이다.

「카친스키, 어쨌든 너의 주소를 가르쳐 줘. 그리고 여기에 내 주소를 써줄게.」

그의 주소를 적은 쪽지를 내 가슴 주머니에 집어넣는다. 그가 아직 내 옆에 앉아 있지만 나는 벌써 홀로 남겨진 것 같은 느낌을 받는다. 그와 계속 같이 있기 위해 내 발을 쏘아 버릴까? 카친스키는 갑자기 쿨럭이면서 얼굴이 새파랗게 변한다. 「우리 계속 가자.」 카친스키가 더듬거리며 말한다.

나는 벌떡 일어나 상기된 얼굴로 그를 도와준다. 나는 그의 몸을 감아올리고 움직이기 시작한다. 그리고 그의 다리가 너무 흔들거리지 않도록 느릿느릿 계속 발걸음을 옮긴다.

내 목이 타들어 가고, 눈앞의 모든 것이 붉고 검은 모습으로 어지러이 춤을 춘다. 이렇게 사색이 된 채 정신없이 계속 비틀거리며 마침내 의무대에 도착한다.

거기서 나는 무릎을 굽히며 맥없이 쓰러진다. 하지만 카친스키의 성한 다리 쪽으로 넘어질 만큼은 아직 힘이 남아 있다. 몇 분 후에 나는 서서히 다시 몸을 일으킨다. 나의 두 다리와 두 손이 정신없이 떨린다. 간신히 나의 수통을 찾아 한 모금 마신다. 마시려고 하자 입술이 바들바들 떨린다. 카친스키가 무사한 걸 보고 나는 미소를 짓는다.

잠시 후 사람들이 와글와글 떠드는 소리가 귀에 들려온다. 「이런 수고를 할 필요가 없는데.」 어떤 위생병이 말한다.

나는 영문을 몰라 그를 바라본다.

그는 카친스키를 가리키며 이렇게 말한다. 「벌써 죽었어.」

나는 무슨 말인지 이해가 안 돼 이렇게 말한다. 「그는 정강이에 총상을 입었어.」

그러자 위생병은 그대로 선 채로 이렇게 말한다. 「그것도 있고…….」

나는 몸을 돌린다. 내 눈은 아직 흐릿하고, 지금 새로 땀이 솟아나와 눈꺼풀 위로 흘러내린다. 나는 땀을 닦아 내고 카친스키 쪽을 바라본다. 그는 가만히 누워 있다. 「기절했구나.」 나는 재빨리 말한다.

그 위생병이 나지막하게 휘파람을 분다. 「그건 내가 더 잘 알지. 이자는 죽었어. 그 점에 대해선 어떤 내기를 걸어도 좋아.」

나는 머리를 흔든다. 「있을 수 없는 일이야! 10분 전만 해도 이야기를 나누었어! 기절한 거야.」 카친스키의 손은 아직 따뜻하다. 나는 그의 입에다 차를 먹여 주기 위해 그의 어깨를 잡는다. 이때 나의 손가락이 축축해지는 느낌을 받는다. 그의 머리 뒤에서 손가락을 빼보니 피투성이다. 위생병은 다시 한번 이 사이로 휘파람을 불며 말한다. 「그것 보라고.」

카친스키는 오는 도중 내가 모르는 사이에 머리에 파편을 맞은 것이다. 그곳에 작은 구멍밖에 없는 걸 보면 어쩌다가 아주 보잘것없는 유탄에 맞은 것이 분명하다. 하지만 그것만으로도 사람을 죽이기에는 충분하다. 어쨌든 카친스키는 죽었다.

나는 천천히 일어선다.

「그의 군대 수첩과 물건들을 가져가겠나?」 그 상병이 나에게 묻는다.

내가 고개를 끄덕이자 그는 나에게 그것들을 준다.

위생병은 놀라워한다. 「너희들은 친척이 아닌가?」

아니다, 우린 친척이 아니다. 아니다, 우린 친척 관계가 아니다.

나는 이곳을 떠나야 하나? 나에게 아직 발이 있는가? 나는 눈을 들어 주위를 한 바퀴 돌아보면서 몸도 따라 한 바퀴 돌고는 멈춘다. 모든 것은 예전 그대로이다. 다만 국경 수비병 슈타니슬라우스 카친스키가 죽었을 뿐이다.

그 이상은 나는 아무것도 아는 게 없다.

# 12

때는 가을이다. 이제 고참병 중에서 살아남은 사람은 별로 없다. 같은 클래스의 동급생 일곱 명 중에서 유일하게 나 혼자만 아직 살아 있다.

다들 평화와 휴전에 대해 이야기를 한다. 모두들 학수고대하고 있다. 이러한 기대가 다시 무산된다면 이들은 무너지고 말 것이다. 그토록 평화에 대한 희망이 간절하다. 만약 이들의 희망을 앗아 간다면 이들은 폭발하고 말 것이다. 평화가 오지 않으면 혁명이 일어날 것이다.

나는 독가스를 좀 마셨기 때문에 2주간의 휴가를 얻는다. 어떤 작은 뜰에서 나는 하루 종일 햇볕을 쬐며 앉아 있다. 나도 이제 얼마 안 있으면 휴전이 될 것으로 생각한다. 그렇게 되면 우리는 집으로 돌아갈 것이다.

나의 생각은 여기서 막혀 더 이상 진전되지 않는다. 나를 우세한 힘으로 끌고 가고 기다리는 것은 이런 감정들이다. 그것은 생존에 대한 욕망이고, 고향을 그리는 마음이며, 피인 동시에 살아남은 것에 대한 희열이다. 하지만 거기에는 아무런 목적이 없다.

만약 우리가 1916년에 귀향했더라면 고통과 우리가 겪은 강렬한 체험으로 폭풍을 일으켰을지도 모른다. 우리가 지금 돌아간다면 우리는 지치고, 붕괴하고, 다 소진되어, 뿌리도 잃어버리고, 희망도 없다. 우리는 더 이상 우리의 앞길을 찾아 헤쳐 나갈 수 없을 것이다.

사람들은 우리의 이런 심정을 이해하지 못할 것이다. 우리보다 앞선 한 세대가 자라고 있는데, 이들은 사실 여기 전선에서 몇 년 세월을 우리와 함께 보냈지만 이들에게는 침대와 직업이 있기 때문이다. 이들은 집에 돌아가면 옛 직업에 복귀해서 전쟁 따위는 잊어버리게 될 것이다. 그리고 우리 뒤에는 예전의 우리와 비슷한 한 세대가 자라고 있다. 우리에게 서먹서먹한 이 세대는 우리를 옆으로 밀어 버릴 것이다. 우리는 우리 자신에 대해서도 불필요한 인간이 되었다. 하여튼 우리는 커나가서, 몇몇은 적응해서 살아가고, 다른 몇몇은 순응해서 살아갈 것이며, 많은 사람들은 어찌할 바를 모르게 될 것이다. 이럭저럭 세월이 흘러가고, 결국 우리는 파멸하고 말 것이다.

하지만 내가 생각하고 있는 이 모든 것도 어쩌면 우울한 기분과 당혹감 탓일지도 모른다. 내가 다시 포플러 나무 아래에 서서 그 나뭇잎들이 살랑거리는 소리를 듣는다면 그러한 생각이 먼지처럼 날아갈지도 모른다. 하지만 우리의 피를 불안하게 만든 그 여린 마음, 불확실한 것, 당혹하게 하는 것, 앞으로 다가오는 것, 미래의 온갖 영상들, 꿈과 책에서 나오는 멜로디, 여성에 대한 도취와 예감은 우리들의 마음에서 사라지지 않을 것이다. 이러한 것이 포화와 절망과 군대 위안소 속으로 사라졌으리라고는 생각되지 않는다.

이곳의 나무들은 울긋불긋 금색으로 빛을 발하고, 마가목 열매가 잎사귀 사이로 빨갛게 매달려 있다. 국도는 지평선 너머 저쪽으로 흰색으로 달리고 있다. 그리고 술집들은 평화에 관한 소문으로 벌통처럼 웅웅거리고 있다.

나는 일어선다.

나의 마음은 아주 편안하다. 몇 달이 지나든 몇 년이 흐르든 이제 나에게는 아무 상관이 없고, 그런 것에 더 이상 개의치 않는다. 나는 너무나 외롭고 아무런 기대마저 없으므로 두려움 없이 이런 것과 대면할 수 있다. 이런 수년 동안 나를 지탱해 준 삶이 아직 나의 두 손과 두 눈에 고스란히 남아 있다. 내가 이런 삶을 극복했는지는 모르겠다. 하지만 내가 살아 있는 한, 내 속의 〈나〉가 원하든 원하지 않든지 간에 그 삶은 자신의 길을 모색할 것이다.

온 전선이 쥐 죽은 듯 조용하고 평온하던 1918년 10월 어느 날 우리의 파울 보이머는 전사하고 말았다. 그러나 사령부 보고서에는 이날 〈서부 전선 이상 없음〉이라고만 적혀 있을 따름이었다.

그는 몸을 앞으로 엎드린 채 마치 자고 있는 것처럼 땅에 쓰러져 있었다. 그의 몸을 뒤집어 보니 그가 죽어 가면서 오랫동안 고통을 겪은 것 같은 흔적은 보이지 않았다. 그는 그렇게 된 것을 마치 흡족하게 여기는 것처럼 무척이나 태연한 표정을 짓고 있었다.

# 휴머니즘에 바탕을 둔 레마르크의 반전 의식

## 1. 레마르크의 작품 세계

에리히 마리아 레마르크는 1898년 6월 22일 독일의 오스나브뤼크에서 태어났다. 레마르크는 독일의 대문호 토마스 만과 마찬가지로 나치의 박해를 피해 독일에서 미국으로 망명해 미국에서 시민권을 얻은 후 만년에 스위스의 테신에서 살다가 그곳에서 사망했다. 이처럼 그에게는 국경이나 국적은 19세기의 유물에 불과하고, 20세기의 본질은 세계 경제와 세계 정치이다. 레마르크의 조상은 프랑스 대혁명 때 독일로 이주해 온 집안으로 아버지는 제본업자였다.

대학에 다니던 1916년 레마르크는 열여덟의 나이로 제1차 세계 대전에 자원입대하여 서부 전선에 배속되었다. 그는 다섯 번이나 사선을 넘나드는 부상을 당했는데 이때 경험한 참상이 후에 발표한 그의 소설들에 잘 나타나 있다. 1914년에서 1918년까지 지속된 제1차 세계 대전은 역사상 최초로 기관총, 지뢰, 수류탄 및 독가스 등이 동원된 전쟁이었으며, 최초로 전 세계가 두 편으로 나뉘어 싸운 대규모 전쟁이었다. 전쟁터에서 젊은 레마르크가 본 것은 절망 그 자체였다. 그러나 이 전쟁이 남긴 가장 큰 피해는 인적, 물적 손실이 아니라, 사람들 마음에 새겨진 깊은 상처였다. 레마르크는『서부 전선 이상 없다』에서 자신을 포함해 참전 세대인 동시대의 젊은이들을 〈전쟁으로 파괴된 세대〉라 불렀다.

이때 그가 겪은 고통과 공포는 훗날 작품 속에 그대로 반영되었다. 삶보다 죽음을 먼저 배우며 젊은 병사들은 미래에 대한 희망과 꿈을 잃어버렸다. 전쟁터에서 돌아온 뒤에도 그 후유증은 쉽게 사라지지 않았다. 레마르크 역시 전쟁 뒤의 불안한 상황에서 한동안 방황했다. 전쟁이 끝난 뒤 10여 년 동안 그는 먹고살기 위해 초등학교 교사와 점원 등을 전전하였으며, 이름 없는 신문에 기사를 쓰곤 했다.

그는 전쟁이 끝난 후 전선에서 귀환하여 학교를 졸업한 후 소요와 사회 불안 속에서 직장을 찾아 방황하였다. 초등학교 교사 생활을 약간 하다가 그만두었는데 이때의 경험이 그의 두 번째 작품인『귀로』에 잘 나타나 있다. 실의와 좌절에 빠진 나날을 보내던 레마르크는 회사원 생활을 하기도 하고 장사를 하기도 하다가, 스물두 살에 베를린으로 와서 『스포츠 화보』의 편집인이 되었다. 그리하여 1918년 이후 『미』,『스포츠 화보』와 같은 여러 잡지에 사회 소설, 스포츠 소설, 콩트 등을 쓰는 저널리스트로 지냈다.

10여 년 동안 무명 저널리스트 생활을 하다가 1929년에 발표한『서부 전선 이상 없다』가 기록적인 베스트셀러가 되면서 그는 하루아침에 일약 세계적인 작가로 발돋움했다. 이 책은 18개월 동안 25개 국어로 번역되어 발행 부수만도 350만 부를 넘었다. 레마르크의 다른 작품이 거의 그렇지만, 『서부 전선 이상 없다』는 전쟁과 격동기 속에 처한 인간의 고뇌를 그렸다는 점이 인기 요인으로 작용했다. 이 소설의 반향은 정치적인 논쟁으로까지 발전하여 작품의 상연, 상영을 둘러 싸고 갖가지 소동이 벌어지기도 했다.

이 소설은 제1차 세계 대전을 배경으로 하여 학도 지원병 파울 보이머와 그의 전우들의 삶과 죽음을 그린 전쟁 소설 이다. 이 작품은 진실한 기록 문학이라고 격찬을 받는가 하 면 전쟁으로 황폐화된 세대의 증오감을 드러낸 작품이라고 배척당하기도 했다. 이 소설 자체는 전쟁을 정면으로 고발 한 것은 아니지만 열아홉 살의 병사 보이머와 그의 전우들 은 죽음과 삶의 문제를 거친 속어로 서로 이야기하며, 전쟁 의 참상에 대해 소박하나마 단순한 항의를 하고 있다. 이런 점에서 이 소설에 반전적인 감정이 담겨 있기 때문에 그는 나치의 박해를 받았다. 이 작품은 1930년 독일의 파프스트 와 미국의 루이스 마일스톤에 의해 영화화되었다.

뒤이어 1931년에는 『서부 전선 이상 없다』의 속편이라 할 수 있는 『귀로』를 발표하였다. 『귀로』는 젊은 병사들이 패전 으로 고향에 돌아와 실의와 좌절을 안고서 어떻게든 살아 보려고 하는 노력을 르포르타주의 형식으로 그린 것이다. 데모와 폭동, 암거래, 불륜, 불황, 살인 등의 불안한 상황에 서 어떤 자는 목숨을 잃고 어떤 자는 절망하고 어떤 자는 희 미하나마 한 줄기의 광명을 찾아낸다는 줄거리이다.

당시 독일은 패전으로 국민 생활이 황폐해진 데다가 1929년 세계 대공황의 여파로 정치적 위기감이 높아지고 있었다. 몸과 마음이 지쳐 버린 독일 국민들은 강력한 독일 제국 건설을 내세우며 등장한 히틀러와 나치의 광기 어린 선전에 사로잡혔다. 레마르크의 수난은 이때부터 시작되었다. 전쟁을 준비하고 있던 나치는 레마르크를 그들 정책에 반대하는 사람들의 대표로, 『서부 전선 이상 없다』는 반전 문학의 기수로 보아 적대시했다.

1933년 1월에 나치가 정권을 잡자 레마르크의 새로운 삶에 대한 소망은 일장춘몽이 되고 만다. 조국의 정치 상황에 회의와 불안을 느낀 레마르크는 나치가 정권을 잡기 직전에 혼란한 독일을 피해 1932년에 이미 스위스에 이주해 있었다. 그의 작품은 판매 금지가 되고 괴벨스가 직접 지휘하는 가운데 베를린의 오페라 하우스에서 불태워졌으며 1938년에 그는 시민권을 박탈당했다. 1939년 제2차 세계 대전이 발발하자 신변의 위협을 느낀 그는 미국 뉴욕으로 망명하여 미국 시민권을 얻었다. 그 후 레마르크는 헤밍웨이를 비롯한 미국 작가들의 영향도 받았다.

이리하여 그의 후속 작품 『세 전우』는 나치의 탄압으로 독일에서 출판되지 못하고 외국에서 출판되었다. 이 작품은 전후의 실업과 혼란과 공황이 난무하는 베를린에서 자동차 수리 공장을 경영하는 세 전우를 둘러싸고 벌어지는 우정과 사랑과 죽음의 이야기이다. 전우의 한 사람은 길거리에서 원한을 사고 있던 어느 건달에게 살해당하고, 주인공의 애인은 폐병으로 외롭게 숨을 거둔다.

이상의 세 작품은 제1차 세계 대전과 그 직후의 불안하고 혼란한 사회에서 방황하는 귀환병들의 불안과 좌절을 그리고 있으나, 1941년에 나온 『네 이웃을 사랑하라』는 히틀러 정권에서 쫓겨 나온 망명자 문제를 다루고 있다. 이 소설을 통해 그는 여권도 없이 이 나라에서 저 나라로 부평초처럼 떠다니는 독일 피난민들의 참상과 그 이웃들의 사랑을 그렸다. 다음 작품인 『개선문』의 전편을 이루고 있는 이 소설은 레마르크의 소설 중에서 가장 비극적이고도 서스펜스 넘치는 작품이다. 사랑하는 사람들을 남겨 둔 채 강제 수용소와 가스실의 공포에서 도망쳐 국외로 탈출하나 어디를 가든 불법 입국죄로 체포되어 투옥당하고 가차 없이 국외로 추방당한다. 이 와중에 무수히 많은 고귀한 생명들이 스러지고 만다. 하지만 어떠한 불안이나 절망도 인간의 숭고한 영혼을 말살시키지는 못한다. 소설의 주인공인 케튼과 루트는 청순하고 열렬한 사랑으로 결합되어, 서로의 생명을 감싸면서 정처 없는 방황을 견뎌 나간다. 레마르크는 이 불행한 방랑자들의 비극을 리얼하게 그리면서 이들의 연민이나 성실성을 아름답게 장식하고 있다.

1946년에 발표된 『개선문』은 레마르크의 작품 중에서 가장 널리 알려져 있다. 제2차 세계 대전 직전의 파리를 무대로 불안과 절망에 사로잡힌 망명자들의 삶을 묘사하였다. 나치에게 쫓겨 파리로 망명한 주인공 라빅은 유능한 의사로 따뜻한 인간성과 예리한 감수성을 지닌 사람이다. 라빅은 옛날 베를린의 유명한 종합 병원에서 외과 과장으로 이름이 높았던 루트비히 프레젠부르크의 가명이다. 그러나 여권도 신분증도 없이 프랑스인 외과 의사 대신 위법으로 수술을 해

주면서 불안하고 허무한 나날을 보내게 된다. 이러한 생활 가운데 여배우 조안과의 사랑, 독일 강제 수용소에서의 원수 하케에 대한 복수 등이 그려져 있으며, 결국 독-프 전쟁이 시작된다.

나치의 강제 수용소를 탈출하여 파리에 밀입국한 40대의 외과 의사인 주인공은 지금은 한 개인 병원에 고용되어 마취된 환자가 잠든 사이에 나타나서 수술을 하고는 환자가 깨기 전에 사라지는 유령 의사이다. 그는 또한 고급 유곽의 창녀들을 검진하는 일도 맡고 있다. 그에게는 인간이란 메스 아래에 누워 있는 하나의 비곗덩어리에 지나지 않는다. 이러한 찰나적이고 시니컬한 인생관의 밑바닥에는 20여 년 전에 전쟁에서 입은 영혼의 상처가 밑바닥에 도사리고 있다. 그것은 게슈타포의 지하실에서 그를 고문하고, 애인 시빌을 참혹하게 다루어 죽게 만든 하케에 대한 복수심이다. 어느 날 하케와 만나게 된 라빅은 그를 유도하여 교외에 있는 숲으로 유인해 그를 살해한다. 여배우 조안은 마음에도 없는 남자와 동거하다 그 사나이가 쏜 총에 맞아 죽고 만다. 히틀러의 군대가 폴란드에 침입하고 제2차 세계 대전이 터지자, 불법 입국자에 대한 검문이 시작되고 라빅은 체포되어 강제 수용소에 수용된다. 트럭에 실려 가는 라빅은 담배를 찾아 보았지만 한 개비도 없고, 주위는 너무 어두워서 개선문조차 볼 수 없다. 이 작품은 2백만 부가 판매되는 세계적인 베스트셀러가 되었으며 1948년 영화화되었다.

1952년에 발표된『생명의 불꽃』과 1954년에 발표된『사랑할 때와 죽을 때』는 제2차 세계 대전 막바지의 나치 독일의 파국을 그린 자매편이다. 『생명의 불꽃』은 이 역사적인 파국을 독일의 강제 수용소라는 압축된 무대에다 설정하고, 멀리 지평선에서 은은하게 울려 오는 연합군의 포성을 배경으로 수용소 내의 처절한 마지막 사투를 그리고 있다. 이 작품에서 적극적이고 행동적인 인간상이 그려지는 반면 『사랑할 때와 죽을 때』에서는 회의적인 인간상이 그려지고 있다. 단 하나의 희망이었던 풀만은 게슈타포에 체포되고 주인공 그레버도 자신이 풀어 준 포로의 총에 맞아 허망하게 죽고 만다. 이는 작품을 쓸 당시 분할 점령 치하에 있는 독일의 절망적인 현실에서 연유하는 것으로 보인다.

1956년에 발표된 『검은 오벨리스크』는 인플레이션이 극심하던 제1차 세계 대전 직후의 혼란한 사회와 나치 정권이 수립되어 정치적인 학살이 자행되던 무렵을 배경으로 하고 있다. 제1차 세계 대전에서 패망한 뒤 독일은 군주국에서 민주 공화국으로 바뀌었지만, 1922년에서 세계 역사상 유례를 찾아볼 수 없을 정도로 극심한 인플레이션을 겪었다. 레마르크는 부패하지는 않았지만 무력한 일군의 지식인을 묘사하고, 정신 병원을 무대로 하여 부조리한 세계를 신비주의적인 문체로 파헤치고 있다. 이 작품은 주인공인 묘비석 상인 루트비히와 게오르크 크롬을 통해 시대와 사회를 신랄하게 비판하고 지나칠 정도로 독일 정신을 비판하고 있다. 묘비석 상에 상징처럼 서 있는 검은 오벨리스크는 원래 기독교가 아닌 이교도의 묘비로서, 어떤 새로운 인간상을 암시하고 있기도 하다. 같은 해에 발표된 『종착역』은 베를린을 무대로 하여 나치의 만행과 그로 인한 인간의 불안과 비참상 및 나치

정권의 붕괴를 다루고 있다. 하지만 여기서도 다시 한번 인간성과 정의가 승리한다는 사실이 강조된다.

1961년에 발표된 『하늘은 아무도 특별히 사랑하지 않는다』와 1962년에 발표된 『리스본의 밤』은 1933년에서 1942년에 걸쳐 독일, 오스트리아, 스위스, 프랑스 및 포르투갈까지 이어지는 망명객의 수난사를 다루고 있다. 주인공 슈바르츠의 망명 생활, 아내 헬렌과의 애정 문제, 사선을 넘나드는 여러 번의 극적인 탈출 등이 담담한 필치로 전개된다. 『리스본의 밤』은 1942년 어느 날 밤 리스본 항구의 어느 바에서 이뤄지는 두 낯선 남자의 대화가 중심이다. 소설의 화자는 부인과 나치의 학정을 피해 도피 중이며, 미국행을 결심하고 이곳 리스본 항까지 오게 되었지만 그들에게는 여권이며 비자도, 뱃삯을 치를 돈도 없다.

리스본 항의 제방에서 소설의 화자에게 어떤 낯선 이가 말을 걸고 하룻밤 자신의 이야기를 들어 준 대가로 두 장의 미국행 배표와 필요한 증명서를 주겠다고 한다. 낯선 남자는 위조 여권 덕분에 전쟁이 발발하기 직전인 1939년 죽음을 무릅쓰고 고향에 잠입하여 우여곡절 끝에 사랑하는 여인 헬렌을 나치 독일에서 구해 나오는 데 성공한다. 하지만 그녀는 암에 걸려 이미 사망했고, 따라서 이제 더 이상 필요 없어진 여권과 배표를 주겠다는 것이다. 주인공은 이 낯선 남자의 이야기를 듣고는 슈바르츠라는 이름의 여권과 배표를 받아 쥐고 미국행을 감행한다. 이후 낯선 타향에서 종전을 경험한 주인공은 다시금 유럽으로 되돌아온다.

전쟁이 끝나자 고향으로 다시 돌아온 주인공은 타인의 여권으로 밝혀진 전혀 낯선 이의 정체성 뒤에 감춰진 본연의 정체성을 회복하는 데 어려움을 토로한다. 망명 중인 이름 없는 주인공이 우연히 타인의 여권을 얻어서 목숨을 연명하게 된다는 이야기의 설정은 현대 사회가 지닌 개인의 정체성 부재에 대한 비판이기도 하다. 한낱 종이쪽지에 불과하고 손쉽게 위조되는 증명서가 인간의 실존을 규정하는 시뮬라시옹으로서의 세계에 대한 비판과 다름없는 것이다.

레마르크가 사망한 뒤 그의 유작 『그늘진 낙원』이 발표되었다. 이 작품은 레마르크가 미국에 망명한 1939년 이후의 체험을 1인칭 수기 형식으로 담담하게 그린다. 유럽에서 겪은 소름 끼치는 과거의 그림자, 도저히 가시지 않는 그 악몽의 그림자를 안고, 소위 약속의 땅 미국에서 주인공 로버트 로스와 망명객들이 엮어 내는 사랑과 희망, 갈등과 좌절이 선명하게 그려져 있다.

레마르크의 소설은 동서양을 막론하고 모든 나라에서 많이 읽히고 있다. 그 이유는 작품의 테마와 그것을 그려 내는 그의 문학적 표현 양식 때문으로 볼 수 있다. 그의 작품의 테마는 제1차 세계 대전과 전후의 혼란, 나치 독재, 즉 게슈타포에 대한 공포, 제2차 세계 대전이다. 그는 세계 대전과 전체주의적 공포 아래에서 신음하는 수많은 동시대인의 운명을 한 시대의 역사적 비극으로 설정하고 이를 역사적인 넓은 시야에서 세계사적 테마로 그려 낸다. 또한 소설을 교묘하게 구성하고, 사실적인 묘사를 하면서 서정적인 감상을 섞어 평이하고 명쾌한 문체로 그려 나간다. 이 두 가지 요인으로 레마르크가 세계적인 작가가 된 것이다. 즉 레마르크의 작품들은 동시대인들에게 가장 절실하고도 고통스러웠던 체험을 다루었고, 또한 이를 누구나 쉽게 이해할 수 있는 명쾌한 문체로 다루었기 때문에 국경을 초월하여 전 세계 독자들의 사랑을 받고 있는 것이다.

## 2.『서부 전선 이상 없다』에 대하여

레마르크는 이 작품에서 자신이 겪은 제1차 세계 대전의 체험을 1920년경부터 나치가 출현할 때까지 약 10년간 독일 문단을 지배했던 문예 사조인 신즉물주의적인 수법으로 담담하게 그리고 있다. 표현주의에 대한 반동으로 일어난 이 문예 사조는 자아의 주장이나 감정의 표현을 억제한 채, 사실에 바탕을 두고 사실 자체로 하여금 말하게 하는 기법이다. 또한 신즉물주의는 표현주의를 거친 리얼리즘이라는 점에서 자연주의와 다르다는 것을 강조한다. 과학과 기술의 발달, 물질문명의 범람 등이 이 문예 사조가 생겨나는 데 커다란 영향을 미쳤다. 추크마이어, 브레히트, 케스트너, 데프린, 노이만 등이 이 사조의 대표 작가인데, 레마르크의 경우 이 유파에 넣는 견해도 있지만, 그렇지 않은 주장이 더 우세하다.

레마르크의 소설들을 『서부 전선 이상 없다』에서 마지막 작품인 『그늘진 낙원』까지 발표된 순서대로 읽어 보면 제1차 세계 대전에서 제2차 세계 대전까지 유럽의 역사를 그대로 살펴볼 수 있다. 그 긴 여정의 첫 번째 작품이면서 소설가로

서 레마르크의 이름을 널리 알린 소설이 바로 『서부 전선 이상 없다』이다.

소설의 처음은 입대한 지 얼마 안 되는 19세의 파울 보이머와 그의 동료들이 운 좋게 한 끼를 배불리 먹을 수 있게 되어 만족해하는 것으로 시작된다. 이는 그다지 대수롭지 않을 일일지도 모르겠지만 피를 말리는 긴장감 속에서 사는 그들에겐 오래간만의 커다란 행복이다. 그러나 친구 케머리히가 아수라장 같은 야전 병원에서 눈물을 흘리며 죽으면서 현실은 냉정히 돌아온다.

이 작품의 주인공인 파울 보이머는 허황된 애국심에 들뜬 담임 선생 칸토레크의 설득으로 반 친구들인 크로프, 뮐러 5세, 레어와 함께 자원입대하나 모두 전쟁터에서 죽고 만다. 키 작은 알베르트 크로프는 머리가 비상해서 제일 먼저 일등병이 된다. 뮐러 5세는 아직 학교 교과서를 끼고 다니며 특별 시험을 꿈꾸며, 포화가 쏟아지는 중에도 물리 명제를 파고든다. 그리고 얼굴이 온통 구레나룻으로 덮인 레어는 장교 위안소의 아가씨들에게 열을 올린다. 파울 보이머는 바로 작가의 분신인 동시에 전쟁터에 끌려 나간 모든 젊은이들의 전형이라 할 수 있다.

전쟁이 어떤 건지 잘 모른 채 입대한 이들은 일반 세계와 전혀 다른 광기와 죽음의 세계에 적응해야만 했다. 그들이 들어온 곳은 군대 속, 그리고 전쟁 속이라는 전혀 다른 세상이었다. 10주간의 훈련으로 그들은 〈병사〉로 만들어지고, 서부 전선 최전방에 배치되었다. 그때부터 그들은 전쟁에게서 인간다움을 빼앗겨 갔다. 젊은이다운 패기와 애국심으로 나선 전쟁터였지만, 그곳은 상상을 초월하는 끔찍한 곳이었다. 날이면 날마다 포화가 빗발치는 곳에서 파울 보이머는 비로소 젊은이들을 전쟁터로 내몬 기성세대의 허위의식과 전쟁의 무의미함에 눈을 뜬다. 전선에서의 긴장감과 불안감, 아무도 지켜 주지 않는다는 외로움, 익숙해져 버린 포탄 소리와 총탄 소리, 이미 일상이 되어 버린 배고픔과 전우의 죽음, 이런 것을 겪은 이들은 술 한 잔, 담배 한 개비, 통조림 하나에도 웃을 수 있지만 그런 웃음 역시 진실은 아니다.

전쟁은 왜 일어나는가? 어른들이 말하는 것처럼 절대적이고 숭고한 이유 따윈 없었다. 독일의 젊은이가 독일을 지키기 위해 전쟁터에 나온 것처럼 프랑스의 젊은이도 똑같은 이유에서 총칼을 들었을 뿐이다. 젊은이들을 전선으로 보낸 어른들은 애국심을 강조했지만 전쟁이란 결국 정치가들의 이해관계에 따른 것이었다. 그러므로 파울 보이머가 자신이 죽인 적군 병사에게 한 말처럼, 국적에 상관없이 모든 병사들은 전쟁이란 괴물에게 깊은 상처를 입은 동지이며 다 같은 피해자인 것이다.

『서부 전선 이상 없다』에는 곳곳에 기성세대와 젊은 세대의 대립, 허위의식에 가득 찬 기성세대에 대한 젊은이들의 분노가 드러나 있다. 학생들을 자의 반 타의 반으로 전쟁터로 내몬 담임 교사 칸토레크, 자신의 생각만 고집하는 고향 어른들, 이들은 모두 안전한 후방에서 입으로만 조국에 대한 사랑을 말하면서, 전방에서 들려오는 진실을 외면한다. 훈련병 시절에 만난 우편집배원 출신의 분대장 히멜슈토스는 부정적인 기성세대의 또 다른 모습이다. 그도 막상 전선에 투입되어서는 꽁무니를 빼고 두려워하며 나약한 모습을 보인다. 힘으로 신병들을 다스리려 하는 히멜슈토스는 권위주의적인 기성세대를 대표하는 인물이며, 다른 한편으로 군국주의에 빠진 독일을 상징한다고 할 수 있다.

결국 전쟁은 젊은이들의 꿈과 미래에 대한 희망을 짓밟고 인간성마저 빼앗았다. 병사들은 살기 위해 무의식적으로 적군을 죽이고 도둑질을 하며, 죽어 가는 친구를 걱정하기보다 그의 장화를 탐낸다. 전쟁이 그들을 이렇게 만든 것이다. 생각을 하지 못하는 기계라면 고통은 없을 텐데, 그들은 인간이기에 자신들의 이런 변화에 괴로워할 수밖에 없다. 〈이렇게 변해 버렸는데 평화가 찾아온다고 무엇을 할 수 있겠는가〉라는 주인공의 말은 자포자기한 병사들의 심정을 잘 보여 준다.

그나마 극한 상황에서 병사들을 지탱해 주는 것이 있다면 그것은 전우애이다. 하지만 시간이 흐르면서 전우들이 하나씩 죽고, 결국 혼자 남은 주인공도 그토록 고대하던 종전을 앞두고 사랑하는 가족 곁으로 돌아가지 못하고 1918년 10월 어느 날 전사하고 만다. 그날 사령부의 보고서에는 〈서부 전선 이상 없음〉이라고 기록되어 있었다. 주인공 파울 보이머의 죽음과 그날 군 당국이 작성한 보고서는 전쟁의 비정함과 허무함을 절실히 느끼게 해준다. 이렇게 작가는 인간의 생명을 짓밟는 전쟁의 폐해를 보여 주면서 전쟁이 왜 일어나선 안 되는지를 말하고 있다.

그럼 지금까지도 『서부 전선 이상 없다』가 계속 독자들의 사랑을 받는 이유는 무엇일까? 이 소설은 필연적으로 이어지는 줄거리 없이 병사들이 전쟁터에서 겪는 일들을 하나씩 나열하고 있다. 즉 개별 이야기의 순서를 뒤바꾸어도 전체 내용에는 큰 무리가 없다. 이런 형식 때문에 오히려 텔레비전 다큐멘터리 프로그램을 보는 것 같은 사실감과 긴장감을 느낄 수 있다. 그러면서도 인물 각자의 개성이 살아 있는 등 소설로서의 재미 또한 놓치지 않고 있다. 쉽고 평이하게 쓰인 것도 이 작품의 또 다른 매력이라 하겠다.

　하지만 이 소설을 비롯해 레마르크 문학의 진정한 매력은 다른 데 있다. 반전 문학이라고 하지만 그의 소설에는 어떤 이데올로기나 거창한 정치적 주장도 들어 있지 않다. 다만 그는 권력자들의 이해관계 때문에 일어난 전쟁의 참상과 그 때문에 보통 사람들이 겪는 고통을 사실적으로 그렸을 뿐이다. 그 밑바닥에는 바로 인간의 가치가 짓밟히는 상황에 대한 분노가 숨어 있다. 이러한 휴머니즘에 바탕을 둔 반전(反戰) 의식이야말로 레마르크 문학이 단순한 전쟁 소설의 차원을 넘어 세계적인 문학으로 인정받는 가장 커다란 이유라 할 수 있을 것이다.

홍성광

# 에리히 마리아 레마르크 연보

**1898년** 출생  6월 22일 독일 북서부의 오스나브뤼크에서 태어남. 제본업자인 아버지는 페터 프란츠 레마르크(1867년생). 어머니는 안나마리아 레마르크(1871년생, 처녀 시절 성은 슈탈크네히트). 가족은 가톨릭을 믿는 노동자 집안이었음. 본명은 에리히 파울 레마르크. 뒷날세계인에게 깊은 인상을 심어 준 비독일적인 철자 Remarque는 할아버지 세대에서 Remark로 바꾸기 전의 원래의 철자를 다시 사용한 것임.

**1900년** 2세  9월 6일 여동생 에르나 출생.

**1901년** 3세  10월 30일 형 테오도어 아르투어 사망(1896년생).

**1903년** 5세  3월 25일 여동생 엘프리데 출생.

**1912년** 14세  오스나브뤼크의 가톨릭계 사범 대학 준비 학교에 입학.

**1915년** 17세  프리츠 회어스텐마이어, 에리카 하제 등과 동아리(〈꿈의 방〉)를 만들어 교유함. 오스나브뤼크의 왕립 사범 대학에 입학.

**1916년** 18세  6월 『청년 여단의 즐거움과 노력에 관하여*Von den Freuden und Mühen der Jugendwehr*』 발표(데뷔작). 11월 21일 육군에 소집되어 78 보병 연대에 배속됨. 군사 훈련.

**1917년** 19세  5월 5일 78연대 보충 대대 1중대에 배치됨. 6월 12일 서부 전선으로 이송. 7월 31일 왼쪽 다리와 오른쪽 팔과 목에 포탄 파편을 맞고 부상. 8월 전장 병원에서 다시 뒤스부르크의 장크트 빈첸츠 병원으로 이송. 이곳에서 당번병으로 근무함. 9월 9일 어머니 안나 마리아가 직장암으로 사망. 11월 전쟁을 소재로 한 장편소설 구상.

**1918년** 20세 4월 잡지『미*Die Schönheit*』에「나와 너Ich und Du」발표. 10월 31일 뒤스부르크 병원에서 다시 78연대 보충 대대로 복귀함. 11월 15일 철십자 훈장 1급장을 받음.

**1919년** 21세 1월 사범 대학에서 학업을 계속. 사범 대학 학생회 의장이 됨. 1월 5일 제대함. 각종 메달과 훈장을 거절함. 2월 15일 아버지 페터 프란츠가 마리아 안나 헨리카 발만(1872년생)과 재혼. 6월 25일 초등 교사 임용 시험을 치름. 8월 1일 링겐 근교의 로네의 교사로 임용됨. 1920년 3월 31일까지 근무함.

**1920년** 22세 『꿈의 방 — 예술가 소설*Die Traumbude. Ein Künstler-roman*』출간. 11월 20일 교직을 떠남. 오스나브뤼크에서 세일즈맨, 사서, 피아노 교사, 오르간 주자 등의 일을 함.

**1921년** 23세 3월 오스나브뤼크 지방지에 연극 평론가로 일함. 3월 10일 〈에리히 마리아 레마르크〉라는 이름을 사용하기 시작. 6월 슈테판 츠바이크에게 작가로서의 장래에 관해 절망적인 편지를 보냄.

**1922년** 24세 오스나브뤼크를 떠나 하노버로 이주. 광고 카피라이터, 잡지『에코 콘티넨탈*Echo Continental*』의 편집자로 일함.

**1923년** 25세 소설『감*Gam*』구상. 6월『에코 콘티넨탈』의 책임 편집자가 됨.

**1925년** 27세 베를린으로 이주. 1월 1일 스포츠 잡지의 편집자가 됨. 10월 14일 이혼녀 일제 유타 잠보나와 결혼.

**1926년** 28세 몰락 귀족인 후고 폰 부헨발트에게 5백 마르크를 주고 〈부헨발트 남작〉이라는 귀족 칭호를 사들임.

**1927년** 29세 2월 1일 아내와 함께 가톨릭 신앙을 버림. 가을『서부 전선 이상 없다*Im Westen nichts Neues*』집필.

**1928년** 30세 3월 사무엘 피셔 출판사가 『서부 전선 이상 없다』의 출간을 거절. 8월 울슈타인 출판사가 출간에 동의. 11월 15일 말 한마디 없이 스포츠 잡지사를 사직함.

**1929년** 31세 1월 29일 『서부 전선 이상 없다』 출간. 즉각 국제적인 성공을 거둠. 4월 민족주의 성향의 신문에 〈크라머〉라는 필명으로 기고하기 시작. 9월 뵈른손이 레마르크를 노벨 문학상 후보로 추천함.

**1930년** 32세 1월 4일 일제와 이혼. 4월 29일 『서부 전선 이상 없다』가 할리우드에서 영화화됨. 루이스 마일스톤이 감독한 이 영화는 가장 뛰어난 전쟁 영화로 남아 있음. 12월 4일 영화 「서부 전선 이상 없다」가 독일에서 개봉. 요제프 괴벨스가 이끄는 나치 당원들이 엄청난 소란을 일으킴. 12월 11일 베를린시 영화 심의위원회가 영화 「서부 전선 이상 없다」의 상영을 금지함.

**1931년** 33세 바르샤바의 법학 교수 치비호프스키가 레마르크를 노벨 평화상 후보로 추천. 1월 26일 독일 인권 연맹이 주최한 집회에서 베를린시의 영화 「서부 전선 이상 없다」의 상영 금지 조처를 비난하는 성명을 발표함. 4월 30일 『서부 전선 이상 없다』의 속편 격인 『귀로*Der Weg zurück*』 출간. 1918년 독일 제국의 붕괴를 다룬 소설. 8월 20일 연인인 루트 알부의 권유로 스위스 테신의 한 저택을 구입함.

**1932년** 34세 4월 외환 관리법 위반으로 2만 마르크의 예금이 몰수됨. 스위스로 이주. 포르토 롱코에서 전처 일제와 같이 보냄. 당시 스위스에 있던 토마스 만, 에른스트 톨러, 카를 추크마이어, 엘제 라스커쉴러 등과 교유함. 8월 23일 외환 관리법 위반으로 3만 마르크의 벌금형 또는 60일간의 징역형을 선고받음. 도합 3만3천 마르크의 벌금을 냄.

**1933년** 35세 봄 스위스 저택에서 독일 망명객들에게 피난처를 제공. 5월 10일 레마르크 소설의 공개 분서식이 베를린에서 열림. 11월 20일 게슈타포, 『서부 전선 이상 없다』를 압수 조치.

**1935년** 37세 헤르만 괴링의 심복 쾨르너가 레마르크를 방문하여 귀국을 권유. 레마르크가 거절함. 6월 파리에서 열린 망명 작가 대회에 참석. 12월 파리로 거주지를 옮김(1936년 11월까지).

**1936년** 38세  12월 『세 전우*Drei Kameraden*』가 코펜하겐의 길덴달 출판사에서 처음으로 출간됨.

**1937년** 39세  6월 17일 영화 「귀로」 개봉. 감독은 제임스 웨일. 6월 29일 일제와 함께 파나마 공화국 여권을 발급받음. 9월 마를레네 디트리히, 요제프 폰 슈테른베르크와 교유.

**1938년** 40세  1월 22일 일제와 두 번째 결혼. 5월 20일 영화 「세 전우」 개봉. 감독은 프랭크 보재지. 7월 4일 독일 국적이 박탈됨. 11월 19일 아내 일제의 독일 국적이 박탈됨. 12월 9일 『개선문*Arc de Triomphe*』 집필 착수.

**1939년** 41세  2월 『네 이웃을 사랑하라*Liebe Deinen Nächsten*』 초고 완성. 3월 23일 미국에 도착. 5월 8일 펜 클럽 미국 지부가 개최한 〈세계 작가 회의〉에 〈문명은 망명 상태에서 어떻게 살아남을 것인가?〉라는 주제로 발표. 9월 13일 로스앤젤레스로 이주, 그리어 가슨, 오선 웰스, 이고르 스트라빈스키, 아르투어 루빈슈타인, 리온 포이히트방거, 토마스 만, 베르톨트 브레히트, 케리 그랜트 등과 교유함.

**1940년** 42세  4월 각종 영화 프로젝트에 협력. 6월 19일 폴렛 고더드와 첫 대면. 9월 28일 그레타 가르보와 첫 대면. 11월 마를레네 디트리히와의 친밀한 관계의 종말. 11월 21일 스위스 당국이 신원 증명서를 발급해 줌.

**1941년** 43세  1월 21일 『네 이웃을 사랑하라』를 각색한 영화 「그렇게 우리의 밤은 끝난다*So Ends Our Night*」 개봉. 감독은 존 크롬웰. 3월 31일 『네 이웃을 사랑하라』가 보스턴의 리틀 브라운 출판사에서 출간됨. 4월 14일 그레타 가르보와 친밀한 사이가 됨. 9월 매일같이 권투 시합 관람. 『네 이웃을 사랑하라』의 독일어판이 스톡홀름의 베르만피셔 출판사에서 출간됨.

**1942년** 44세  8월 13일 프란츠 베르펠과 알마 말러-베르펠과 처음 만나 친구가 됨. 9월 미국 정부 고관과 만나 반파시스트 사업에 대해 의논.

**1943년** 45세  12월 16일 여동생 엘프리데 슐츠가 나치 법정에서 〈군사 파괴 활동〉으로 사형 선고를 받고 도끼 참수형을 당함.

**1944년** 46세  8월 25일 『개선문』 초고가 완성됨. 9월 27일 미국 정보 기관의 요청으로 전후 독일 인민의 정치 교육을 위한 보고서를 작성.

**1945년** 47세  1월 『사랑할 때와 죽을 때 *Zeit zu leben und Zeit zu sterben*』 집필에 착수. 12월 『개선문』 영어판이 뉴욕에서 출간됨.

**1946년** 48세  5월 『개선문』의 독일어판이 취리히에서 출간됨. 6월 11일 여동생 엘프리데가 1943년에 처형당한 사실을 비로소 알게 됨. 7월 『생명의 불꽃 *Der Funke Leben*』 집필 착수. 살바도르 달리, 오스카 호몰카, 헤르만 브로흐와 교유함.

**1947년** 49세  8월 7일 아내 일제와 함께 미국 시민권 취득.

**1948년** 50세  2월 16일 영화 「개선문」 개봉. 루이스 마일스톤 감독. 잉그리드 버그만과 샤를 부아이에 주연. 5월 19일 9년 만에 유럽에 귀환.

**1949년** 51세  8월 13일 정신 분석가 카렌 호나이와 첫 만남. 8월 31일 『리스본의 밤 *Die Nacht von Lissabon*』의 첫 구상.

**1950년** 52세  7월 13일 카렌 호나이와 분석 치료를 시작함. 7월 18일 『그늘진 낙원 *Schatten im Paradies*』의 첫 구상. 8월 15일 자기 분석을 시작함. 〈아주아주 중요한 날.〉

**1951년** 53세  5월 4일 영화배우 폴렛 고더드와 가까운 관계가 됨.

**1952년** 54세  1월 『생명의 불꽃』 영어판이 뉴욕에서 출간됨. 7월 『생명의 불꽃』 독일어판이 쾰른에서 출간됨. 7월 10일 고향 오스나브뤼크 방문. 아버지 페터 프란츠와 여동생 에르나와 재회. 7월 22일 뮌헨으로 가서 에리히 케스트너 등을 만남. 9월 『이녹 존스의 귀향 *Die Heimkehr des Enoch J. Jones*』 집필. 10월 당뇨병 판정. 12월 『검은 오벨리스크 *Der schwarze Obelisk*』 집필 착수.

**1953년** 55세   폴렛 고더드의 영향으로 동양 철학, 특히 선(禪)에 관심을 갖게 됨. 12월 『사랑할 때와 죽을 때』 완성.

**1954년** 56세   4월 『사랑할 때와 죽을 때』의 영어판이 뉴욕에서 출간됨. 6월 9일 아버지 페터 프란츠 사망.

**1955년** 57세   1월 레마르크가 각본을 쓰고 게오르크 빌헬름 팝스트가 감독한 영화 「종막(終幕, Der letzte Akt)」의 촬영 때문에 빈에 머무름. 4월 「종막」 개봉됨.

**1956년** 58세   10월 『검은 오벨리스크』의 초판이 쾰른에서 출간됨.

**1957년** 59세   5월 20일 일제와 두 번째 이혼.

**1958년** 60세   2월 25일 폴렛 고더드와 결혼. 폴렛은 찰리 채플린의 세 번째 부인이었음. 3월 19일 영화 「사랑할 때와 죽을 때」 개봉. 각본은 레마르크, 감독은 더글러스 서크.

**1961년** 63세   『하늘은 아무도 특별히 사랑하지 않는다』가 쾰른에서 출간됨.

**1962년** 64세   12월 『리스본의 밤』이 쾰른에서 출간됨.

**1963년** 65세   1월 서독 방송들과 인터뷰. 9월 이탈리아 여행. 두 번째 심장 발작.

**1964년** 66세   10월까지 극심한 우울증에 시달림. 10월 31일 오스나브뤼크시에서 뫼저 메달을 수여.

**1967년** 69세   7월 20일 서독 정부가 최고 명예 십자 훈장 수여.

**1968년** 70세   12월 10일 오스나브뤼크시 위원회의 결정으로 레마르크의 여동생 이름을 딴 〈엘프리데 숄츠 거리〉가 생김.

**1970년** 72세   9월 25일 로카르노에서 사망.

**1971년**   4월 유작 『그늘진 낙원』이 뮌헨에서 출간됨.

**1975년**  6월 25일 일제 유타 잠보나 사망.

**1990년**  4월 23일 폴렛 고더드 사망.

**1991년**  6월 오스나브뤼크시가 〈에리히 마리아 레마르크 평화상〉
제정.

**열린책들 세계문학 067** 서부 전선 이상 없다

**옮긴이 홍성광** 1959년 삼척에서 태어나 서울대학교 독어독문학과를 졸업하고 동 대학원에서 문학 박사 학위를 받았다. 논문으로는 「토마스 만의 소설 『마의 산』의 형 이상학적 성격」, 「하이네 시의 이로니 연구」, 「토마스 만과 하이네 비교 연구」, 「토마 스 만의 괴테 수용」, 「토마스 만과 김승옥 비교 연구」 등이 있고, 옮긴 책으로는 토마 스 만의 『부덴브로크가의 사람들』, 중단편 모음집 『베네치아에서의 죽음』, 프란츠 카 프카 중단편 모음집 『변신』, 『성』, 헤르만 헤세의 『싯다르타』, 미카엘 엔데의 『마법의 술』, 하인리히 하이네의 『독일, 겨울 동화』, 프리더 라욱스만의 『철학의 정원』 등이 있 다. 현재 전문 번역가로 활동 중이다.

**지은이** 에리히 마리아 레마르크 **옮긴이** 홍성광 **발행인** 홍예빈 · 홍유진
**발행처** 주식회사 열린책들 **주소** 경기도 파주시 문발로 253 파주출판도시
**전화** 031-955-4000 **팩스** 031-955-4004 **홈페이지** www.openbooks.co.kr
Copyright (C) 주식회사 열린책들, 2006, 2009, *Printed in Korea.*
**ISBN** 978-89-329-0984-4 04850 **ISBN** 978-89-329-1499-2 (세트)
**발행일** 2006년 7월 20일 초판 1쇄 2008년 10월 30일 초판 4쇄 2009년 11월 30일
세계문학판 1쇄 2024년 8월 5일 세계문학판 25쇄

이 도서의 국립중앙도서관 출판예정도서목록(CIP)은 서지정보유통지원시스템 홈페이지(http://seoji.nl.go.kr)와 국가자료공동목록시스템(http://www.nl.go.kr/kolisnet)에서 이용하실 수 있습니다.(CIP제어번호 : CIP2009003380)

# 열린책들 세계문학
## Open Books World Literature